負面報導不是壞東西

——中國新聞實踐中的真命題

>>> 張玉洪 著

認識大陸作家系列

獻給我遠在重慶鄉下的父母

推薦序

張博士的書名畫龍點睛，凸顯了中國大陸新聞體制的特徵及改進方向之一。本地讀者初覽「負面報導不是壞東西」，必當心生好奇，從而開卷，進入認知與理解對岸傳媒現象的大門。1980至1987年，《人民日報》負面新聞佔15.5%，比例偏低，惟到了1988～2002及2003年至今，這個數字還要降到7.9%與6.6%。然而，過去30年來激烈變化的中國，正負效應同時存在、群眾抗議年年增加，何以傳媒揚善遠遠多於揭弊？大陸的主流傳媒走向均衡，充當論壇與發揮監督、批評的功能，前景是否明朗？作者仔細鋪陳箇中緣由、對比今昔與尋求出路，對於台灣人領悟與評價大陸傳媒的表現與性質，大有俾益，兩岸傳媒與文化交流的積極作用，孕育其中。

政治大學新聞系教授　馮健三

自序

對負面報導這個詞，華語世界的普通人應該都是耳熟能詳的。但它究竟是一個什麼樣的東西？我之前和大多數人一樣，不甚了了。去年下半年，由於面臨博士研究生畢業，我選擇了這一題目作為學位論文研究的對象。耗時大半年，總算將它認識得更加透徹了。

當時本來定的題目是《論負面報導——作為一種題材取向的新聞實踐》，但當我再回看自己的論文時，才發現它其實是在闡述「負面報導不是壞東西」這一主題。在一些媒體相對獨立、言論相對自由的國度，這顯然只是一個常識。

但事實上，在中國大陸地區（乃至大中華地區），常識往往並不自然地等同於人們的共識和社會生活中的行動指導或準則。這的確是一件遺憾的事情。當然美利堅合眾國也曾經歷過常識缺乏的年代，而普及常識的人也未見得總是備受人們的青睞。英裔美國思想家托馬斯・潘恩（Thomas Paine）1776年發表小冊子《常識》（《Common Sense》），公開提出美國獨立問題。小冊子痛斥世襲君主的罪惡：「在上帝眼中，一個普通的誠實人要比從古到今所有加冕的壞蛋更有價值」。而在他的一生中，通過不同的著述來闡述常識，從而成為一個「世界公民」。但他卻因此「激起天怨人怒，自然落得個遺骨飄零，死無葬身之地的悲慘下場」（朱學勤語）。

對於能研究負面報導這樣一個題目，我很慶幸但也不自喜。之所以慶幸，是因為在華語世界裏，至今沒有人有專著研究這一命題，而它卻在新聞實踐中廣泛運用，並成為一種社會話語；我不自喜，則是因為從某種意義上說，研究這一命題，提出「負面報導不是一個壞東西」這一常識性斷語，其實是一種悲哀。這是由於中國轉型的社會發展之路，很多概念需要釐清，很多普世價值需要有人宣揚。一個顯明的例子是政治學學者俞可平在中國大陸提出「民主是個壞東西」，居然一時成為熱門話題。

從我個人的研究取向來說，負面報導其實只是一個小切口，意在解剖中國大陸地區新聞管理和新聞政策中的問題。但在目前大陸地區的學術研究環境下，存在兩種傾向，一種是對宣傳話語熟視無睹，認為不應作為嚴肅學術研究的範疇，一種則是基於意識形態的考量，在研究一些命題時進行「自我審查」，從而導致在做所謂學問時將自我定位於官方追隨者或美飾者的角色。這當然就無法達到陳寅恪先生所說的「不自由，毋寧死」之境界。

本人還很年輕，三十出頭，或許是生於鄉野的原因，在從事研究時並沒有什麼顧忌。我珍惜自己難得的求學經歷，立志成為一個真正的知識分子。按照殷海光先生在《中國文化的展望》中的說法，「一個知識分子要成為一個健全的知識分子，必須同時滿足兩個條件：第一注重德操；第二獻身真理」。我固執地相信，一個知識分子，他（她）理應是國家的牛虻，以促進國家的進步和增進民眾的福祉為最大要務。而在這樣的一生追求中，薩義德所倡導的「向權勢說真話」當然是一種踐行手段和為學風範。

雖然本人對於這樣的目標心嚮往之，但恐學力不逮。蒙秀威資訊科技股份有限公司厚愛，這部書稿得以率先在臺灣地區面市，希望書中的一些淺見能讓朋友們對大陸地區的新聞實踐和新聞管理有較全面的瞭解，同時本人也樂意聽取尖銳而中肯的意見。

是為序。

2009年6月28日於北京高家園

目錄

第一章　緒論

第一節　為什麼要研究負面報導

一、傳統媒體輿論監督出現弱化之勢

上世紀90年代末，《焦點訪談》以輿論監督的姿態，迅速成為中央電視臺的王牌節目，但之後卻大起大落。2004年3月，該節目主持人敬一丹以全國政協委員的身份接受《中國青年報》採訪時透露了不樂觀的數據：1998年，輿論監督內容的節目占到全年節目的47%，2002年，該比例下降到17%。她說，「輿論監督內容歷史最低、收視率歷史最低，觀眾期望值歷史最低」。[1]不過，《中國青年報》的報導稱，「據悉，最近，在中央領導的支持下，《焦點訪談》將繼續加大輿論監督力度，要實現輿論監督內容創紀錄的50%」。

四年後，筆者隨機抽取了該節目2008年七月播出的內容。在總共31期節目中，以汶川大地震總結報導為主題的「我們共同面對」系列占到九期，全是正面報導，「奧運衝刺」系列共十期，同樣是正面或中性的宣傳性報導，此外，介紹江蘇省信訪工作經驗的《明確責任化解難題》（2008.7.29），及遼寧省遼中縣信訪局局長潘作良事蹟的《鞠躬盡瘁的信訪局長》（2008.7.18），屬於正面報導中的典型報導。在筆者看來，即令該月緊鄰8月北京奧運會，在議題設置上有諸多考量，但在對汶川地震總結和信訪工作方面的報導中，也只有「表揚先進」，沒有批評落後，這的確有違該欄目的宗旨以及領導和民眾的期許。

1　劉暢：〈《焦點訪談》怎麼了〉，《中國青年報》，2004年3月8日。

《焦點訪談》只是近年來傳統媒體輿論監督相對減少的一個例子。廣東暨南大學新聞學院院長范以錦把中國大陸媒體的批評報導分為三個重要時期：第一個時期是在1950年代，為輿論監督的興盛時期；第二個時期是中共十一屆三中全會後，從「真理標準的討論」至全黨開展反腐敗鬥爭階段，是輿論監督優良傳統得以恢復並提升時期；第三個時期（大抵時間是1998年至今）是網絡等新傳播手段興起，是新媒體、傳統媒體與民間輿論形成合力的立體式新型輿論監督時期。他認為，「回顧歷史，值得我們思考的是，前兩個時期都是傳統媒體積極主動地搞好批評報導，引領『輿論監督』潮流。到了第三個時期，傳統媒體輿論監督卻出現弱化」。[2]其中，傳統媒體是特指由黨委和政府部門直接掌控的機關報、電臺、電視臺等傳統主流媒體。由此，范以錦認為，「我們有必要認真總結歷史經驗，積極探索在新興媒體活躍時期如何搞好輿論監督，防止傳統媒體這方面的弱化現象」。

顯然，范以錦將批評報導與輿論監督等同起來。但在筆者看來，這並不科學，雖然批評報導都是輿論監督類報導，但後者並非都是批評報導，因為不少輿論監督類報導只是提出建議。這兩者的關係將在後文中釐清。傳統媒體輿論監督的弱化之勢帶來的一個直接後果是負面報導（涵蓋批評報導，以及部分輿論監督類報導）的減少。這事實上嚴重影響了傳統媒體在互聯網時代對受眾的維繫以及公信力的鞏固與提高。

二、反輿論監督力量增長與負面報導受阻

筆者認為，傳統媒體輿論監督弱化有多方面的原因，首先是由於網路等新媒體傳播技術上的優勢，導致訊息來源多元化和訊息傳播更及時和廣泛。再加之每個網民既是新聞的消費者，同時也是新聞的生產者，不少負面題材率先見諸網路，深入的報導和評論也會即時跟進，所以相關報導的數量都遠遠大於傳統媒體。此外，傳統媒體除了受播出時間或

---

2 范以錦：〈傳統媒體，更應搞好批評報導〉，《南方周末》，2008 年 10 月 9 日，E30。

出版周期的限制外，還由於層層把關，也影響甚至阻止了負面題材的報導，輿論監督功能相對弱化。

在新聞實踐中，本書所探討的負面報導無論是在傳統媒體還是新媒體上，都出現過受阻的情況，只是在傳統媒體上體現得更明顯。筆者認為，其正常開展往往受制於利益關聯體的介入，而介入的主體除了商業機構外，一些政府部門也是位列其中。

早在2004年，敬一丹就對輿論監督的困境道破天機：「深層次原因卻是『說情』，是一些地方和部門反輿論監督的力量也在成長。」[3]由於對社會廣泛流行的「負面報導」認識不明晰有關，當一些地方和部門，企事業單位甚至一些個人，在負面消息將曝光時，基於自身利益的考量，不是反省自身，而是首先是控制和收買媒體，防止其廣泛傳播。

而這種公關手法也開始用於新媒體的訊息傳播過程中。2008年發生的「三鹿問題奶粉事件」中，一則〈三鹿集團公關解決方案建議〉的電子掃描版2008年9月12日出現在天涯社區。在該建議中，代理三鹿集團公關業務的北京濤瀾通略廣告公司稱三鹿應「與『百度』搜索引擎媒體合作，拿到新聞話語權……在此事還未大肆曝光的特殊時期，儘快與百度簽訂300萬的框架協議……小網站的惡意報導均可被刪除」。迫於壓力，13日，百度公開承認先後在9日、12日接到北京濤瀾通略廣告公司兩次致電要求屏蔽負面新聞，但「我們從未答應」。此外，據《人民日報》2008年10月1日報導，石家莊市政府副秘書長、市政府新聞發言人王建國在接受採訪時透露，8月2日，石家莊市政府領導接到三鹿集團股份有限公司〈關於消費者食用三鹿部分嬰幼兒配方奶粉出現腎結石等病症的請示〉，稱「懷疑三聚氰胺來源可能是所收購的原料奶中不法奶戶非法添加所致，懇請市政府幫助解決兩個問題，一是請政府有關職能部門嚴查原料奶質量，對投放三聚氰胺等有害物質的犯罪分子採取法律措施；二是請政府加強媒體的管控和協調，給企業召回存在問題產品創造一個良好環境，避免炒作此事給社會造成

---

[3] 劉暢：〈《焦點訪談》怎麼了〉，《中國青年報》，2004年3月8日。

一系列的負面影響」[4]。事後證明，當地政府的確對新聞媒體實行了「管控」。

和三鹿企業集團一樣，一旦有地方政府部門、企事業單位甚至一些個人有負面的消息，新聞當事人就會運用各種手段防止其見諸媒體，從而實現達到新聞媒體「有償不聞」的效果。有的採取「金元外交」（也可稱為「封口費」），有的則是基於保護自身利益而試圖瞞天過海，不主動披露真實訊息。其中，「金元外交」的手法以2002年山西繁峙礦難事件最為典型。

不管是反輿論監督力量的增長，還是通過行政權力或經濟利益實現「有償不聞」，其實都與負面報導這一概念在現實中被誤用或濫用有關。對負面報導的認識不全面，將其與負面影響劃等號，導致被報導對象動用一切可能的資源進行「收買」或「封殺」媒體成為一種慣用的操作手法。一些新聞管理部門也對負面報導的認識不夠科學和理性，再加之商業利益的介入，同樣也影響了負面報導的正常開展。

三、實踐一線與領導層認識的脫節

對於負面報導應該如何看待？從有利社會主義建設角度，促進新聞工作角度出發，新聞實踐一線和執政黨領導層的認識應該是一致的。但是，由於種種原因，不一致的情況還時常存在，最突出的是實踐一線與領導層的認識相脫節。

2008年7月10日，中共中央政治局常委李長春視察了北京奧運會、殘奧會主新聞中心、國際廣播中心和2008北京國際新聞中心，在視察過程中，李長春表示[5]，不擔心會有大量負面報導，用開放的心態迎接國際輿論。李長春說：「哪個國家都有負面，我們中國這麼大國家，負面的難以避免。我們會保持開放的心態，相信大家會對中國改革開放三十

4 石家莊市政府新聞發言人：〈三鹿奶粉事件為何遲報〉，《人民日報》，2008年10月1日。

5 李長春：〈以透明姿態迎接輿論給世界一個客觀的中國〉，據鳳凰衛視及中國新聞網報導，南方網，2008年7月11日。

年的主流進行充分估計、綜合評價。」巧的是，早在2007年12月，昆明市委書記仇和新官上任，就同時召開多個座談會，請各個新聞單位提供近期報導，特別提出，「要負面的報導，看看我們做得不好或者不足，為市委下一步工作改進提供依據。」[6]

近年來，黨政官員對負面報導的寬容與正視，是有原因的。自2003年非典發生以來，有不少針對訊息公開的法律法規出臺。2003年5月12日，《突發公共衛生事件應急條例》公布，明確要求「任何單位和個人對突發事件，不得隱瞞、緩報、謊報或者授意他人隱瞞、緩報、謊報。」此外，國家建立突發事件的訊息發布制度。2007年11月1日施行的《中華人民共和國突發事件應對法》也對訊息披露有明文規定，對於「遲報、謊報、瞞報、漏報有關突發事件的訊息，或者通報、報送、公布虛假訊息，造成後果的」，將「根據情節對直接負責的主管人員和其他直接責任人員依法給予處分」。而在2008年5月1日開始實施的《政府訊息公開條例》確定了政府訊息「公開是慣例、不公開是例外」的原則，使國家機密限定在很小的範圍內，這賦予公民更多知情權。

但在新聞實踐中，負面報導的正常開展受到包括一些新聞管理部門在內的多種勢力的干擾。新華社記者任衛東和朱薇就曾發表名為〈「控負」背後的憂慮〉7，曝光一些政府部門負責新聞宣傳的幹部天天把「控負」掛在嘴邊，其含義是控制對本地區、本部門的負面報導」。據該文透露，一些部門原先沒有設置專門的宣傳機構，宣傳工作由辦公室兼管。只因為領導們感覺到「近年來輿論監督的力量越來越大」，於是專門成立了新聞宣傳處，主要任務就是控制負面報導帶來的不利影響」。

此外，新聞媒體或其工作人員在實踐中也往往基於利益的考量，甘願被俘獲。比如據中國青年報調查，山西霍寶干河煤礦發生礦難後，真假記者排隊領「封口費」。報導指，「據當地媒體有關人士分析，一些主流媒體的真記者，管的部門太多，大家工作戰戰兢兢，深怕踩『紅

---

[6] 石雨：〈仇和就任昆明市委書記請媒體提供負面報導〉，中新網昆明，12月28日電。

[7] 載《半月談》，2005年第14期。

線』、觸『地雷』，基本放棄了社會輿論監督的使命。例如山西某晚報不讓記者接觸資源性企業的負面報導，除非經過編委會的同意」。[8] 由於新聞管理部門的政策導向影響，再加上新聞工作者逐利的衝動，兩相結合，自然而然就會產生「有償不聞」增多，而負面報導減少的現象。

除了新聞實踐一線和執政黨領導層的認識脫節外，負面報導的開展受限還有一個重要因素，那就是學界對「負面報導」還沒有統一和系統的認識。2008年6月30日上午，筆者通過中國知網搜索題名為「負面報導」的論文，共有記錄七十條，大多為2002年以後發表的。從這些論文的標題上，就可以看出，不管是學術界和實踐界，「負面報導」是一個頗具爭議性的概念。比如有這樣的論文：《「負面報導」：一個被模糊了的概念》（范以錦，青年記者，2008.03.10）、《對「負面報導」要有正確認識》（潘洪其，青年記者，2008.03.10）和《「負面報導」早該扔進垃圾堆》（浪嬰，青年記者，2008.04.20）等。在專著方面，鄧利平先生的專著《負面新聞訊息傳播的多維視野》（新華出版社2001年5月出版，20萬字）是國內第一本論述負面新聞訊息及其傳播的著作。他是從訊息的角度分析負面新聞的。

綜上所述，近年來，領導層、實踐一線和學界關注負面報導越來越多，但是由於認識上的差異，導致「同一話題，各自表述」的亂象。縱然一些黨政領導對負面報導持寬容態度，但在實踐一線卻往往對其備加提防。所以筆者認為，對其概念進行科學地界定，正確認識它，深入探究它與「正面宣傳為主的方針」的關係，以及怎樣發揮負面報導的積極作用，都應成為實踐一線、學術界和新聞管理部門深入思考的問題。

---

8 李劍平、張國：〈「端著新聞飯碗的丐幫」——發礦難財的真假記者群像〉，《中國青年報》，2008年10月27日。

第二節　對新聞應有全面認識

一、到底什麼是新聞？

在研究負面報導這一對象時，當然不能避開新聞這一概念，因為這是研究負面報導的邏輯起點。筆者認為，對新聞的概念和功能的再認識顯得尤為必要。近年來，中外學界對此進行了有益的探索，將這些研究成果與負面報導進行關照，是非常有啟發性的。

（一）中西新聞定義之別

1943年9月1日，陸定一在當天出版的《解放日報》上發表〈我們對於新聞學的基本觀點〉一文，明確提出，「新聞的定義，就是新近發生的事實的報導」。雖然這一被學界稱為「事實論」的定義成為經典定義，但對此定義也並引來不少爭議。陳力丹本人就認為如果嚴謹些，應為「新聞是對新近發生的事實的敘述」。[9]

寧樹藩先生則認為，由於「報導」是人的精神活動，人們可以把自己的思想感情滲入其中。如認定「新聞」是一種「報導」，就勢必把「新聞」引入人的主觀世界，「新聞」就不再是一種客觀存在。所以他提出，「新聞是經報導（或傳播）的新近事實的訊息。」[10]

需要指出的是，在中文語境下，新聞本義的候選概念有三個，一是新聞訊息，二是新聞作品，三是新聞事實。上述定義的表達雖略有差異，但都貫徹了辯證唯物主義的思想，那就是新聞是事實的反映。類似的定義還有，徐寶璜認為，「新聞者，多數閱者所注意之最近事實

---

9 見上書頁25。

10 姚福申主編：《新時期中國新聞傳播評述》，復旦大學出版社，2002年1月第一版，頁29。

也」；范長江的觀點，「新聞是廣大群眾欲知、應知而未知的重要的事實」；李大釗在1922年北大記者同志會上的演說中提出的「新聞是新的、活的社會狀況的寫真」。

在西方，對新聞的定義區別很大。在《The Complete Reporter》一書中，列有專章討論《What Is News?》，列舉了諸如「新聞是值得付印的任何事物」，「新聞是人們感興趣的事件、事實或觀點」等八種不同的定義[11]。西方學者對各種新聞做了這樣的分類[12]：硬新聞、危機新聞和軟新聞。其中，硬新聞指「在24小時之內發生或被披露的、為人們所關注的事實的報導」，其主要特徵有：個人化（發生在真實的人身上）；戲劇化，充滿衝突；實際具體；新穎、反常規；與媒體正在關注的熱點相聯繫；沒有攻擊性；具有可信度；可壓縮；適應本地觀點。硬新聞側重於突發事件的報導，包括涉及高層領導、重大問題、或者打破日常生活秩序的重大事件，比如地震或空難。這些訊息大多有助於提高人們對世界上的公共事務的理解和反饋能力。

美國學者蘭斯・班尼特則對新聞的主觀性提出了看法，「新聞對我們生活的這個世界的反映是有選擇的、不斷演變的。」他還引用多里斯・格拉博爾的觀點，指出「並不是所有的訊息——包括關於這個世界的最重要的訊息——都能被稱作新聞。相反，新聞所包含的訊息更多的是適時、經常是煽動性的（醜聞、暴力和人物戲劇經常主宰著新聞）和人們所熟悉的。」[13]

從中西方對新聞定義的不同提法我們可以發現，中國人比較強調新聞的客觀性，而西方人則比較強調新聞報導的主觀性，所以會突出人們對事實重要程度的把握（「值得付印」、重大事件、熱點）。

---

[11] Julian Harris \ Kelly Leiter \ Stanley Johnson（1985），《The Complete Reporter》（5th Edition），Macmillan Publishing Company, P29.

[12] 詹寧斯・布賴恩特等著：《傳媒效果概論》，陸劍南等譯，中國傳媒大學出版社，2006年2月第1版，頁196-199。

[13] 蘭斯・班尼特：《新聞：政治的幻象》，楊曉紅、王家全譯，當代中國出版社，2005年1月第1版，頁12。

就負面報導來說，同樣應該體現中西方新聞定義的特點：一方面，它反映的肯定是新近（或正在）發生的事實；另一方面，報導的題材也是經由新聞工作者或宣傳管理部門根據一定的標準篩選過的。

正是基於這一認識，負面報導才有學術探討的可能。但在新聞實踐中，有人卻對新聞的認識有偏差，要麼認為新聞等同於宣傳，要麼認為以自身的力量可以決定哪些內容成為新聞。具體到負面報導，正是由於過於強調新聞的主觀性以及宣傳性，忽視新聞的客觀性，一些新聞管理部門通過多種手段「封殺」相關報導，被報導對象則千方百計地阻撓報導。這樣下來，維護的是個別人或小集團的利益，公眾利益卻被無情踐踏。

（二）作為框架的新聞[14]

美國學者塔奇曼說，「新聞是人們瞭解世界的窗口……但是，跟任何用以描繪世界的框架一樣，新聞這個框架本身也有自己的問題。窗口展示的視野取決於窗口的大小、窗格的多少、窗玻璃的明暗以及窗戶的朝向是迎著街面還是對著後院。這個視野還取決於視點的位置，比如是遠點還是近點、是歪著脖子看還是腦袋向前伸展，或者是側著身使眼睛跟開窗的這面牆平行」。[15]

「新聞作為框架」[16]（News As Framing）這一理論是1980年代才興起的，但至今熱度不減。這足以說明用此理論來解釋新聞的生產和傳播有其得到和貼切之處。黃旦歸納了框架理論的基本特點：（1）框架理論的中心問題是媒介的生產，即媒介怎麼反映現實並規範人們對之的理

14　需要說明的是，新聞與新聞報導從學理上並非一個概念。前者（NEWS）為名詞，意指有新聞價值的信息；後者（News Reporting）可為名詞可為動詞，是對有價值信息的媒介呈現。但在現實生活中，二者常常在用作名詞時混用。比如這篇新聞和這篇新聞報導是同一個意思。如不做特殊說明，在取義新聞作品的前提下，本書中指新聞，即為新聞報導。

15　塔奇曼：《做新聞》，麻爭旗等譯，華夏出版社 2008 年 8 月第一版，頁 30。

16　對於將「Frame」翻譯為框架，潘忠黨認為翻譯為「架構」更合適，因為它是一個建構過程，「框架」一詞無法表達其作為動詞的含義。參見黃旦：《傳者圖像：新聞專業主義的建構與消解》，復旦大學出版社 2005 年 12 月第 1 版，頁 229。

解；（2）怎樣反映現實，如何建構意義並規範人們的認識，最終是通過文本或話語——媒介的產品得以體現。因而，文本建構、詮釋或話語生產分析是框架理論的重點；（3）框架理論關注媒介生產，但並不把生產看成一個孤立的過程，而是把生產及其產品（文本）置於特定語境——諸種關係之中。[17]

臺灣政治大學新聞系教授臧國仁則對新聞框架與真實建構的關係進行了更深入的探討[18]。他引述Wolfsfeld的觀點，稱有五個影響新聞框架形成的因素：（1）新聞媒體組織的自主性，或是受政府控制的程度；（2）社會事件的訊息提供者（即消息來源）；（3）新聞組織的流程或常規：如新聞工作者喜以政府或其他建制組織為其採訪路線中的主要守線對象，使得官方立場在政治爭議中占有先天優勢；（4）新聞工作者的意識形態，亦常影響框架的形成：如記者習以社會正義者自居，以致影響其報導新聞的角度與選材方式；（5）社會事件受到原始組織影響的程度，也是新聞框架的成因。

臧國仁通過自己的研究得出結論，認為新聞產制基本是一項不斷受到特殊條件（包含組織常規、個人認知、與語言結構）制約的社會行動，在人物選擇、主題界定，事件發生原因的推論或情節鋪陳方面，新聞報導內容均與此一隱藏之制約行動（implicit rules）息息相關。他據此認為，新聞框架既是媒介言說的主要架構，也是限制媒介行動的規範（constraint）。

在傳播學界率先提出議程設置概念的麥庫姆斯也在2004年出版的新作《議程設置——大眾媒介與輿論》中也提到框架理論[19]。她認為框架蘊含的主導角度主動地「針對所描述事項提倡對問題的某種界定、因果解釋、道德評估和／或處理意見」。她還指出，「將構建框架這個概念

17 黃旦：《傳者圖像：新聞專業主義的建構與消解》，復旦大學出版社 2005年12月第一版，頁231-232。

18 以下相關論點引自臧國仁：〈新聞報導與真實建構：新聞框架理論的觀點〉，《傳播研究集刊》（臺北）第三集，1998年12月。

19 麥庫姆斯：《議程設置——大眾媒介與輿論》，郭鎮之等譯，北京大學出版社，2008年9月第1版，頁107。

放在議程設置理論的語境中，既能強調這個概念帶來的結果，也能強調它在組織與構建思想方面的能力」。

由此可見，框架理論作為新聞的一種分析工具，在西方傳播學界已經取得共識，而在臺灣學者引進與消化後，中國大陸的學界也將進行借鑒與吸納。在筆者看來，負面報導從深層次來說，和正面報導一樣，它也是一種認識框架的產物，只是認識事物的角度不同罷了。

筆者認為，負面報導的開展，受如下幾個方面因素的影響：（1）國家的新聞政策，在中國大陸地區還體現在新聞紀律。對訊息公開的支持力度直接影響到一些負面題材能否公開報導；（2）媒體的性質。比如黨報、黨刊往往以宣傳方針、政策為重要指向，而都市報則以民生為重點，這會影響媒體對報導題材的選擇。其中，受眾的不同也影響到新聞框架。（3）媒體的自主性。主要體現在編輯部（以總編輯為主）對新聞稿件的自由裁量權。（4）媒體工作者的專業水平。在中國大陸地區，主要體現在他們的大局意識、政治意識以及專業主義追求。（5）公眾對新聞的認知。公眾是新聞最終的消費者，他們對新聞題材的興趣以及對新聞的態度往往也影響到媒體對事實的報導。

需要說明的是，以上幾個因素在新聞實踐中，並不是單獨起作用，往往是同時作用於新聞內容的生產。

（三）作為執政資源的新聞

2004年9月19日，中共十六屆四中全會通過〈中共中央關於加強黨的執政能力建設的決定〉，明確指出，執政能力建設是我們黨執政後的一項根本建設。文件中特別提到，「堅持團結穩定鼓勁、正面宣傳為主，引導新聞媒體增強政治意識、大局意識和社會責任感，進一步改進報刊、廣播、電視的宣傳，把體現黨的主張和反映人民心聲統一起來，增強吸引力、感染力。重視對社會熱點問題的引導，積極開展輿論監督，完善新聞發布制度和重大突發事件新聞報導快速反應機制。高度重視互聯網等新型傳媒對社會輿論的影響，加快建立法律規範、行政監管、行業自律、技術保障相結合的管理體制，加強互聯網宣傳隊伍建設，形成網上正面輿論的強勢」。

可見，新聞媒體加強黨的執政能力建設中的地位顯然非同尋常，在其過程中，新聞作為一種執政資源被重視。這其實也是中國共產黨的優良傳統：「中國共產黨在建立政權前，黨的報刊一貫的功能定位就是政策宣傳，此外，報刊還應對政策的執行過程擔負起批評監督的職責。在建立政權後，媒體則通過內參方式和公開報導『焦點事件』建構政策問題。在政策執行時，則營造政策認同的輿論環境（作為政策執行宣傳的手段和溝通、協調的渠道），以及作為監督政策執行的手段」。[20]香港中文大學政治與公共行政系教授王紹光則總結出中國公共政策議程設置的模式有六種，分別是關門模式、內參模式、上書模式、動員模式、借力模式和外壓模式。他認為，「在今日中國，六種公共政策議程設置模式依然同時並存……在議程設置過程中，隨著專家、傳媒、利益相關群體和民間大眾發揮的影響力越來越大，『關門模式』和『動員模式』逐漸式微，『內參模式』成為常態，『上書模式』和『借力模式』時有所聞，『外壓模式』頻繁出現。用執政黨自己的術語來說，議程設置已變得日益『科學化』和『民主化』了」。[21]在王紹光提出的六種模式中，新聞媒體起著越來越大的作用。

清華大學學者李希光則明確提出了舶來的「新聞執政」概念。他認為，「在全球傳播的時代，中國黨和政府目前面臨的最大危機是其各級領導沒有認識到新聞執政的重要性，更沒有把新聞執政提到執政能力的建設議程上來。」[22]其實，「新聞執政」（Governing with the news）的提法源於美國白宮發言人，它區別於傳統政治傳播中的「宣傳統治」（Rulling by propaganda）[23]。所謂新聞執政，就指通過媒體新聞來執政，即運用媒體新聞來提高公共政策部門的執政形象、執政公信和執政

---

20 以上說法請見陳堂發：《新聞媒體與微觀政治》第一章第二節，第二章第二節及第四章，復旦大學出版社 2008 年 8 月第 1 版。

21 王紹光：〈中國公共政策議程設置的模式〉，《中國社會科學》2006 年第 5 期。

22 清華大學政府發言人制度課題組：〈新聞發布與新聞執政的緊迫性〉（本課題是國家社科基金項目，執筆人李希光、陸婭楠）》，新聞記者 2005 年第 1 期。

23 來自百度百科「新聞執政」詞條，http://baike.baidu.com/view/703759.html。

的合法性，向廣大群眾傳播執政者的決策，方針路線一類的以達到貫徹落實的目的。在當今高度商業化的媒體社會裏，新聞執政已成為成功的政治和治國的不可缺少的重要部分。

其他學者也開始注意到新聞作為一種執政資源的重要性和可行性。如向穎軼就認為，新聞執政力是維護政治系統的需要[24]。該研究者認為，「大眾媒介天然具備構建『政治交流結構』和『利益表達機制』的功能，具備充當社會利益博弈的公共平臺的能力。構建和諧社會，就要確保大眾媒介的這種功能得到充分發揮。」南京大學新聞學者丁柏銓也認為[25]，新聞傳媒作為特殊的執政資源，其存在價值，說到底是成為對它擁有支配權的執政者的特殊工具，執政者藉以表達自己主張以影響公眾。他提出，從目前情況來看，新聞傳媒作為執政資源，在以下四個方面都還有很大潛能可以發揮：（1）傳播有價值的新聞訊息和各類訊息；（2）設置相關議程有效引領社會輿論；（3）進行輿論監督和積極干預社會生活；（4）為公眾提供媒介所能提供的服務。

正是基於將新聞報導作為一種執政資源的考量，負面報導正好可以成為執政黨借此考察執政之得失，方針、政策之優劣。在中國共產黨執政經驗中，媒體則通過內參方式和公開報導「焦點事件」建構政策問題，現在由於訊息公開成為一潮流，加之媒體的專業水平的提高，負面報導的題材只是拓展了範圍，加強了力度，與「團結、穩定、鼓勁」的主導方針並不矛盾。

從現實看，對以上觀點的認知尚有一個過程。有研究者在2006年5、6月間，向部分領導幹部進行了問卷調查，收回問卷270份。結果之一是：

> 不少地方為了維護本地「形象」，明文規定記者採訪應經相關部門批准。從調查看，超過八成的領導幹部贊成對記者採訪設限，

---

24 向穎軼：〈新聞執政力：媒體動力圈中的控制革命〉，傳媒學術網 http://academic.mediachina.net，2007 年 4 月 24 日。

25 丁柏銓：〈新聞傳媒：特殊的執政資源〉，《江海學刊》（南京），2007 年第 1 期。

> 暴露出他們對傳媒很深的防範心理，這其中也可能有「多一事不如少一事」的官場心態。此外，接近六成的人選擇突發事件發生時在第一時間通報媒體，這說明懂得在「第一時間控制輿論主導權」的人多起來了。不過，仍有超過四成的領導幹部不明白這個道理，令人憂慮。[26]

此外，由於「新聞執政」能力不夠，中國常常在國際事件報導議程設置上的「半失語」。

由此可見，如何把負面報導作為一種執政手段，充分發揮其如警示等正面作用，也正是基於充分認識這一觀念的拓展。

（四）作為商業資源的新聞

在中國新聞學界，對「新聞是商品」的說法幾乎是一邊倒的反對，但對「新聞具有商品性」卻分歧較少。復旦大學新聞學教授王中先生早在1957年提出傳媒的兩重性，即政治性和商品性，而被列為罪證，打成新聞理論界的最大右派。但上世紀70年代末新一輪新聞改革以來，對「新聞產品具有商品性」則再度重提，並成為學術和實踐界的共識。

新聞商品性的表現形式，或者說新聞產品的交換形式，有直接和間接兩種：「直接的市場交換是指傳方提供新聞產品，受方付費購買。報刊雜誌的發行，通訊社新聞稿或電傳新聞的出售，訊息中心的新聞訊息服務，各類廣播電視機構的新聞片銷售，廣播電視臺收取視聽費，付費，付費電視臺收取節目費，這些都是直接的買賣行為。間接的市場交換，是指傳方提供新聞產品的同時又向廣告客戶出售版面或播映時間」。[27]

在西方，學者們也對作為商業資源的新聞有深切認識。加拿大學者達拉斯・斯密塞就曾提出「受眾商品論」，他的主要觀點是，「受眾是

---

[26] 黄琳斌：〈領導幹部「新聞執政力」調查及分析〉，《青年記者》（山東濟南），2006 年第 23 期。

[27] 姚福申主編：《新時期中國新聞傳播評述》，復旦大學出版社，2002 年 1 月第 1 版，頁 153-154。

大眾媒介的主要商品。大眾媒介的構成過程，就是媒介生產受眾，然後將他們移交給廣告商的過程。」

其他不少學者對新聞的研究也大抵在上述框架中進行。比法國學者布爾迪厄提出了「新聞場」的概念：

> 新聞界是一個場，但卻是一個被經濟場通過收視率加以控制的場。這一自身難以自主的、牢牢受制於商業化的場，同時又以其結構，對所有其他場施加控制力。
>
> 新聞場具有特殊的一點，那就是比其他的文化生產場，如數學場、文學場、法律場、科學場等等，更受外部力量的箝制。它直接受需求的支配，也許比政治場還更加受市場、受公眾的控制。[28]

一方面，新聞產品本身具有商品性（或商業性），同時，它又受到商業環境的深刻影響，所以新聞產制過程顯然不是那麼純粹，首先就從新聞來源方面受制頗多。在新聞實踐中，訊息的提供受到既得利益的限制之後，新聞報導漏掉了什麼，極少觀眾知道。

當新聞作為一種商業資源，對於產制的爭奪就在或明或暗的情境下進行。最突出的表現是一些商業機構或利益集團通過新聞媒體傳播有利於自身的訊息，而對不利於自身的訊息則採取箝制和控制的手法。這也正是中國「有償新聞」和「有償不聞」屢見不鮮的原因。

之所以要探究「作為一種商業資源的新聞」，筆者的出發點在於，通過充分認識其屬性，才可以力圖在實踐中規避其負面影響，從而通過為公眾利益服務提高公信力，實現商業收益。那麼，傳媒在市場領域和社會領域中應該如何正確定位，它們的功能有何不同呢？美國傳播學者薩爾蒙和格拉澤合合寫的《Public Opinion and Communication of Consent》一書中，就從多方面分析探討了這一話題：[29]

---

[28] 布爾迪厄：《關於電視》，許鈞譯，遼寧教育出版社，2000 年 9 月第 1 版，頁 61。

[29] 轉引自陳力丹：《新聞理論十講》，復旦大學出版社，2008 年 6 月第 1 版，頁 158。

	市場領域	社會領域
自由是	否定的	肯定的
自由保護的是	被聽到的權利、個人的表達	聽的權利、表達的滿足
傳播是	受到私人控制的	受到社會保護的
輿論是	個人各自的「財產」	公眾爭議和評議的結果
媒介職能是	一種訊息源	一種對話的觸媒
有進入的權利嗎	沒有（指參與媒介活動）	有
觀點一致性的顯現	通過競爭觀念和選擇自由	通過論證和互動（consensus）

從上表可以看來，當傳媒身處於市場領域，其傳播往往被私人或利益集團控制，對公眾利益的維護並沒有天然的使命。作為傳媒的安身立命之本，新聞的社會功能自然而然也會弱化。傳媒在社會領域中的角色則是為公眾利益服務，是作為西方所謂「社會公器」而存立。在中國，大眾傳媒不僅是黨和政府的耳目喉舌，也是人民群眾的耳目喉舌。

正面報導中的「有償新聞」不少見。對負面報導來說，因為一些負面題材經媒體報導後，極有可能對報導對象的利益造成損害，這就導致新聞媒體也成為收買的對象，以達到「有償不聞」的效果。

在筆者看來，參與阻礙負面報導的力量主要有如下幾種：

報導對象（包括個人、機構等）；與報導對象的利益關聯方（如個人的親朋好友；企事業單位的主管單位等）；與報導對象的非利益關聯方；媒體主管單位（如對應的新聞管理部門、出資方等）；新聞媒體（新聞工作者職業道德與專業主義精神）。

在研究負面報導時，這些相關力量顯然都應涉及。因為只有清楚地認識到哪些力量介入到從負面題材到負面報導這一過程，才能深入瞭解中國社會轉型期新聞生產的制約因素，從而對新聞有更加全面而準確的認識。

二、新聞有何社會功用？

（一）民衆權利的申張

2004年9月，在中國共產黨16屆四中全會上，通過了《中共中央關於加強黨的執政能力建設的決定》。在論及「堅持黨的領導、人民當家作主和依法治國的有機統一，不斷提高發展社會主義民主政治的能力」，首次提到了群眾的「知情權、參與權和監督權」等民主權利。其表述對象是針對基層群眾的：

> 擴大基層民主，完善基層政權、基層群眾性自治組織、企事業單位的民主管理制度，堅持和完善政務公開、廠務公開、村務公開等辦事公開制度，保證基層群眾依法行使選舉權、知情權、參與權、監督權等民主權利。

2006年10月，中國共產黨16屆五中全會通過《中共中央關於構建社會主義和諧社會若干重大問題的決定》，在「加強制度建設，保障社會公平正義」部分，則把民眾權利擴大，並將基層群眾擴展到人民：

> 推進決策科學化、民主化，深化政務公開，依法保障公民的知情權、參與權、表達權、監督權。擴大基層民主，完善廠務公開、村務公開等辦事公開制度，完善基層民主管理制度，發揮社會自治功能，保證人民依法直接行使民主權利。

2007年10月，胡錦濤在十七大的報告中，在「堅定不移發展社會主義民主政治」部分再次論及民眾「四權」：

> 擴大人民民主，保證人民當家作主。人民當家作主是社會主義民主政治的本質和核心。要健全民主制度，豐富民主形式，拓寬民主渠道，依法實行民主選舉、民主決策、民主管理、民主監督，保障人民的知情權、參與權、表達權、監督權。

從以上看出，近年來，中共中央對民眾權利中的「知情權、參與權、表達權、監督權」開始強化表述，並在黨的重要文件中予以強調。

那麼在新時期，如何來保障「知情權、參與權、表達權、監督權」的實現，如何從制度建設上和思想觀念上跟進這一時代要求？筆者認為，作為黨和政府的耳目喉舌，也是人民群眾的耳目喉舌，大眾傳媒顯然任重道遠。在領導重視和制度建設上，媒體已經迎來很好的機遇。

由於互聯網在中國的突飛猛進，民眾的「知情權、參與權、表達權、監督權」實際上多了渠道。以輿論監督為例，新媒體與傳統媒體的互動，而且媒體與民眾的監督結合起來，打破了沉悶的局面，把輿論監督推向了新的階段。

中共高層也認識到網路民意的重要性。2008年6月20日，在《人民日報》創刊60周年之際，胡錦濤通過人民日報社主辦的人民網「強國論壇」通過視頻直播同廣大網民在線交流就是很好的信號，甚至有人借此提出「互聯網執政」的概念[30]。在制度建設上，2008年5月1日，《中華人民共和國訊息公開條例》開始施行，條例「以公開為原則，以不公開為例外」。

倡導重新審視和重視負面報導，從某種意義上來講，就是踐行中共中央對群眾「知情權、參與權、表達權、監督權」的申張。同時，這也是落實《中華人民共和國訊息公開條例》的一種方法和手段。需要說明的是，該條例中所指訊息是指「本條例所稱政府訊息，是指行政機關在履行職責過程中製作或者獲取的，以一定形式記錄、保存的訊息」。其實質是要建立一個開放的政府。筆者認為，在新聞實踐中，對於關涉公眾利益的企業、機構和個人訊息也應該公開。這也是媒體進行公開報導的前提。

（二）大眾傳媒的政治社會化

大眾傳媒是政治社會化機構之一。所謂政治社會化，張昆教授根據西方多位學者的觀點歸納以下：

---

30 對此提法，尚存爭議。參見《觀點集裝：互聯網執政的曖昧》，取自金羊網2007年7月27日，http://www.ycwb.com/xkb/2007-07/27/content_1563106.htm。

> 它是政治體系利用多種渠道傳播與創新主流政治文化以培養政治人的過程。這一過程實際上隱含了兩大內容，一方面它表現為個體學習政治知識與技能，內化社會規範，形成統治集團希望的態度體系和行為模式，即合格政治人的形成；另一方面則表現為社會政治文化的維持（代際傳遞）和發展。[31]

而要實現政治社會化，政治系統必須要借助大眾媒介系統，「政治系統的有序運行有賴於大眾媒介系統的參與，政治人物或政黨、團體只有通過大眾媒介才能將自己的主張和聲明列入公眾議程，媒介系統功能的發揮也會直接地影響到政治系統的運行，如媒介的監督有助於建立廉潔高效的政府，大眾媒介在政府、政黨方針政策的落實方面扮演的角色也日益重要。」不過，另一方面，「大眾媒介系統也在越來越大的程度上受到政治系統的制約，在某種意義上，大眾媒介系統從屬於政治系統。」[32]

事實上，包括輿論監督在內的負面報導在現實中實踐著大眾傳媒的政治社會化功能。它能夠深層次影響民眾的政治人格。[33]但與現代社會政治人格相比，中國傳統政治人格是一種「自我萎縮型人格」，其次是主體在政治上「對君主專制的情感認同，對國家與民族、王朝和政治利益集團的不同程度和內容的歸屬感」，有一種臣服、依附型的人格特質。[34]

---

[31] 張昆：《大眾媒介的政治社會化功能》，武漢大學出版社，2003 年 11 月第 1 版，頁 6。

[32] 張昆：《大眾媒介的政治社會化功能》，武漢大學出版社，2003 年 11 月第 1 版，頁 45-46。

[33] 張昆：《大眾媒介的政治社會化功能》，武漢大學出版社，2003 年 11 月第 1 版，頁 211-212。

[34] 一個人在政治生活中體現出來的特質和行為就是政治人格，包括認知、情感、態度、動機、焦慮、觀念、習慣及其行為模式等複雜內容，並有著特有的內部結構方式。參見施雪華主編：《政治科學概論》，中山大學出版社，2001 年版，頁 833。

在培養「獨立、自治、自尊、平等、參與和理性的現代公民」[35]這一過程中，王梅芳認為，輿論監督是一種文化啟蒙，「輿論監督的存在和對輿論監督的容納，就意味著這個社會有一種正常溝通機制，有一種多元化的價值取向。我們說輿論監督是一種文化啟蒙，指的就是這樣一種含義，即它讓我們看到溝通的可能，看到不同利益和不同價值相互並存、相互協調的可能，也看到不同的人都有表達自己意志的可能。」[36]

由於輿論監督類報導中大部分為負面報導，所以筆者認為，負面報導為媒體的政治社會化所作的貢獻主要體現在如下幾個方面：塑造公民現代人格，認識功能（全面認識社會現實），預警功能，尋找真理的途徑和有利於促進民主治理。在本書第八章中，筆者將分別進行闡述。

[35] 叢日雲在編著的《中國公民讀本》一書（天津教育出版社 2006 年）中，認為這是現代公民的人格特徵。

[36] 王梅芳：《輿論監督與社會正義》，武漢大學出版社，2005 年 2 月第 1 版，頁 87。

第二章　到底什麼是負面報導

第一節　定義負面報導的現實緊迫性

一、一個海內外傳播的名詞

在本書第一章《緒論》中曾提及，筆者通過網路搜索發現，如果單從訊息的條數來看，「負面新聞」顯然比「正面新聞」有更多關注度，使用頻次更高。「負面報導」一詞的搜索結果是：相關網頁約3,990,000篇，相關新聞約47,100篇。

另一方面，包括上至中共中央政治局常委李長春，下至昆明市委書記仇和都分別對負面新聞報導提出了自己寬容的看法。仇和更是特別提出「要負面的報導，看看我們做得不好或者不足，為市委下一步工作改進提供依據。」[1]

負面報導，一個看似深具中國特色的概念卻得以廣泛流傳，至少說明在中國大陸民間和官方都有深切認識。中國學界同樣也將負面報導作為學術研究話語。比如2008年8月21日，清華大學國際傳播研究中心在公布的「世界主流媒體奧運關注度調查研究報告」中顯示，自北京奧運會開幕以來，世界主流報紙半數以上的奧運新聞為正面報導，「研究發現，每天世界各地46.2%的主流報紙在頭版至少刊登1條以上的奧運新聞，其中正面報導超過53.8%，負面報導僅為11.3%。」[2]與「負面報導」相關的學術研究文章將在後文中提及。

---

[1] 石雨：〈仇和就任昆明市委書記請媒體提供負面報導〉，中新網昆明，12月28日電。

[2] 〈清華大學公布世界主流媒體奧運關注度調查結論：世界主流報紙半數以上

作為中國人耳熟能詳的一個詞，負面報導近年來甚至已經成一些海外華文媒體用語。比如在華人圈裏深具影響力的《聯合早報》在2008年就曾在標題中分別用了「負面報導」和「負面新聞」。

在2008年1月25日出版的該報上，發表駐京記者韓咏紅撰寫的〈正面還是負面報導？〉，是一篇隨筆。文中提到，一個郴州出租車司機突然問她：「你這次來採訪是打算寫正面報導，還是負面報導？」她的回應是，「這是你們有的區分法，新聞應該就是實事求是，無所謂正面還是負面，看到什麼如實地報什麼。新聞不應該是如此嗎？」2008年11月10日，駐京記者於澤遠發表的報導，標題卻為〈負面新聞不斷北大等名校換校長〉。這也從另一個角度說明，一個中國概念的強大之處：從不被接受到接受的過程。

此外，在中國內地，對於外國媒體涉華報導，政府官員、新聞工作者和學者，甚至老百姓也常常會以正面報導或負面報導這一概念來框定其報導的內容。前述清華大學「世界主流媒體奧運關注度調查研究報告」、郴州出租車司機對《聯合早報》記者的提問，都充分體現了這一點。此外，一些博士論文和專著也以這種認知框架對西方涉華報導進行分析，比如復旦大學國際政治系國際關係專業2004屆博士研究生何英的學位論文標題即為〈冷戰後美國媒體對華負面報導的建構主義分析〉，該論文擴充後還正式出版，題為《美國媒體與中國形象：1995～2005》（南方日報出版社2005年8月第一版）。在《鏡像中國——世界主流媒體中的中國形象》一書（劉繼南、何輝等著，中國傳媒大學出版社2006年3月第一版）中，多次提到「負面報導居多」或「報導傾向負面」之類的用語。

二、定義「負面報導」的現實緊迫性

「負面報導」這一概念在實踐界存在了多年，而且在中國大面積使用，但是對於什麼是負面報導，實踐界和學術界並沒有一致的看法。迄今為止，尚無一部關於負面報導的專著問世。

的奧運新聞為正面報導〉，《中華新聞報》，2008年9月18日。

現實中，一方面，實踐界出現負面新聞題材的泛化現象，只要新聞當事方覺得不利於自己，就以「負面報導」相稱；另一方面，負面新聞當事方為抵制它們，甚至通過「公關」新聞宣傳主管部門減少甚至消滅負面報導。兩相結合，導致正常的輿論監督受阻，實踐一線在報導時束手束腳。而「不要帶來負面影響」成為阻止一些常規報導的藉口。

新華社記者任衛東和朱薇就曾發表名為〈「控負」背後的憂慮〉的文章[3]，曝光一些政府部門負責新聞宣傳的幹部天天把「控負」掛在嘴邊，其含義是「控制對本地區、本部門的負面報導」。據該文透露，一些部門原先沒有設置專門的宣傳機構，宣傳工作由辦公室兼管。只因為領導們感覺到「近年來輿論監督的力量越來越大」，於是專門成立了新聞宣傳處，主要任務就是「控制負面報導帶來的不利影響」。

以種種冠冕堂皇的理由就可能影響正常的新聞報導，成為某些部門的盯防目標，並進而影響到公民的知情權、參與權、表達權和監督權。在這樣的氛圍下，一些新聞宣傳主管部門的指令上和不少新聞工作者心中，負面報導成了理所應當規避的「禁區」。而它的範圍不僅是時政新聞，甚至拓展到經濟、社會、娛樂等新聞領域。這實在不能不引起我們的關注和重視。正是從這個意義上說，從內涵和外延上釐清「負面報導」的概念，端正其認識，不但對實踐界有益，同時也有利於新聞工作的管理的指導。

不過，近年來，有一些實踐界的人士（如原南方日報社社長范以錦、中國海協副會長張銘清等）開始質疑負面報導這一提法的科學性。如果單從新聞傳播學的角度，「負面報導」顯然是一個杜撰的概念。這個帶有價值評判的概念不像西方的「Bad news」那樣中性，從而讓人們產生一定的思維定式。但從研究的角度來說，這一概念存在多年，至少說明其作為一種詞匯的存在有著合理性，而且筆者認為它在實踐界消失還遙遙無期。所以從定義上釐清它，無疑是學界更加現實和急迫的任務。這從另一角度可以看出新聞傳播學與實踐的緊密性。

在筆者看來，對負面報導這一概念進行界定有以下意義：

---

[3] 載《半月談》，2005年第14期。

1. 有利於正確地區別什麼是負面報導以及它的作用和地位；
2. 有利於防止將負面報導這一概念泛化，對實踐工作和新聞管理有著顯明的現實意義。
3. 有利於瞭解負面報導有什麼樣的影響，以及在面對其可能產生的負面影響時，應如何應對；
4. 通過對負面報導進行學理分析，將豐富新聞學研究的內容。

第二節　對負面報導現有定義的探討

一、負面報導現有定義綜述

（一）以客觀存在事實或現象為認知維度

鄧利平認為，負面新聞是指「那些消極或不好的新聞事實，是主體的活動不合乎人的實踐的規律性與目的性的變動。它既指社會生活的那些落後性、病態性的事實，如貪婪、霸道、虛假、荒淫、卑劣、迷信及事故等違反法律、道德、規章的消極現象，也指自然界運動中發生的諸如地震、洪水、海嘯、颶風、塌方、旱澇等各種災害」[4]。

較早列專章論述負面報導的是張威先生。他在所著《比較新聞學：方法與考證》一書中列有專章〈正面報導和負面報導〉，認為負面報導「聚焦於那些與現行社會秩序和道德標準相衝突的事件以及一切反常現象。一般說來，犯罪、醜聞、性攻擊、事故以及自然災害等一類事件往往是它注重的焦點。……它強調『變動』、『反常』和『衝突』」。[5]他認為負面報導具有普世性，「負面報導是一種帶有負面因素的新聞事實

[4] 陳堂發主編：《媒介話語權解析》，第四章〈負面新聞的話語權〉，新華出版社，2007 年 11 月第 1 版，頁 139。

[5] 張威：《比較新聞學：方法與考證》，南方日報出版社，2003 年 2 月第 1 版，頁 347-348。

的報導。由於階級、民族、文化、黨派、時代和個人的因素的制約，對什麼是負面因素的新聞事實，受眾可能會有不同的反應。值得指出的是，進入新聞研究視野的負面報導是新聞界眼中的負面新聞，它與不同受眾眼中的負面新聞有時是重合的，但有時又是分裂的。」但他指出，「進入新聞視野的負面報導應具有較高程度的普世性，即存在著不同社會制度的新聞傳媒都認可的新聞價值。」

正是從客觀存在的事實或現象為認知維度，張威認為，報導分為三類，正面報導、負面報導和一般報導。其中，一般報導是一種中性報導，它不提倡、暗示什麼，也不警醒和暴露什麼，直話直說，是一種大量存在的報導樣式。

持張威類似觀點的還有不少。比如，楊保軍認為，「如果把關於『正面事實』的報導稱作『正面新聞』的話，那麼，關於『負面事實』的報導就應稱作『負面新聞』，這既符合實際又合乎邏輯。傳播實踐與生活經驗告訴我們，對負面事實的報導，更易激發人們的新聞欲望和興趣，更能引起人們的廣泛關心和注意，從而更加容易產生強烈的社會反響和新聞效應。因此負面事實常常成為媒體追逐捕捉的『熱點』，而報導出來的負面新聞則成為社會和廣大受眾注視的『焦點』，這種傳授雙方的整體互動作用，使負面新聞在整個新聞傳播中凸現出來，表現出不可低估的正面價值，不可小視的正面效應。」[6]

（二）以新聞報導產生效果為認知維度

與客觀對待負面報導的對象不同，當以新聞報導產生的效果為認知維度來下定義時，就有不同的論斷。

從這一角度出發的典型定義如下：

「負面新聞是在各類媒介傳播的新聞訊息中產生了消極、負面影響的新聞，其內容可能是負面的也可能是非負面的，但由於表現不當，產生了事與願違的消極影響。」[7]

---

[6] 楊保軍：〈負面新聞價值實現特徵及其啟示〉，《新聞前哨》，1999 年第 8 期，頁 7。

[7] 鄧利平：《負面新聞信息傳播的多維視野》，新華出版社，2001 年 5 月第 1

「所謂負面報導，是指在各類媒介傳播的新聞訊息中產生了負面社會效應的報導。」[8]

還有論者這樣認為，「負面報導是指新聞媒體對一切違背法律或倫理道德，與人類社會進步潮流逆向而動、損害人類利益的新聞事實的報導。負面報導的差異是中西新聞報導的主要區別之一」。[9]

基於效果評定出發的定義影響了一些論者的研究，比如華東師範大學心理學系2006屆碩士劉冉的學位論文題為《消費者對報紙負面報導的品牌態度研究》，採用了這樣的定義，聲稱文中的負面報導「指的是報紙針對品牌質量、品牌管理等負面內容造成負面效應的報導」。

其實上文所述「與人類社會進步潮流逆向而動」、「損害人類利益的新聞事實」，都是針對負面報導在新聞訊息傳播後的影響而言。我們可以注意到，一些論者提到新聞訊息的負面性有提及，但一些論者則並未明確傳播的訊息本身是否有負面因素的新聞事實。

（三）以主、客觀兼有標準為維度

如果第一種維度是客觀的，那麼我們可以說第二種維度是主觀的。因為新聞是否產生了消極、負面影響，這與人們的判斷相關。

此外，還有一種維度是主、客觀標準兼有。

比如有論者認為：

> 負面新聞從其含義上講，是指「消極的（或不好的、有害的）新聞訊息」。通俗地理解，它是災難性事件和破壞社會行為秩序的事件所傳達出的訊息，即我們常說的天災人禍。負面新聞訊息所

版，頁 7。

[8] 廖昌喜：〈淺談負面報導及其產生的原因〉，《新聞界》，2001 年第 6 期，頁 45。

[9] 劉合強、萬軍：〈中西負面報導差異探析〉，《武漢職業技術學院學報》，2004 年第 1 期。

表現的是不利於人類社會發展和人與自然界和諧的訊息，是一種「非人性的特質」。[10]

清華大學新聞與傳播學院教授劉建明則認為：

負面報導不僅存在，而且是西方新聞界的熱點，近年在我國媒體上也占有很大比例。負面報導是指有悖於人類安寧、利益或理性與道德追求的，帶有危害性的事實報導，包括對人們的挫折、失敗、社會醜惡、天災人禍、犯罪、暴力和觀點極端的新聞，尤其表現為對此類事實的報導動機錯誤、報導量和報導方法不當。

負面報導有兩種，一是對負面事實的正當報導；對負面事實進行適度的報導，讓受眾知道負面事件的危害，注意防範不利因素對公共利益的侵害，體現出媒體的正義立場。媒體把握得體的方式和分寸，正確解釋負面事件的性質和因果，引導受眾吸取教訓，能夠產生正面效果。二是對負面事實不當的報導。媒體對負面報導處理不當，產生的負面效果常常使其陷入被動。負面報導量超過正面報導，扭曲對現實的認識，讓受眾特別是青少年經常接觸犯罪訊息，影響他們的心理健康；負面報導流於自然主義，對醜陋事實進行客觀描述，認知能力弱的人無法識別是非善惡。[11]

（四）以價值觀分歧為認知維度

前述三種認知角度主要是從主、客觀兩個角度出發，負面報導要麼是對帶有負面因素的新聞事實的報導，或者是在各類媒介傳播的新聞訊息中產生了消極、負面影響的新聞，還有一種可能是兩者兼有之。

如果以價值觀分歧為認知維度，負面報導顯然涵蓋的內容不只是上述內容。按照維基百科的解釋，價值觀是一種處理事情判斷對錯、做選擇時取捨的標準[12]。比如前文引述劉建明的觀點時，「觀點極端的新

---

10 宣萬明：〈負面新聞的宏觀控制與正面引導〉，《青年記者》，2007 第 20 期。

11 劉建明：〈負面報導的概念釋疑〉，《新聞與寫作》，2008 年第 7 期。

12 http://zh.wikipedia.org/wiki/%E5%83%B9%E5%80%BC%E8%A7%80。

聞」也被列入負面報導之列，這顯然是基於價值觀維度的考量。但在筆者看來，僅將極端觀點的報導列入其中，稍顯偏頗，在現實實踐中，異議的報導也應屬於負面報導。異議有兩個含義：（1）不同的意見；（2）特指相反的意見（法律用語）。當然這就涉及到主、客體問題。

在新聞實踐中，以異議為主要內容的報導常常被相關單位與個人視作負面報導，並予以歧視或抵制。因為任何單位和個人都喜歡聽到贊同或讚美自身的意見，而不喜歡「逆耳」的「忠言」。這事實上是一種封建專制傳統的流習。比如有論者就指出：「傳統的管制行政，過於強調政府『為民作主』，實質上也就是『替民作主』、『代民作主』，聽不得反對意見，以為那是喪失『權威』的表現」。[13]

讓人遺憾的是，即令中國大陸地區改革開放已經三十年，一些政府機構和官員在面對某些重大問題的爭論時，對不同意見的「屏蔽」仍不鮮見。比如廈門PX項目在初期，當地政府官員並沒有聽取反對意見，忽視民意，對不同意見並未公開報導。廈門市民在尊重程序、尊重科學、尊重法律的前提下，通過一切可能、合法的途徑把態度和意見表達出來，最終才改變了當地政府的決策。

基於以上的經驗教訓，我們在探討負面報導的定義時，顯然不能只著眼於一些事件，而應更加全面，將異議納入其中。

二、對負面報導現有定義的評析

（一）對負面報導題材認知的分歧

當以客觀存在事實或現象為認知維度時，最大的問題是如何認定「負面訊息」。從上述部分所述概念看，對它的認定也各不相同。

比如鄧利平認為，負面訊息分為兩類：（1）社會生活的那些落後性、病態性的事實，如貪婪、霸道、虛假、荒淫、卑劣、迷信及事故等

13 〈廈門 PX 事件：政府在尊重民意中學習現代執政〉，《新京報》評論文章，2007 年 12 月 21 日。

違反法律、道德、規章的消極現象，（2）自然界運動中發生的諸如地震、洪水、海嘯、颶風、坍方、旱澇等各種災害。

在張威看來，負面報導的對象是：「那些與現行社會秩序和道德標準相衝突的事件以及一切反常現象。一般說來，犯罪、醜聞、性攻擊、事故以及自然災害等一類事件往往是它注重的焦點。……它強調『變動』、『反常』和『衝突』」。

雖然兩種界定中，負面訊息如果總結兩種觀點，那麼，負面報導的報導對象有兩大類：（1）自然災害；（2）違法、違規及違背道德的現象或事件。這實際上非常廣泛，如果按照這樣的分類，各家都市報的法製版、電視法制節目的報導內容都是負面報導；在市民新聞中，對於不孝子女之類的報導，也會列入到負面報導名下。但這與實踐中人們認知的「負面報導」顯然不盡相同。

綜上所述，如果對負面報導針對的報導題材或對象認識不科學或不嚴謹的話，這就必然會導致它與學界和實踐界的認知產生偏差，一種可能是過於泛化，另一種可能是過於窄化。

（二）對負面報導效果認知的難題

以新聞報導產生效果為認知維度，負面報導的典型定義是，「在各類媒介傳播的新聞訊息中產生了消極、負面影響的新聞，其內容可能是負面的也可能是非負面的，但由於表現不當，產生了事與願違的消極影響。」另一種定義是，「負面報導是指新聞媒體對一切違背法律或倫理道德，與人類社會進步潮流逆向而動、損害人類利益的新聞事實的報導」。

對於前一種定義，「內容可能是負面的，也可能是非負面的」，只是強調產生了消極或負面影響。以「注意正面報導的負面效應」為主題的學術論文並不少見，曾有論者指出，正面報導也可能產生負面影響：「正面影響並不是正面新聞的專利，正面新聞如果把握不好，出現誇大、失實、失當等也會產生負面效應或影響，即使好的動機也會產生不良的社會效果」。[14]

---

[14] 黃清輝、魏濤：〈規避新聞報導負面影響的幾點認識〉，《新聞戰線》，

2003年12月3日，時任國務院新聞辦公室主任的趙啟正也說：「正面報導還是負面報導，我們需要辨別什麼是正面，什麼是負面，說我們的不好就是負面消息嗎』不是。判定這個報導的正面負面問題，應該從是否有利於我國人民的根本利益方面來考慮。」

正面報導產生負面效果的例子，在中國新聞史上並不少見。比如對一些正面典型的報導，由於在報導中過於追求「高、大、全」的效果，結果卻導致人民群眾對此類典型的真實性持懷疑甚至抵制態度。

另一方面，負面報導產生正面效果也完全可能。2008年2月，湖北省高級人民法院院長鄭少三在與新聞界人士懇談時就認為，有人把批評報導稱為「負面報導」，但所謂的「負面報導」不等於負面影響，善意的、適當的和負責任的「負面報導」，對改進我們的工作很有好處，能及時提醒和幫助我們看到工作中存在的不足，並沒有什麼不好。[15]

對於後一種定義，涉及到「與人類社會進步潮流逆向而動、損害人類利益」這樣的判斷，主觀性非常強。

其實兩種定義都帶有明顯的主觀色彩。但最大的問題是，誰有資格來判斷是否造成了「負面影響」？況且實踐是檢驗真理的唯一標準，當時認為某些報導帶來的可能是正面影響，但隔了幾年，幾十年回頭看，它們可能帶來的卻是嚴重的負面報導。大躍進時期的一些報導就是這樣的例子。

正是由於負面影響判斷標準難以確定，這就對學界和實踐界帶來認識的困難。可以說，每個人對每一事件可能產生什麼樣的影響，看法都會不太一樣。在這種情況下，負面報導可以說是無所不在，隨人而定。從這一點來說，這就很難研究它，遑論找尋其規律了。

（三）學界與實踐界認知的分離

張威曾指出，「進入新聞研究視野的負面報導是新聞界眼中的負面新聞，它與不同受眾眼中的負面新聞有時是重合的，但有時又是分裂

2007年第8期。

[15] 湖北人民法院院長鄭少三：〈「負面報導」不等於負面影響〉，《人民日報》，2008年2月15日。

的。」[16]當我們以價值觀分歧為認知維度時，才發現實踐中關於異議的報導本就是負面報導的範疇，但為學界所忽視。

這還只是學界與實踐界認知分歧的一面。事實上，對於負面這一概念，雖然學界基本認同這一概念的存在，並從不同角度對其進行界定。相關的學術論文並不少，2008年11月19日晚上22點43分，筆者搜索中國知網，以「負面報導」為篇名的期刊論文，共有記錄101條。而在不少實踐界人士看來，負面報導這一概念是否科學，是否有必要存在，都成為一個問題。比如《青年記者》雜誌在2008年3月上期，就有如下標題的論文：〈「負面報導」：一個被模糊了的概念〉（范以錦）、〈對「負面報導」要有正確認識〉（潘洪其）。該刊還在2008年第11期發表〈「負面報導」早該扔進垃圾堆〉（浪嬰）一文。

范以錦在〈「負面報導」：一個被模糊了的概念〉一文中稱，「以我之見，報導本身乃至其產生的後果都是負面的，才是真正的『負面報導』。那些與國家大政方針唱反調、違背國家和人民根本利益的報導，還有那些虛假報導，無論從報導本身還是從其產生的後果來看都是負面的，這就是真正的『負面報導』」。

雜文家潘多拉曾寫過一篇評論，認為將新聞報導分為「正面報導」與「負面報導」，其危害有三：

> 一是違背了實事求是的原則和科學管理的精神，導致對新聞媒體的管理日漸簡單化、傻瓜化；二是違背了新聞真實性的原則，助長了媒體「報喜不報憂」的不良傾向，侵犯了媒體的採訪報導權和輿論監督權；第三，更惡劣的是，如張銘清所說，一些腐敗官員為掩蓋自己的醜行，把「負面報導」當成自己防守的盾牌和以攻為守的帽子和棍子。[17]

---

[16] 張威：《比較新聞學：方法與考證》，南方日報出版社，2003 年 2 月第 1 版，頁 347。

[17] 潘多拉：〈「負面報導」之說也該壽終正寢了〉，《燕趙都市報》，2008 年 2 月 16 日。

所以他認為，「將媒體的報導與其可能產生的影響混為一談，炮製出一個『負面報導』的概念作為管理的法寶，如此簡單粗暴愚不可及的做法，無論從哪個角度看，都應該壽終正寢退出歷史舞臺了。」

以上爭議其實涉及到負面報導認定的標準問題。南方周末評論員笑蜀在〈為「負面新聞」正名〉一文中，是這樣認為的：

> 什麼是「正面」？什麼是「負面」？這裏的判斷標準只應該有一個，那就是公共利益的標準。但凡有利於公共利益，就肯定是正面的；但凡不利於公共利益，就肯定是負面的。[18]

但是，公共利益的標準顯然不易確定。加上學界對公共利益的界定也並非一致，這也影響到實踐中，對正面報導與負面報導不好進行科學地區別。

第三節　負面報導新定義的提出

一、定義負面報導的原則

在筆者看來，對於像負面報導這樣與實踐緊密相連的概念，釐清有著巨大的現實意義。而在定義時，至少應該遵循以下幾條原則：

（一）生動反映現實實踐

新聞學是實踐性很強的一門學科。新聞報導則是一種社會性極強的工作。在定義負面報導時，顯然要關照到現實實踐中人們的看法。

只有負面報導的界定反映現實實踐時，我們在研究時才能深入瞭解它對實踐的意義，以及如何在實踐中發揮其應有作用。

---

[18] 見《南方周末》，2007年10月25日評論版。

（二）具有客觀性和普適性

陸定一對新聞的定義是，新聞是新近發生的事實的報導。這一定義並非完美，但它遵循了辯證唯物主義，所以非常客觀。此外，這一定義簡潔，還具有普適性，也就是中外都可通用。

在對負面報導進行定義時，也應具有客觀性和普適性。如果定義有著強烈的主觀色彩，那麼對現實實踐的工作和學術界的研究來說，都是具有不可控性的。這是因為每個人看問題的標準和方式、方法都不一樣。這樣下來的結果就是「公說公有理，婆說婆有理」了。

（三）實踐一線和學術界普遍認同

在上述對負面報導「已有定義評價」部分，筆者提到了「學界與實踐界認知的分離」。正是由於實踐一線和研究者們對負面報導的認知不一致，這就導致了共識難以形成，也影響了認識的深入。

如果對負面報導進行公允地定義，顯然不只是實踐一線要認同，學界也要認同。當然，這樣的認同並非是強求一致，而是看這樣的定義能否與多方的認知地圖相近，偏差是否太大。

二、對負面報導新定義的闡釋

以上僅是筆者的一點淺見。雖然都是看似簡單的要求，但對一個研究者來說，卻是很難的一件事。筆者在對負面報導定義時，也只是力爭按照這些原則朝理想目標努力。

在筆者看來，負面報導，是指針對可能或已經造成人員傷亡或重大損失的自然災害，政治、經濟和社會領域重大違法、違規現象以及異議（不同觀點）的報導。這些報導可能引起人們對報導對象（個人、組織／機構、國家或政策等）產生負面評價。

這是筆者將負面報導作為一種題材取向的基礎上而定義的。在探討什麼是負面報導時，筆者認為有以下幾個要點需要明確：

（一）自然災害報導並非都是負面報導

在歸納總結已有負面報導定義時，不少論者都將「天災」列入負面報導的範疇。在新中國新聞史上，常有將自然災害列入不許報導的負面報導之列。最突出的例子是唐山大地震的報導。

在筆者看來，並非所有對自然災害題材的報導都是負面報導，這涉及到了一個判定標準：那就是可能發生或已經發生的自然災害，可能或已經造成的損失是否重大，直接體現在是否可能或已經造成人員傷亡或重大損失。

從新聞報導的角度來看，人是最重要的，這是因為人的生命是一次性的。對造成人員傷亡的事件，公眾的評價可以說肯定是負面的。

以1987年2月1日起實施的《企業職工傷亡事故分類標準》為參照，一次事故死亡1-2人的事故就為重大傷亡事故，一次事故死亡3人以上的事故（含3人）就成為特大傷亡事故。所以自然災難如果導致人員死亡，可以說是特大的負面事件。這實際也是以人為本的表現。

另一個判定自然災害的報導是否為負面報導的標準為，是否造成了重大財物損失。這主要是從新聞事件的重要性角度來說的。

（二）對違法、違規現象的報導並非都是負面報導

在一些論者看來，負面報導關注現行社會秩序和道德標準相衝突的事件以及一切反常現象，一般說來，犯罪、醜聞、性攻擊、事故以及自然災害等一類事件往往是它注重的焦點。這一觀點是值得我們質疑的。

如果大家留心，就會發現中國大陸地區各大都市報的法治類版面上，都是醉酒駕車、盜竊之類的一般違法、違規新聞。但實踐界中的新聞工作者和新聞管理者大多沒有將它們視作負面新聞。在筆者看來，之所以會是這樣，主要原因在於違法、違規的主體大多為一般公民，一般公眾並不會將這些新聞與整個社會治安形勢聯繫起來，也不會對社會安全度持負面評價態度。如果這些新聞也稱為負面報導，那麼評價者應該是當事人或其直系親屬。

在筆者看來，通常情況下，政府機關、國家機關工作人員違法、違規的事實被報導時，才是實踐中廣泛認同的負面報導。其主要原因在於，作為法人的國家機關和國家機關工作人員形象上具有公共性和廣泛的關注度，其違法、違規的事實往往會帶來公眾對國家或國家機關的負面評價。作為擁有行政管理資源的機關和個人來說，也往往不願將其違法、違規現象曝光於公眾面前，從而會控制這樣的報導。從學界和實踐界來說，這些新聞事實的報導顯然是典型的負面報導。

此外，如果違法、違規事實非常嚴重，不管當事人是普通公民還是政府機關工作人員，相關報導都應屬負面報導。

（三）對報導效果的評定權為公眾

在筆者界定的負面報導中，專門提及「這些報導可能引起人們對報導對象（個人、組織／機構、國家或政策等）產生負面評價」。其實表達得已經很清楚，引發負面評價的主體是人們，也就是民眾，而不是被報導的對象。

而在現實實踐中，不少人將「負面報導」掛在嘴邊，其實是基於個人的立場。這就導致負面報導標準的不可控性或者說靈活性。比如如果今天報導了一個官員在開會時打瞌睡，這對他（她）本人來說似乎是天大的負面報導，但於民眾來說，一個官員不專心並不是多少負面的事情。但當開會時大多數官員都打瞌睡，這就是典型的負面報導題材了。

需要說明的是，筆者在定義時，特別指出是「可能」引起負面評價，這只是一種附加說明，並非一種必然結果。換句話說，即令某些報導並沒有引發公眾對報導對象產生負面評價，定義中的相關題材的報導仍為負面報導。

（四）對異議的報導也屬於負面報導

在中國漫長的轉型裏，不同的利益集團都需要有表達的空間，多元社會也需要不同意見的呈現。這雖然是一個常識，但實踐起來卻並非易事。在《莊子・在宥》中，就有關於「惡人之異於己」的斷語[19]：

---

[19] 張舜徽選編：《經典名言——經傳諸子語選》，岳麓書社，1997 年 7 第 1

> 世俗之人，皆喜人之同乎己，而惡人之異於己也。同乎己而欲人，異乎己而不欲者，以出乎眾為心也。夫以出乎眾為心者，曷嘗出乎眾哉？因眾以寧，所聞不如眾技眾矣。

最後一句可翻譯成：依憑眾人能得到安寧，個人的所聞總不如眾人的技藝多。同樣，在當今訊息社會，由於每個人的知識結構都是有局限的，一個人或一個小集體的觀點很難說就是經得起實踐考驗的。同樣，對於一個決策和措施，可能出發點是好的，但並非承受對象都認同。一個典型的案例是廈門PX事件，正是由於廈門市民對政府的決策有不同意見，並通過有效途徑（包括大眾傳媒）表達，才最終叫停了該項目。同樣，在三峽工程的論證過程中，正是由於有不同意見的表達，才讓動工興建時有了更多的考量。

但是，不可否認的是，在新中國歷史上，過度強化「輿論一律」是一個沉重的教訓。甘惜分先生就曾專門撰文，提出了「多種聲音，一個方向」的觀點。其中，一個方向是指堅持社會主義大方向。他在接受訪問時提出：「各種媒體多一點不同的聲音，這樣好處多，壞處也可能有一點，但不會有大壞處。只要我們一心建國，人民會擁護黨，擁護政府，心情是舒暢的。揭露了那些腐敗的官僚，人們更向政府歡呼。」[20]

早在1981年，中國對外翻譯出版公司也曾出版由聯合國教科文組織主編的《多種聲音，一個世界》一書，同樣也突出了「多種聲音」的重要，只不過由於針對的是世界傳播秩序，所以更加宏觀而已。

在新中國新聞實踐中，作為負面報導的題材之一，異已的意見常常被列入禁止傳播的範疇。比如1988年3月7日，甘肅武威市一屆人大五次會議閉幕的前一天，代表們就農業生產、水利設施等提出一些批評意見。《武威報》記者整理出一篇座談紀要，以〈人民代表的心裏話〉為

版，頁 131。

20 〈甘惜分：這個老頭何所思？〉，人民網 http://www.people.com.cn/GB/14677/22114/37734/39757/2932081.html。

20 〈見證改革開放 30 周年：輿論監督令權力頓失武威〉，《中國青年報》，2008 年 12 月 10 日。

題，登在3月16日的報紙上。3月17日，八名《武威報》記者兵分四路，手持地委介紹信，敲鑼打鼓，沿東西南北4條大街，挨門挨戶收繳前一天的《武威報》。同年4月1日，《中國青年報》頭版獨家刊登〈武威地市領導壓制新聞批評大發武威〉。編輯部還不惜版面，把《武威報》刊登的近4000字的〈人民代表的心裏話〉全文轉發[21]。

以史為鑒，禁止不同的意見在媒體上公開報導不是什麼「新聞」，但在學術研究層面，這一點卻被忽略了。在筆者收集到的多種定義中，除劉建明提出極端觀點的報導外，沒有一個是將不同觀點的報導列入負面報導來考察的。當然，需要說明的是，所有適宜報導的異議都應是在中國現有法律允許範圍內的。

三、負面報導與相關概念的關係

在實踐和新聞管理中，一些與負面報導近似或容易混淆的概念大量存在。它們包括批評性報導、輿論監督類報導和突發事件的報導。對這些概念之間關係的釐清，將有助於我們更好地認識負面報導。

（一）負面報導與批評性報導、輿論監督

在一些單位或個人眼中，批評性報導實際是和負面報導高度重合的。比如在某上市公司制定的《投資者關係管理工作制度》中，列專章〈投資者關係危機處理〉，明確指出，投資者關係危機主要包括：「媒體重大負面報導、重大不利訴訟或仲裁、受到監管部門處罰、經營業績大幅下滑或出現虧損等事項。」[22]顯然此處所指「負面報導」主要指批評公司的報導。

還有人將批評性報導與輿論監督聯繫起來，認為：「人們通常所說的批評報導，其實是新聞媒體發揮輿論監督功能的另外一種表述形式。

21　中華傳媒網 http://academic.mediachina.net/article.php?id=1390。

22　參見 http://www.yanzhoucoal.com.cn/auto/UploadFiles/2007129172646564.doc 筆者發現，不少上市公司都有這樣的認定。

監督誰？按照政府工作報告中的說法，就是監督政府，監督政府政策的制定與執行情況。這類報導，通常是那些僅僅被動轉述官方話語的媒體所不為的」。[23]中國人民大學學生張小麗在〈從《南方周末》的批評性報導看輿論監督〉一文[24]中，也稱「批評性報導是輿論監督中一項強有力的工具，以其銳利和敏感具有特殊的社會影響。批評報導是記者對社會上不法行為和醜惡現象的揭露和批判的新聞行為，目的是引起廣泛的社會輿論，從而通過政府、法律行為療治社會弊端。」不過，她又指出，「它們的意義與內涵並不重合，但在我國，鑒於現代社會的公眾意見主要通過大眾傳播媒介；社會觀念流通中批評比讚揚更易引起關注，因而人們常把輿論監督等同於大眾傳播媒介，而且主要是指媒介的批評性報導。」

陳力丹卻有不同看法，認為批評性報導與輿論監督雖有些類似（輿論監督有督促的作用，並非都是批評性的），但是主體不一樣，「傳媒的監督（其實本質上是『監』，傳媒不擁有『督』的權力）有必要轉變為輿論的監督，讓輿論真正成為監督的主角，為公眾成為發揮監督的主體，積極、自願地承擔起輿論監督的主體角色，退到背景烘托和議題設置的位置上」[25]。雖有此說，但筆者認為，以媒體為主導的批評性報導中，媒體大多數時候也充當了公眾代言人的角色。

在筆者界定的負面報導中，它與批評性報導和輿論監督的確有一定的關聯。負面報導是針對可能或已經造成人員傷亡或重大損失的自然災害，政治、經濟和社會領域重大違法、違規現象以及異議（不同觀點）的報導。這些報導可能引起人們對報導對象（個人、組織／機構、國家或政策等）產生負面評價。由此我們可以看出，負面報導和批評性報導在題材上有重合的地方，但負面報導作為一種題材取向的新聞實踐，在報導時更多地是呈現報導對象存在的問題，以及不同的聲音，大多並沒有鮮明的批評指向。

---

23 周大平：〈輿論監督：不在問題報導中「失語」〉，http://edu.people.com.cn/GB/8216/63897/63898/4384163.html。

24 http://www.usc.cuhk.edu.hk/wk_wzdetails.asp?id=2416。

25 陳力丹：《新聞理論十講》，復旦大學出版社，2008年6月第1版，頁321。

但因題材選擇關係，不少負面報導的確起到了輿論監督的作用，但它和後者比起來，更多地充當了我們社會的一面鏡子，呈現給世人另外一面。反過來說，由於批評性報導和輿論監督類報導的題材取向上不論鉅細，所以並非都是負面報導。由於輿論監督的內容中有公開提出的建議或不同意見，所以這一部份與異議有交集。

（二）負面報導與突發事件報導

自2007年11月1日起施行的《中華人民共和國突發事件應對法》中，對突發事件是如此定義的，「指突然發生，造成或者可能造成嚴重社會危害，需要採取應急處置措施予以應對的自然災害、事故災難、公共衛生事件和社會安全事件」。

在界定中，我們注意到，強調了「造成或可能造成」嚴重社會危害，這其實和筆者所定義「負面報導」中「可能或已經造成人員傷亡或重大損失」是重合的，尤其都涵蓋了「自然災害」這一點。此外，公共衛生事件和社會安全事件中，往往參雜著政治、經濟和社會領域重大違法、違規行為；一些社會安全事件很可能是一種群眾意見表達的方式（如2008年流行的「散步」式抗議行動），這和筆者界定的「異議（不同意見）」有交集之處。

正因如此，在筆者看來，所有突發事件的報導都是負面報導；但負面報導卻並非都是突發事件的報導。

（三）負面報導與相關概念的關係圖

根據上述分析，筆者特繪製以下的圖表，以便於更直觀地理解批評性報導、輿論監督類報導和突發事件報導與負面報導的關係。

從下圖我們可以看出，突發事件報導和異議的報導都是負面報導，輿論監督類報導包括批評性報導和建議類報導，他們與負面報導有交集但不重合，建議類報導與異議的報導也有交集，但同樣不重合。

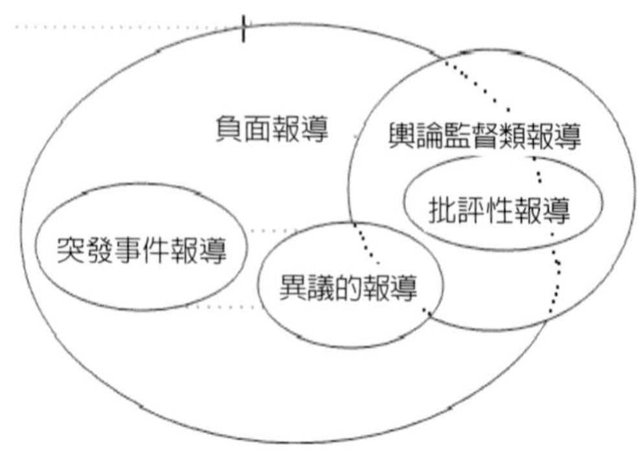

四、負面報導的英文翻譯問題

我們在研究一個題目時，往往也會考慮到它是否有進行國際交流的可能。這首先體現在語言互譯是否可行。而對負面報導來說，如何找到一個合適的英語詞彙來表述，成為一個難題。

目前，在英文報刊和學術界有幾個概念都在使用，其含義與負面報導相關或類同。

（一）Adversarial／Critical Journalism（敵對新聞／批判性新聞或反叛性新聞）

鮑勃・富蘭克林等所著的《新聞學關鍵概念》一書中，這樣評價「敵對新聞」：

> 一份20世紀90年代的調查表明，相對於美國記者而言，英國的記者有可能對公務人員和企業的報告表現出逆向性的懷疑態度。這在某種程度上說明，在有關毀譽和官方機密的問題上，英國記者們可能面對著更為嚴格的法律。
>
> 在英國和美國，「敵對性」和「超敵對性」這些詞也用於貶義地指稱記者採訪時所採用的攻擊性和戲劇性手段。儘管這可能會增強採訪者的自信，但對於幫助公眾思考社會問題來說，這些手段

> 在本質上就顯得膚淺和程式化了。此外，相比於公共新聞和公民新聞，敵對新聞往往不被重視。[26]

顯然，這只是一種新聞工作者報導的姿態和立場問題。從1960年代起，批判性新聞（Critical Journalism）獲得新生，「從明確的反對派觀點報導事件」。[27]

從以上可以看出，這種報導手法充分體現西方媒體作為「第四權力」的角色。但對中國大陸地區來說，媒體是黨和政府以及人民的耳目喉舌，所以顯然不適用中國的國情。而且負面報導只是呈現客觀世界的另一面，並非天然具有批判性（或敵對性）。

（二）Bad News還是Negative News

在英語世界裏，Good News（好消息）和Bad News（壞消息）是相對的概念。其使用相當廣泛，並不限於新聞傳播領域，比如天氣的好壞也可以用到這兩個詞語。在使用時，「有利」或「不利」的含義也大量使用。不過，也有媒體在報導新聞時，使用「Bad News」來表示負面新聞或負面報導。

比如英國《金融時報》在2008年12月15日關於〈中國媒體的多事之年〉的一篇報導中，這樣寫道：

> Political analysts argue that the overall increase in reporting of bad news is not so much evidence that China's Communist rulers have greater respect for press freedom as an increasingly sophisticated approach in the regime's managing of the media.。[28]

---

26 鮑勃・富蘭克林等著：《新聞學關鍵概念》，北京大學出版社，2008 年 7 月第 1 版，頁 8。

27 羅伯特・哈克特、趙月枝：《維繫民主？西方政治與新聞客觀性》，沈薈等譯，清華大學出版社，2005 年 8 月第 1 版，頁 28。

28 Kathrin Hille: GREY AREAS ON THE INTERNET THAT PUNCTUATE A ROSY OUTLOOK, http://www.ftchinese.com/story.php?storyid=001023667&page=1, 2008 年 12 月 15 日。

翻譯過來就是，「政治分析人士認為，負面報導（壞消息報導）總體上增加了，與其說證明中國政府更尊重新聞自由，不如說證明中國政府採用日趨成熟的手段來管理媒體。」

英國衛報在關於中國的一篇報導中，也使用了「Bad News」一詞。標題即為〈China tells state media to report bad news〉。不過，在文中，好幾個概念也同時使用：

> The Chinese government has started to loosen its control on the negative information（負面訊息），an academic source close to propaganda authorities told Reuters.
>
> ……
>
> The central government has permitted local authorities to publicize negative news（負面新聞）themselves, with no need to report to upper governments any more.[29]

而美國大學生也使用「Negative News」這個詞[30]；2008年，中國留學生在海外遊行示威抗議CNN的歪曲報導時，製作的口號也是「CNN= Chinese Negative News」。[31]

2009年4月5日下午，筆者通過GOOGLE搜索，發現有355,000,000項符合Negative News的查詢結果，其中包括美國之音（VOA）也用過該詞。2009年，該台曾播出一條新聞，標題為〈Negative News Further Depresses Global Markets〉。此外，365,000,000項符合Negative Report的查詢結果，37,700,000項符合Negative Information Report，但包括《紐約時報》在內的媒體報導中，大量使用的是Negative Information。2009年4月5日下午，筆者通過《紐約時報》網站搜索其報導過的文章，有不少篇目使用Negative Information。

---

29 China tells state media to report bad news, Thursday 20 November 2008, http://www.guardian.co.uk/media/2008/nov/20/china-media-freedom.

30 Ryan Grannan-Doll: Negative news dominates the media, http://media.www.theeagleonline.com/media/storage/paper666/news/2004/04/22/Opinions/Negative.News.Dominates.The.Media-668163.shtml, 2004 年 4 月 22 日。

31 參見 http://www.mlzy.net/CNN--Chinese-Negative-News/。

綜上所述，筆者認為，負面報導如果用Bad News來表述，有些過於泛化，因為負面報導中的不少題材並不天然地是「壞消息」。相對而言，用Negative Information／news來指代負面消息或負面新聞更加合適，這是由於negative與positive（積極的）相對，有消極之意，評價上相對比較中性。所以西方媒體在報導應用也比較廣泛。在負面報導的英文對譯時，筆者認為用「Negative News」更合適。需要說明的是，「Negative News」雖然是靜態的「負面新聞」，而「負面報導」強調主觀的新聞實踐，但由於News同時也代表著新聞作品。而「Negative Report」則有硬譯的問題，有中式英語之嫌，會影響外國人對該詞意義的理解。

第四節　關於負面報導定義的小結

一、以題材取向進行研究的優勢

在本書中，對負面報導的內涵及外延的界定都力爭基於一種科學、客觀的研究態度。當將負面報導作為一種題材取向的實踐後，如下題材才得以成為研究的對象：那些可能或已經造成人員傷亡或重大損失的自然災害，政治、經濟和社會領域重大違法、違規現象以及異議（不同觀點）。

這其實是本書研究負面報導的起點，通過定義，使負面報導這一主題的研究有可控性，使之在新聞研究的版圖裏能夠言之有物，進而探尋更多能讓大多數人產生共鳴的研究成果。對負面報導已有定義的條分縷析，再提出一個新的定義，並分析其內涵與外延，乃至英語翻譯問題，都是本人試圖達到上述目標的一種努力。

正是由於將負面報導定位為一種題材取向，我們可以將新聞報導分為以下三種：正面報導、負面報導和一般報導。在本書其他章節，將專門談及正面報導，以及它與負面報導的關係。

二、話語權和諧的重要性

將異議（不同觀點）的報導納入負面報導的界定中，是筆者思考很久才做出的決定。這其實基於一個大的社會背景。

《論語・子路》中，孔子說，「君子和而不同，小人同而不和」。這雖然原意是用在處理人際關係上的，於今日的中國的諸多政策都有益處，可資借鑒。這也是當下中國社會的現狀所決定的。

中國經濟體制改革研究會會長高尚全認為：「當前我國在經濟社會發展中遇到的一個主要矛盾，是公共需求的全面快速增長與公共產品的供應嚴重不足的矛盾。」[32]在公共產品中，大眾媒體作為公共領域的重要組成部分，顯然它的功能並未完全發揮。其中最主要的不足是，各方利益的公正表達。不過，也有人不認同高尚全的說法，認為中國當前社會的主要矛盾，「在不少地方和單位，越來越表現為權力的代表性滯後於人民日益增長的權利意識。」[33]即令按這一說法，大眾傳媒更應有很大的擔當。

對於構建和諧社會，有人就用拆字法，稱其含義為「人人有飯吃、人人有話說」。當下，話語權的和諧尤為重要，難怪喻國明在解放日報第十屆文化論壇發表題為〈媒體責任與文化傳播〉的演講時，認為和諧有兩個基本含義：

> 第一個它強調的是對於多元的政治和利益現實的一種承認。和諧的前提就是承認利益的多元化、話語表達的多元化。第二，和諧的目標是建立在一種和而不同的制度安排、社會機制上，彼此之間要充分地尊重，用制度化的方式使我們的利益聯結在一起，和而不同，共同發展。而所有的社會和諧的制度也好，現實也好，它的構建前提和基礎就是話語權的和諧，話語表達的和諧。[34]

---

[32] 高尚全：〈用歷史唯物主義評價中國改革〉，《經濟觀察報》，2005 年 10 月 3 日。

[33] 辛宇：〈試析當前社會矛盾與黨內權力制衡〉，《炎黃春秋》，2007 年第 11 期，頁 7。

[34] 喻國明：〈傳播的力量與話語權的構建〉，《解放日報》第十屆文化論壇，

雖然話語權的和諧如此重要，但在實踐中，針對一些敏感話題或事件，一些地區或一些決策部門往往壓制不同的聲音，沒有「百花爭鳴、百花齊放」的胸懷。與官方或主流觀點不同的意見，不允許媒體報導出來，並冠以「維護社會穩定」的宏大理由。所幸的是，近年來，對於不同觀點的表達，媒體給予了一定的關注，而民眾也開始講究策略。廈門PX事件就是很好的例子，通過網路議程設置，吸引傳統媒體跟進報導，再加上「散步」、「購物」等創新表達，從而使異議得以向全社會擴散，從而使得多元社會裏實現甘惜分先生所說的「多種聲音，一個方向」。

此外，對於異議的珍視與尊重，可以借鑒「公民不服從」的思想[35]。本書不再贅述。

---

http://www.jfdaily.com/gb/jfxww/node2857/node5737/node25462/node26748/userobject1ai1734458.html。

35 何懷宏編：《西方公民不服從的傳統》，吉林人民出版社，2001 年 9 月第一版。

第三章　中國古代和近現代負面報導的考察（先秦～1949年之前）

第一節　中國古代負面新聞的傳播[1]（1840年前）

人類社會的新聞傳播活動，早在遠古時代就已經產生了。從口頭到文字再到聲像的傳播，新聞的生產和傳播總是受到統治階級的影響。其中，負面新聞的傳播體現得最明顯。

在中國先秦時期，由於沒有印刷術，一些新聞經口頭傳播。比如782年，周宣王被臣杜伯射死，這一事件當時曾作為新聞傳播。墨子在《墨子‧明鬼篇》中就記載其事，並強調稱「從者莫不見，遠者莫不聞」。

在春秋戰國時代，有兩種接近新聞傳播的文字形式，一種是情報信，一種是「懸書」。後者是庶民將意見寫在縑帛上懸掛出來，公之於眾。懸書的作者匿名，多用借喻。但由於它有煽動輿論的作用，很快被統治者禁絕。顯然，懸書和情報信都不起新聞傳播作用，先秦時代的新聞幾乎完全依靠口頭傳播。

在唐代，由進奏院下發的報狀中（由進奏官傳發給各藩鎮和地方諸道，用來介紹朝廷政事動態和各項消息的報告）其中就有關於「臣僚的章奏」，會涉及地方叛亂的負面報導。但與懸書不同的是，這些狀報，讀者主要是各地的藩鎮和諸道長官。由於所提供的訊息，有不少是進奏官自行採集的，進奏官們在發出「狀報」時，就會有所篩選，一些負面新聞就會被刪除。《舊唐書‧李師古傳》中就曾記載，時任淄青節度使的李師古，由於他常從進奏官那裏得到有關德宗健康情況的消息，所以

1　本節資料若不經特別說明，均來自方漢奇主編：《中國新聞事業通史（第1卷）》，由方漢奇和姚福申撰寫的第一章《中國古代的新聞事業》，中國人民大學出版社，1992年9月第1版，頁12-165。對於引述的重要段落，在文中標注頁碼。

不相信鄰道義成軍節度使李元素向他通報的德宗新近病逝的噩耗和轉錄給他的遺詔。這就是一個典型的例子。

宋代的進奏院狀報則是中國新聞史上最先出現的有較大權威的中央封建官報。在為讀者們提供朝廷的政事訊息外，也向讀者們教忠教孝，灌輸封建綱常思想。這種官報從問世起，就是封建統治者的喉舌和在統治階級內部傳遞政治訊息的御用傳播工具。當然，對不利於統治階級的負面新聞，當然不在刊載之列。同樣在宋代，邸報在內容上卻有不少是負面新聞事實的報導，比如「差任官僚，賞罰功過，保薦官吏」是邸報中數量最多的部分，罷免官員、懲罰官司就是典型的負面新聞事實。但在對自然災害的報導上卻有意隱瞞。如朱勝非《秀水閑居錄》雲：「是月（高宗紹興六年六月）地震，手詔求言，勝非欲以三事應詔而未敢遽上。有自行朝至湖者，為勝非言大臣無所論，勝非始不信，後數日邸報論地震一疏雲，應天以實不以文」。

方漢奇先生研究發現，宋代各時期都很注意對邸報傳報工作的管理，對一些不利於封建統治的傳報活動加以限制，限制較嚴的主要有：

1. 災異。對水、旱、蝗災及日食、地震等自然災害和異常的天象，一般很少報導。因為這些都被認為是上天對天子的不滿和警告，有損於皇帝的威望，不利於皇權的鞏固。對於蝗災，神宗以前還曾有過「俟其撲除盡淨，方許以聞」的規定。神宗熙寧五年廢改了不得奏蝗之法，認為這種做法不利於統治者「恐懼修省」和「下恤民隱」，要進奏院通知各地將蝗情及時聞奏，目的是為了讓皇帝掌握災情，而不是為了向天下傳報。
2. 軍情。對涉及軍事行動，特別是涉及兵變、農民起義、少數民族武裝反抗官軍等方面的軍事行動消息，一般不准報導。
3. 朝廷機事。宋代各種記載雖沒有規定所謂「朝廷機事」及「機密不合報外之事」內容和範圍，主要指的恐怕還是皇帝和當權派臣僚們認為容易遭到反對和引起物議的一些事情。（頁61-62）

為了加強對邸報傳報活動的管理，使有關傳報的禁令得到貫徹，宋代還曾實行過「定本制度」。樞密院或當權的宰相們要審查進奏官們採錄來的各種發報材料，產生的邸報樣本才能發報。

在宋代，還產生中國新聞史上最先出現的非官方報紙。作為民辦報紙，小報的內容主要是任免消息，「朝廷大臣之奏議，台諫之章疏，內外之封事」等之類的時事性政治材料。小報的出版，觸犯了封建統治者議論朝政之禁和新聞洩露之禁。小報通過它所刊載的稿件，對封建統治者的內外政策及其當權人物所朝進行的指責和攻擊，更使他們十分惱火。正是由小報這種民間報紙的報導取向，一直被官方指責為「造言惑眾」、「亂有傳播」的非法出版物，所以在宋代受到當朝的查禁。

方漢奇先生認為，雖然小報從誕生起就被視為非法的出版物，受到官方的查禁，但始終未能禁絕。小報的歷史意義在於打破了官報的壟斷局面，揭開了中國民間辦報歷史的第一頁。

元代，民間新聞傳播活動渠道較多，屬於朝廷政事訊息方面的，有民間雕印發賣的「小本」。和宋代比起來，元代的言禁更嚴。據《元史》、《世祖本紀》、《英宗本紀》記載，「訛言惑眾」有禁，「妄言時政」有禁，「誹謗朝政」有禁，「諸人對口傳聖旨行事者」有禁。太宗時期還有過「諸公事非當言而言者拳其耳，再犯笞，三犯杖，四犯論死」的禁令。

明代，官方的邸報在負面新聞報導方面，對於不利的軍情常做連續報導，比如瓦剌、後金的侵擾，李自成、張獻忠的起義等。此外，從明初起，凡懲治知名度和影響比較大的官員，都羅列其罪狀，「榜示天下」。明武宗懲治劉瑾，明世宗懲治江彬，除公布罪狀外，還將他們被處決時的情況繪成圖，榜示天下。不過，這樣的告示主要目的是維護治體和穩定民心。對於重大的自然災害報導，明代的《天災邸抄》就是一個好例子。它是專門報導明熹宗在啟六年（公元1626年）正月初六日北京「天變」情況的邸報。它詳細介紹了京師王恭廠地雷之變的現場及人員傷亡的情況。不過，方漢奇先生分析，之所以有天災的報導，一個政治背景是同情東林黨人或對興大獄不滿的人，大多借「天變」來抨擊閹黨，迫使後者暫緩刑獄。此外，《天災邸抄》出於官方的提塘報房的可能性較小，出於民間報房的可能情較大。（頁112）

明朝永樂以後設立東、西廠，對臣民實行特務統治，言論出版之禁歷來很嚴。以誹謗，言時政，議時事，造「妖書」、「妖言」和揭匿名書獲罪的，不勝枚舉。不過在萬曆年間，《萬曆邸鈔》抄存的當時邸報上的大量章奏看，有不少涉及國家財政、軍士作亂、民變、日食、地震、雷擊、慧星、天鼓鳴、水旱災害、宮廷失火等方面的內容，其中有的關係政府的經濟機密，有的不利於人心穩定，是歷來封建統治者所忌諱的，都並未被扣發。（頁118）

明代天啟以後各朝，由於內憂外患嚴重，明王朝岌岌可危，對邸報抄傳活動的控制明顯地加緊。各朝禁止在邸報抄傳的，首先是和皇帝及當權大臣們的觀點相悖的稿件，其次是涉及以下幾個方面內容的稿件：

1. 軍機。「凡涉邊事，邸報一概不敢抄傳，滿城人皆邊事為諱」。
2. 刑獄。特別是那些涉及誅戮大臣事件的章奏。目的是避免引起大臣們的惶恐和不滿。
3. 機密。這方面的禁令很多。崇禎十年（公元1637年）十一月初八日的上諭「凡關係機密的，不許抄傳」就是其中一例。所謂機密，往往指的是那些一旦公布出去，足心渙散人心、動搖統治者的權力地位的事情。皇帝不希望臣民們瞭解這方面的情況，又不便公開說明，只好以「機密」為詞加以限制。

方漢奇先生認為，對邸報抄傳稿件的限制有時也是必要的，因為確實發生過獲罪官員看到先於公文到達的邸報後，先期畏罪自殺的事件。但多數情況下，限制邸報稿件的抄傳，往往出於皇帝或當權大臣太監們的個人考慮和他們的個人好惡。目的在於維護皇帝和權臣個人的權威，維護封建的治體，鞏固封建王朝的秩序。此外，嚴厲限制邸報抄傳的結果，使很多章奏都不能發抄，使廣大依靠邸報獲知朝政和國家大事的官員們耳目閉塞，訊息不靈。封鎖了敵人，也封鎖了自己。難怪清朝攝政王多爾袞進入北京後說過：「予在東邊時，每見此中朝報，下以此蒙上，上的旨意亦以此蒙下，最為可笑。後來越來越看不得了，所以徑不看了。」（頁120）

到了清朝，官報的讀者主要是各級政府官員。一般的平頭百姓很難看到官報，即使能夠設法看到，也往往受到干涉。康熙末年，提塘小報受到當局的注意和限制，雍正乾隆兩朝一再查處後，小報被完全禁止。小報被限制和查處的原因主要有：（1）先於部文到達地方，洩露了司

法機密，影響了對獲罪官員的懲處；（2）刊發了不實的消息；（3）刊發了未經六科發抄的章奏。（頁136）

方漢奇認為，對提塘報房發行小抄一事加以限禁，其目的在於加強對官報發行工作的控制，堵塞洩露朝廷機密的渠道，避免不利於最高統治者的訊息得到傳播。清代的康雍乾三朝是文字獄十分嚴酷的時代，對報房小抄的限禁是在這一歷史背景下進行的。對那些在查禁小抄的活動中被處死的人說來，它實際上也是一種文字獄。（頁137）

清朝民間報房出品的京報上，全部稿件都來自內閣和科抄，沒有自己採寫的新聞，也沒有任何言論。不少內政、外交、經濟、軍事、天文、地理、機構調整、官吏任免方面的消息，大量有關失火、盜竊、搶劫、越獄、凶殺、情殺以及各種災異現象的社會新聞，都是讀者們從大量的章奏中發掘出來的。但京報並沒有直接報導這些新聞。（頁145）

總的說來，清廷對提塘和民間報房的發報活動進行了嚴密控制：禁止傳報未經批發的章奏，禁止探聽寫錄科抄以外的新聞，禁止不實報導，禁止偽造題奏和御批。目的都是為了防止朝廷機密外泄和維護封建統治體。嚴密的控制使各類報房所辦的報紙日益僵化，缺少生機，在與近代化新報的激烈競爭中逐漸趨於沒落。

第二節　中國近現代負面新聞的傳播(1840~1949年)

一、中國近代負面新聞的傳播（1840～1911年）

（一）外報的表現

鴉片戰爭後，上海和香港一起成為外報在華出版的基地。外報的負面報導成為一種特色。比如1872年4月30日，由英國商人美查發起創辦的《申報》在上海創刊。該報差不多全是由中國人主持筆政和經營報務。它在新聞報導上有重要改進，表現之一社會新聞開始注重反映社會實際生活，揭露普通百姓所受的壓制與痛苦。它對「楊乃武與小白菜」和楊月樓等案件的報導，曾轟動一時。

1.「楊乃武與小白菜」案[2]

1873年11月28日，浙江餘杭人葛品連病發死亡，葛母懷疑屬非正常死亡，便向知縣報案。死者之妻畢秀姑即小白菜遭刑訊後供出與舉人楊乃武通奸後合謀殺夫。傳訊楊乃武後，楊也被刑訊招供。此案經多次、多級審理與翻案，最後被朝廷平反。

《申報》對「楊案」提出疑問始於1874年1月13日，在關於此案系列報導的第二篇報導中，指出了案件的四個疑點。之後，當《申報》發現刊登於《京報》的都察院向皇上寫的奏稿中詳細冤情已被刪去時，便派人前往餘杭，向楊乃武的家屬要了告御狀的底稿，全文在報紙上發表，將案情公布於天下，從而推動了都察院做出派員會審的決定。在複審仍「維持原判」之後，《申報》以〈天道可畏〉為題發表文章，揭露複審過程中的不公正現象及官吏們的劣跡，使楊乃武的家屬受到鼓舞，再度上告，並將當地浙江地方官吏官官相護的事實列於狀上，這才引起了慈禧的注意。由於《申報》接二連三的抨擊，案件在上海、江南、京城引起強烈反響，形成強大的輿論壓力。在輿論的推動下，浙江紳士18人聯名向都察院呈控，四川道監察御史上奏本，告複審官「藐視欺君，肆無忌憚」，這一切終於激怒了慈禧，她下令將案件交朝廷刑部審理，並將葛品連的屍體送京城驗屍。最後，案情終於大白於天下，楊乃武與小白菜被無罪釋放，二十多名與案件有關的官員被革職。

宋軍在《申報的興衰》一書中，稱這是「中國近代報紙發揮輿論監督的一次成功嘗試」。

---

[2] 熊杰：〈從「楊乃武與小白菜案」看《申報》的輿論監督意識〉，《東南傳播》，2007年第7期。

2. 楊月樓案[3]

楊月樓是某京劇戲班演小生的名伶，同治十一年（1872年）、十二年（1873年）期間，他在上海租界著名戲園金桂園演出，傾倒滬上男女。就在同治十二年（1873年）冬天，楊月樓因與一商家女子的姻緣而引發了一場官司。關於此案的原委，《申報》自案發次日即同治十二年（1873年）十一月初四日開始，連續數日有多篇報導。剔除其中明系謠傳及顯帶傾向的成分，所述其事如下：

> 本年新歲，楊月樓在金桂園連續演出表現男女之情的《梵王宮》等劇，一廣東香山籍茶商韋姓母女共往連看三天。韋女名阿寶，年方十七，對楊月樓心生愛慕，歸後便自行修書，「細述思慕意，欲訂嫁婚約」，連同年庚帖一並遣人交付楊月樓，約其相見。楊月樓且疑且懼，不敢如約。韋女遂病，且日見沉重。其父長期在外地經商，並未在滬，其母即順遂女意，遣人告知楊月樓，「令延媒妁以求婚」。
>
> 月樓往見，遂應約「倩媒妁，具婚書」，行聘禮訂親，並開始準備婚事。但事為韋女叔父所知，以「良賤不婚」之禮法堅予阻攔，謂「惟退婚方不辱門戶」。韋母遂密商楊月樓，仿照上海民間舊俗，行搶親。韋女叔父即與在滬香山籍鄉黨紳商以楊月樓「拐盜」罪公訟於官。於是，正當其在新居行婚禮之日，縣差及巡捕至，執月樓與韋女，並起獲韋氏母女衣物首飾七箱，據傳有四千金。審案的上海知縣葉廷眷恰亦為廣東香山籍人，痛惡而重懲之，當堂施以嚴刑，「敲打其（楊月樓）脛骨百五」。韋女因不僅無自悔之語，反而稱「嫁雞遂〔隨〕雞，決無異志」，而被「批掌女嘴二百」，二人均被押監，待韋父歸後再行判決。

3　李長莉：〈從「楊月樓案」看晚清社會倫理觀念的變動〉，《近代史研究》，2001 年第一期。

此案一出，立刻傳遍街衢，輿論轟動。楊月樓是紅極一時、人人皆知的名優，犯了這樣頗富戲劇性的風流案，自然格外引人注目。同時，優伶一向被視為賤民，而韋姓茶商則不僅屬良家，且捐有官銜，是有一定身份、家資小富的商人，楊月樓以「賤民」之身而娶良家之女，違反了「良賤不婚」的通行禮法。此外，韋楊婚姻有「明媒正娶」的正當形式，而鄉黨則以「拐盜」公訟於官，縣官又以「拐盜」而予重懲。這種種不合常規的事情也引起人們的興趣，因而一時「眾論紛紛」，「街談巷議」。

《申報》在案發後一個月之內，連續刊登了三十餘篇報導、評論和來稿，各方人士圍繞此案展開了爭論。

除上述兩大案件之外，對於重大突發性事件，《申報》也是及時報導。1874年舊曆七月大風雨後，八、九月間，寧波鄞縣發生大疫，死者甚眾。10月9日，《申報》報導了這一突發性瘟疫[4]：

> 鄞縣城廂內外，病症極廣，幾乎挨戶皆然，均患濕熱頭痛等症，或病傷寒，或發瘧疾，每一沾身，輒為粘纏不解，以至醫士無片刻暇。

此外，《申報》每期刊有論說一篇，置於首頁。尤為重要的是，該報強調言論「有繫乎國計民生」，「上關皇朝經濟之需，下知小民稼穡之苦」。《申報》創刊後，發表了若干評論時務、為中國富強獻策和揭發基層苛政的論說文，起到了積極影響。[5]

《申報》有上述表現，這與外報的宣傳報導思想有關。比如1835年5月創刊於廣州的英文雜誌《中國叢報》就有這樣的評論[6]：

> 為公眾服務的新聞記者，人民通常地理所當然地期望他們對於重要事件，像現在那些與公眾利益有關事件，不能保持沉默。

---

[4] 轉引自余新忠：《清代江南的瘟疫與社會——一項醫療社會史的研究》，中國人民大學出版社，2003年版，頁390。

[5] 方漢奇主編：《中國新聞事業通史（第 1 卷）》，中國人民大學出版社，1992年9月第一版，頁221

[6] 載1840年9月第9卷第5號《中國叢報》，方漢奇主編：《中國新聞事業通史（第1卷）》，中國人民大學出版社，1992年9月第1版，頁258。

新聞記者在報導時，也要對公眾採取公正立場，負責把事件的整個真相原原本本地說出來。

（二）中國人自辦報刊的表現

清末新政時期，清王朝各級政府紛紛創辦官報，逐漸編織了一個縱橫交錯的官報網路體系。雖然開辦地點不同，側重也有所差異，由都是由官方撥款，由官方派可靠人員負責，並且在發行前都要通過官方檢查。其總目的都是所謂「正人心，增學識」。《北洋官報》就明確規定，「所有離經害俗，委談隱事，無關官報宏旨者，一概不登錄。[7]自19世紀50年代起，中國人就作了出版自己報刊的嘗試。至70年代初，中國人自辦報紙終於在漢口、香港、廣州、上海等地誕生（在海外要早一些）。但正是由於清末對意識形態的控制，這些自辦報刊在負面新聞和不同意見的傳播上遇到重重阻礙。

1. 負面新聞的傳播

中國人早期自辦報刊面臨著中國封建統治和外國殖民主義勢力的雙重壓迫。在清廷統轄下的中國，沒有任何言論出版自由。鴉片戰爭以後，清政府對出版報紙實行「禁止華人而聽西人開設」的政策。中國人辦報，毫無法律保障，當地官員不滿意就可任意將其封閉。《廣報》只是登了某大員被參一事，觸怒了兩廣總督李瀚章，便被李下令查封，理由是：「辯言亂政」，「妄談時事，淆亂是非，膽大妄為」。上海的《滙報》也因為時事新聞中涉及官廳，受到很大壓力，被迫整頓改名。《嶺南日報》不過因為在稿件中稱外國人為「夷」，便被英國租界當局將其逐出沙面。後來《中西日報》也因報導八國聯軍被清軍打敗事，被帝國主義迫令廣東省當局封禁。[8]

7　白文剛：《應變與困境：清末新政時間的意識形態控制》，中國傳媒大學出版社，2008年4月第1版，頁100。

8　方漢奇主編：《中國新聞事業通史（第1卷）》，中國人民大學出版社，1992年9月第1版，頁351-352。

在宣傳態度上，報紙表現出一種特別顯著的畏首畏尾、謹小慎微的傾向。朝政得失，官員功過，幾乎成為報紙評論和報導的禁區。作為新興社會力量的輿論工具，報紙嚴重缺乏和舊勢力抗爭的銳氣。[9]

在筆者看來，造成這一現象的重要原因之一就是清政府關於新聞出版法律的制定和對「違禁」報刊書籍的大力查禁。《大清律》中規定：

> 凡妄布邪言，書寫張貼，煽惑人心，為首者，斬立決；為從者，皆斬監候。若造讖緯、妖書、妖言，傳用惑人，不及眾者，改發回城給大小伯克及力能管束之回子為奴……
>
> 各省抄房在京探聽事件，捏造言語，錄報各處者，系官革職；軍民，杖一百，流三千里……[10]

1901年，管學大臣張百熙在應詔上書中，請求朝廷制定報律，並提出報律的初步內容：

> 一、不得輕議宮廷；二、不得立論怪誕；三、不得有意攻訐；四，不得妄受賄賂；此外則宜少寬禁制，便得以改革立論，風聞紀事；不然，則恐徒塞銷售之途，不足間讒慝之口也。[11]

1906年7月，清政府頒布《大清印刷物專律》，是其制定的第一部有關報刊出版的專門法律，由商部、巡警部和學部共同擬定，規定：所有關涉一切印刷及新聞記載均須在印刷總局注冊。未經注冊之印刷人，不論承印何種文書圖畫，均以犯法論，科以150元以下罰款或5月以下監禁，或二者並罰。關於「毀謗」，分普通毀謗、訕謗、誣謗三種。其中，訕謗的規定為[12]：

---

9 方漢奇主編：《中國新聞事業通史（第 1 卷）》，中國人民大學出版社，1992 年 9 月第 1 版，頁 354。

10 《大清律例》，張榮錚等點校，天津古籍出版社，1993 年版，頁 362。

11 轉引自白文剛：《應變與困境：清末新政時間的意識形態控制》，中國傳媒大學出版社，2008 年 4 月第 1 版，頁 191。

12 《大清印刷物專律》第四章第四款，見張靜廬編《中國近代出版史料初編》，中華書局 1957 年版，頁 316。

訕謗者，是一種惑世誣民的表揭，令人閱之有怨恨或侮慢，或加暴行於皇帝皇族或政府，或煽動愚民違背典章國制甚或以非法強詞，又或使人人有自危自亂之心，甚或使人彼此相仇，不安生業。

很顯然，這就是要求所有人都甘當順民，不能煽動民眾反對皇帝、皇族和政府的敵對情緒，而且不能對清王朝既定的典章、國制不能有批評與懷疑之聲發出。

1906年10月，京師巡警廳奉巡警部的命令，訂立了《報章應守規則》9條，頒給京津各報，要求一體遵行，規定[13]：「不得詆毀宮廷」，「不得妄議朝政」，「不得妨害治安」，「不得敗壞風俗」。這實際強化了意識形態的控制。

1908年3月14日，清末國家的正式報律——《大清報律》正式出臺，共45條。其主要規定如下[14]：

首先是嚴格的登記制度。凡開設報館發行報紙者，須開具名稱、體例、發行人、編輯人及印刷人之姓名、履歷、住址以及印刷所的名稱及地址，「呈由該管地方官衙門申報本省督撫，諮民政部存案」。在呈報時還要求交納250到500銀圓作為「保押費」。

其次是規定了事前檢查制度。《大清報律》第七條規定：「每日發行之報紙，應於發行前一日晚12點鐘之前，其月報旬報星期報等類，均應於發行前一日午12點以前，送由該管巡警官署，隨時查核，按律辦理。」

最後是關於禁令的規定。第十四條規定，「報紙不得揭載：詆毀宮廷之語；淆亂政體之語；擾害公共公安之語；敗壞風俗之語。

1911年1月，清政府又頒布《欽定報律》。正是有不斷充實與改進的法律禁令，再加之直接查封、禁售、禁閱等手段，清政府在清末試圖消除民眾（尤其是知識分子）的異議，同時，也對那些敢於報導當局負面新聞的報刊舉起屠刀。據白文剛的初步統計[15]，從1898年到1911年，清末被查禁的報刊、書籍多達119種，其中大多數是報刊。

---

13 方漢奇主編：《中國新聞事業編年史（上冊）》，福建人民出版社 2000 年版，頁 406。

14 白文剛：《應變與困境：清末新政時間的意識形態控制》，中國傳媒大學出版社，2008 年 4 月第 1 版，頁 196-198。

15 白文剛：《應變與困境：清末新政時間的意識形態控制》，中國傳媒大學出根據這一名單，筆者發現，在報導方面被查禁的，都是因為負面報導。比如1904年，《京話報》因反映華工在南非受虐待，清政府因英國要求被查封；1905年，《重慶日報》因攻擊腐敗，宣傳革命，導致負責人被拘捕，最終被迫停刊；同年，《福建日報》因揭露官員腐敗被查封，《亞洲日報》因揭露官紳腐敗導致主筆被拘，從而被查封；1906年，香港報紙《中國日報》因批評廣東政府當局遭致禁售；1908年，《中西日報》因登載整頓官務消息被罰停版七天，《漢報》被指轉載違禁文章被查封；1909年，《國報》因揭載安奉鐵路密約，批評外交當局被查封，結果改名為《中國報》後繼續出版……。

著名報刊活動家于右任在辛亥革命時期的辦報實踐，也說明中國近代對負面新聞的管控力度。[16]1907年，他參與創辦的《神州日報》，僅在第一階段的80天中，即發表各地武裝起義的消息62篇。新聞報導還對清廷腐敗進行無情揭露。該報並未被清朝當局懲戒。但於本人在1909年創辦的《民呼日報》卻因「不直接闡述主義、宣傳民族革命，而是著重揭露貪官污吏、魚肉百姓的罪惡事實，特別是集中火力揭露陝甘總督升允三年匿災不報，田賦不免，造成赤地千里人相食的罪行。」上海道台蔡乃煌援用「誹謗罪」，唆使一干人向上海公共租界當局誣告《民呼日報》「毀壞名譽」。公共租界總巡捕房於8月2日將于右任、陳飛卿拘捕。8月14日，《民呼日報》不得不停刊。

2. 不同意見的傳播[17]

在研究中國近代負面新聞的傳播時，筆者發現，由於「文人論政」思想的勃興，政論成為近代中國報紙和刊物的亮點。雖然在負面新聞訊

版社，2008年4月第1版，頁212-218。

16 方漢奇主編：《中國新聞事業通史（第1卷）》，中國人民大學出版社，1992年9月第1版，頁588-594。

17 需要說明的是，這裏所選取的案例，多為評論或政論性文字，所以不是嚴格意義上的新聞報導。由於在當時的境況下，報刊雜誌往往不用獨立的記者來採寫相關觀點，而是直接以主筆撰寫文章的方式表達意見。通過這些文字，一些新聞事件和意見進行了廣泛傳播。為了更好地瞭解負面報導（尤其是異議）在中國歷史上的情況，特別將其納入考察的範圍。

息的傳播上受到嚴查，但報人們通過評論性的文字千方百計發出自己不同的聲音。

1874年2月4日，王韜在香港創辦《循環日報》，主要在評論上發生不同的聲音。在《中外新聞》欄內，幾乎每期刊登論說文一篇。有文章對海外華工悲慘處境深切關懷，嚴厲抨擊外國歧視與淩辱華工的政策。此外，還有文章要求著力革除官場積弊和官僚機構中的陋習，要求整頓仕途和科舉等。[18]

1896年8月9日，《時務報》創刊。總主筆梁啟超在創刊號上發表了兩篇政論：〈論報館有益於國事〉和〈變法通議〉。後者全文約七萬字，連載21期，八成篇幅是「論學校」。它所宣傳的「開學樣」、「變科舉」思想對當時的統治階級來說，就是異議。此外，《時務報》還強調宣傳了「複民權」、「開議院」等帶有資產階級民主主義啟蒙色彩的政治觀點。該報還成為推行新政、開展變法運動的重要基地。何炳然評價道：「所有這些，不僅衝擊了清王朝數百年嚴禁士人集會結社、議論政治的傳統法令，向資產階級民主政治生活領域邁出了可貴的一步；同時也使變法維新運動從口頭文字宣傳走向實踐行動的階段。」[19]

《時務報》的影響擴大後，遭到頑固派和洋務派的越來越嚴重的嫉視和反對。後經歷了維新派失去該報的主動權，借光緒的力量，改《時務報》為《時務官報》，並委托梁啟超總持其事。1898年9月26日，慈禧矯詔稱：「《時務官報》無裨治體，徒惑人心，並著即行裁撤。」

異議（不同意見）傳達到極致的當屬《蘇報》。1903年6月9日，該報〈新書介紹〉欄內，以〈介紹《革命軍》〉為題，作了這樣的評價：「其宗旨專在驅除滿清，光復中國。」同一天，章士釗署名「愛讀革命軍者」的〈讀《革命軍》〉一文，對它作了高度評價和充分肯定。6月10日，又全文刊出章炳麟為鄒容《革命軍》所寫的序言。

---

[18] 方漢奇主編：《中國新聞事業通史（第 1 卷）》，中國人民大學出版社，1992 年 9 月第 1 版，頁 322。

[19] 方漢奇主編：《中國新聞事業通史（第 1 卷）》，中國人民大學出版社，1992 年 9 月第 1 版，頁 381。

6月29日，《蘇報》以顯著地位刊登章炳麟的〈康有為與覺羅君之關係〉，以蔑視口吻，直呼光緒皇帝為「載湉小丑」。當天上海租界同意由工部局出面發出拘票，名單上有《蘇報》負責人陳范、章炳麟、鄒容等。7月7日，租界當局將《蘇報》封禁，「蘇報案」打了十個月之久，一共開過七次庭。最終判章炳麟監禁三年，鄒容兩年。其中鄒容在准於保釋前一天，服用工部局醫院一劑藥後，當夜突然死亡，年僅21歲。[20]

在清末到辛亥革命，維新派報刊和革命派報刊各自發生了有著鮮明立場的聲音。比如興中會等一個機關報《中國日報》除了宣傳愛國救亡，還旗幟鮮明地宣傳排滿，抨擊清政府的封建專制統治，宣傳資產階級民主思想，同時還揭露康有為等保皇黨的反動面目，反擊改良派對革命的污蔑。兩派觀點之爭最集中地體現在《民報》和《新民叢報》間關於中國前途問題的論戰。雙方主要圍繞以下問題進行辯論：

其一，革命，還是保皇？其二，實行民主共和制，還是實行君主立憲制？其三，要不要改變封建土地所有制，實行平均地權？鬥爭的焦點是：要不要用革命的手段徹底推翻清王朝？[21]

對於清王朝的統治者和謹小慎微的民眾來說，保皇派的觀點顯然是主流觀點，但革命派的不同觀點卻在爭論中成為最後的贏家，對民眾來說，也起到了很好的啟蒙作用。

在辛亥革命時期，著名報刊活動家于右任的新聞實踐[22]也說明當局對負面聲音傳播的敏感與限制。1909年10月，于右任創辦《民籲日報》只出版了48天，因以大量篇幅揭露日本帝國主義覬覦中國領土的野心和種種侵略行徑等新聞，不久伊藤博文被朝鮮志安重根刺殺於哈爾濱車站，該報連續發表二十多篇評論和報導，讚頌志士的英勇愛國行為。11

[20]「蘇報案」資料來自方漢奇主編：《中國新聞事業通史（第1卷）》，中國人民大學出版社，1992年9月第一版，頁490-498。

[21] 方漢奇主編：《中國新聞事業通史（第1卷）》，中國人民大學出版社，1992年9月第1版，頁560。

[22] 方漢奇主編：《中國新聞事業通史（第1卷）》，中國人民大學出版社，1992年9月第1版，頁590。

月初，上海道台蔡乃煌應日方要求，勾結上海租界當局查封了該報。1910年10月，于右任又創辦《民立報》，從日本歸國的宋教仁擔任主筆，發表大量分析帝國主義侵略中國的危急形勢，抨擊清政府的倒行逆施和立憲派的謬論。最後因1913年革命黨發動的「二次革命」失敗，于右任逃亡日本，《民立報》被迫停刊。

二、現代中國負面新聞的傳播（1911～1949年）

（一）北洋軍閥對負面新聞的管控[23]

根據林語堂的研究：

> 1914年到1915年，當袁世凱開始密謀推翻共和國的時候，他頒布了新聞法，授予自己逮捕編輯和關閉報社的權力。結果，在共和之後，中國的500多家報紙倒閉，只有十幾家報紙保留下來。這些報紙當然都是被收買的，它們與袁世凱集團狼狽為奸，成為一丘之貉，並不時地找機會對「皇上」進行讚美。在中國歷史上，當出現玩弄朝綱的宰相時，我們總能看到相似的故事，比如在宋朝和明朝。[24]

而方漢奇則研究發現，北洋軍閥及其控制下的北京政府，對新聞事業採取控制、收買和摧殘、鎮壓的手段。接受各派軍閥和政客資助並受其控制的報刊主要有：北京《甲寅》周刊、《黃報》、《東方時報》，天津中文《泰晤士報》，河南《聯軍官報》，上海《新申報》，杭州《大浙江報》等。

此外，軍閥統治者還慣用津貼的辦法，來收買和籠絡一些新聞機構。例如，1925年北京政府參政院等六家單位組成的「聯合辦事處」，

---

[23] 本節內容未經注明，均來自方漢奇、張之華主編：《中國新聞事業簡史》，中國人民大學出版社，1995年11月第2版，頁243-245。

[24] 林語堂：《中國新聞輿論史》，王海、何洪亮主譯，中國人民大學出版社，2008年6月第1版，頁169。

就曾一次撥出2萬元「宣傳費」，津貼全國新聞機關125家。統治者還利用法律手段對報紙進行控制，段棋瑞政府除沿用袁世凱時期的《出版法》外，還公布新的《報紙法》、《管理新聞營業條例》，設立新聞檢查局，實行新聞郵電檢查。他們還動輒以「赤化」、「過激」罪名，嚴禁共產黨報刊、革命報刊的出版發行。

1925年4月，段政府即下令一次查禁《嚮導》等20種報刊。各地大小軍閥可以憑藉個人意旨，隨意封報捕人。1925年，奉系軍閥張宗昌先是在青島殺害《公民報》記者胡信之，繼而又在濟南威脅各報社、通訊社記者說：「你們的報上登載的消息，只許說我好，不許說我壞。如有哪個說我壞，我就以軍法從事。」濟南半數以上的報館因此被迫停刊。江西、陝西等地軍閥也蠻橫地禁絕進步書報，捕殺進步報人。1926年，著名記者邵飄萍、林白水在北京相繼被奉系軍閥殺害，成為震驚全國的事件。

1920年皖系軍閥倒臺後，邵飄萍從日本回國，復刊《京報》。1925年，邵秘密加入共產黨。1926年，「三一八」慘案中，他用《京報》全力揭露慘案真相，抨擊當局罪惡，被列人通緝黑名單。1926年4月24日，奉系軍閥張作霖進占北京的第三天，邵飄萍被誘騙逮捕，不經審訊，以「宣傳赤化」罪名，於26日凌晨，被槍殺於天橋刑場。邵氏對中國新聞事業的發展貢獻卓著，英年遇難，是中國新聞界的重大損失。

同年8月5日，北京《社會日報》主持人、著名報人林白水，因在該報發表時評〈官僚之運氣〉，觸犯奉系軍閥，被誣指為「通敵有據」逮捕，8月6日凌晨1時被捕，三個小時後即被殺害。

在此以前，北京、上海等地新聞文化界曾先後結社、集會，呼籲廢除《出版法》，爭取言論出版自由。1926年1月，北京政府國務院被迫通過廢止《出版法》決定。墨跡未乾，即發生邵、林被害事件。這促使新聞界進一步覺醒。戈公振評論指出：「夫《出版法》之廢止，要求亘十年之久，《出版法》廢止矣，而邵飄萍、林白水之流，可以身死頃刻，則更無法律可言，豈不足以促我報界之覺悟耶？」1926年7月，《嚮導》刊發〈中國共產黨對時局的主張〉，揭示北洋軍閥統治下，

「新聞界日在中外官廳控告、逮捕。罰金、監禁、槍斃、封禁報館、干涉言論及記載的狀況中生活」，號召全國農、工、商、學、職員、新聞記者。兵士起來，建立「國民的聯合戰線」，推翻共同的敵人——帝國主義和軍閥，把爭取言論出版自由的呼號和反帝反封建鬥爭緊密地結合起來。

需要指出的是，由於軍閥割據和革命黨人的不懈鬥爭等原因，在北洋軍閥時期言論自由得到一定的保障，輿論環境相對寬鬆。有研究者就指出：

> 舊中國的政治歷來基本上是由少數上層統治者操作，嚴禁民眾議政。北洋軍閥時期，這種狀況發生了變化。《東方雜誌》、《民國時報》、《新青年》、《每周評論》等報刊先後創刊，人們利用輿論陣地對政府作合法監督。早在1913年4月27日，因北京政府涉嫌「宋案」（即宋教仁遇刺案，筆者注），上海民眾就通電袁世凱、趙秉鈞：「宋案鐵證涉及二公，望總統攜總理即日辭職，受法庭之審判」。這在當時震動很大。巴黎和會期間，國內輿論的活動表明現代輿論開始成熟。

1919年2月5日，《民國時報》披露，中國作為戰勝國，按國際慣例，有權向和會提出廢除中日不平等條約及秘密協定，但卻遭到了日本政府蠻橫干涉。消息傳出，引起中國民眾的不滿，北洋政府在民眾的壓力下，沒有向日本做出讓步。《民國時報》在《本社專電》、《特約》等專欄上披露和會的發展情況，在巴黎的梁啟超也利用《晨報》為輿論工具，不斷報導有關山東交涉的種種最新動態，利用輿論來影響中國政府在巴黎和會的外交。中國政府最終拒絕在和約上簽字，與受到社會輿論的壓力有很大的關係。五四運動之所以爆發，輿論方面起了很大的宣傳鼓動作用。此外，如果當時沒有允許民間辦報、言論相對寬鬆這樣的社會條件，新文化運動也是很難開展起來的」。[25]

---

[25] 李庶民：〈北洋軍閥時期為何也有「民主」〉，《炎黃春秋》，2005年第4期。

（二）國民黨對負面新聞的管控

1.重大災情的報與不報

對重大疫情的報導，《大公報》、《申報》在近代中國都有突出表現。[26]

1932年，中國包括陝豫皖鄂贛等19省發生霍亂，死亡人數高達40～50萬人。這是民國期間（1911～1949年）死亡最多，規模最大的一次。《大公報》對該年的大疫情作了持續的報導。

1932年5月22日、30日；6月9日、13日、20日；7月10日、12日、27日；8月2日、10日、20日、21日、31日；9月6日、9月23日、26日、30日都對霍亂在全國各地的蔓延情況進行了報導。

比如6月9日《大公報》首次報導塘沽發生霍亂疫情，不久蔓延到天津，之後又從天津傳入北平。6月20日《大公報》報導江北亦發現虎疫（即霍亂）。8月10日，《大公報》根據衛生署的報告稱，至7月底止，發生霍亂症者計18省：江蘇、安徽、浙江、江西、湖北、湖南、河北、山西、山東、河南、陝西、綏遠、福建、察哈爾、甘肅、四川、黑龍江、廣東；疫區凡157縣市。直到9月26日、30日，《大公報》報導指，總體上看，山西、陝西的疫情爆發較晚，結束也較晚，一直到9月底還未有減弱的跡象。

在報導疫情的同時，《大公報》同時也報導了政府的行動。比如8月10日報導稱，衛生署通令下屬的海港檢疫處開展海港檢疫，防止疫情擴散；令中央防疫處趕制大量霍亂疫苗，以備防疫之需。此外，《大公報》還通過社評的方式發生自己的聲音，比如曾把防疫事業提到救國保種的高度來理解，曰：「中國救國最大亟務，為保人口，同時增民智。防疫宣傳，兼此二義，故最宜注重。」（7月20日）

---

26 《大公報》和《申報》的相關資料來自余新忠等著：《瘟疫下的社會拯救——中國近世重大疫情與社會反應研究》，中國書店，2004年1月第1版，頁297-303。

除《大公報》外，《申報》在7月15日、23日、27日、30日多次報導霍亂。但主要著力點在於疫情發生後，社會的應對措施方面。

不過，十多年後的1943年，對於河南大饑荒，蔣介石政府卻採取駝鳥政策。對於見諸報端的負面報導，則採用「對內懲戒，對外進行隱瞞」的政策。在筆者看來，其中一個重要原因是，霍亂只是天災，而河南大饑荒則是天災加人禍。

1942年冬，《大公報》派遣年僅25歲的記者張高峰到中原地區採訪。他從重慶經西安到達洛陽，看到處處流浪的災民，鳩形鵠面，沿街乞討，悲慘的號救之聲，隨處可以聽到。隨即他又到豫西、豫東、淮陽等地採訪，目睹災民流離失所、遍地餓殍的慘景，而國民黨當局有意掩蓋災情，不使外洩。1943年1月17日，張高峰從河南省葉縣向《大公報》重慶館寄出一篇題為〈饑餓的河南〉的長篇通訊（6000字）。《大公報》總編輯王芸生看到這篇通訊後深感事關重大，改題為〈豫災實錄〉發表於2月1日的《大公報》重慶版上，通訊的內容隻字未動。

通訊中寫道：「記者首先告訴讀者，今日的河南已有成千上萬的人正以樹皮（樹葉吃光了）與野草維持那可憐的生命。『兵役第一』的光榮再沒有人提起，『哀鴻遍野』不過是吃飽穿暖了的人們形容豫災的淒楚字眼……」報導詳盡記述了河南水、旱、蝗、風、雹等天災，也揭露了當局向災民徵兵、徵糧等人禍，驚嘆災民的悲慘生活，質問當局為何不救災！

王芸生讀後氣憤異常，他對比重慶的現狀，提筆寫了一篇《看重慶，念中原》的社評，發表在2月2日《大公報》重慶版上。社評寫道：「河南的災民賣地賣人甚至餓死，還照納國課，為什麼政府就不可以徵發豪商巨富的資產並限制一般富有者『滿不在乎』的購買力？」

這篇社評發表的當天晚上，新聞檢查所派員送來了國民黨當局限令《大公報》停刊三天的決定，以示「懲戒」。《大公報》遵令於2月3、4、5日停刊了三天，造成了西南大後方轟動一時的「《大公報》停刊事件」。

王芸生不服，找到國民黨軍事委員會委員長侍從室第二處主任陳布雷詢問。陳說：「委員長根本不相信河南有災。說省政府虛報災情。說什麼『赤地千里』、『哀鴻遍野』、『嗷嗷待哺』等等，委員長就罵是謊報濫調，並且嚴令河南的征實不得緩免。」[27]

王芸生後來回憶這一事件時說：「這篇文章，不足盡寫實任務之萬一，竟如此觸怒蔣介石，摘去所謂『民主』、『自由』等假招牌，公然壓迫輿論。」王芸生曾就此向陳布雷詢問，陳說：「委員長根本不相信河南有災，說省政府虛報災情。說什麼『赤地千里』、『哀鴻遍野』、『嗷嗷待哺』等等，委員長就罵是謊報濫調，並且嚴令河南的征實不得緩免。」可見蔣的剛愎自用，不恤民命。

在重慶《大公報》停刊後，河南當局捕人。張高峰很快在葉縣被豫西警備司令部以「共產嫌疑」逮捕。刑訊之後，又被當時國民黨三十一集團軍總司令湯恩伯親自夜審，因查無實據，又改為「軟禁」。直到1944年夏，日軍為打通平漢路進犯鄭州、洛陽，應戰的國民黨軍失敗，張高峰才得以脫險回到重慶[28]。

雖然對當時發行量為六萬份的《大公報》進行了停刊、抓人的嚴厲手段，但這卻沒有讓河南大災荒徹底消失。美國《時代周刊》記者白修德讓它傳向全世界。1943年2月，白修德同英國《泰晤士報》記者福爾曼自重慶飛抵寶雞，乘隴海線到西安，過潼關進入河南。在洛陽，白修德不時看見血肉模糊的僵屍從過往列車上掉下來。在騎馬從洛陽到鄭州的路途中，「絕大多數村莊都荒無人煙，即使那些有人的地方，白修德聽到的也是棄嬰臨死前的哭聲，看見的也只是野狗從沙堆裏掏出屍體並撕咬著上面的肉」。在鄭州，他們受到最熱情的款待，吃上了最好的筵席。「當白修德歸結出雖然大自然製造了這次饑荒，但是致使百姓大量死亡的是國民黨政府時，他的恐懼感很快發展成憤慨。軍隊和政府官員無視這次災荒，仍然徵收繁重的穀物稅；儘管中國其他地方都有剩餘物質，但並沒有任何東西被及時運往河南，去制止這場災難。因此，由於失算、忽視和冷漠，估計有二三百萬的農民被活活餓死。」

---

27 王鵬：〈豫災報導與《大公報》停刊〉，《縱橫》，2004年第2期。

28 王芝琛：《一代報人王芸生》，長江文藝出版社，2004年9月第1版。

白修德的憤怒無以言表。在由鄭州返回重慶途徑的第一個電報局，洛陽電報局，白修德義憤難平，向《時代》周刊本部匆促發稿。按照慣例，國民黨中宣部要例行檢查。湊巧的是，這份電報竟躲過國民黨嚴密的新聞檢查，順利發到紐約。1943年3月，白氏的報導出現在《時代》周刊上，歐美輿論頓時大譁。時值宋美齡「在美國各地進行奢侈的籌資旅行」，看到白修德的報導，她十分惱火，要求《時代》周刊的發行人亨利・盧斯解職白修德。盧斯非常憤怒，你宋美齡算哪根葱？你以為這是中國？「我只會因此更加器重他！」

回到重慶，白修德通過宋慶齡，花了五天的工夫軟磨硬泡，終於得以走進蔣介石的辦公室。白修德後來回憶說，「起初，他不相信野狗從沙堆中掏死屍的報導。」蔣說：白修德先生，人吃人的事在中國是不可能的！白修德說：「我親眼看見狗吃人！」蔣說：「這是不可能的！」白修德將待在接待室裏的福爾曼叫進來，將他們拍攝到的災區照片，幾隻野狗正站在扒出來的屍體上，攤在蔣介石的面前。白修德看見委員長的兩膝微微哆嗦起來，一種神經性的痙攣。

於是，一些人頭開始落地。第一顆人頭不是別人，正是洛陽電報局的發報員，因為是他「洩露機密」！為了響應白修德關於饑荒的報導，滿載糧食的列車開始抵達河南，施粥所開始運作，大量銀元也從重慶流向災區[29]。

2. 打壓報刊與新聞檢查

在打壓報刊方面，《民生報》案和杜重遠案是典型。

1927年，南京創辦的第一份報紙為《民生報》，成舍我是該報編輯。1934年5月24日，該報報導了關於汪精衛集團一名官員的新聞，在負責公家建築時多計預算，從而為自己建私宅。汪精衛十分惱火，該官員只得提出辭職。由於刊登了這則聲明啟事，《民生報》從5月25日被迫關閉三天，因為它必須對這次「惡意宣傳」負責。第四天《民生報》

[29] 白修德報導河南大饑荒的資料來自焦國標：〈《時代》周刊與 1942 年的中原大饑荒〉，《南方周末》，2003 年 6 月 26 日。

復刊，為了挽回影響和損失，它在後續報導中增加了有關這次醜聞的細節。於是這名官員將成舍我告上法庭，由於事實證據非常確鑿，法官撤銷了起訴。

7月27日，《民生報》刊登了由新聞審查官批准的、關於對南京「統一政府」一名官員的彈劾。蔣介石在南昌官邸發電報指示南京憲兵隊司令封閉《民生報》，逮捕成舍我，並調查新聞的來源。在被囚禁了四十天後，成舍我獲釋，但答應了如下條件：《民生報》永遠關閉；從此永遠不得以個人名義或筆名從事出版或寫作，不能對當局政府作任何評論，永遠不得在南京出版和發行日報、雜誌、宣傳冊或任何形式的文學作品；如離開南京到任何地方，都應向地方當局彙報。

這其實相當於剝奪了成舍我作為一個報人的基本權利，甚至作為一個公民的遷徙權利。難怪林語堂點評說，「假如新聞審查機構決定了一家報紙應該倒閉的話，它必將倒閉，而不管它是否站在正義的一方」[30]。

1934年2月10日，杜重遠在上海創辦《新生》周刊。1935年5月4日，《新生》周刊第2卷第15期刊載〈閑話皇帝〉一文（艾寒松化名「易水」所寫），其中有一段涉及天皇的文字：

> ……日本的天皇，是一個生物學家，對於做皇帝，因為世襲的關係，他不得不做，一切的事，雖也奉天皇之名義而行，其實早就做不得主。接見外賓的時候，用得著天皇，閱兵的時候，用得著天皇，舉行什麼大典的時候，用得著天皇；此外天皇便被人民所忘記了，日本的軍部、資產階級，是日本的正真統治者……。

此文刊後的第二天，上海的日文報紙馬上做出反應，稱《新生》侮辱了天皇，在上海的日本浪人和日僑馬上上街遊行，表示不滿。緊接著，日本駐上海領事向國民政府和上海市政府提出抗議，要求他們向日本謝罪，嚴懲有關責任人，停止一切形式的反日宣傳。在日本國內，更

[30] 以上內容參見林語堂：《中國新聞輿論史》，王海、何洪亮主譯，中國人民大學出版社，2008年6月第1版，頁140。

是一片甚囂塵上的「懲戒支那」的聲音。迫於局勢壓力，國民政府開庭審判，查封《新生》，逮捕並判處杜重遠一年零兩個月徒刑。引起國內外輿論譁然。[31]

杜重遠被關押到上海漕河涇第二監獄後，各界愛國人士紛紛探監，魯迅也為此向當局提出抗議，鼓舞他繼續在獄中進行抗日救國活動。入獄不久，他與中共地下組織取得聯繫，開始懂得一些馬列主義基本原理和中國革命道理。1935年10月，響應中國共產黨抗日民族統一戰線的主張，託人帶信給楊虎城、張學良，呼籲團結抗日。1936年春，國民黨當局懾於輿論壓力，將他移至虹橋療養院軟禁。同年4月，張學良特到上海探監，兩人密談了促蔣抗日問題。同年8月，楊虎城又藉治牙病機會住進虹橋療養院，與他朝夕相處，共商抗日救國大計。1936年9月，獲釋後，立即前往西安與張、楊晤談，推動了「西安事變」的發生。事變爆發的第三天，在江西遭到軟禁，並被押送到南京，直到蔣介石獲釋。

在新聞檢查方面，《大公報》的遭遇則是很好的例證。1947年6月1日起，《大公報》連續遭遇三件不幸[32]：一是重慶該報八位記者曾敏之等被捕；二是該報駐廣州特派員陳凡被捕；三是天津自六月一日又行新聞檢查，該報津版特受苛遇，凡屬專電特稿大半檢扣。據王芸生在〈逮捕記者與檢查新聞〉一文中稱，「重慶所捕八位記者，大都是外勤記者；廣州所捕本報記者陳凡，就因為五月三十一日中山大學學生罷課遊行時，他步隨學生行列，採訪新聞，中途目擊血案，回寓撰發電報（此電被扣，報館迄未收到），當夜睡夢中即被檢查戶口者逮捕。陳君是盡了職，其電報被扣，勞力白費，他個人也身陷囹圄。類此情形，記者還怎麼幹？報又怎麼辦？」

王芸生對新聞檢查非常反感，「檢查新聞，原是抗戰時期的非常辦法，為了抗戰的關係，人民犧牲了新聞自由，是不得已的，雖然如此，

[31] 以上內容來自維基百科「新生事件」詞條，http://zh.wikipedia.org/wiki/%E6%96%B0%E7%94%9F%E4%BA%8B%E4%BB%B6。

[32] 王芸生：〈逮捕記者與檢查新聞〉（1947年6月5日），載王芝琛、劉自立編：《1949年以前大公報》，山東畫報出版社，2002年2月第一版，頁199。

新聞檢查制度的弊害已遺毒不淺。這制度，使政府與人民都受了蒙蔽，掩飾罪惡，包庇頑邪，使報紙喪失了信用，而一切撒謊欺罔的責任都由執行新聞檢查的政府一肩承擔了。」[33]

1948年7月8日，南京《新民報》奉命永久停刊。「據內政部發言人談話，處分新民報，是因為該報『違反出版法第二十一條第三三款出版品不得為損害中華民間利益及破壞公共秩序之宣傳或記載之規定，乃依照同法第三十二條之規定，予以永久停刊處分。」根據出版法第二十一條規定，「出版品不得為左列各款言論或宣傳之記載：（一）意圖破壞中國國民黨或違反三民主義者，（二）意圖顛覆國民政府及損害中華民國利益者，（三）意圖破壞公共秩序者。」王芸生認為這三條均不合理，「現代民主憲政國家，人民可以公開抨擊政府施政，在野黨有憲政黨軌道中尤其以推翻政府為其能事，那非但不犯法，且是一種特權⋯⋯『損害中華民國利益者』也是極其寬泛容易羅織的。」[34]

3. 對共產黨報刊的鉗制

從1930年到1935年，國民黨一方面對農村革命根據地進行軍事「圍剿」，另一方面對城市革命文化宣傳活動進行文化「圍剿」，革命報刊成為它「圍剿」的主要目標之一。為了消滅革命報刊，鎮壓以馬克思主義為指導的革命文化宣傳，國民黨採取了多種公開的或秘密的手段，從制定政策法規、建立審查制度到軍警干預、特務破壞，從製造輿論圍攻到造謠中傷，都用上了。

國民黨檢查報刊的機構有三個方面：

一是1933年在南京、上海、北平、天津等地成立的新聞檢查所；一是1934年成立的國民黨中央宣傳部圖書雜誌審查委員會及其地方機構；

---

33 王芸生：〈逮捕記者與檢查新聞〉（1947 年 6 月 5 日），載王芝琛、劉自立編：《1949 年以前大公報》，山東畫報出版社，2002 年 2 月第一版，頁 200。

34 王芸生：〈由新民報停刊談出版法〉（1948 年 7 月 10 日），載王芝琛、劉自立編：《1949 年以前大公報》，山東畫報出版社，2002 年 2 月第 1 版，頁 209。

一是從1929年起就在各地設立的郵件檢查所。前二者都以事前檢查為主，即稿件發表前送審，任他刪改扣押。[35]

正是有嚴密的新聞審查，所以在國統區的新華日報常常以開天窗的方式進行抗議。1941年，在對「皖南事變」真相的報導中，為了對抗國民黨當局，準備了兩種版面：一種是給檢查官看的，上面沒有周恩來題詞；一種刊登周恩來題詞。最終與讀者見面的是有周恩來題詞的報紙。當年1月16日，國民黨執委會發出密令：「自即日起，凡在《新華日報》張貼之處，設法秘密撕去，以杜流去。」2月份，國民黨中央特種會報又做出對《新華日報》「不准印，不准賣」的規定。[36]

在解放戰爭時期，蔣介石集團在加緊軍事行動的同時，也嚴格控制社會輿論，強化新聞統制。1947年4月22日重慶《世界日報》批露：近幾個月來，各地國民黨政府以「登記未准」或「尚未辦竣登記手續」為理由，而被查禁或勒令停刊的報紙雜誌，至少在100種以上。在這之前的2月28日，國民黨當局殘酷鎮壓了臺灣人民的反抗運動，其中包括封閉臺灣報刊54家。

1946年12月24日，北平發生美國兵強奸中國女大學生的嚴重事件，《新華日報》發表消息和評論，號召人民群眾「以行動答覆美軍暴行」，「高舉愛國主義的大旗挺進」，它還嚴厲指責國民黨報紙「不願和不敢正確地、詳細地報導」愛國行動。1947年28日凌晨3時許，2000多名國民黨軍警憲特，包圍報館，宣布「限令」中共人員從當天上午3時起停止一切活動。從創刊到這時，《新華日報》共出版了9年1個月又18天。[37]

---

[35] 以上據方漢奇主編：《中國新聞事業通史（第 2 卷）》，中國人民大學出版社，1992 年 9 月第 1 版，頁 374-375。

[36] 以上據方漢奇主編：《中國新聞事業通史（第 2 卷）》，中國人民大學出版社，1992 年 9 月第 1 版，頁 471-472。

[37] 方漢奇主編：《中國新聞事業通史（第 2 卷）》，中國人民大學出版社，1992 年 9 月第 1 版，頁 716-717。

（三）中國共產黨黨報與負面報導

1930年代，在第二次國內革命戰爭時期，雖然強化黨報作為「集體的宣傳員和集體的鼓動員，而且是集體的組織者」（列寧語），同時還對黨報上的批評、自我批評進行了理論探討和實踐。其中，批評、自我批評和表揚，是革命根據地常有的內容，幾乎每家報紙都設有專欄或專頁。一些論述報紙工作的文章，對此也多有涉及。如張聞天〈關於我們的報紙〉中提出，黨報要「把不好的現象揭發出來」，同時「讚揚在軍事、政治、經濟、勞動各個戰線上的英雄」。

有論者就指出，「革命根據地報紙之所以重視批評、自我批評和表揚，除了現實生活的需要以外，主要原因在於人們對報紙性質的認識。列寧〈論我們報紙的性質〉一文的觀點，特別是要用具體事例教育群眾、要進行社會批評、要成為階級專政的機關報等主張，為革命根據地報紙上的一些文章所反覆引用。張聞天的〈關於我們的報紙〉一文中引用約800字，為列寧文章全文的一半」。[38]

不過，在重視批評的同時，也有走上歧路的表現。最突出的表現是「左傾」，「殘酷鬥爭」的氣味越來越重。瞿秋白在〈關於我們的報紙〉中指出，黨報在揭露壞現象和缺點時，又「往往不報導黨的糾正政策」。

1940年代，中國共產黨的黨報理論和實踐上升到一個新的高度。在分析近現代中國主流報紙時，李金銓認為大概有三種範式（或典範）：民營商業報紙、專業報紙和黨報系統。其中，商業報以《申報》、《新聞報》為代表，專業報則以《大公報》為代表。《大公報》提倡的新聞觀，精神上（如果不是在實踐上）神似西方專業主義……專業標準則立基於儒家知識分子的道德責任，對市場的作用多持疑慮。黨報以國民黨《中央日報》、共產黨的《解放日報》和《新華日報》為代表。《解放日報》代表紅區策略，是農村策略；《新華日報》代表白區策略，是都市派。[39]

---

[38] 方漢奇主編：《中國新聞事業通史（第 1 卷）》，中國人民大學出版社，1992 年 9 月第 1 版，頁 242。

[39] 李金銓主編：《文人論政——知識分子與報刊》，廣西師範大學出版社，

由於《新華日報》係中國共產黨在國統區創辦、發行的報紙，在報紙定位與報導新聞時顯然有非一般的考量。其中最主要的一個目的是藉此達到團結國統區的有識之士，建立統一戰線的目的。這樣，在報導取向上，則為強化國民黨的負面報導，並通過評論等方式宣揚中國共產黨的主張。所以將這些負面報導作為研究對象時，典型意義會弱化。

研究《解放日報》卻不同，它是在共產黨統治區創辦、發行的，是在中國革命根據地出版的第一個大型的、每日出版的中共中央機關報。通過它，我們可以清晰地發現中國共產黨對負面報導的態度取向。在現代中國這一節點上，加上它在1942年的改版（在中共中央和毛澤東指導下進行，是延安整風運動的一個組成部分），樣本意義更大。

不過，在改版前，《解放日報》就已經開始重視負面報導。1941年1月，以實行「三三制」[40]為特點的普選運動在邊區展開，要求各地在1941年的選舉運動中徹底實行「三三制」原則，建立起真正模範的新民主主義政權。為了配合普選運動更好的展開，監督政府工作，1941年10月18日第四版發表了〈批評政府〉一文，文中坦白地指責政府工作的缺點，希望政府的工作人員，要忠誠地為人民謀福利。1941年10月31日，《解放日報》第四版刊登了名為〈米脂參議會中，參議員展開熱烈批評，望政府發揚民主改進今後工作〉的報導，批評了政府中黨政不分，黨員事事包辦的弊端。

1942年3月16日，中共中央宣傳部發出了〈為改造黨報的通知〉。4月1日，《解放日報》正式改版。

在研究者對《解放日報》在全黨普遍開展「整風運動」期間的批評性報導（1942年4月1日至1943年4月30日）做過研究，發現該報在這一階段的報紙批評在數量上共計78篇，所占篇數和內容分別如下[41]：

2008年11月第1版，頁15-20。

40 即抗日根據地政權建設「在人員分配上，應規定為共產黨員占三分之一，非黨的左派進步分子占三分之一，不左不右的中間派占三分之一」。

41 李宇紅碩士論文：《〈解放日報〉有關陝甘寧邊區批評性報導研究》，蘭州大學新聞學2007屆，指導教師：李文。

<table>
<tr><th>報紙批評的主體</th><th colspan="2">批評報導的形式</th><th colspan="2">所佔版面級篇數</th><th>篇數小計</th><th>佔總數百分比</th></tr>
<tr><td rowspan="2">關於批評政府、政治的</td><td rowspan="2">消息</td><td rowspan="2">5</td><td>第一版</td><td>2</td><td rowspan="2">5</td><td rowspan="2">6.4%</td></tr>
<tr><td>第二版</td><td>3</td></tr>
<tr><td rowspan="4">關於對領導幹部的批評</td><td rowspan="2">消息</td><td rowspan="2">13</td><td>第一版</td><td>1</td><td rowspan="4">21</td><td rowspan="4">26.9%</td></tr>
<tr><td>第二版</td><td>12</td></tr>
<tr><td>社論</td><td>4</td><td>第一版</td><td>4</td></tr>
<tr><td>專欄</td><td>4</td><td>第二版</td><td>4</td></tr>
<tr><td rowspan="2">關於經濟的批評</td><td>消息</td><td>7</td><td>第二版</td><td>7</td><td rowspan="2">12</td><td rowspan="2">15.4%</td></tr>
<tr><td>社論</td><td>5</td><td>第一版</td><td>5</td></tr>
<tr><td rowspan="3">關於政治思想及自我批評</td><td>消息</td><td>16</td><td>第二版</td><td>16</td><td rowspan="3">22</td><td rowspan="3">28.8%</td></tr>
<tr><td>社論</td><td>3</td><td>第一版</td><td>3</td></tr>
<tr><td>專欄</td><td>3</td><td>第二版</td><td>3</td></tr>
<tr><td rowspan="2">關於文化教育的批評</td><td>消息</td><td>5</td><td>第二版</td><td>5</td><td rowspan="2">6</td><td rowspan="2">7.7%</td></tr>
<tr><td>社論</td><td>1</td><td>第一版</td><td>1</td></tr>
<tr><td rowspan="3">關於群衆以及其他的一般性批評</td><td rowspan="2">消息</td><td rowspan="2">10</td><td>第一版</td><td>1</td><td rowspan="3">12</td><td rowspan="3">15.4%</td></tr>
<tr><td>第二版</td><td>9</td></tr>
<tr><td>專欄</td><td>2</td><td>第二版</td><td>2</td></tr>
</table>

*1942年4月至1943年4月，《解放日報》批評性報導統計，單位為「篇」。

從這個統計表可以看出，《解放日報》開展的報紙批評基本上涉及了各個方面，從批評性報導來看，社論比改版前明顯增多，很多重要性的批評報導都以第一版社論的形式刊發，如在整風運動中，《解放日報》就刊登了7篇關於整風的批評報導。1942年4月13日第一版社論〈地方幹部要建立學習的信心〉、4月28日第一版社論〈邊區幹部的認識問題〉、5月23日第一版社論〈一定要反省自己〉、9月24日第一版社論〈正確的學風正確的黨風〉、11月10日第一版社論〈提高領導改造作風〉這五篇社論對整風的順利開展起到了很好的鞭策作用，批評的力度很到位，針對性較強，起到了報紙批評的效果。尤其是1943年1月10日第二版刊登〈提高政府工作效能〉文中批評了這樣幾個缺點：一是「百廢俱舉」的觀念，二是調查研究不夠，三是計劃多、檢查少、以及不會總結經驗，四是幹部分配不甚適合，最後，最重要的是領導作風。問題的關鍵還是黨風問題，從而指出必須加強自我批評的深度。

但是，到了1943年，由於中央直屬機關和延安黨政軍民學習各界的整風，已基本告一段落。從5月至12月總共刊登了7篇批評性報導，內容如下所示[42]：

報紙批評的主體	批評報導的形式		所佔版面及篇數		篇數小計	刊登月份
關於批評領導幹部的報導及自我批評	消息	5	第一版	1	6	5
			第二版	4		
	社論	1	第一版	1		
關於經濟的批評	消息	1	第二版	1	1	7

*1943年5月至1943年12月，《解放日報》批評性報導統計，單位為「篇」。

1943年7月15日，當時負責審幹的社會部負責人康生，在正常的審查幹部的活動後作了一次「搶救失足者」的報告（在中央直屬機關大會上），導致各部門大搞逼供信，製造了許多冤假錯案，這就是「搶救失足者運動」（搶救運動）[43]。由於這一大背景，再加之報社內部也開展了「搶救」運動，人們在思想上也有障礙，所以導致批評性報導被中斷。1943年開展大生產運動，對「團結、穩定、鼓勁」的宣傳方針的理解，有時有片面性。在宣傳導向上，「以正面報導為主」占了壓倒性的選擇。

《解放日報》在1944年恢復了批評性報導，它的報導形式和內容有了一些新的變化，在形式上，進行好壞典型對比的批評性報導初步展開，有關批評理論的文章比創刊初期增多，對於報紙自身的批評也有了認識。在內容上，自我批評進一步加強，對領導幹部及其作風的批評占有很大的比例，尤其是1945年在鄉選中關於領導幹部的批評占據了全年批評性報導的一半以上。

---

42 李宇紅碩士論文：《〈解放日報〉有關陝甘寧邊區批評性報導研究》，蘭州大學新聞學2007屆，指導教師：李文。

43 王敬：《延安〈解放日報〉關於整風運動的宣傳》，（新聞研究資料），第31期，中國社會科學出版社，頁31。

除了批評性的報導，《解放日報》還注重不同意見的表達。比如對選舉勞動英雄失真現象，該報1944年3月11日第二版刊登的〈三言兩語〉欄目裏，林康寫的一篇文章〈真英雄與假英雄〉，提出勞動英雄與模範工作者應該選舉，「必須非常慎重的選舉，領導幹部不僅審查名單，而且要調查事實，在實際與稱號真符合後，才能提名單，由群眾選舉，這才能產生群眾所愛戴的真英雄。否則，難免產生與稱號不符合的假英雄。」[44]

在理論建樹上，《解放日報》曾在1945年3月23日發表題為〈新聞必須完全真實〉的社論。文章裏明確提到[45]：

> 毛主席說過，黨對於群眾運動的領導就是「集中起來堅持下去」，或者是「從群眾中來，到群眾中去」。所謂集中起來或者從群眾中來，對於運動來說，就是從當時當地的群眾中，發現每一項工作的好的典型和壞的典型，好的辦法或壞的辦法，研究其所以好或所以壞的原因，從這裏來發現運動的規律。
>
> ……
>
> 如果我們的報導是實事求是的，把真正好的說成好的，真正壞的說成壞的，有一分說一分，有兩分說兩分，那末讀報的人就不會在工作中走錯誤。反之，如果我們的報導錯誤，把壞的說成好的，好的說成壞的，或者報導有了誇大，把一分說成兩分，八分說成十分，那末讀報的人就會在工作中走錯路，有時甚至發生很壞的影響，影響到某項工作，也影響到報紙的威信。由於看來，求得新聞的完全真實，對於我們是何等重要。

這篇社論明確提出了「新聞必然完全真實」這一觀點。這應和了陸定一在1943年9月1日發表的〈我們對於新聞學的基本觀點〉，因為他提出了「新聞的定義，就是新近發生的事實的報導」。對客觀事實的尊重與再現，這理應是新聞工作者的專業追求。

---

[44] 王敬：《延安〈解放日報〉史》，新華出版社，1998年4月第1版，頁260。

[45] 轉引自張之華主編：《中國新聞事業史文選（公元 724-1995）》，中國人民大學出版社，1999年1月第1版，頁285。

1945年5月16日，《解放日報》又在社論〈提高一步〉中這樣表態[46]：

> 至於說到自我批評，至今還是我們報紙比較不擅長的一環。自我批評是堅持真理修正錯誤的最重要的方法之一，所以也是理論與實際結合的重要方法……表揚和批評，同時是報紙推進工作的武器，兩者不可缺一。過去報紙曾做了許多表揚工作，表揚模範典型，以推動全盤工作，為人民大眾及其事業歡唱謳歌，這是完全正確的，以後還應當這樣做。但是缺點錯誤在實際生活中是不斷發生的……如果害怕自我批評，我們立即就會停滯前進，固步自封，趕不上時代的要求，落後於現實。所以常常虛懷若谷，傾聽人民中間各種不同意見，是非常必要的。

我們注意到，在該社論中，不但強調對缺點錯誤進行批評的必要性，同時也重視傾聽群眾不同意見。這些認識顯然與「輿論一律」這樣的定位是不一樣的。在這一正確思想的指導下，1946年，《解放日報》就改進了僅對區鄉幹部的批評報導，增強了對縣級領導幹部自身的批評報導。這一階段批評性報導共計61篇，其中對縣級領導幹部的批評報導就占據了28篇，春耕工作和土地改革是這一階段的重點。[47]

1948年10月2日，劉少奇在〈對華北記者團的談話〉中[48]，體現了中國共產黨對負面報導的一種開放性認識：

> 你們記者是要到各地去的，人民依靠你們把他們的呼聲、要求、困難、經驗以至我們工作中的錯誤反映上來，變成新聞、通訊，反映給各級黨委，反映給中央，這就把黨和群眾聯繫起來了。
>
> 你們的報導一定要真實……群眾對我們，是反對就是反對，是歡迎就是歡迎，是誤解就是誤解，不要害怕真實地反映這

46　轉引自張之華主編：《中國新聞事業史文選（公元 724-1995）》，中國人民大學出版社，1999 年 1 月第 1 1 版，頁 290。

47　李宇紅碩士論文：《〈解放日報〉有關陝甘寧邊區批評性報導研究》，蘭州大學新聞學 2007 屆，指導教師：李文。

48　轉引自張之華主編：《中國新聞事業史文選（公元 724-1995）》，中國人民大學出版社，1999 年 1 月第 1 版，頁 501-512。

些東西……如果發現黨的政策錯了，允許你們提出，你們有這個權利。

我們的報紙現在有幾十種，將來全國會有幾百種，如果能比較真實、全面、深刻地把群眾的情緒、要求、意見反映出來，那不知會起多大的作用。

第四章　當代中國負面報導的考察（1949～2008年）

第一節　當代中國大陸地區負面報導的變遷

新中國成立後，大陸新聞事業經歷了初步建立、曲折發展（反右鬥爭、大躍進運動中）、扭曲階段（十年「文革」）和逐漸尊重新聞規律的新階段。在近半個世紀的新聞理念和新聞實踐的演進中，大陸對負面新聞的傳播主要體現在以下幾個方面：

一、對重大突發事件的報與不報

2007年11月1日施行的《中華人民共和國突發事件應對法》對「突發事件」的定義有一個清晰的界定：

> 突發事件，是指突然發生，造成或者可能造成嚴重社會危害，需要採取應急處置措施予以應對的自然災害、事故災難、公共衛生事件和社會安全事件。

對於這四種突發事件的報導，中國大陸地區在當代分別有如下的實踐：

（一）自然災害：從不報到全力報導

1959年到1961年，是新中國三年大饑荒時期。餓死的人數，至今有爭論，一說為3,600萬人[1]。按照官方的數據，據正式統計1960年全國總

---

[1] 楊繼繩：《墓碑——中國六十年代大饑荒紀實》（上、下冊），天地圖書有

人口比上年減少一千萬。突出的如河南信陽地區，1960年有九個縣死亡率超過100%。[2]對於這次大饑荒，1960年政府開始予以承認，並稱之為「三年困難時期」，隨後又以「三年自然災害」來詮釋饑荒此後一直沿用。不過，早在1961年5月31日，劉少奇在中央工作會議上就指出[3]：「這幾年發生的問題，到底主要是由於天災呢，還是由於我們工作中間的缺點錯誤呢？湖南農民有一句話，他們說是『三分天災，七分人禍』……總起來，是不是可以這樣講：從全國範圍來講，有些地方，天災是主要原因，但這恐怕不是大多數；在大多數地方，我們工作中間的缺點錯誤是主要原因。」《炎黃春秋》雜誌副社長楊繼繩則認為[4]，「總路線，大躍進，人民公社，當時合稱為『三面紅旗』。這是1958年令中國人狂熱的政治旗幟，是造成三年大饑荒的直接原因，也就是大饑荒的禍根」。

筆者引述以上說法，只是說明三年大饑荒時期並不是純粹的自然災害。但有數據證明，三年中的確有自然災害的因素。如下列圖表所示：

年份	受災面積	成災面積
1957	2915	1498
1958	3096	782
1959	4463	1373
1960	6546	2498
1961	6175	2883
1962	3718	1667
1963	3218	2002

* 1957～1963年自然災害對農業的影響[5]（單位：萬公頃）
（說明：成災面積是指農作物產量比常年減少30%以上的耕地）

限公司 2008 年 5 月初版。楊在《前言》中稱，「參照中外多方面的資料，我確認從 1958 年到 1963 年期間，中國餓死 3600 萬人」。

2 胡繩主編：《中國共產黨的七十年》，中共黨史出版社，1991 年 8 月北京第一版，頁 381。

3 《劉少奇選集（下卷）》，人民出版社，1985 年版，頁 337。

4 轉引自周華：〈敬畏真相，拒絕遺忘〉，《南風窗》，2008 年第 26 期，頁 96。

5 資料來源：《中國統計年鑒》(1981)，中國統計出版社，1982 年版，頁 201。

發生災害的一個重要原因就是乾旱。在這種氣候情況下，全國糧食因災減產。據統計，「由於一些地區連續三年受旱，三年全國共減產糧食611.5億公斤」，「其中1959年受災最嚴重，約損失糧食378億公斤，其中以旱災為主造成的損失約為260億公斤」[6]。

對於這麼嚴重的「天災」因素，媒體有沒有報導呢？有論者指出：

> 當時的報刊出於宣傳「大躍進」需要，對災害本身報導較少。以後這方面公布的歷史資料也不多見。至1995年國家統計局、民政部編《1949-1995中國災情報告》（中國統計出版社1995年版。以下簡稱《災情報告》）出版以前，還沒有一部專門系統記述中華人民共和國歷史上發生的自然災害的著作。[7]

翻開中國這一時期的新聞史，1958年6月21日，《人民日報》社論的標題為〈力爭高速度〉。有的黨報還宣稱「人有多大膽，地有多高產」。農業生產「大躍進」宣傳的「浮誇風」也成災。僅1958年9至11月《人民日報》在第一版突出報導的「衛星」就有30多個[8]。有這樣的大背景，顯然報導大災荒對當時的當政者來說是不太現實。

之所以對大饑荒的報導鮮見，最重要的原因是政治考量優先（比如為體現社會主義的優越性而隱瞞危機），其次是全黨缺少調查研究精神。1961年1月在北京召開的八屆九中全會上，毛澤東要求全黨恢復實事求是、調查研究的作風。他說，「最近幾年，調查做得少了，不大摸底了，大概是官司做大了。我這個人就是官做大了，從前在江西那樣的調查研究現在就做得很少了……」[9]

另外，各級政府部門封鎖消息則是直接原因。楊繼繩就指出：

6　國家統計局、民政部編：《1949-1995 中國災情報告》，中國統計出版社，1995 年版。

7　陳東林：〈「三年自然災害」與「大躍進」——「天災」、「人禍」關係的計量歷史考察〉，《中共黨史資料》，2000 年第 4 期。

8　方漢奇主編：《中國新聞事業簡史》，中國人民大學出版社，1992 年 9 月第 1 版，頁 440-442。

9　胡繩主編：《中國共產黨的七十年》，中共黨史出版社，1991 年 8 月北京第 1 版，頁 383。

> 通常情況下，如果遇到饑荒，或者得到外界救助，或者外出逃荒。但在當時的制度下，農民沒有求助和外出逃荒的權利。各級政府千方百計封鎖饑餓的消息。公安局控制了所有郵局。發出的信件一律扣留。中共信陽地委讓郵局扣了1萬兩千多封向外求助信。為了不讓外出逃荒的饑民走漏消息，在村口封鎖，不准外逃。對已經外逃的饑民則以「盲流」的罪名遊街、拷打或施以其他懲罰。[10]

雖然如此，還是有一些訊息以內參形式上達。1959年4月17日，毛澤東看了國務院關於山東等省春荒缺糧的材料後，親自擬定題目〈十五省二千五百一十七萬人無飯吃大問題〉，要求在三天內用飛機送到15個省的第一書記手裏，迅即處理緊急危機（《建國以來毛澤東文稿》第8冊209頁）。八月廬山會議以後，由於「反右傾」的政治壓力，一些地區隱匿災情不報，或者報告已經戰勝了災害，使從中央到地方產生了盲目樂觀的影響，對自然災害的嚴重程度和持續三年之久缺乏思想準備和應對措施。[11]

正是由於新聞「不聞」，下情上達出了問題，留下的公開報導資料奇缺。這也導致學界對一些基本史實存有爭議，比如如何命名這三年？到底有多少人在三年中非正常死亡？

不過，有意思的是，筆者在研究時發現，1959年6月20日，毛澤東在看了新華社關於廣東水災的內部參考材料後，寫給胡喬木、吳冷西的批語是這樣的[12]：

> 廣東大雨，要如實公開報導。全國災情，照樣公開報導，喚起人民全國抗爭。一點也不要隱瞞。政府救濟，人民生產自救，要大力報導提倡。工業方面重大事故災害，也要報導，講究對策。

---

10 楊繼繩：《墓碑——中國六十年代大饑荒紀實》（上、下冊），《前言》，天地圖書有限公司，2008年5月初版。

11 陳東林：〈「三年自然災害」與「大躍進」——「天災」、「人禍」關係的計量歷史考察〉，《中共黨史資料》，2000年第4期。

12 〈如實報導災情〉，見《毛澤東新聞工作文選》一書，新華出版社，1983年12月第1版，頁214。

由此看來，作為當時中共最高領導人，毛澤東對訊息公開重要性的認識還是到位的，而且清楚地知道在報導自然災害時的策略。但媒體實踐中，在報導負面新聞時依然有強烈的路徑依賴，以內參為主，而且這也不可靠。[13]

十多年後的1976年7月28日，唐山發生7.8級大地震。唐山地震發生當天，新華社播發的消息中沒有公布震級，沒有提破壞程度、傷亡人數、影響範圍。直到三年之後，唐山大地震的具體死亡人數，才首次被披露為轟動全世界的「24萬多人」。直到20年之後，錢鋼的報告文學《唐山大地震》才給人們呈現了這一重大自然災害的全景圖。

與唐山大地震不同的是，對2008年5月12日14點28分發生的汶川大地震，新華社在地震發生十幾分鐘後就發布了消息，隨後派出大批記者增援前線，抗震救災成為每天報導的絕對主角。國內幾大門戶網站也在很短的時間內，紛紛刊出這一消息。與此同時，中央電視臺、中央人民廣播電臺也馬上進行直播，將汶川地震的相關消息連續不斷地傳播給每一個觀眾和聽眾。[14]

其中最突出的是電視表現方面：汶川大地震發生的32分鐘後，中央電視臺新聞頻道就首發新聞，52分鐘後（15：20）即推出全天直播特別節目《關注汶川地震》，地震發生後兩個半小時，中央電視臺第一批記者奔赴災區，各省級電視傳播媒體也迅速派出記者進入災區報導。截至5月24日晚，央視抗震救災報導直播節目總時長達1,034小時，僅5月12日至21日，就有10.3億電視觀眾收看。13日零時起，四川衛視中斷所有

---

13 據曾任新華社內參編輯的夏公然回憶：1958 年，全國掀起「大躍進」高潮，上下都在「左傾蠻幹」，新聞普遍「報喜不報憂」，內參的正常功能顯得不合時宜，牽連著內參組也壓縮到只留下兩人守守攤子了。1961 年 1 至 8 月，（我）發了 70 多篇自然災害的特稿。所反映的情況雖然遠不及實際生活嚴酷，但事後還是吃了批評，大作檢討。見夏公然口述，夏小梅整理：〈三年困難時期的內參工作〉，《觀察與思考》（浙江）雜誌，2001 年 12 期。

14 楊咏：〈中國在汶川地震中樹立了一個危機傳播的典範〉，載于運全、姜加林主編：《5・12 汶川大地震新聞報導研究》，外文出版社，2008 年第 1 版，頁 9。

節目，推出「眾志成城，抗震救災」24小時新聞直播。到5月16日，參與地震專題報導的全國衛星頻道就已達14個。

從新聞工作者投入的力度來看，也是驚人的。最多的時候，中央電視臺派往前線的記者超過150名；新華社超過100名記者奮戰在抗災一線，在一周的時間內播發的稿件達4,600多條。全國各大都市都派出骨幹文字和攝影記者奔赴災區。

雖然也有學界和新聞工作者在反思，認為汶川地震報導個別媒體缺乏人文關懷，在災民生命最危險的搶救時分還在搶發新聞，作秀意識和冷漠心態讓人悲涼。但媒體的表現總的是好的，而且不少媒體還通過報導或評論的方式針對天災中的人禍因素（如學校建築中的豆腐渣工程）進行輿論監督。錢鋼曾對《人民日報》關於唐山和汶川大地震的報導進行分析，結果發現：

> 1976年唐山地震發生後頭10天的《人民日報》關於地震的報導，用了「生命」這個詞的報導總共是7篇，而在汶川地震的頭10天，同樣的時段，同樣的報紙，《人民日報》關於地震的報導，提及「生命」的竟然有149篇。[15]

從這一微小的角度著眼，我們除了可以看出時代的進步，也能看出新聞媒體在自然災害等負面新聞報導方面尺度與廣度的放開。

（二）對事故災難的報導

有論者指出，如果不以上世紀80年代中「深度報導」概念在國內達成廣泛共識為起點，而以改革開放初期向舊思維、舊體制的告別為社會環境轉折的整體拐點，以1980年「渤海二號」翻沉事故報導為業務改革的重要起點的話，改革開放以來的中國深度報導實踐也已近30年。[16]

「渤海二號」鑽井船是1973年進口的一艘自升式鑽井平臺，但在1979年12月25日，因遇強風，並且操作不當，導致72人死亡，損失

---

15 錢鋼：〈32 年過去我們迎回了人〉，《北大商業評論》，2008 年 7 月 11 日。
16 張志安：〈30 年深度報導軌迹的回望與反思〉，《新聞記者》，2008 年 10 月。

3,700萬元。雖是責任事故，但在披露上卻非常曲折。「渤海二號」翻沉兩天後，海洋石油勘探局就以「突遇10-11級特大風浪，不可抗拒」的口徑寫出報告。石油部領導人在對事故尚未搞清楚的情況下，在給國務院的報告中也謊報軍情，把事故發生的原因歸罪於「遇到強大風浪襲擊」。1980年1月19日，石油部部長宋振明又把原報告中提出的「相當於10級以上的風力」改為11級。同時，他們採取了「喪事當成喜事辦」的惡劣手法，用評選英雄、追認烈士的辦法掩蓋事實真相。宋振明親自簽發報告，要求國務院命名「渤二」鑽井船隊為「英雄鑽井船隊」，追認72名遇難者為烈士。海洋石油勘探局準備敲鑼打鼓，披紅掛彩，搞他們搞慣了的大表揚、大慶賀。有的記者也被利用，採寫了通訊——《渤海忠魂》。但是，大多數死難者家屬卻對此很不滿意，說：「我們的烈士當得太窩囊了！」「什麼渤海『忠魂』，其實是『冤魂』！」

事故發生後，天津市勞動局、國家經委、勞動總局等組成調查組調查，認為該事件是一起嚴重違章指揮造成的重大責任事故。1980年5月，薄一波在與全總和報社領導的一次談話中說：「渤二」沉沒，死了72個工人，報紙應該登。按憲法辦事。沒人出來講公道話，官官相護不好，這樣正氣就沒有了。6月20日，萬裏副總理在一次會議的講話中提到「渤二」等事件時說，《工人日報》應該為工人說話，包括批評廠領導、部領導、國務院領導的官僚主義在內。如果你們掩蓋這一類問題，掩蓋我們的矛盾，不代表工人講話，那就不要幹這個工作。你代表工人講話，不要怕得罪哪一級。這樣才會使工人感到你像工人的報紙。在這種背景下，《工人日報》編輯部組織了陣容強大的報導組、評論組和領導小組，在7月22日一版頭條刊出「渤二」沉船的消息和《渤海二號鑽井船翻沉事故說明了什麼？》的專篇通訊。在隨後的一個多月裏，又連續發了6篇評論員文章，同時還發表有關文章、消息、通訊20餘篇。8月25日，報紙登出《石油部應對「渤二」事件做出回答》，點名批評了石油部長宋振明。

1980年8月，由全國總工會和國家有關部門組成的調查組，對「渤二」翻沉事故的調查結束時，認為這是一起責任事故。8月25日，中央書記處、國務院舉行聯席會議，康世恩列席了會議。會議決定解除石油工業部部長宋振明的部長職務，給予主管石油工業的副總理康世恩記大過處分。9月2日，經天津市中級人民法院審判，對認定在事故中負有責任的石油部海洋石油勘探局局長、黨委書記馬驥祥等4人分別判處有期徒刑（馬驥祥有期徒刑4年、副局長王兆諸有期徒刑3年，副業務指導長（主任）張德經有期徒刑3年，渤海282號船長藺永志有期徒刑1年，緩刑1年）。至此，這個事故的處理算是有了一個令人滿意的結果。[17]

以「渤海二號」翻沉事故的瞞報和遲報不同，媒體對1987年由於林場職工違規操作導致的大興安嶺特大火災的報導，則是積極主動地投入其中。這次大火新中國成立以來最大的一起森林大火，令193人葬身火海，5萬人流離失所，燒過100萬公頃土地，熊熊燃燒了25個晝夜的森林大火。當年5月6日起火，14日卻成為擺在《中國青年報》記者面前的難題。

此時，大興安嶺林場的大火已經整整燒了一周。《中國青年報》記者雷收麥、李偉中、葉研和實習生賈永整裝待發，將要奔赴火場。臨行前，報社同仁叮囑他們：「切記，不要再把悲歌唱成讚歌！」歷時30多天的艱苦採訪，換回了中國新聞史上的一組經典篇章。從1987年6月24日至7月4日，三篇整版調查性報導〈紅色的警告〉、〈黑色的咏嘆〉和〈綠色的悲哀〉刊登在《中國青年報》醒目的位置。其中，〈紅色的警告〉記錄了災難中人與社會的關係。寫了在熊熊大火中仍然熱衷於開會、討論、扯皮的官僚主義者們；寫了「大火不報、支持不要」的那個潑辣果敢卻又缺乏科學知識的女縣長；寫了廢墟中如恥辱柱一般矗立的縣長家的紅瓦房。〈黑色的咏嘆〉敘述了火災背景下的人物命運和人在極端場合下的表現。〈綠色的悲哀〉則前瞻性地探討了人與自然的關係，揭示了這場災難的生態原因。[18]

---

[17] 有關「渤海二號」翻沉事故的資料來自程美東主編：《透視當代中國重大突發事件（1949-2005）》（上），中共黨史出版社，2008年1月第1版，頁226-234。

[18] 周欣宇：〈21年前的「三色報導」開啟中國災難報導的里程碑〉，《中國青年報》，2008年11月28日。

新聞媒體從對事故災難的不報到就事論事，再到質疑和問責，這其實體現了新聞觀念的進步。「三色報導」當年的責任編輯楊浪在回顧時就總結說，「勇敢的民族是開放的民族，開放的民族需要開放的新聞，開放的新聞則需要一代具有開放新聞觀念的人去創造。」[19]

這一新聞理念事實上延續到後來對事故災難的報導中。比如對1994年的「克拉瑪依12·8大火」的報導，大火造成323人死亡，其中288名為中小學生，另有130多人受傷。新華社烏魯木齊12月9日發出的電訊稿中，就報導此事，最末一句是：「事故原因正在調查，對有關責任人員將依法嚴肅處理。」

隨後，一些媒體報導承認：有克拉瑪依市教委的官員在火災現場命令：「學生不要動！讓領導先走！」也有報導文章指出：本來可以避免這麼多的學生傷亡，只因「讓領導先走」而耽誤了！所以「讓領導先走」大大擴大了學生的傷亡人數！克拉瑪依大火之後，新疆司法機關對責任人進行了審判，多人被判處徒刑，大多以玩忽職守罪論處。

進入21世紀後，中國礦難頻繁，由於關係到礦主和地方政府官員的「烏紗帽」，瞞報成為風氣。比如有2001年7月17日發生的廣西南丹礦難，拉甲坡礦發生特大透水事故，在礦井下作業的81名礦工死亡。南丹縣原縣委書記萬瑞忠與南丹縣原縣長唐毓盛、原縣委副書記莫壯龍、原副縣長韋學光密謀後，決定對此事隱瞞不報。萬瑞忠還授意莫壯龍、韋學光告知龍泉礦業總廠自行處理好事故善後工作，防止事故消息洩露。在上級有關部門查問事故情況時，萬瑞忠等人繼續隱瞞事故真相，在社會上造成了惡劣影響。

《人民日報》（含其屬下的人民網等）排除萬難，將南丹特大礦難真相勇敢揭露出來，成為我國當代傳媒成功的輿論監督範例。當時在人民網上，曾一鼓作氣推出150多篇報導，一時間幾乎國內外所有網站關於南丹的報導，都來自人民網[20]。

---

[19] 周欣宇：〈21 年前的「三色報導」開啟中國災難報導的里程碑〉，《中國青年報》，2008 年 11 月 28 日。

[20] 鄭盛豐（人民日報駐廣西記者站站長）：〈《人民日報》揭露廣西南丹礦難留給人們的啟示〉，《新聞戰線》，2003 年第 9 期。

2002年，山西發生繁峙礦難。同樣是瞞報，但經過央視《新聞調查》播出專題片〈繁峙礦難內幕〉，真相大白於天下：37名礦工遇難身亡的事故發生後，礦主隨後將礦工遺體掩埋、焚毀，並以每人1,300元遣散知情的礦工，隨後，對遇難礦工家屬進行威脅、控制，要求他們「拿錢走人」，不許見屍體。繁峙縣人民政府瞭解情況後向上級報告：「死兩人，傷4人」。

與個別媒體對上述礦難強力突破報導不同，在2008年，媒體以集體的方式從汶川地震中學校建築中的豆腐渣工程的揭露，再到山西省襄汾尾礦潰壩事故原因的調查，以及杭州地鐵工地塌陷事故真相的全面、深入報導，都以一種專業主義的精神提供給受眾瞭解事件真相的有效途徑。

（三）對公共衛生事故的報導

1960年2月28日，中國青年報用頭版整版篇幅發表長篇通訊〈為了六十一個階級兄弟〉，報導山西平陸縣61名築路工因食物中毒，得到首都軍民和當地幹部群眾全力搶救的事件。這一報導曾收入中學語文課本。這一事件還在當年改編成與報導同名的電影作品（導演：謝添、陳方千）。筆者認為，這一報導很可能是新中國首次大力報導的重大公共衛生事故。

1960年2月2日，中毒事件發生。3日深夜，一箱來自北京新特藥商店的二硫基丙醇，被及時空投到山西省平陸縣，當地61個中毒民工因此脫離了生命危險。2月8日，《平陸小報》一版頭條刊發了題為〈毛主席派飛機送來救命藥〉的「好消息」，並配發〈敵人的任何破壞擋不住我們前進的道路〉的評論。《中國青年報》的報導則是把一件壞事當成好事報導，體現全國人民一條心以及領導關懷下的階級感情。這篇有些像報告的文學的報導有著如下句子：

> 這是一場共產主義風格大發揚的勝利戰鬥。捨己為人、友愛互助精神萬歲！
>
> 六億五千萬中國人，人人心裏都燃著一團烈火，這團烈火越燒越旺：對黨和毛主席的深沉熱愛，化做無窮無盡的力量，人們正在

用它加速建設我們偉大的社會主義祖國！幹勁衝天地、高速度地建設她吧，這是咱們的靠山，這是咱們永遠幸福的保證！

〈為了六十一個階級兄弟〉這篇報導，時代背景是在大躍進（1958年至1960年間）的末期，所以難免有「左」的味道。直到2008年，還有記者到平陸探尋幕後的故事，並指出，「在中國青年報的報導中，沒有提及民工們為什麼會突然中毒」[21]。雖然如此，對普通人生命的珍視還是通過報導體現出來。

1988年1月至3月，上海甲肝爆發。截至3月18日因甲而死亡的人數為11人。但在疫情初期，有關部門處於保持穩定的考慮，不允許媒體報導。上海人民廣播電臺記者曾文恭的述評是上海新聞媒介較早提出要求查明「毛蚶事件」的原因和責任的新聞作品之一，有的部門對此表示反感，匆匆發出公文進行反駁。1月20日，上海的報紙發表一篇報導稱：「本市近20天的甲肝發病率並無異常！」2月5日，上海發現了第一例甲肝病人，但新聞媒介沒有告訴市民，謠言就在市民中傳開了。

直到2月19日，《人民日報》報導，上海甲肝是由於部分市民食用不潔毛蚶引起的。3月5日，新華社上海發出專電：上海市衛生防疫站已江蘇啟東的毛蚶存在甲型肝炎病毒。[22]

以山西平陸縣61名築路工因食物中毒為例，報導是非常滯後的，大半個月後該事件才報導出來，而且是得到皆大歡喜的結果後才得以報導。上海甲肝爆發事件則有些不同，由於地方政府出於穩定社會的考慮，居然不允許報導；當媒體應民意呼籲要求查明原因時，又被有關方面通過媒體闢謠。結果導致謠言四起。

這樣的案例當然不是中國新中國新聞史上的孤例。在重大公共衛生事件發生時，新聞媒體的報導不是刊發不出來，就是採訪受阻。比如阜陽奶粉事件2003年就發端，但媒體集中報導為2004年4月後。該事件被

---

[21] 杜興：〈61 個階級弟兄和他們的階級敵人〉，《先鋒中國雜誌》，2008 年 3 月號，收入《2008 中國文史精華年選》一書，花城出版社，2009 年 1 月出版。

[22] 有關上海甲肝的資料來自程美東主編：《透視當代中國重大突發事件（1949～2005）》（下），中共黨史出版社，2008 年 1 月第 1 版，頁 333-346。

媒體公開受到中央調查後，地方政府的查處在相當程度上是消極的。明顯的例子是，央視記者第二次去阜陽的時候，想住進第一次曾和調查組和其他媒體記者共同居住的國際大酒店時，遭到門衛和值班警察的拒絕。對方告知他們這是市里的要求。[23]

在阜陽奶粉事件中，三鹿奶粉就曾被列入媒體公布的不合格奶粉和偽劣奶粉的黑名單中，當時使用危機公關處理，將其在黑名單除名。2008年，三鹿奶粉因含有三聚氰胺而導致全國出現幾十萬「結石寶寶」。三鹿在事發初期又故伎重演，通過廣告、政府打招呼等方式管控媒體，不讓見報。直到今年9月11日，《東方早報》A 20版以半版篇幅，刊登了簡光洲的長篇報導〈甘肅14嬰兒同患腎病疑因喝「三鹿」奶粉所致〉，首次點名「三鹿」，加之新西蘭高層知會中國高層，最終三鹿奶粉事件水落石出。這也導致三鹿集團破產，其高層面臨刑事懲罰。此外，國家質檢總局局長李長江也因此事件引咎辭職。

由於公共衛生事件與人們的生命密切相關，其正確、有效的訊息得以及時、公開地傳播顯然對人們的身體健康和生命安全有利。但由於種種原因，達到這樣的基本要求並不是一件易事。2003年春天發生的SARS事件就是一個例子。當年4月2日晚，央視《焦點訪談》中，時任衛生部長的張文康稱北京的SARS患者只有12人，死者為3人。72歲的解放軍301醫院退休外科醫生蔣彥永看到後很震驚，因為這跟他瞭解到的情況很不一樣。4月4日，在做了進一步調查確認之後，蔣彥永致函鳳凰衛視和央視四頻道，提供了自己瞭解的事實，但未獲回應。4月8日，他接受了美國《時代》周刊記者採訪，說出了實情[24]。從而引起中國高層重視。4月16日，世衛組織新聞發布會上，該組織官員證實蔣所說的確是事實。此事件促使疫情的公開化，以及政府重視程度升級，媒體也開始大面積報導。經此事件，4月20日，孟學農與張文康一道被宣布免去

---

23 程美東主編：《透視當代中國重大突發事件（1949-2005）》（下），中共黨史出版社，2008年1月第1版，頁432。

24 《財經》雜誌編：《SARS調查——一場空前災難的全景實錄》，〈一個誠實的醫生〉一文，中國社會科學出版社，2003年6月第1版，頁4。

黨內職務。同一天，孟學農提出辭去北京市市長職務，此時距他當選市長只有短短3個月。

和SARS事件的報導類似，中國媒體對愛滋病的報導也經歷了不許報導到允許報導的過程。以河南上蔡縣文樓村這一「愛滋村」為例，記者喻塵是第一個在媒體上公開報導文樓村愛滋病狀況的記者，從1999年11月開始，他就一直在「愛滋病疫區」穿行。2000年的春節剛剛過完，他的愛滋病的第一篇報導在西部的一家發行量很大的都市報上發表了，這也是國內外第一次公開報導河南愛滋病的文章。但過完年上班的頭一天，他按時來到報社，卻被所在單位的辭退，並被勒令離開河南省。[25]

對於投身愛滋防治的民間人士，媒體的關注並也相對遲緩。比如對於高耀潔，媒體就評論指，「一個事實是，很長一段時間以來，無論是愛滋病、愛滋病感染者還是民間防愛人士，都處於邊緣化地位。但到了2003年，正是這位步履蹣跚的老人的堅持不懈，使她越來越多地出現在主流媒體上……第55屆聯大主席霍爾克里曾面對全世界的新聞媒介這樣讚譽過這位堪稱偉大的中國女性：『知識是愛滋病的最佳疫苗。在中國河南，就有一位傾盡心血義務宣傳預防愛滋病知識的人，她的故事跌宕起伏，她的精神讓人欽佩不已……』」。[26]同樣在2003年，一個突出的信號是中國領導層對愛滋病人的重視，當年國務院總理溫家寶與愛滋病人握手的畫面傳遍了全世界。

正是有領導層的高度重視，再加之媒體的報導，不但改善了愛滋病患者的生活和醫治，同時也提高了全民對愛滋病的科學認知[27]。

---

[25] 喻塵：〈穿行在「愛滋病疫」——我的眼淚為何總是砸向大地？〉，http://www.aizhi.org/azxd/tear.txt。

[26] 李菁：〈人道主義者高耀潔〉，《三聯生活周刊》總270期（2003年12月29日出版）。

[27] 新華網鄭州2008年11月29日電（記者郭久輝）：〈文樓村人不再「隱姓埋名」——走進「愛滋病村」看變化之三〉，「我是文樓的。」幾年前，這樣的自我介紹很難聽到。現在，曾經「羞」於見人的文樓村人，不再「隱姓埋名」，光明正大地融入社會，開始新生活。

除了上述重大衛生公共事件外，1992年拉開序幕的「中國質量萬里行」大型系列報導以及央視新聞頻道《每周質量報告》近年來對製假售假的企業和產品進行深入報導，事實上也促進了中國公共衛生事業的進步。

（四）對社會安全事件的報導

所謂社會安全事件，是指嚴重影響社會治安或影響社會穩定的事件。在筆者看來，它主要包括個體危害社會安全事件和群體性社會安全事件。前者主要指特大殺人案，後者則形式多樣，包括恐怖主義行動、群體維權事件、社會洩憤事件等，這些事件有一個顯著的特徵，那就是衝突的矛頭最終很快針對政府。

在個人危害社會安全事件中，1980年代的「二王」算是家喻戶曉。1983年，凶殺潛逃犯王宗玏和王宗瑋從大年三十在瀋陽持槍殺4人開始，全國流竄，殺人搶劫，直到中秋節被圍捕。七個月零六天，困擾著中國人的問題是：「二王到底到哪兒了？」5月17日，公安部懸賞2,000元的通緝令一夜間貼滿了大街，除了「二王」的相貌特徵，背面還印著「只許張貼，不准廣播登報」。理由是「怕影響不好」。這是中國人第一次看見懸賞通緝令。「二王」案時間之長、地域之廣、投入之大，從新中國建立以來前所未有。瀋陽連殺4人後，能夠肯定的是「二王」的4次露頭，從北京開往廣州的47次列車上開槍，湖南衡陽打死1人，湖北岱山、武漢打死4人，安徽淮陰搶劫2.1萬元，一直到江西廣昌被擊斃。同年夏，鄧小平在北戴河召開會議，第一次做出了「嚴厲打擊刑事犯罪」的指示。[28]

據當時抓捕「二王」領導小組成員王維城回憶：「在公安部最後的結案報告以及當時的媒體報導中，懸賞通緝令的是與非都沒有提及。而我認為，懸賞通緝令的功過是非，已由歷史作出了評價。」[29]筆者也試

---

[28] 〈追捕「二王」秘聞：新中國首次懸賞〉，《三聯生活周刊》，2007年9月28日。

[29] 劉平等：〈擒「二王」發出首個懸賞通緝令——江西省公安廳刑事偵查處原處長、抓捕「二王」領導小組成員王維城講述塵封故事〉，《新法制報》，2008年12月4日。

圖查找當年「二王」案發生後媒體初期的報導，未果。有資料顯示，在圍捕成功後，公安部當年曾製作了一部《追捕二王真相（上、下集）》的VCD。事後有人回憶[30]，「『二王』事件所有的採訪報導，幾乎都是公安部和武警記者採寫的。」由此可見，上世紀80年代對特大社會安全的事件是嚴密控制的。

自21世紀以為每隔幾年都會有一個個人危害社會安全事件典型案例。比如2001年的張君案，2004年的馬加爵案和2008年楊佳案。與「二王」案不同，媒體對這些重大安件的報導可以說無比積極、踴躍，從不同側面挖掘新聞事實，也探尋真相。比如對楊佳案的持續質疑，可以說對推動中國法治建設是積極有益的。不過，在張君案的報導中，「黃色新聞」的羶色腥報導手法應該批判，當時不少媒體大幅報導張君有多少情婦之類。

對媒體傳播來說，群體性社會安全事件更有新聞價值，這是因為這些事件背後往往有著深刻的政治經濟學動因：它們與社會穩定緊密相關。

近年來群體性事件層出不窮，比如2003年開始的湖南嘉禾拆遷事件，2005年安徽池州「6・26事件」和河北定州征地血案，以及2008年發生的拉薩騷亂、貴州瓮安事件、雲南孟連事件、甘肅隴南事件和重慶出租車罷運事件等等。

根據中國社會科學院農村發展研究所研究員於建嶸的統計：近十年來，中國發生的群體性事件在迅速增加。1993年全國共發生8,709宗，此後一直保持快速上升趨勢，1999年總數超過32,000宗，2003年60,000宗，2004年74,000宗，2005年87,000宗，上升了近十倍。如果要對這些事件進行分類的話，農民維權約占35%，工人維權為30%，市民維權是15%，社會糾紛是10%，社會騷亂為5%，有組織犯罪等為5%。2005年發生的較大社會騷亂事件約占全年群體性事件的5.1%。[31]

---

30 〈再現廣昌圍殲「二」〉，《贛南廣播電視報》（江西），2006年6月，http://www.red-soil.com/redShow.asp?ArticleID=15735。

31 于建嶸：〈中國的騷亂事件與管治危機——2007年10月30日在美國加州大學伯克利分校的演講〉，http://www.chinesepen.org/Article/sxsy/200711/Article_20071106211147.shtml。

有媒體認為，隨著利益主體日益多元、利益訴求日益多樣，群眾心理和社會心態日益複雜，給社會穩定帶來新的變數，所以「2009年有可能是一個群體性事件高發年，同樣有可能成為深化改革、創造社會和諧的新契機」。[32]

那麼，對於多發的群體性事件，媒體報與不報，如何報都是現實實踐中的必然要面對的。目前，對於群體性事件該不該報導，地方政府可能有堵的利己衝動。于建嶸對此有精彩的論述：

> 在目前中國這樣自上而下的壓力體制下，基層政權為了完成上級分派的各項任務及眾多的一票否決指標，就不得不採用強化政權機器等手段來填補社會動員資源的缺失，基層政府及幹部的行為出現強制的暴力趨向。事情發生後，地方政府認為首先要做的就是封鎖消息。因為在他們看來，只有封鎖消息才不會造成所謂的政治和社會影響。但是事實上現在是沒有辦法封鎖消息。民眾會通過短信、通過E-mail向全世界發布。地方政府封鎖消息，對誰封鎖？對中央政府封鎖。所以我們經常會看到，全世界都知道了，而中央政府還不知道。[33]

事實上，從媒體的專業主義訴求和維護公眾利益或國家利益而言，公開報導並不是認知上的障礙。這是因為社會預警研究必須要長期追踪調查公眾的社會態度，而媒體無疑最勝任此責。目前對媒體來說，最大的問題是如何報導。這一方面對政府訊息公開提出了要求，同時，也要求媒體在報導時更加全面、客觀和專業。但有論者發現：「在報導群體性事件中，事件發生之初，總能看到地方政府這樣匆忙定性的詞語：『一小撮別有用心的人』、『不明真相的群眾』、『黑惡勢力幕後指使

32 〈預警群體性事件〉及〈提高應對群體性事件能力〉報導，《瞭望》新聞周刊1月5日。

33 于建嶸：《中國的騷亂事件與管治危機——2007年10月30日在美國加州大學伯克利分校的演講》，http://www.chinesepen.org/Article/sxsy/200711/Article_20071106211147.shtml。

策劃』……這樣的定性，與這個時代完全脫節」[34]。但不少媒體居然就照登不誤，而這也包括官方通訊社。

另外一個傾向值得注意，正是由於互聯網的勃興，導致群體性事件的傳播速度更快，範圍更廣。而散落世界每個角落的人都可能是潛在的「公民記者」，合力揭開群體性事件的真相。比如2007年6月，山西「黑磚窯」事件，一封〈400位父親泣血呼救：誰來救救我們的孩子？〉帖子點燃火信，在網路「人大代表」和傳統媒體報導的一次次追問中，一場「打擊黑磚窯主、解救被拐騙農民工」的專項行動緊急啟動，成功解救出幾十名被拐童工和幾百名苦工。

二、對負面典型一如既往重視

新中國建國初期，在「三反」運動中，劉青山、張子善案件是查出的一起黨的領導幹部嚴重貪污盜竊國家資財案件。1951年11月，中共河北省第三次代表會議揭露了劉、張的罪行。同年12月4日，中共河北省委作出決議，經中央華北局批准，將劉青山、張子善開除出黨。1952年2月10日，河北省人民政府舉行公審大會，隨後河北省人民法院報請最高人民法院批准，判處劉青山、張子善死刑。

槍斃劉青山、張子善的第二天，《人民日報》、《河北日報》、《天津日報》等均以醒目的大字標題在頭版詳細報導了公審大會的消息。同一天，《河北日報》還用整版篇幅，在二版位置刊登了12幅公審大會的紀實照片。其中，有大會場面，也有全省群眾爭看人民法院張貼的布告、保定市市政府前街收聽大會實況廣播的場面。

與此同時，華北、東北、華南、西南、中南等各大城市的報紙、電臺以及人民畫報社、中央廣播電臺和港澳的一些新聞媒介也都對此迅速作了報導。香港的一家右派報紙禁不住驚呼：「共產黨殺了共產黨！」[35]

34　黃谿：〈群眾「不明真相」是官員失職〉，《瞭望新聞周刊》，第48期。

35　張樹德：《紅墻大事：共和國歷史事件的來龍去脈（上下冊）》，中央文獻出版社，2005年6月版。

1953年一月，毛澤東在為中共中央起草關於反對官僚主義、命令主義和違法亂紀的黨內指示中，也延續了對劉青山、張子善案公開報導的思路：「凡典型的官僚主義、命令主義和違法亂紀的事例，應在報紙上廣為揭發。」[36]

不過，有研究者專門以《人民日報》為例，分析該報在新中國典型人物報導的特點，結果發現：「改革開放前的《人民日報》有不少負面典型人物的報導，但其傳播價值觀主要體現為宣傳價值觀，沒有或很少有新聞性，其主要任務是宣傳黨的方針政策，為人民群眾提供一個學習的榜樣，以此宣傳鼓動人民保家衛國、積極從事生產運動、服務黨和政府的工作重心」。[37]

從1980年至今，在負面典型方面，人民日報的報導始終將嚴懲腐敗、打擊違法亂紀是典型人物報導的關注重點。這主要是將反面典型樹為靶子，展現他們的罪行和受到的嚴懲，以警示、教育廣大民眾，體現黨和政府的公正嚴明、執法如山。

不過，上述論者還注意到：

> 改革開放之前和之後的很長一段時間，凡是被《人民日報》當作反面典型加以批評的典型都要在報紙作出檢討。即使一個不知名的普通人被《人民日報》批評後，他（她）也要檢討自己的行為。同時，反面典型在《人民日報》典型人物報導總量中所占比例和所占版面也比較大。整體而言，在1988年以前，《人民日報》對反面典型的監督力度是非常大的。但1988年以後，《人民日報》中反面典型所占比例和版面逐步下降，尤其是2003年以來，反面典型很難看到了，這與《人民日報》強調正面宣傳為主，弘揚主旋律不無關係。

事實上，雖然中國官方媒體對負面典型（尤以貪腐官員為主）的報導一直沒有斷過，近兩年最突出的案例是陳良宇案。2008年4月11日，

---

36 《毛澤東新聞工作文選》，新華出版社，1983年12月第1版，頁174。

37 相關論述見蘭州大學劉金星碩士論文（2008）：〈改革開放以來《人民日報》典型人物報導傳播價值觀研究〉，導師：樊亞平。

中共中央政治局原委員、上海市委原書記陳良宇被天津市第二中級法院以受賄罪、濫用職權罪判處有期徒刑18年。輿論認為，陳良宇被依法懲處，體現了中央加強黨風廉政建設、堅決懲治腐敗的堅強決心和鮮明態度，不論什麼人，不論其職務多高，只要觸犯了黨紀國法，就決不姑息手軟。但對該案件訊息的公開性上，則是值得我們反思的。比如中國實行公開審判制度，但對陳良宇案和此前涉及上海社保案的一系列案件，卻一直見不到正式消息和官方報導。上海社保案系列案件，雖然有新華社和《人民日報》等媒體單位記者旁聽，但卻不允許報導。現在所知的報導，多是個別雜誌記者，在案件審理結束後通過其它非官方渠道獲得的消息。

經多方查證，有媒體記者瞭解到，對陳良宇案的審理，保密級別屬於「絕密」。陳案主審法官為天津二中院的一位副院長，他與參加審理的相關人員早在一周前就與外界斷絕了一切聯繫，集中研究案情。這樣下來的結果是，關於此案的消息往往是先由境外媒體報導，再「出口轉內銷」。2008年國美電器董事局主席黃光裕因涉嫌經濟犯罪被北京警方拘查，消息也是先由香港媒體報導，再引發大陸媒體廣泛報導。

在新聞實踐中，除了報導反面典型的受限，同時，對其報導的內容的真實性上有時因宣傳的需要也會大打折扣。比如地主出身的負面典型劉文彩的打造和宣傳為例，當年曾鋪天蓋地地宣傳過劉文彩剝削和迫害農民的罪行，比較突出的是泥塑《收租院》和「水牢」。但這一負面典型宣傳事後被證明存在很多人為杜撰的成份。比如有人就指出，「解放後，人民政府接管了這座莊園，也沒有聽說這兒有『水牢』。只是後來，一部分人在極左思潮的影響下，硬是把潤煙池毀掉，又加深加寬挖了一下，建成一處『水牢』。改革開放後，為了還原真實的歷史，又把『水牢』毀掉，恢復原來潤煙池的模樣」。[38]更有人甚至寫下《劉文彩真相》一書，稱「劉文彩的家中從來就沒有設什麼『水牢』、『地牢』、『行刑室』，那些都是極左年代基於當時某種政治需要而被刻意誇張和虛構出來的。當時經常幫我們憶苦思甜的冷媽媽，說了太多不

---

[38] 馬成廣：〈劉文彩水牢真相〉，《炎黃春秋》，2003 年第 9 期。

應該說的話。」[39]但筆者未見當年報導過劉文彩的媒體對此進行道歉和反思。

此外，值得指出的是，負面典型顯然不只是指個人，也指政府機關、企事業單位。近十年來，《財經》雜誌曾推出的封面故事「基金黑幕」、「銀廣夏陷阱」、「誰在操縱億安科技」、「莊家呂梁」、「藍田神話凋零」等揭黑報導，通過中國市場經濟建設中負面典型的揭露，促進了中國經濟的健康、良性發展。

綜上所述，對負面典型的重視確是重視新聞工作的表現，但在新聞報導的開放度上，以及以尊重事實這一準則方面，尚有需要改進的地方。

三、從觀點的一元到多元：尊重異議的歷程

（一）「輿論一律」與「不一律」

自新中國建立後，毛澤東對報紙呈現觀點的多元化是非常重視的。從他不同年份的談話和文章就可以看出來[40]：

> 關於報紙上的批評，要實行「開、好、管」的三字方針。開，已經要開展批評。不開展批評，害怕批評，壓制批評，是不對的。（《報紙上的批評要實行「開、好、管」的方針》。1954年4月。頁177）

> 我們決定擴大發行《參考消息》，從兩千份擴大到四十萬份，使黨內黨外都能看到。這是共產黨替帝國主義出版報紙，連那些罵我們的反對言論也登……不要封鎖起來，封鎖起來反而危險……發行《參考消息》以及出版其他反面教材，就是「種牛痘」，增

39 笑蜀：《劉文彩真相》，陝西師範大學出版社 1999 年 11 月第 1 版

40 以下相關引文來自《毛澤東新聞工作文選》（新華出版社 1983 年 12 月第 1 版），括弧內分別為文章標題和談話年份，及在該《文選》中的頁碼。

> 強幹部和群眾在政治上的免疫力。（《看〈參考消息〉就是「種牛痘」》，1957年1月27日。頁185）

> 群眾來信可以登一些出來，試試看。政府和有關業務部門有不同意見，報館可以和他們研究商量一下，在報上加以解釋，再看結果如何。一點不登恐怕不大好，那樣業務部門會犯官僚主義，不去改進工作。（《同新聞出版界代表的談話》，1957年3月10日。頁189）

從以上可以看出，毛澤東對當時異於主流意見的看法甚至反動言論都持寬容的看法。不過，他的一些看法並非一以貫之。1950年8月13日，胡風在給張中曉的信裏指責當時新聞界的「輿論一律」。1955年5月24日，毛澤東以批注〈駁「輿論一律」〉給出明確的態度：

> 胡風所謂「輿論一律」，是指不許反革命分子發表反革命意見。這是確實的，我們的制度就是不許一切反革命分子有言論自由，而只許人民內部有這種自由。我們在人民內部，是允許輿論不一律的，這就是批評的自由，發表各種不同意見的自由，宣傳有神論和宣傳無神論（即唯物論）的自由。一個社會，無論何時，總有先進和落後兩種人們、兩種意見矛盾地存在著和鬥爭著，總是先進的意見克服落後的意見，要想使「輿論一律」是不可能的，也是不應該的。……我們的輿論，是一律，又是不一律。在人民內部，允許先進的人們和落後的人們自由利用我們的報紙、刊物、講壇等等去競賽，以期由先進的人們以民主和說服的方法去教育落後的人們，克服落後的思想和制度。[41]

事實證明，胡風並非什麼「反革命分子」，胡風案也是一個冤案。那麼值得我們反思的是，到底誰有資格來判定一個人在「反革命」？是國家領導人還是民眾？作出這種判斷的時代動因是什麼？這些問題的回

---

[41] 《毛澤東選集》第5卷，人民出版社，1977年4月第1版，頁157-159。

答恰恰可以說明為什麼毛澤東允許《參考消息》可以登外國「罵我們的反對言論」，而不允許普通群眾發表不同的意見。

此外，毛澤東在該批注裏提到了「輿論一律」與「輿論不一律」的辯證關係。這在革命鬥爭年代無疑是正確的，但在和平年代如何更好的實現「不一律」中的「一律」顯然是一個現實問題。此外，筆者通過歷史研究發現，當「輿論一律」裹挾在強烈的政治運動目的下的話，往往壓倒一切的是一種聲音的傳達。

（二）反右運動中對異議的非常處理

事實證明，很多時候，一個人的理論認識與現實實踐並不天然地一致。

對不同觀點（或異議）的報導案例分析，最好的分析案例是1957年毛澤東發動的「陽謀」——「反右」運動[42]。這一運動的直接犧牲者幾乎是清一色的知識分子，從作家、記者、大學教授和學生、學校教師、共產黨內的知識幹部，直到按照百分比例「指標」分攤到各地基層的大批中小知識分子，官方正式數字有55萬人，實際受到打擊牽連的在數百萬之上，而且對於大部分幸存者而言，這一長期迫害直到1970年代末期才算終結，連前中國總理朱熔基也直到1978年才獲得平反。[43]知識分子之所以在「反右」中受到打擊，主要原因是有異議的表達。其中，還有不少是反對權威，揭社會主義短的內容。

---

[42] 也有學者對「陽謀」一說持疑義。王紹光認為：「陽謀」是毛主席後來自己講的，但是開始就是要「整風」。……毛澤東老想改革自己一手創立的制度，1949 年之後他有三次大的社會實踐，第一次是「百花齊放」，第二次是「大躍進」，第三次是「文革」。「百花齊放」是他的一個試驗，他已經意識到中國新建立的，儘管是以公有制為基礎的社會主義制度，但是裏面還是有一些矛盾的地方。雖然幹部大量是工農苦出身的，以前跟民眾結合得也比較密切，但是這時候有脫離群眾的危險性，還存在一系列的問題，所以他要「大鳴大放」，要「百花齊放」。見《南風窗》記者陽敏：〈歷史的邏輯與知識分子命運的變遷——王紹光博士專訪〉，2006 年 3 月 4 日。不過，這一說法遭致學術界批評。見徐賁：〈五十年後的「反右」創傷記憶〉，《當代中國研究》，2007 年第 3 期（總第 98 期）。

[43] 于時語：〈「反右」運動 50 周年祭〉，《聯合早報》（新加坡），2007 年 8 月 17 日。

「反右」運動有一時代背景。1957年4月27日，中共中央發出《關於整風運動的指示》，這要解決的是黨和群眾的矛盾。整風的主題是正確處理人民內部矛盾，反對官僚主義、宗派主義和主觀主義。該《指示》於5月1日見報，第二天人民日報發表社論說：「要在全國採取擴大民主生活、擴大批評和自我批評的方法，使領導者和群眾之間的矛盾變得容易解決，使全體人民在社會主義社會中感覺到有充分的自由、平等和主人翁的感覺」。按原中共中央宣傳部理論局副局長李洪林的理解，這裏的「擴大民主生活」當然不是建立人民對政府的監督機制，而只是「讓人講話」，「擴大」者，即可以多講話，可以批評共產黨[44]。

在這樣的中央「引導」下，當年6月1日，時任《光明日報》總編輯的儲安平，在中共中央統戰部召開的整風座談會上發言，題為《向毛主席和周總理提些意見》，在《光明日報》、《人民日報》等全文刊發。這篇以「黨天下」聞名的發言談道：「這幾年來黨群關係不好……這個問題的關鍵究竟何在？據我看來，關鍵在『黨天下』的這個思想問題上。我認為黨領導國家並不等於這個國家即為黨所有；大家擁護黨，但並沒有忘記了自己也還是國家的主人。」時隔一周後，《人民日報》即發表社論〈這是為什麼？〉，拉開「反右」大幕。[45]

在筆者看來，儲安平的觀點無非是勸諭中共領導人要考慮中國共產黨要從革命黨向執政黨轉換的問題，這樣才能推進善治，並走上民主的道路。但是，這種與主流意識形態並不一致的話語經大眾傳媒傳播後，正好迎合當時毛澤東「引蛇出洞」的設想。

〈關於整風運動的指示〉事實上是一種「鳴放」的動員。這其中表現突出的除儲安平的「黨天下」言論外，還有民盟副主席章伯鈞的論「政治設計院」：「我看政協、人大、民主黨派、人民團體，應該是政治上的四個設計院。一些政治上的基本建設，要事先交由他們討論，三個臭皮匠，合成一個諸葛亮。」此外，同為民盟副主席的羅隆基則提出

---

44 李洪林：《中國思想運動史》，天地圖書有限公司（香港），1999 年版，頁 94。

45 李彬：《中國新聞社會史》，清華大學出版社，2008 年 7 月第 1 版，頁 310-311。

「平反委員會」的設想，也就是為了使人給共產黨提意見而不受打擊，要由人大和政協成立一個「平反委員會」。更有天津第三女中教員黃心平提出由各政黨輪流執政，清華大學教授徐璋本則建議「取消用馬列主義作為我們的指導思想。」[46]

正是這些「鳴放」的公開意見，最終成為「反右派」運動中劃分「香花」和「毒草」，「敵」和「我」的重要依據。這也導致不少敢言的知識分子被打倒，最嚴重的是自殺。

新聞學者蔡銘澤在撰寫《中國新聞事業簡史》的相關章節時認為[47]，「在整風『鳴放』期間，報紙上主要是開展批評。但是在批評中，無論是批評者還是被批評者都缺乏冷靜的態度。從批評者方面看，有些報刊雖然刊登了許多好的意見，但沒有堅持以正面宣傳為主的方針，對批評意見不加以選擇地予以刊登……在反批評中，應該從『團結－批評－團結』的公式出發，對人民內部矛盾採用爭鳴、說明、引導的方法去解決。但當時卻採取所謂『引蛇出洞』的策略……有的甚至濫施人身攻擊，最後扣上『反黨、反人民、反社會主義』的右派分子的大帽子，這樣做，損害了批評與自我批評的優良傳統，損害了知識分子同共產黨的關係，在政治上產生了極壞的影響。」

蔡銘澤認為，綜觀整風反右鬥爭中報紙上開展批評和自我批評的教訓，有以下三點值得認真吸取：（一）不要採取「大鳴大放」的方式在報紙上開展批評；（二）不要採取「引蛇出洞」的策略鼓動在報紙上開展批評和反批評；（三）報紙上開展批評和自我批評切忌無限上綱、亂扣帽子，更不要開展群眾運動的大「聲討」，而應心平氣和，自由討論，既允許批評和自我批評，又允許反批評和自我辯護。

在筆者看來，所謂「沒有堅持以正面宣傳為主的方針」無疑是苛求，因為這一方針是1989年之後才明確提出的。從新聞專業主義角度，應該是對批評意見進行平衡刊發或報導，也就是如果A批評B，那麼B應

46 以上各種觀點參見李洪林：《中國思想運動史》，天地圖書有限公司（香港），1999年版，頁95-97。

47 蔡的觀點見方漢奇、張之華主編：《中國新聞事業簡史》，中國人民大學出版社，1995年11月第2版，頁439-440。

該有在同一媒體以同等篇幅或版面進行申辯的機會。這樣才能給受眾公平的接受訊息的權利。

（三）文革中對異議的封殺：張志新與遇羅克之死

對於中國十年「文革」，有人認為是一種大民主，這是因為群眾有揭發、批評領導幹部的言論自由。這也給一些西方人造成一種假象。但事實上，批評的領導幹部是局限在一定的範圍內的。與西方人秉承的「總統是靠不住的」這一理念不同，「文革」中批評、揭發的對象也一個限定，那就是要維護最高領袖和「中央文革小組」的權威。

1967年1月13日，中共中央、國務院頒布關於無產階級文化大革命中加強公安工作的若干規定》，因其內容分為六條，所以簡稱「公安六條」。這是為了保證文革全面奪權的順利實現而制定的。1979年2月17日，中共中央宣布撤銷《公安六條》。雖然在「公安六條」中，有規定「保障大鳴、大放、大字報、大辯論、大串聯的正常進行」，但在第二條特別規定：「凡是投寄反革命匿名信，秘密或公開張貼、散發反革命傳單，寫反革命標語，喊反革命口號，以攻擊污蔑偉大領袖毛主席和他的親密戰友林副主席的，都是現行反革命行為，應當依法懲辦。」在實際執行中，這一條又被擴展到適用於江青、陳伯達、康生等「無產階級司令部」（中央文革小組）的人，甚至擴展到適用於各級當權者。不僅適用對象一擴再擴，適用情節也一擴再擴，成為類似《第二十二條軍規》無所不包的，能夠有效鎮壓抗拒現實、持異議者的東西。該條是為公安六條的核心。[48]

遇羅克和張志新就是由於持不同觀點，並對抗盲目的個人崇拜而遭致被處決的厄運。1965年11月10日，上海《文匯報》刊登了姚文元的〈評新編歷史劇〉，由此揭開了長達10年之久的「文革」浩劫的序幕。文章刊出以後，很多人對其觀點並不贊同，但是，真正撰文予以反駁的人卻寥寥無幾。當時才24歲的遇羅克挺身而出，以一篇長達15,000多字

---

[48] 資料來源：維基百科「公安六條」，http://zh.wikipedia.org/wiki/%E5%85%AC%E5%AE%89%E5%85%AD%E6%9D%A1。

的〈人民需不需要海瑞〉反駁姚文元。1966年2月13日這篇長文被壓縮並改題為〈和機械唯物論進行鬥爭的時候到了〉，發表在《文匯報》的一角。在文章中，遇羅克批駁了姚文元對歷史和現實的曲解，明確地說：「姚文元同志代表了存在於思想界中的機械唯物論的傾向。我覺得和這種傾向進行鬥爭的時候到了。」

1966年底，遇羅克又因〈出身論〉一文，通過對當時一副著名的對聯「老子英雄兒好漢，老子反動兒混蛋」的剖析，指出了封建血統論的荒謬本質。他尖銳地指出，堅持血統論的人「不曉得人的思想是從實踐中產生的，所以他們不是唯物主義者。」〈出身論〉的出現，在當時的社會上引起了廣泛而強烈的反響。很多人爭相傳抄、議論，很多讀者從全國各地寫信給遇羅克，表達自己的感動之情。1967年4月14日，「中央文革」成員戚本禹公然宣布：「〈出身論〉是大毒草，它惡意歪曲黨的階級路線，挑動出身不好的青年向黨進攻。」1968年1月5日，遇羅克被捕。1970年3月5日，在北京工人體育場裏，在排山倒海的「打倒」聲中，27歲的遇羅克被宣判死刑，並立即執行[49]。

雖然沒有在報紙上刊登有關遇羅克的文章，但是，社會上已開始到處傳頌遇羅克的事蹟了。1979年，很多人都在讀遇羅克的文章，很多人傳抄遇羅克的日記和詩，甚至在一些正式會議上，都有人公開朗誦遇羅克的詩文。遇羅克作為思想解放的先驅和勇士，得到了越來越多群眾的瞭解和崇敬。1979年11月21日。北京市中級人民法院做出再審判決：「原判以遇羅克犯反革命罪，判處死刑，從認定的事實和適用法律上都是錯誤的，應予糾正……宣告遇羅克無罪。」

遇羅克是屬於「因言獲罪」典型。近半個世紀過去了，我們再來看他的觀點，會發現不過是一些理性的認識：對姚文元文章觀點的回應，應屬「批評與自我批評」作風的發揚；〈出身論〉則是對當時流行的潛規則的揭露而已。但由於處於特殊的「文革」時期，遇羅克無法得到民主而友好討論的機會，最終付出了生命的代價。

---

[49] 關於遇羅克的這部分材料來自祝曉風、張潔宇：〈遇羅克冤案是如何披露出來的〉，《炎黃春秋》，2004 年第 5 期。

張志新則與遇羅克有些相似。文化大革命中，張志新因批評對毛澤東的個人迷信，於1969年9月被捕。六年的牢獄生活中，她一直遭受精神和肉體上的雙重虐待，後經毛遠新等人同意，於1975年4月4日被執行死刑，年僅45歲。臨刑槍決時，為防止她喊口號，她的喉管被人割斷。1979年3月，中共遼寧省委（時任仲夷為第一書記）為她平反，並追認為烈士。

那麼，張志新都有哪些言論呢？根據原《光明日報》記者陳禹山在他發表的長篇通訊〈一份血寫的報告〉詳細引述了張志新的原話[50]：

> 中國共產黨從誕生以來，及在新中國建立初期前的各個歷史階段中，毛主席堅持正確路線。……但我認為，在社會主義革命和社會主義建設階段中，毛主席也有錯誤。集中表現於大躍進以來，不能遵照客觀規律，在一些問題上超越了客觀條件和可能，只強調了不斷革命論，而忽視了革命發展進段論，使得革命和建設出現了問題、缺點和錯誤。集中反映在三年困難時期的一些問題上，也就是三面紅旗的問題上。
>
> 毛主席在大躍進以來，熱多了，科學態度相對地弱了；謙虛少了，民主作風弱了；加上外在的「左」傾錯誤者的嚴重促進作用。具體地說，我認為林副主席是這段歷史時期中促進毛主席「左」傾路線發展的主要成員，是影響「左」傾錯誤不能及時糾正的主要阻力。導致的結果從國內看，是使我國社會主義建設、社會主義革命受到挫折和損失。這種局面確實令人擔憂和不安。
>
> 這次文化大革命的路線鬥爭是建國後，1958年以來，黨內「左」傾路線錯誤的繼續和發展。並由黨內擴大到黨外，波及到社會主義的經濟基礎和上層建築的各個領域、多個環節。這次路線鬥爭，錯誤路線一方伴隨了罕見的宗派主義和資產階級家族式的人身攻擊，借助群眾運動形式，群眾專政的方法，以決戰的壯志，

50 陳禹山等：〈一份血寫的報告〉，《光明日報》，1979 年 6 月 5 日頭版。

實行了規模空前的殘酷鬥爭，無情的打擊。因此，在它一直占有了壓倒優勢的情況下，造成的惡果是嚴重的。認為它破壞了黨的團結，國家的統一；混淆了兩類不同性質的矛盾；削弱了黨的領導；影響社會主義革命、建設事業的正常進行……。

此外，張志新還說了對個人迷信、個人崇拜，對搞「三忠於」，到處跳「忠字舞」的看法。她說：「過去封建社會講忠，現在搞這個幹什麼！搞這玩意幹什麼！再過幾十年的人看我們現在和黨的領袖的關係，就像我們現在看從前的人信神信鬼一樣不可理解。」「無論誰都不能例外，不能把個人凌駕於黨之上。」「對誰也不能搞個人崇拜」。[51]

作為一個共產黨員，張志新按《黨章》規定，她當然有權利批評同為中國共產黨黨員的毛澤東，更何況她是有讚揚有批評，有理有據。但她和遇羅克一樣，同樣遭受了極刑，還被殘忍地割掉喉嚨。此事發生時，並沒有媒體報導。1979年3月，在時任省委書記任仲夷的領導下，遼寧省委為張志新召開平反昭雪大會，追認其為革命烈士。4月，《遼寧日報》刊出了〈為真理而獻身〉的長篇通訊。《人民日報》的編輯看過這篇文章後，都極為感動，決定轉載。稿子送胡喬木審查，胡喬木壓了一個月不退回，經報社一再追問，才說，這事太慘了，對黨的形象損害太大。後來報社將這一情況報告胡耀邦。胡耀邦說，張志新是劉胡蘭式的英雄人物，《人民日報》應該刊登。5月25日，《人民日報》不僅加編者按轉載了〈為真理而獻身〉一文，同時還組織了一些文章，連續報導。[52]

1979年6月5日，《光明日報》發表〈一份血寫的報告〉[53]開始，到9月12日登載《論張志新這個典型的時代意義》結束，三個多月中，共刊

---

51 陳少京：〈張志新冤案揭密〉，《南方周末》，2000 年 6 月 16 日。

52 參見：〈誰人不仰原前老——李銳談任仲夷〉，人民網 2005 年 11 月 23 日，http://politics.people.com.cn/GB/1026/3882116.html。

53 送審時，胡耀邦一字未改，准予發表，但是說了一句話：把行刑前割喉管的那句話去掉。參見，《光明日報》原副總編馬沛文在回憶錄中所寫（載《光明日報 40 年》，頁 191），轉引自朱建國：〈張志新冤案還有秘密〉，《南

登有關張志新烈士事蹟的長篇通訊、懷念文字、理論文章、編者按語、新舊詩詞、照片、繪畫、歌曲、題詞以及各種報導86篇（幅），約15塊整版，14萬字。這一冤案才天下皆知。

正是對「文革」期間對不同意見壓制持有看法，1978年12月13日，復出一年多的鄧小平在中共中央工作會議閉幕會上發表題為〈解放思想，實事求是，團結一致向前看〉的講話[54]。他明確提出：

> 我們要創造民主的條件，要重申「三不主義」：不抓辮子，不扣帽子，不打棍子。在黨內和人民內部的政治生活中，只能採取民主手段，不能採取壓制、打擊的手段。憲法和黨章規定的公民權利、黨員權利、黨委委員的權利，必須堅決保障，任何人不得侵犯。
>
> 人民群眾提出的意見，當然有對的，也有不對的，要進行分析。黨的領導就是要善於集中人民群眾的正確意見，對不正確的意見給以適當解釋。對於思想問題，無論如何不能用壓服的辦法，要真正實行「雙百」方針。一聽到群眾有一點議論，尤其是尖銳一點的議論，就要追查所謂「政治背景」、所謂「政治謠言」，就要立案，進行打擊壓制，這種惡劣作風必須堅決制止。

這說明中共高層已經充分認識到「亂抓辮子，亂扣帽子，亂打棍子」的極端危險性，是一種向人民進行專政的手段，顯然已經與人民共和國的本質相去甚遠。

（四）重大決策過程中不同意見的表達

對一些重大決策中的不同意見甚至反對意見，則應經過「報導—討論—決斷」的過程，不然也會影響決策的科學性。這在中國新聞史上也

方周末》，1998年8月7日。

54 全文見《鄧小平文選（第二卷）》，人民出版社，1983年7月第1版，頁140-153。

有教訓。其中，以馬寅初的〈新人口論〉和黃萬里反對建設三門峽大壩是為典型。

1956年，黨的八大政治報告提出了節制生育的主張，馬寅初看到節育問題已被提上中央議事日程，便於1957年6月將寫成的〈新人口論〉一文作為提案，提交全國人大一屆四次會議討論；同年7月5日又在《人民日報》公開發表。

但他發表觀點的歷程都頗費周折：1951年，馬寅初出任北大校長，1953年，他就著重研究中國人口問題。1955年一屆人大二次會議上，他根據兩年的調查研究提出控制人口的問題，結果在小組內就遭到圍攻，只好把提案撤回了。但他鄭重申明，他並不改變觀點，只是要繼續調查研究，使這完善，下次會議重提。兩年後，馬寅初完成〈新人口論〉的寫作。1957年6月25日第一屆全國人大第四次會議開幕，他把它作為一項提案交給大會。7月5日，《人民日報》全文刊出。

〈新人口論〉的主要思想是：中國人口增長太快，從工農業生產和人民生活方面說，非控制人口不可。不僅控制數量，而且要提高質量。他還特別把它和馬爾薩斯的人口論加以區別[55]。這一觀點的提出嚴格說是基於科學研究後的建議，但它卻是在反右派的高潮期提出的。〈新人口論〉一發表，就受到不指名的批判。1958年4月，北大黨委決定對馬寅初進行批判。6月1日，中共中央的理論刊物《紅旗》創刊，發表毛澤東的文章，強調：「人多議論多，熱氣高，幹勁大」。下半年，指名批判馬寅初的鬥爭在全國展開，在接到康生指示後，《光明日報》從1959年11月至1960年1月，共發表了10篇批判文章，《新建設》發表了4篇批判文章，批判馬寅初的資產階級學術思想。馬寅初則於1960年1月間在《新建設》第一期上發表了〈重申我的請求〉，文中說，《光明日報》和《新建設》所發表的批判我的文章很多，「不過，過去二百多位先生所發表的意見都大同小異，新鮮的東西太少，不夠我學習。」。

1960年1月，馬寅初被迫辭去北大校長職務，罪名也成了政治性的了，從此銷聲匿跡二十年。但後來的事實證明真理掌握在馬手中，1979

---

[55] 李洪林：《中國思想運動史》，天地圖書有限公司（香港），1999 年版，頁 130。

年8月5日，《光明日報》發表了中國社科院經濟研究所田雪原的〈為馬寅初先生的新人口論翻案〉一文。正文前面加了大段的〈編者按〉，對《光明日報》當年錯誤批判馬寅初先生一事作了深刻檢查。後來人們流行一種說法：錯批一個人，多生三個億！

和馬寅初遭遇類似的是水利專家、黃炎培之子黃萬里。只不過，黃萬里的觀點並沒有在報紙上呈現出來，當被批判時，他也沒有機會運用媒體進行辯駁。

早在1955年周恩來總理主持的關於黃河規劃的第一次討論會上，黃萬里就力排眾議，不同意蘇聯專家提出的規劃。當時許多專家對規劃交口稱讚，只有黃萬里發言反對：「有人說『聖人出，黃河清』，我說黃河不能清。黃河清，不是功，而是罪。」

1956年5月，黃萬里向黃河流域規劃委員會提出〈對於黃河三門峽水庫現行規劃方法的意見〉，發表於《中國水利》1957年雜誌第8期。《意見》指出：「總之，『有壩萬事足，無泥一河清』的設計思想會造成歷史上嚴重的後果……三門峽築壩後，下游的洪水危害將移到上游，出庫清水將危害下游堤防。」[56]

1957年6月，由周恩來總理主持，水利部召集70名學者和工程師在北京飯店開會，給前蘇聯專家的方案提意見，談看法。參加這次會議的所有專家學者，除了一位名叫溫善章的人提出改修低壩外，只有黃萬里一人，從根本上全面否定了前蘇聯專家的規劃，其餘的人異口同聲，贊成三門峽大壩上馬，認為三門峽大壩建成後，黃河就要清水長流了。研討會開了10天，黃萬里參加了7天，也辯論了7天，到最後，會議就成了以他為對象的批判會。1957年6月19日，黃萬里在清華大學校刊上發表散文〈花叢小語〉，被毛澤東批示「這是什麼話？」，並在《人民日報》以「什麼話」為標題發表。「什麼話」也被作為以後《人民日報》刊登供批判的右派文章的專欄題目。6月30日，《人民日報》刊發〈清華大學批判黃萬里〉的文章。1958年，黃萬里被正式定為右派，工資從二級教授降至四級教授，開始了他人生的轉折。

---

56 資料來源：〈黃萬里沉浮黃河五十載〉，《大地》，2004年第14期。

1957年，三門峽水庫高壩派取得了勝利。但後來的結果卻印證了黃萬里的擔心。1960年汛期關閘蓄水後不到一年時間，庫區泥沙淤積達155億噸，在渭河入庫口形成攔門沙，回水倒灌威脅西安和關中平原。1962年春，水庫運用方式改為滯洪排沙，又因洩流排沙能力太小，庫區泥沙淤積量最終高達47億噸，整個工程面臨淤廢的危險。

為使三門峽工程起死回生，1964年底，周恩來總理主持召開治黃會議，決定對工程改建：在左岸增設兩條洩流隧洞；將原用於發電引水的4條鋼管改為洩流排沙管，打開原施工時導流用的8個底孔；將電站發電機組的進水口底檻高程由海拔300下降至287米，實行低水頭發電。1990年後又陸續打開了9-12號底孔，增加樞紐洩流規模。這些經驗為三峽及小浪底水利樞紐廣泛採用。但進入21世紀之後，三門峽水庫存留之爭又成了一個新話題。[57]

（五）尊重異議的演進實踐

雖然曾有過因提出建議而被打成「右派」的歷史，但中國知識分子和民眾並沒有因此而沉寂，在重大決策前噤聲，而是勇於發出獨立的聲音。三峽工程的上馬過程和廈門PX項目的遷址就是明證。

1. 感謝三峽工程的「反對者們」

自革命先驅孫中山上世紀初提出興建長江三峽工程，至建國後毛主席再度發出倡導，到1992年中央最終拍板建設。這經歷了近一個世紀的時間，在這漫長的過程中，不少反對的聲音能夠正確地、完整地傳達出來，渠道由專業刊物到大眾傳媒，從而見證了中國的進步。

1956年，長江流域規劃辦公室成立，主要進行三峽工程的研究設計工作。同年夏天，毛澤東一曲〈水調歌頭〉吟出激情如潮。9月1日，《人民日報》頭版頭條刊出〈長江水利資源查勘測工作結束〉特號字標題的新聞，副標題為「開始編制流域規劃要點，爭取年底確定第一期開

---

[57] 韓景瑋、蔡紅標、劉洲立：〈三門峽水庫「生死」之爭進入白熱化〉，《大河報》（鄭州），2004年9月23日。

發工程方案，解決三峽大壩施工期間發電、航運問題的研究工作即將完成」，文中還涉及了施工期間的具體措施。於是，上三峽工程的輿論四起，呼聲日高。

然而，不同意見也時有表露。李銳寫上萬字的論文，闡述和長江水利委員會主任林一山的不同觀點，發表在專業刊物上。在國務院有關三峽的會議上，他也在儘快動工的眾口一詞中堅執己見。對《人民日報》的文章，李銳也寫出3000字〈論三峽工程〉寄該社。由於周恩來不贊成當時在黨報上公開爭論此事，文章的清樣也就擱下了。於是，李銳再寫6000多字的長文〈克服主觀主義才能做好長江規劃工作〉，發表在《水力發電》1956年第11期上，認為長江規劃以大三峽方案為主導的急於上馬的思想，帶有很大的主觀性、片面性和隨意性。他認為，長江工作規劃，應當遵循毛澤東這樣的指示精神：不可超越客觀情況所許可的條件去計劃，不要勉強地去做那些實在做不到的事情[58]。

1958年1月中旬，受毛澤東邀請，三峽工程「主上派」林一山和「反對派」李銳飛南寧，討論三峽問題。毛當堂命題「作文」，林兩天寫了兩萬字，李銳寫了八千字。結果「反對派」占了上風。這有些內參性質的爭論是非常少見的。盧躍剛就感慨說[59]：

> 在政治局這樣的最高決策機構，在研究重大問題時，直接聽取反對派意見，並讓反對派實際上扭轉了原來的形勢，毛澤東的態度發生了根本的轉變，這是沒有先例的，甚至在毛澤東生前也是空前絕後的。

不過，將這樣的重大決策放在大眾媒體上討論在很長時間卻是一種奢望。1985年春，湖南科技出版社出版了李銳的《論三峽工程》，他將此書序言和另一篇文章寄給了報社。報社將清樣送中央審，胡耀邦批示不同意發表，並在一次書記處會議上講李銳「不服從紀律」。因為

58 〈「御前」爭論李銳折服毛澤東擱淺三峽大壩工程〉，《環球時報》，2008年9月5日。

59 報告文學〈長江三峽——半個世紀的論證〉，盧躍剛：《以人民的名義》，人民文學出版社，2005年5月第1版，頁325。

中央曾決定，不公開爭論三峽問題。當時胡耀邦也曾明確表態支持上三峽[60]。

反對三門峽水庫的黃萬里是堅定不移的三峽工程「反對派」。自從上三峽大壩的消息傳出後，黃萬里就先後給眾多國家領導人上書，不遺餘力地反對在長江三峽上建大壩。他認為：從自然地理觀點，長江大壩攔截水沙流，阻礙江口蘇北每年十萬畝的造陸運動；淤塞重慶以上河槽，阻斷航道，壅塞將漫延到瀘州、合川以上，勢必毀壞四川壩田……從國防的角度看，大壩建起來後無法確保不被敵襲，也很不安全。黃萬里預言：「三峽高壩若修建，終將被迫炸掉。」同時，他還指出，公布的論證報告錯誤百出，必須懸崖勒馬、重新審查，建議立即停止一切籌備工作，分專題公開討論，不難得出正確的結論。1986年，中共中央、國務院決定對三峽工程進行論證，黃萬里教授沒有被邀請參加工程論證。黃萬里數次給中央領導人和政治局，國務院總理、副總理、國家監察部寫信，痛述三峽工程的危害。要求中央決策層給他半個小時的時間，陳述為什麼三峽工程永不可建的原因。但沒有答覆。[61]

雖然有三峽工程不允許公開討論的規定，但事實上，反對的聲音通過專業論文或其他不同的渠道傳達出來。

1992年4月3日下午三點二十分許，在七屆人大五次會議閉幕式上，代表開始表決《三峽決議》，表決結果為：

贊成：1767票

反對：177票

棄權：664票

未按：25票

贊成票剛剛超過三分之二。中共元老萬里宣布：「贊成票超過半數，《三峽決議》通過」。[62]而這一過程也通過央視《新聞聯播》傳遍

---

60 報告文學〈長江三峽——半個世紀的論證〉，盧躍剛：《以人民的名義》，人民文學出版社，2005年5月第1版，頁370。

61 〈黃萬里畢生反對三峽工程預言大壩終將被迫炸掉〉，《經濟導報》（山東）2006年8月23日。

62 報告文學〈長江三峽——半個世紀的論證〉，盧躍剛：《以人民的名義》，

華夏大地，「反對」、「棄權」票數在屏幕上清晰可見，成為了一種公開態度的表達。

三峽工程從1954年開始論證，至1992年批准興建，時間長達38年。2006年5月20日，世界最大的大壩——三峽大壩全線建成。正是這些眾多的反對者的意見，成為三峽建設的「金玉良言」。中國長江三峽工程開發總公司總工程師張超然曾在接受記者採訪時動情地說：「這些反對意見對於三峽工程的建設也是十分有益的，它讓我們的施工更注重科學論證、更加完善。重大工程建設需要兼聽則明，三峽工程在建設中充分考慮了他們的許多意見。」三峽工程大江截流成功，誰對三峽工程的貢獻最大？著名的水利工程學家潘家錚這樣回答外國記者的提問：「那些反對三峽工程的人對三峽工程的貢獻最大。」國務院三峽辦主任蒲海清也說：「過去反對建三峽的人有很多不瞭解三峽的情況，現在三峽建起來了，效益顯現出來了，他們當然就不反對了，所以現在反對的聲音少了，但是我要感謝曾經反對過三峽的這些人，由於他們的反對，使我們在設計和施工建設當中解決了很多過去沒有想到的問題，所以才有今天圓滿的結果。」[63]直到2004年，新京報還專訪三峽總公司前總經理陸佑楣，針對三峽水質、泥沙威脅、防洪效益等核心問題進行針鋒相對地詢問，其實是也一種多樣意見的表達。[64]

因此有評論認為[65]，「充分尊重反對意見，是一種科學態度；衷心感謝『反對者』，乃可貴的民主作風。『截斷巫山雲雨，高峽出平湖』的三峽工程之所以能夠成為屹立千秋的偉大工程，不辭辛勞從事不可行性論證的眾多『反對者』功不可沒……所有官員都應當借鑒三峽工程建設中的寶貴經驗，尊重『反對者』，重視每一個反對聲音」。

人民文學出版社，2005 年 5 月第 1 版，頁 263。

63 騰訊專題：〈感謝三峽工程的「反對者們」〉，http://view.news.qq.com/zt/2006/sanxia/index.htm。

64 袁淩：〈十問三峽〉、〈陸佑楣：用主流眼光看待三峽工程〉，分別刊於《新京報》，2004 年 6 月 7 日 A13、7 月 13 日 A17。

65 張培元：〈從三峽工程感謝「反對者」說起〉，《瀟湘晨報》，2006 年 5 月 20 日。

更有評論者提出了更深入的看法，「一項決策，一項發現，是否具有科學性，需要從正面論證，也需要從反面質疑，甚至需要激烈反駁。經得起質疑的，經得起反駁的，更接近科學。那質疑，那反駁，是證實科學的需要，不是對科學的反對。在黨內政治生活中，少不了批評……理性時代的理性思索是：不把批評者認定為反對者，也不把吹捧者認定為擁護者。」[66]

2. 民眾反對廈門PX項目成功

2006年11月，全國政協委員、中國科學院院士，廈門大學化學系教授趙玉芬從廈門本地的媒體上看到一則PX項目開工的新聞。「由於PX是對二甲苯化學名的縮寫，當時我也沒有一下子意識到。後來，才清楚是對二甲苯。」趙玉芬不是第一個知道PX危害的人，但她是最先站出來的人。

2006年11月底，趙玉芬被邀請參加廈門市部分幹部的科普學習會議。由於事先被要求不要在會上提及PX，作為到會的三位專家之一，她如坐針氈。隨後，趙玉芬、田中群、田昭武、唐崇悌、黃本立、徐洵6位院士聯名寫信給廈門市領導，從專業的角度力陳項目的弊端。2006年12月6日，還是這幾位院士，面對面與廈門市主要領導座談，未能取得進展。

2007年3月的全國兩會上，趙玉芬聯合百餘名全國政協委員，提交了「關於廈門海滄PX項目遷址建議的提案」。提案中提到「PX全稱對二甲苯，屬危險化學品和高致癌物。在廈門海滄開工建設的PX項目中心5公里半徑範圍內，已經有超過10萬的居民。該項目一旦發生極端事故，或者發生危及該項目安全的自然災害乃至戰爭與恐怖威脅，後果將不堪設想。」這份105名全國政協委員聯名的提案中，有幾十所著名高校的校長以及十多名院士。[67]

---

66 張雨生：〈批評者不一定就是反對者〉，《北京日報》，2008年8月6日。

67 以上據涂超華：〈廈門PX項目事件始末：化學科學家推動PX遷址〉，《中國青年報》，2007年12月28日。

2007年6月1日，因為抵制PX項目落戶海滄，部分廈門市民散步街頭，此事驚動高層。即便廈門市政府此前三天緊急宣布緩建決定，並在當地媒體應急澄清傳聞，仍未能阻擋住堅忍的市民的步伐。公開資料亦顯示，半年中，廈門市政府共收到各類渠道反映的市民意見近萬條。12月5日啟動的環評報告公眾參與階段，是推動遷建的最直接原因，那兩場座談會上，接近九成的市民代表堅決反對PX項目上馬。不過，2007年12月19日，《人民日報》刊文〈廈門PX項目：續建、停建還是遷建〉稱：「如今，各方專家意見傾向一致：在海峽西岸地區擇地遷建，是一個上上之選。」

除了通過「散步」方式表達反對意見，同時有研究者注意到，廈門市民還通過「百萬短信」與網路博客接力等即時傳播形式，將PX項目驅逐至漳州古雷半島，保住了家園裏的綠水藍天：

> 在廈門PX事件中，網民北風及令狐利用手機短信及網路接力，在牛博網上進行全程現場報導，成為唯一連續的現場消息來源。這樣，即使傳統媒體因為體制內外的原因停止了報導，網民們仍然可以利用新媒體的傳播優勢，將事件進展報導出來，代替了專業媒體組織，成為唯一消息來源。
>
> 這說明，網路環境中傳媒想要封鎖消息已經非常艱難。客觀形勢的發展促使傳統媒體不得不在廣大公眾的強大傳播能力和迫切訊息需求的雙重壓力下，做出非此即彼的選擇：是繼續保持失聲狀態，還是積極報導事件進展，滿足受眾知情權，充分表達民意？顯然，後者是明智而順乎趨勢的選擇，因為只有這樣，傳統媒體才能持久而深入地得到公眾支持。而在後來的發展中，傳統媒體也正是這樣做的：在短暫的集體失聲以後，傳統媒體仍然大規模、大批次參與到公共事件的追踪和報導中，直至問題有了一個較為圓滿的結局。[68]

68　以上據丁柏銓、曾響：〈論新聞傳媒表達民意——以 2007 年五大公共事件的報導為例〉，《今傳媒》，2008 年第 8 期（上月刊）。

從異議（包括反對意見）的傳播來看，網路媒體的興起為議程設置開闢了新的通道，尤其將「我反對」的聲音傳布得很廣。在這一過程中，負面的聲音是難以被封堵住的。這實際是古代所謂「防民之口，甚於防川」的現代版本。廈門PX項目最終遷址，實際是公民理性、反對的意見影響了公共決策，這也預示著中國公民社會的崛起。這樣的公民行動也能另一件事上體現出來：2008年初，由於上海磁懸浮延伸線軌道靠近民居，業主散步反對以及前往南京路步行街「購物」表達意見。

難怪有評論認為：

> 廈門市民和廈門地方政府通過PX事件互相學習，互相提升，最終達成多贏結局，這個幾近完美的故事，這個史詩般的壯舉，向我們展示了中國走向憲政的可能的路徑。通過持續不斷的公共事件，各階層人民，以及執政者互相砥礪，共同進步，這樣彼此「訓政」和自我「訓政」，未來可期，公民社會可期。這，才是我們民族最大的幸運。[69]

3. 異議表達的制度設計

1987年，黨的十三大報告專門列出一部分談〈關於政治體制改革〉。其中明確提出要建立社會協商對話制度：

> 正確處理和協調不同的社會利益和矛盾，是社會主義條件下的一個重大課題。各級領導機關的工作，只有建立在傾聽群眾意見的基礎上，才能切合實際，避免失誤……群眾的要求和呼聲，必須有渠道經常地順暢地反映上來，建議有地方提，委屈有地方說。

[69] 笑蜀：〈祝願廈門 PX 事件成為里程碑〉，《南方周末》「方舟評論」，2007 年 12 月 20 日。

也正是在這次報告中，明確提出建立社會協商對話制度的基本原則，是發揚「從群眾中來、到群眾中去」的優良傳統，提高領導機關活動的開放程度，重大情況讓人民知道，重大問題經人民討論。

從這些認識思路和重要提議上，就可以看出中國共產黨從革命黨向執政黨轉變的努力。以重大工程為例，在這樣的指導思想下，所以才有1992年〈關於興建長江三峽工程的決議〉在第七屆全國人民代表大會進行舉手表決，在2003年9月1日生效的〈環境影響評價法〉中明確規定，「國家鼓勵有關單位、專家和公眾以適當方式參與環境影響評價」：「專項規劃的編制機關對可能造成不良環境影響並直接涉及公眾環境權益的規劃，應當在該規劃草案報送審批前，舉行論證會、聽證會。」2007年國家環境保護總局頒布第35號令：〈環境訊息公開辦法（試行）〉2008年5月1日實施，中國的大型工程項目，從政府說了算、人大代表表決到公眾參與、訊息公開和舉行聽證會。[70]

正是由於異議表達逐步制度化，三峽工程的弊端才能最大限度地避免，廈門PX事件還會有讓公眾表達找到出口。通過媒體大面積報導，中國人的公民意識才能萌發，社會才能不斷進步。

第二節　臺灣負面報導的變遷

既然是研究中國負面報導，臺灣當然不能忽略。按照王天濱先生在《新聞自由——被打壓的臺灣媒體第四權》一書中的說法，經歷過日據時期、光復時期、「白色恐怖」和威權統治時期以及民粹主義時期，新聞自由經歷了被管控到鬆綁的過程。所以臺灣無疑是研究新聞報導的一個好樣本。

不過，限於篇幅，筆者僅列舉幾個有代表性的事件和個案，對臺灣負面報導的歷史變遷作一個簡要分析。

---

[70] 汪永晨：〈從舉手表決到公眾參與〉，《新京報》「改革開放三十年」專題總第 45 期；〈1992 年 4 月 3 日全國人大批准興建三峽工程〉，《新京報》，2008 年 4 月 3 日。

一、突發事件的定性與封殺報導[71]

1945年8月15日，日本天皇宣布無條件投降，國民黨政府收復臺灣，並於當年10月11日在台成立「宣傳委員會」，由夏濤聲為主任委員。它的壽命只有一年五個月，1947年「二・二八事件」之後，它即被撤除。

夏濤聲曾於1946年向全省民眾以廣播方式作題為《宣委會之使命》的說明，表明宣委會的工作理念：

> 宣傳……而在中國，這項工作卻得到了意外的誤解。一般人的觀念裏，以為不論什麼事，一經政府宣傳都是靠不住的。他們把宣傳看作魔術，縱然不是點石成金，化無為有，也是故弄玄虛，使人看不清真相。這實在是一種錯誤的觀念。

對於政府與媒體的關係，夏濤聲認為，政府固當重視輿論，同時也應當領導輿論；輿論固當監督政府，同時也該協助政府推行政令。王天濱則認為，這種觀念，逐構成政府與新聞媒體之間不平等的關係。新聞自由受到政府打壓，成為理所當然之事。（王天濱，頁64）

1947年發生「二・二八事件」後，國民黨當局對該事件的傳播進行強力控制，正好印證了王天濱的論斷。該事件的導火線是1947年2月27日發生的臺北市的一起私煙查緝血案，翌日並觸發臺北大批市民的暴動、示威、罷工和罷市。同日，居民包圍臺灣省行政長官公署的抗議，遭駐署的衛兵攻擊，從此該事件由請願轉變而為對抗公署的政治性運動，並觸發由國民政府接收臺灣後所累積的省籍、族群衝突。抗爭與衝突在數日內蔓延全臺灣，最終導致國軍部隊鎮壓。此事件中，造成許多傷亡；而死亡人數估計有一千人至萬餘人乃至數萬人。

---

[71] 本部分內容未經注明，均來自王天濱：《新聞自由——被打壓的臺灣媒體第四權》一書，亞太圖書（臺北），2005年版。重要部分標注頁碼。

有研究者發現：「對『二・二八事件』的情況，中央社臺北分社每日必報，南京《中央日報》刊載了中央社的消息。全國其他媒體基本上轉載了中央社的消息。綜觀中央社的消息，基本上屬於對事實的描述，未雜入太多的主觀評論。南京《中央日報》也基本上持這一立場。」[72]

3月7日，南京《中央日報》第二版報導〈中央將派大員前往臺灣撫慰〉。9日，第四版報導〈中央決以寬大政策合理解決台省事件〉。3月9日，國軍21師在基隆登陸後，對臺胞的武裝抗爭展開鎮壓。南京《中央日報》反映了南京國民政府處置二二八事件的立場，將其定性為暴亂，鎮壓完全正確。10日，第二版報導〈台二二八事件處理委員會公然提出非法要求〉、〈武裝暴徒續騷擾〉。11日，第二版報導〈臺灣即可恢復常態〉，稱「蔣主席昨宣示處理方針，留臺人員不得採報復行動，切望臺胞辨利害，徹底覺悟。」12日，第二版報導〈臺灣秩序迅速恢復白崇禧奉命往宣慰〉，稱「台民竭誠擁護主席指示」。因第一版為廣告，實際上南京《中央日報》連續以頭版，用大標題，集中報導二二八事件的經過，反映出南京國民政府及國民黨中央對「二・二八事件」的高度關注，並宣示處理方針，以正視聽。南京《中央日報》代表了南京國民政府對「二・二八事件」的基本看法。

3月9日，北平《華北日報》的社論則指明，「臺胞經過敵人五十年來殘暴無情的統治，他們對統治階級養成一種仇恨與敵視的心理」，「由於日寇五十年來的奴化教育，使臺胞似已喪失對祖國的愛」。

對於國民黨當局將「二・二八事件」定性為「暴亂」，中間報刊的認識更加理性。血案剛發生，幾家主流媒體就提出解決之道，主張要收拾人心，安撫民眾，改進施政。3月3日，上海《新聞報》發表社論，主張要收拾人心，臺胞應念祖國之困，應該在「搶救人心」上用一番力量，「現在臺北既已鬧出糾紛，我們主張政府立即派大員到臺灣去，一面調查真相，追究責任，一面撫慰臺胞，勤問疾苦，然後揀定臺灣應興應革的幾大端，以最大的決心，最快的手段行之。只要能在臺胞的心理

72　褚靜濤：〈全國媒體對臺灣二二八事件的反應〉，《南京社會科學》，2008年第2期。

上建立起信仰，則善意自然滋生，以後的合作也就不難取得。」7日，《立報》發表社論，不同意《大公報》把事件責任推到下級官吏身上，認為「這基本是政治制度的問題，是政策和行政作風的問題。我們要求政府，迅速徹查此次臺北事件的前因後果。撤換陳儀及其官僚集團，重訂治理臺灣的進步政策」。

據王天濱研究，「二・二八事件」發生時，新聞界與外省民眾成為主要的攻擊目標，許多新聞工作者在事件中遇到層出不窮的突發狀況，例如民眾的暴力脅迫、軟禁、控制、在非自由意志下出報等。來自大陸的外海記者，則在沒有任何的保護與裝備下，冒著可能發生的危險外出採訪新聞，飽受生命威脅。

荒謬的是，忠於職守的許多新聞界人士，事件之後卻莫名其妙地失去生命。因為新聞界被官方認為是形成及點燃「二・二八事件」的禍源之一，遭受空前浩劫，十餘家報社遭到查封，大批新聞從業人員被殺、被捕、被關、被通緝。從而寫下臺灣新聞自由史上悲慘的一頁。（見下表。王天濱，頁77）

在筆者看來，「二・二八事件」無疑是國民黨當局管制負面報導的一個標準範本。在突發事件爆發時，基於維護自身統治和保持穩定的考量，有高壓手段控制媒體進行報導和討論，對突發事件沒有深入思考就定性為「暴亂」，結果無助於矛盾的解決，加深執政者與民眾的矛盾。後來，在蔣氏父子統治下的臺灣，「二・二八事件」又被定性為共產黨領導的暴亂，嚴禁民間談及，社會上關於它有各種各樣的傳聞。直到1995年2月，臺灣當局才給予「二・二八事件」平反，並正式向起義中死難者家屬道歉。

1980年代後期，隨著島內民主運動的高漲，民間逐漸突破官方的封鎖，要求弄清二二八事件的真相，卻成為李登輝、陳水扁等台獨分子借題發揮的重要砝碼[73]。

---

[73] 褚靜濤在〈「二・二八事件」的宣傳與研究〉（《現代臺灣研究》，2006 年第 2 期）一文中指出，1999 年，李登輝稱，「二・二八事件」是「外來政權」對台籍精英一場精心策劃的大屠殺。通過每年不斷地重溫「二・二八事件」的悲情，台獨分子要使「二・二八事件」的創傷繼續淌血，強化「二・

「二・二八事件」之後，報紙遭查封與處分情形

名稱	查封日期	查封理由	處置	後來演變
《人民導報》	三月十三日	思想反動，言論荒謬詆毀政府，煽動暴亂之主要力量	待事變結束後，該社財產准予自行處理	五月八日啓封
《民報》	同上	同上	同上	五月廿一日啓封
《大明報》	同上	同上	同上	四月十七日移交《掃蕩報》
《中外日報》	同上	未核准登記	同上	五月十四日啓封
《重建日報》	同上	原未出版、擅發號外	同上	
《青年自由報》	三月十五日	思想反動，言論荒謬詆毀政府，煽動民心	同上	
上海《大公報》臺北辦事處	同上	持論荒謬	查封	四月十七日啓封
《經濟日報》	三月十七日		查封	
《工商日報》	同上		查封	
《自強日報》	同上		查封	四月十五日啓封
《和平日報》與報社文化部	三月二十二日	言論反動，並潛入共黨分子	查封	
《興台日報》	不詳	發布《台南縣縣長袁國欽潛逃阿里山》等新聞	勒令停刊，報社查封充公	
上海《文匯報》臺北辦事處	五月二十日		強制停刊	

二八事件」的記憶，牢記「二・二八事件」的仇恨，來抵制兩岸關係緩和造成的衝擊力。另據臺灣《中國時報》2008 年 2 月 29 日報導，「陳水扁在臺灣二・二八中樞紀念儀式昨日舉行致詞時稱，二・二八事件不是臺灣人民苦難的結束，是之後超過半世紀威權統治的開始。」

歷史總是驚人的相似，1979年12月10日發生的「美麗島事件」，本是以《美麗島》雜誌社成員為核心的黨外人士，組織群眾進行示威遊行，訴求民主與自由的行動，照例被國民黨政府稱其為高雄暴力事件叛亂案。其間發生一些小衝突，但在民眾長期積怨及國民黨政府的高壓姿態下卻越演越烈，竟演變成官民暴力相對，最後以國民黨政府派遣軍警全面鎮壓收場，為臺灣自「二・二八」事件後規模最大的一場官民衝突。[74]

對「美麗島事件」的報導控制來看，國民黨當局把控很嚴。有臺灣新聞學研究者發現：「整體看來，美麗島事件發生以後，大眾媒體在每年該事件發生的當周，對於事件的報導極為稀少，1988、1989兩年的報導，主要環繞在許信良叛亂案（許信良當時偷渡返國，面臨叛亂罪的起訴）。1999年則因為黃信介的去世以及美麗島事件二十周年慶，才有了稍多的報導篇幅。」[75]1980～1999年間，在《中國時報》、《聯合報》、《中央日報》及《自立晚報》對美麗島事件的報導中，國民黨機關報《中央日報》無論在美麗島事件次年或二十年後針對事件二十周年的報導量，均居四報之冠。此一時期的《中央日報》將美麗島事件定位為「叛亂案件」，將黃信介等涉案人定位為「叛亂犯」。

二、異議雜誌的興起與挫折：《自由中國》與《文星》[76]

王天濱認為，「威權時期（1949～1987年），國民黨政府嚴密的控制機制限制下，與黨國機器相異的聲音並非沒有出口。隨著臺灣內部一連串政治改革運動的發展，作為反對意見發聲管道的媒介因應而生，進而形成媒體與政治反對運動相互支援的現象：異議政論報刊便在執政者

---

74 維基百科「美麗島事件」詞條，http://zh.wikipedia.org/wiki/%E7%BE%8E%E4%B8%BD%E5%B2%9B%E4%BA%8B%E4%BB%B6。

75 翁秀琪：〈集體記憶與認同構塑——以美麗島事件為例〉，《新聞學研究》（臺北）第68期，頁117-149。

76 需要說明的，本節所指負面報導涵蓋的異議報導，往往是《自由中國》、《文星》發表的評論性文字，並非報導類文字。作為一種社會運動的動員載體，這兩家雜誌中的作者往往沒有機會通過在其他報刊發聲的機會，而最大的可能是在《自由中國》、《文星》中以評論的形式，時以建議的口吻發出異議。為研究異議的傳播，本書將其歸入負面報導的表現之中。

對政治性集會結社以及大眾傳播的嚴厲控制的氛圍中，成了政治異議分子宣傳政見、糾集民意、組織動員的唯一機關。」[77]

但在國民黨的白色恐怖統治下，要發出反對意見、批評當局的政策或官員顯然並非易事。因《自由中國》的言論表達而惹出的「雷震案」並停刊，以及《文星》雜誌案與李敖、柏楊涉及的文字獄就是明證。

1949年11月20日，《自由中國》在臺北正式創刊。胡適任發行人，雷震任社長，編委會由胡適、雷震、毛子水等16人組成。當年5月15日，胡適為該刊寫的宗旨中，明確擺明擁蔣反共的立場，不過，四條中的第一條卻是，「我們要向全國國民宣傳自由與民主的真實價值，並且要督促政府（各級政府），切實改革政治經濟，努力建立自由民主的社會」。[78]

對於「要督促政府（各級政府），切實改革政治經濟，努力建立自由民主的社會」，《自由中國》的確在兩年後作出努力。1951年3月初，該刊主筆夏道平聽說臺北市區近來接連發生的幾起離奇的經濟案件，都是臺灣特務機關保安司令部的特務們為了搞獎金而設下的圈套，是典型的誘民入罪。6月1日，他在《自由中國》發表題為《政府不可誘民入罪》的社論。在文中，夏道平先是對相關事實內幕的敘述，然後呼籲[79]：

> 現在，這件事已鬧得無可掩飾了，我們為著掩飾了，我們為著愛護「政府」，為著「政府」今後的威信，特在這裏呼籲「政府」有關當局勇於檢討，勇於認過，勇於把這件事的真相公告出，並給這次案件的設計者以嚴重的行政處分，這樣才可以表示這次誘人入罪的案件，只是某些不肖官吏做出的，而不是「政府」的策略。同時，

---

[77] 王天濱：《新聞自由——被打壓的臺灣媒體第四權》，亞太圖書（臺北），2005年版，頁208。

[78] 汪幸福：《胡適與〈自由中國〉》，湖北人民出版社，2004年2月第1版，頁7。

[79] 汪幸福：《胡適與〈自由中國〉》，湖北人民出版社，2004年2月第1版，頁21。

> 我們還要向「中央」的及省級的監察機關呼籲，請他們徹底調查這次事件的詳細內幕和責任，並督促「政府」適當處理。

其實，對於這樣的質疑聲音，對於作為「社會公器」的大眾傳媒來說，是權利更是責任。更何況，在這篇社論前還加了「讀者按」性質的〈給讀者的報告〉，坦承這篇社論是一篇勇於建議的社論，有可能引起某些人士的不滿與憤怒。但他們又覺得，進忠言是輿論界的神聖使命。但社論發表後，保安司令部副司令彭孟緝就上奏蔣介石和陳誠，稱《自由中國》文章破壞臺灣的金融管制，6月4日，又派大批情報人員到雜誌社抓人。經臺灣省主席兼保安司令部司令吳國楨當天上午下令，彭孟緝下午才放人，仍保留室外的監視。雷震應王世杰的要求，寫了一篇〈再論經濟控制〉的社論，算是向保安司令部「賠禮道歉」。

但遠在美國的胡適看了這兩期雜誌後，對《自由中國》被逼刊出賠禮道歉的文章表示生氣，寫信給雷震，宣布辭去發行人，以示他「對於這種軍事機關干涉言論自由的抗議」。而該信件被雷震原文刊在《自由中國》，差點又惹出事端。[80]

1956年10月31日，是蔣介石七十大壽。他向全國表示「婉辭祝壽，提示問題，虛懷納言」之意。《自由中國》因此推出《祝壽專號》。該期（第十五卷第九期）的《自由中國》社論〈壽總統蔣公〉（雷震所寫），建議選拔繼任人才；確立內閣制；實施軍隊國家化。胡適寫了一篇〈述艾森豪總統的兩個故事給蔣總統祝壽〉的短文，與雷震遙相呼應。此文以故事而時論，取艾氏比蔣公，力勸蔣介石要做到「三無」，即「無智、無能、無為」。也就是說，希望蔣介石能做一個「無智而能『御眾智』，無能無為而能『乘眾勢』的元首」。在該期雜誌刊出之前，社會大眾即在揣度《自由中國》要說些什麼，甫經出版，即被搶購一空，前後再版13次，共發行3萬餘冊，在社會上引起強烈反響。[81]

---

[80] 王天濱：《新聞自由——被打壓的臺灣媒體第四權》一書，亞太圖書（臺北），2005年版，頁217。

[81] 談炎生：《雷震：萬山不許一溪奔》，《人物》雜誌，2008年第5期。

國民黨國防部總政戰部針對《祝壽專號》及以前的文章，於當年底全面在軍中散發秘密小冊子，名為《向毒素思想總攻擊》，其中對胡適也頗有指責。小冊子稱《自由中國》的毒素有：主張言論自由、軍隊國家化、建立自由教育及批評總統個人……[82]。

從1957年8月開始，《自由中國》推出了總標題為「今日的問題」的15篇系列社論，全面檢討臺灣的政治、經濟、軍事、司法、教育等問題。1959年起，《自由中國》開始討論「修憲問題」、「政黨承認問題」，言論步步踏觸執政當局的禁忌。尤其「修憲問題」，當時各方正醞釀修憲或修改臨時條款，以使蔣介石繼續連任總統，但《自由中國》卻大唱反調，反對其破壞憲政常規而連任。即使在國民大會集會前夕，《自由中國》仍忠言逆耳地提出〈敬向蔣總統作一最後的忠告〉社論。但最終蔣介石還是因新增訂的臨時條款順利當上第三任總統。[83]

除了上述批評國民黨當局的言論外，《自由中國》在1960年6月的雜誌上鼓吹成立新的反對黨——中國民主黨，9月1日出版的雜誌還發表了由殷海光執筆的社論〈大江東流擋不住！〉，聲稱組黨是任何洪流所無法阻擋的。三天後，臺灣警備總部逮捕雷震，以及《自由中國》主編傅正、經理馬之驌，會計劉子英等四人，警備總部並召開記者會，宣布雷震等人涉嫌叛亂，這就是驚動各界的「雷震案」。

最後，雷震被冠上「為匪宣傳」（散布「反攻無望論」）以及「知匪不報」（會議劉子英被指為匪諜，雷震被指控沒有檢舉他）兩項罪名，10月8日被判處有期徒刑10年。主編主編傅正、經理馬之驌，會計劉子英等也分別被判刑。

從1949年創刊到1960年9月被蔣介石查封，《自由中國》共出刊260期。除了發生獨立的、不同於主流的意見外，也曾在1955年9月16日刊出過一篇調查報導〈關於孫元錦之死〉，揭露臺灣省保安司令部臺北經濟組組長李基光的罪行。此處僅一提。對於《自由中國》發出異議之

---

[82] 王天濱：《新聞自由——被打壓的臺灣媒體第四權》一書，亞太圖書（臺北），2005年版，頁219。

[83] 王天濱：《新聞自由——被打壓的臺灣媒體第四權》一書，亞太圖書（臺北），2005年版，頁220。

聲，國民黨當局的打壓伴隨刊物的成長，最終將其扼殺。這體現出蔣介石宰制民眾思想的強烈企圖，從而也體現他一以貫之的獨裁一面。

除《自由中國》引發「雷震案」外，還有兩個案件被稱為臺灣的文字獄典型，一個是《文星》雜誌引發的「李敖案」，另一個是柏楊案，《文星》雜誌創刊於1957年11月5日，每月1期，每6期為1卷。在題為〈不按牌理出牌〉的代發刊詞上，編者（何凡）開宗明義點明主題：

> 編一本雜誌不能無理想，這就是說得有個宗旨。羅素說：「良好的人生是被愛所鼓舞，並受知識的指導。」智慧可以創造人生，指導人生，因此我們希望這本雜誌能啟發智慧並供給知識，使讀者讀後不至於感覺毫無所得。為了實現這個目標，我們把《文星》的性質定為「生活的、文學的、藝術的」。

在萌芽的兩年中，《文星》試著不去碰當時言論的禁忌，因此在選稿上相當自製。在這兩年中，《文星》致力於文學創作與西洋文學翻譯的介紹。對於時事的評論，多以讀者投書方式刊出，其中不乏針砭時政的好文章。如果要嚴格地選出幾篇具有批判性的文章，成舍我的〈「狗年」談「新聞自由」〉（第3期）算是頭一篇借古喻今、針砭時政的好文章。司馬桑敦的〈新聞自由與不自由〉（第3期），由討論日本的新聞自由問題觸及臺灣報紙的「黨性」問題，也是一篇引起讀者共鳴的佳作。

自從《文星》創刊五周年，李敖自1961年11月第49期加盟後，形勢發生了變化。該期雜誌刊出李敖寫的〈老年人和棒子〉。次年1月，《文星》第51期刊出李敖的〈播種者胡適〉。2月，第52期又刊出李敖的〈給談中西文化的人看看病〉，中西文化論戰開始升級。

《文星》雜誌第90期曾遭當局查禁。第98期時，主編李敖寫了一篇〈我們對「國法黨限」的嚴正表示〉，嚴厲指責當時負國民黨宣傳之責的國民黨中央委員會第四組主任謝然之違反了國民黨總裁「不應憑藉權力、壓制他人」的指示。那一期的雜誌出刊後，《文星》雜誌遭到停刊。[84]

---

[84] 李筱峰：《臺灣戒嚴時期政治案件的類型》，http://www.jimlee.idv.tw/。

李敖於1971年3月被捕，但當局並非直接以文字內容為理由，而是假借他案。1972年，國民黨當局最後加之李敖以「替彭明敏傳遞密函、參加彭明敏為首的叛亂團體」和「提供泰源監獄政治犯名單給國際特赦組織」，以叛亂罪判處他十年徒刑。案件拖延三年五個月後，經國防部判決發回更審，李敖仍被判以預備顛覆政府罪，但刑期改為八年六個月。1976年11月19日出獄。

1967年爆發的柏楊案，則是典型的文字獄。1967年，柏楊為《中華日報》翻譯「大力水手」漫畫。其中有一回內容為卜派和他的兒子流浪到一個小島上，父子競選總統，發表演說。次年一月二日漫畫內容刊出，被國民黨當局認為對蔣氏父子含沙射影而遭逮捕，以「共產黨間諜」及「打擊國家領導中心」的罪名，判處十二年有期徒刑，於1977年減刑出獄。

從「雷震案」到「柏楊案」再到「李敖案」，國民黨當局一以貫之的是對異議的打壓，以維護自身話語體系的正當性和合法。臺灣研究者李筱峰發現[85]：1960、1970年代，臺灣有非常多的文字獄，而「案主」大多為來自中國的大陸人，由於過去在大陸時代的經歷中，幾乎無人沒有與中共有關的親友，因此大陸時代的經歷，常被用來做為定罪的藉口。或者，就直接以「為匪宣傳」「以文字有利匪黨之宣傳」等為理由，而定罪。不論何種罪名，1960、1970年代文字獄還那麼多，正說明著統治者還有著相當強烈的不安全感心態。

所以在筆者看來，蔣介石政府對《自由中國》直陳執政弊端，尋求憲政的建議呈現，以及柏楊案中的上綱上線，都成為其專制統治的最佳注腳。

三、臺灣民主化進程中的樣本：陳水扁弊案

1980年代，因為時任臺灣「中華民國總統」的蔣經國適應時代和社會發展的需要，主動進行政治體制改革，從而使臺灣走上自由、民主的

85　李筱峰：《臺灣戒嚴時期政治案件的類型》，http://www.jimlee.idv.t。

道路。1986年3月，蔣經國下令成立「政治革新小組」研究政治體制改革問題。9月，蔣經國表示將要解除實行38年的戒嚴令，並開放黨禁，開放報禁。此言一出，令島內民運人士迫不及待地於9月28日集會，民主進步黨成立。10月10日，蔣經國在「雙十節」發表要對歷史、對10億同胞、對全體華僑負責的講話後，指示修訂「人民團體組織法」、「選舉罷免法」、「國家安全法」，開啟臺灣民主憲政之門。1987年7月15日，〈國家安全法〉開始施行，世界上實施時間最長的戒嚴令宣布解除，臺灣人民真正擁有了自由組黨、結社、辦報辦刊的權利。1991年4月，臺灣「國民大會臨時會」召開，制訂「憲法增修條文」，廢止「動員戡亂時期臨時條款」。1992年5月，「陰謀內亂罪」和「言論內亂罪」被廢止。1994年，臺灣「省長」直選，讓臺灣人民每人一票選舉「省長」。1996年，臺灣舉行有史以來的第一次「總統」民選。[86]

正是因為臺灣開放黨禁和報禁，這才有2008年曝光的陳水扁弊案（其他說法有海外洗錢案、家庭密帳案等）。臺灣資深調查報導記者林照真幾年前曾感慨，「臺灣媒體自廢武功，放棄記者的天職。新聞記者扮演監督的『看門狗』角色，此刻逐漸模糊，甚至被其他機構或是個人取代」；「政治記者的專業能力受到社會最質疑，是因為政治新聞當道，政治記者只記得與有權力的政客打交道，卻忘了記者該有守門員和監督之責。」。[87]但幾年之後，格局大為改觀，因為在陳水扁弊案的揭發中，媒體充當了極其重要的角色。

2008年8月13日，《壹周刊》最早批露扁家海外洗錢案。在當日的報導中，稱根據檢調高層透露，在2006年，「台開案」爆發，隨後又有「國務機要費」案的發生，檢調針對前「第一家庭」成員的相關帳戶做了一番清查，其中在2006年底，檢調發現吳淑珍刻意將扁和她的帳戶、及用做股票進出的人頭帳戶，包括陳致中和陳幸妤的部分，全部結清，總額近新臺幣3億元的資金，透過媳婦黃睿靚及她家人戶頭匯往境外。

---

86 上述資料來自黃章晉：〈蔣經國：「威權時代的開明領袖」〉，先鋒《國家歷史》，2008 年 1 月下旬刊。

87 林照真：《記者，你為什麼不反叛：調查報導的構想與實現》，天下雜誌股份有限公司（臺北），2006 年 4 月第 1 版，頁 36-37。

按時間推算，當時正是台開案與「國務機要費」案爆發期間，但扁隨即透過律師否認洗錢，強調他與家人從未透過黃睿靚或黃家人帳戶匯錢，他與吳淑珍的財產皆已信托，且向監察院申報，一切有案可查。當天民進黨立委高志鵬甚至質疑，「這篇報導通篇是『檢調核心』、『檢調高層』，沒有去銀行調查過程，也沒有任何書面資料，這篇文章是近身採訪檢調高層嗎？為何不能具名？如果報導是真的，那就違反偵查不公開；如果報導是假的，就表示《壹周刊》被有心人士放話。」[88]

8月14日，立法委員洪秀柱舉行記者會揭露，黃睿靚在瑞士以其個人與公司名義所成立的4個帳戶，因有洗錢嫌疑而遭瑞士聯邦檢察署凍結，並主動致函臺灣請求司法協助。同日下午陳水扁召開記者會坦承其歷來的選舉剩餘款並未誠實申報，而且其妻吳淑珍暗中將他自1996年起共4次的選舉結餘款匯往海外帳戶，他於同年初才首次得知此事。此話一出立刻在臺灣社會引爆軒然大波並招致臺灣社會輿論撻伐。8月15日陳水扁以書面聲明表示自即日起與妻子吳淑珍主動退出民進黨，以示對黨與支持者的愧疚。

其實早在2006年，就有媒體在報導陳水扁的相關案件。據《財經》的報導[89]，2006年1月，無黨籍「立委」邱毅、媒體評論家胡忠信等人組成「全民告發小組」，與數百位民眾前往臺北地檢署，舉報吳淑珍及陳水扁親信、「總統府」代理秘書長馬永成涉嫌違反證券交易法及瀆職罪。也是從2005年下半年開始，有關吳淑珍涉嫌內幕交易、接受百貨公司SOGO巨額禮券等醜聞，陸續由媒體曝光，激起島內民眾強烈不滿。

當年6月，民間人士李慧芬出面檢舉陳家非法挪用公款的有關情事，直稱其親屬曾替吳淑珍搜集發票。7月20日，國民黨籍「立委」邱毅向媒體出示總金額逾70萬元的八張發票複印件，指稱這些發票被吳淑珍用來虛報「機要費」，並認為「機要費」的使用隱藏著重大貪腐內幕。島內輿論譁然。「審計部」啟動「機要費」審計。「審計部」隸屬

---

88 〈陳水扁密匯三億出境？高志鵬代為澄清〉，中央社記者葉素萍臺北十三日電，載當日臺灣《聯合報》。

89 徐和謙、吳鵬、歐陽斌：〈清算陳水扁〉，《財經》雜誌總第 228 期（出版日期：2009 年 1 月 5 日）。

於「監察院」，監察權為臺灣政制設計「五權分立」之一。審計長由「總統」提名，且需「立法院」半數以上同意任命，接受立法院質詢及向其提出決算報告。此時擔任審計長的蘇振平，正是於2001年由陳水扁提名續任。蘇振平已年過八旬，擔任審計長近20年。正是此人，事後說出「不只是拍蒼蠅，終於打到老虎」的豪言；也正是此人，冷對媒體所報陳水扁嘆其過去「忠心耿耿」、而今有「知人知面不知心」之憾，直言「我對職務忠心耿耿，不是對陳水扁」！

和蘇振平一樣，無黨籍「立委」邱毅也是充分體現一個公民的職責，通過不斷爆料，直接推動案件的發展。從「夫人炒股」、「SOGO禮券」、「趙建銘內線交易案」，再到「國務機要費案」，每一次都是邱毅率先向媒體爆料，出示相關證據，可謂針針見血。邱毅本人也曾公開表示，「臺灣發生這麼多弊案，是臺灣的不幸，大陸很多人也逐漸看扁、越來越瞧不起臺灣；但要為臺灣發聲，告訴大陸，臺灣今天能夠把陳水扁一家打下去，最大功勞就是新聞媒體。」[90]

所以《財經》雜誌評價道，「對陳水扁的清算跨越其臺上與台下，還將延續到將來。這場清算為黨爭所包圍但超越黨爭，未因政客撥弄敏感概念脫軌；這場清算為民意驅馳，以媒體為前鋒，以獨立之司法為鞭。陳水扁之貪腐，充分暴露了臺灣初生體制被操弄的可能；而清算本身，則昭示了其亦有貢獻的這一體制自能生生不息。黨派制衡與媒體報導兩者相互借力，成為推動『扁案』逐次剝開的重要動力。『第一家庭』所涉諸多弊案，均由反對黨的『立委』或無黨籍的『民意代表』最初爆料，投書媒體予以曝光，並向檢察機關檢舉，由檢察機關立案偵辦。」[91]

反觀中國大陸特大貪腐案件，在當代幾乎沒有一個是由媒體揭發出來的。以地位高企的中央電視臺《焦點訪談》欄目來說，業界的評價是，其輿論監督很少觸及縣市級以上的官員，被人戲稱「打蒼蠅，不打

---

[90] 〈演講地點爭拗臺灣曝料天王邱毅北大演講叫停〉，環球新聞網 http://www.singtaonet.com/global/head/t20060528_222737.html。

[91] 徐和謙、吳鵬、歐陽斌：〈清算陳水扁〉，《財經》雜誌總第 228 期（出版日期：2009 年 1 月 05 日）。

老虎」。再比如陳良宇案，就不是媒體揭發出來的。難怪有人評論說，「若（陳良宇）其子其弟的財產均須依法公之於眾，無論如何會對這類犯罪行為形成顯著約束……申報結果也完全保密，普通百姓絕無渠道查詢監督，媒體亦從未披露。如此申報，如果能保證走過場已是萬幸，約束官員不良行為幾無可能……『陽光法案』及『身邊人』約束規章，都是防腐反腐的必要制度安排，理當儘快付諸實行；而從源頭防腐做起，建立權力制衡與民主監督機制，深化經濟體制改革、推進政治體制改革，未來的路還很長。」[92]

從這個意義上說，陳水扁案無疑是一個很好的樣本。它不但讓人們看到臺灣民主化進程中法治的一面，也為大陸地區反腐倡廉提供了鏡鑒。它也讓我們認識到這樣一個常識：「在缺乏足夠制度制衡、輿論監督以及廉潔廉政氛圍之下，切實有效制止官商勾結、黑金政治、特殊利益集團、權貴資本主義，無論在哪一種社會制度之下，都是一項艱巨的任務」[93]。

---

[92] 胡舒立：〈陳良宇案的兩個反思〉，《財經》雜誌總第 209 期（出版日期：2008 年 4 月 14 日）。

[93] 陳子帛：〈共犯結構：陳水扁涉貪案件癥結探討〉，《聯合早報》（新加坡），2008 年 8 月 19 日。

第五章　負面報導與「正面宣傳為主」方針的關係

當我們將題材取向作為考察負面報導這一命題的向度時，其實已經說明了一個淺顯的道理：它和正面報導[1]實際上都是一種報導題材取向。在新聞報導版圖上，二者形成了互補的關係。基於中共中央多年來倡導的「以正面宣傳為主」的方針，考察負面報導與正面宣傳的關係顯得尤為必需。

第一節　中國現當代正面宣傳的歷史考察

一、正面報導概念的分歧

雖然現在有「以正面宣傳為主」的報導方針，但對於什麼是正面報導，卻並沒有一個通用的定義。目前主要分為以下兩種認識角度：

（一）題材角度：報導正面典型

這種觀點認為，正面報導就是對正面題材的報導，這是正面報導狹義上的概念，也是正面報導最初的含義。有論者發現，幾乎所有的新聞學辭典都持此觀點：

1　需要指出的是，正面報導嚴格地說與正面宣傳並不等同，因為一個報導取向，一個是宣傳取向。而宣傳和新聞傳播當然不一樣。但在當下中的實踐中，正面宣傳在報導取向上主要選取正面、積極的題材，即令是在負面新聞信息中也採取這一取向。所以這兩個概念在新聞實踐中實質上是大面積重合的。為敘述方便，在本節中，正面宣傳和正面報導同義。

《實用宣傳學辭典》對正面宣傳的定義為：以宣傳正面先進典型事例和管束正確道理為主要內容的宣傳。

《新聞學簡明詞典》對「典型報導」的定義為：對一定時期內產生的同類事物中最突出或最具代表性的事物進行的重點的報導。

《中國大百科全書・新聞出版卷》中對「典型報導」的解釋為：對社會生活中具有代表性的有普遍意義的事物所做的新聞報導。[2]

從以上可以看出，基於題材觀的角度，正面報導其實就是正面典型報導。正是由於對題材的這種取向，讓新聞報導的版圖明晰起來。所以有研究者就認為，除正面報導和負面報導外，還有一種是「一般報導」，「它一種中性報導，它不提倡、暗示什麼，也不警醒和暴露什麼，直話直說，是一種大量存在的報導樣式。」[3]

（二）效果角度：注重社會效果

除了從題材角度外，對正面報導的界定還有一種角度，那就是效果論。這在黨的文件和一些官員的講話中，大量採取了這樣的認知角度。

一九八九年十一月二十五日，李瑞環在中宣部舉辦的新聞工作研討班上發言，標題即為〈堅持正面宣傳為主的方針〉[4]。在該講話中，對正面宣傳，他的界定是：「我們所說的『正面』，所說的『為主』，就是要著力去宣傳報導鼓舞和啟迪人們發展社會生產力的東西，鼓舞和啟迪人們堅持四項基本原則、堅持改革開放的東西，鼓舞和啟迪人們加強社會主義民主和法制建設的東西，鼓舞和啟迪人們推進社會主義精神文明建設的東西，鼓舞和啟迪人們熱受偉大祖國和弘揚民族文化的東西，鼓舞和啟迪人們維護國家統一和民族團結的東西，鼓舞和啟迪人們為推動世界和平與發展而鬥爭的東西。總之，一切鼓舞和啟迪人們為國家的

---

2 程征：〈什麼是正面報導——關於正面報導概念的探討與爭論〉，載新華社新聞研究所編：《破解報導難題》，新華出版社，2007 年 12 月第 1 版，頁 26。

3 張威：《比較新聞學：方法與考證》，南方日報出版社，2003 年 2 月第 1 版，頁 348。

4 李瑞環：〈堅持正面宣傳為主的方針〉，載《求是》，1990 年第 5 期。

富強、人民的幸福和社會的進步而奮鬥的新聞輿論，都是我們所說的正面，都應當努力加以報導。」

在講話中，李瑞環還特別提出了宣傳正面典型帶來的社會效果：「堅持以正面宣傳為主的方針，用人民群眾自己創造的英雄業績來教育人民，實質上也是我們黨實現領導的一種重要方式。因為人民群眾在創造歷史的過程中，總有一部分先進的人走在前頭，他們創造的較高勞動生產率、先進工作方法，他們在這種創造過程中表現出來的高尚的精神境界、道德風貌，無疑具有極大的示範和引導作用。領導者的責任，就在於把他們的經驗和事蹟加以總結、推廣，使他們的先進經驗和先進思想逐步成為全社會的共同財富。對於一個領導者來說，這是提高自己領導水平的一條重要途徑。」

1990年，時任《經濟日報》總編輯范敬宜曾就該講話撰文，呼應李瑞環的效果觀：「我認為，『正面』與『全面』是一致的，絕不能把正面報導理解為片面報導。問題是如何講缺點、講問題。如果我們講缺點、講問題的出發點和落腳點都是放在引導群眾正確地認識當前出現的問題，回答並解決群眾對問題的種種疑惑和困惑，指出解決問題的前景和途徑，增強大家對解決問題的信心和希望，那麼同樣應該認為是正面宣傳。」[5]

十多年後，時任國務院新聞辦公室主任趙啟正則在2003年12月3日的一次報告中提到了關於怎樣看「負面報導」的問題：「正面報導還是負面報導，我們需要辨別什麼是正面，什麼是負面，說我們的不好就是負面消息嗎？不是。判定這個報導的正面負面問題，應該從是否有利於我國人民的根本利益方面來考慮。比如對之前SARS的報導，我們就不能簡單地把它理解為負面報導。」[6]

5　范敬宜：〈正確理解正面為主的宣傳方針〉，《新聞戰線》，1990 年第 7 期。

6　參見《新京報》2003 年 12 月 4 日。2005 年 7 月，趙啟正在接受採訪時又重申了這一觀點：「正面報導為主。但什麼是正面報導有時候並不清楚。你就只認一個道理，就是問報導出來效果是正面的嗎？什麼是負面報導，我的定義是，凡是阻礙社會進步的，就是負面的報導。但不是因為負面消息就不報導。報導負面消息也可以產生正面的效果。」參見聶曉陽：〈人有人緣國有國緣——採訪趙啟正〉，《瞭望東方周刊》，2005 年 7 月。

顯然，從政府官員層面，對正面報導的題材並沒有限制，往往更偏重於傳播效果或社會效果。

需要指出的是，上述兩種角度的認識在新聞實踐中往往同時採用。但有意思的是，在理念上，往往以題材為認識角度，而在操作時往往不論題材，側重宣傳手法，並只求效果。這就突出地體現在一遇到一些負面新聞題材（如突發事件、影響社會不安定因素的事件）時，往往新聞管理部門要求進行「團結、穩定和鼓勁」式的報導。比較典型的是遇到人為的火災，報導的取向不是問責，而是著重報導消防員們如何奮勇撲火。

但正是由於多重角度的同時使用，使得正面報導的研究出現困難：如果僅考慮題材角度，研究對象尚可能評定；若從效果觀出發，由於主觀性太強，而效果是否為正面很難在短期內評估，所以造成研究的困難。難怪有論者就指出，「我們在判斷正面報導時，應該從題材內容這個標準出發。正面報導應該是對正面事物進行的報導，是指從黨和國家的路線、方針、政策出發，對反映真、善、美，提示時代精神和社會普遍意義的正面事實進行的報導，其目的是為了鼓舞和啟迪人民為中國富強、人民幸福和社會進步而奮鬥」。[7]

筆者認同該論者的觀點，因為只有從題材觀的角度出發，才使得我們對正面報導有一個認知的可能。

二、「正面宣傳為主」方針的歷史傳承

自中國共產黨成立後，選擇走社會主義道路，在意識形態方面受馬克思、恩格斯及列寧的影響很大。新中國成立後的很長時間裏，在新聞工作方面，基本上是照搬前蘇聯模式。有研究者就指出，「列寧的黨報理論是無產階級新聞理論的集大成者。我國無產階級和黨的新聞思想中

7　程征：〈什麼是正面報導——關於正面報導概念的探討與爭論〉，載新華社新聞研究所編：《破解報導難題》，新華出版社，2007 年 12 月第 1 版，頁 26。

的黨報的組織宣傳作用，黨報的黨性原則，黨報工具論等主要理論觀點都是師承列寧而來，特別是對社會主義報刊的作用的論述」。[8]

同樣，以「以正面宣傳為主」的方針，就是深受列寧新聞思想的影響。比如在〈蘇維埃政權的當前任務〉、〈論我們報紙的性質〉、〈怎樣組織競賽？〉、〈偉大的創舉〉、〈生產宣傳提綱〉等文章中均可見到列寧提倡典型報導的精神。他指出，報刊從資本主義到共產主義的過渡時期的主要任務是用生活中的生動的具體事例和典型來教育群眾。他認為要通過榜樣的力量來指導工作，「不要怕揭露錯誤和無能；要廣泛介紹並大力宣揚任何一個表現稍為突出的工作人員，把他樹立為榜樣」，「在報導優勝者事蹟時，不僅要樹立先進人物的光榮感，而且要用先進人物的先進思想和先進經驗去武裝所有的人，以先進促後進，共同提高，做到經濟宣傳和政治思想教育的結合。」[9]

這其實是典型報導的一種倡導。這是前蘇聯和中國社會主義國家所獨有的新聞樣式，西方新聞學中並沒有這個概念。在筆者看來，我們要研究中國現當代正面報導的歷史，以典型報導作為切入點是再好不過。這是因為在中國現當代的新聞實踐中，典型報導此起彼伏，而且幾乎每年或每幾年都在推出典型人物或集體，至今這一思路還沒有弱化。所以要研究正面報導，典型報導是最具代表性和最具操作性的選擇。甚至有研究者認為，正面報導最高表現形式是典型報導。[10]

不過，需要指出的是，在中國現當代新聞實踐中，典型報導的對象有正面典型和負面典型的分野，在分析正面報導時，我們只選擇正面典型的報導。

8　朱清河：《典型報導：理論、應用與反思》，武漢大學出版社，2006 年 11 月第 1 版，頁 33。

9　轉引自張威：〈典型報導：淵源與命運〉，《新聞與傳播研究》，2002 年第 2 期。

10　張威：〈典型報導：淵源與命運〉，《新聞與傳播研究》，2002 年第 2 期。

（一）新中國成立前的正面典型報導（1921～1949年）

對正面典型的重視，是中國共產黨成立後報刊的一個重要表現。1923年10月20日《中國青年》第一號上發表的〈發刊詞〉中，就明確指出，「要引導一般青年到強健的路上。要介紹一些強健偉人的事蹟和言論，亦要用種種可以警惕青年的材料，以洗刷青年苟且偷懶的惡弊。」[11]這應該是較早希望通過典型報導影響群眾的範例。

1931年12月11日，《紅星報》創刊號刊載〈《紅星報》見面話〉，在對該報角色認定中，一項便是「紅軍黨的工作指導員，把各軍裏黨的工作經驗告訴同志，指出來哪些地方做錯了和糾正的方法」。[12]1930年代末創刊的《新華日報》和華北《新華日報》同樣也重視正面典型報導，前者在1938年11月1日創刊號，〈發刊詞〉裏這樣表述：「本報願在爭取民族生存獨立的偉大的鬥爭中作一個鼓勵前進的號角。為完成這個神聖的使命，本報願為前方將士在浴血的苦鬥中，一切可歌可泣的偉大的史跡之忠實的報導者記載者……」。[13]後者於1939年元旦創刊，在〈發刊詞〉中也表示，「報導與記載華北抗戰中一切可歌可泣之偉大史跡，創造華北抗戰中民族英雄之典型，此不僅足以激發儒頑，且可盡其模範作用，以鼓勵與推動全國之更益團結與進步。」[14]不但報導典型，而且還深刻認識到這樣做的積極的正面作用。

1942年初，中共中央政治局和毛澤東針對延安《解放日報》在「仿大報」時期出現的問題，審時度勢，非常及時地領導延安《解放日報》進行了改版。在當年4月1日發表的社論〈致讀者〉，首條就是「貫徹堅強的黨性」：

---

[11] 張之華主編：《中國新聞事業史文選（724-1995）》，中國人民大學出版社，1999年1月第1版，頁378。

[12] 張之華主編：《中國新聞事業史文選（724-1995）》，中國人民大學出版社，1999年1月第1版，頁396。

[13] 張之華主編：《中國新聞事業史文選（724-1995）》，中國人民大學出版社，1999年1月第1版，頁421。

[14] 張之華主編：《中國新聞事業史文選（724-1995）》，中國人民大學出版，1999年1月第1版，頁430。

> 不僅要在自己一切篇幅上，在每篇論文，每條通訊，每個消息……中都能貫徹黨的觀點，黨的見解，而且更重要的是是報紙必須與整個黨的方針政策黨的動向密切關聯，呼吸相通，是報紙應該成為實現黨的一切政策，一切號召的尖兵和倡導者。

在該社論中還指出改版的目的是要使該報成為「真正戰鬥的黨的機關報」。因此整個報紙要「貫徹黨的路線，反映群眾情況，加強思想鬥爭，幫助全黨工作的改進」。[15]

正是在延安整風運動背景下，《解放日報》的這次改版被黃旦教授認為它完成了從「不完全黨報」到「完全黨報」的轉變：「（《解放日報》）創立了中國新聞史和黨報史上一種獨特的報刊類型和操作模式——以組織喉舌為性質，以黨的一元化領導為體制，以四性一統（黨性、群眾性、戰鬥性、指導性，統一在黨性之下）為理論框架的延安範式」。[16]

正是在改版的這一思路下，典型報導開始密集出現。1942年4月30日，《解放日報》在頭版頭條刊登了農業勞動模範吳滿有「連年開荒收糧特別多」的消息，並配發〈邊區農民向吳滿有看齊的社論〉，同時發表記者莫艾的長篇通訊〈模範農村勞動英雄吳滿有連年開荒收糧特多〉，由此拉開了宣傳典型的序幕。[17]將普通勞動者的事蹟登上如此顯要的位置，在中國報刊史上還是一個先例。

之所以要推出吳滿有，是由於要掀起大生產運動。1943年，大生產運動興起，該報大力宣傳黨的「自力更生，奮發圖強」、「自己動手，豐衣足食」等方針；宣傳大生產運動中的先進典型，發表此類消息和恢

15　《致讀者——〈解放日報〉改版社論》，載張之華主編：《中國新聞事業史文選（724-1995）》，中國人民大學出版社，1999 年 1 月第 1 版，頁 442-445。

16　黃旦：〈從「不完全黨報」到「完全黨報」——延安《解放日報》改版再審視〉，載李金銓主編：《文人論政：知識分子與報刊》，廣西師範大學出版社，2008 年 11 月第 1 版，頁 279。

17　關於吳滿有的報導材料來自方漢奇主編：《中國新聞事業通史（第 2 卷）》，中國人民大學出版社，1996 年 5 月第 1 版，頁 538。

復與通訊3000多篇。[18]繼吳滿有之後，報紙又相繼樹立起楊朝臣、趙占魁、劉建章、劉秉仁、劉永祥和郭鳳英等一系列勞動模範形象。

甘惜分教授曾對將普通人作為典型來報導有一個評價，認為「延安《解放日報》是完全不同於舊日報的新型日報，延安《解放日報》為後來的中國共產黨新聞事業的發展奠定了政治和思想的基礎」。[19]根據安崗的統計，1943年上半年，在《解放日報》上出現的先進人物就有600多名以上，有關南泥灣和南區合作社的新聞報導達40餘條。[20]

不過，由於宣傳指向明顯，在塑造典型時難免會因形勢或政治需要，人為打造典型人物。有研究者就發現，1944年11月30日的《解放日報》就刊出〈定邊區鄉幹部會議檢討勞動英雄缺點，要經常幫助教育勞動英雄〉一文，指出有貪污行為的二區四鄉的趙慧仁，驕傲自大、不接受群眾批評的鹽業區的高仲和，借其資格、要強耍強的二區趙讓。在同版的另一篇文章〈新正區五鄉移民村群眾揭發假勞動英雄〉，張希望騙取勞動英雄頭銜壓榨鄉民。[21]

這樣的新聞宣傳實踐顯然不是按照新聞傳播規律辦事。有研究者認為這樣的實踐實際上帶來了不良的影響，「它對後世，特別是『大躍進』、『文革』中的典型報導的全面浮誇，現今『高大全』式的報喜不報憂的僵化模式，也許有一些或多或少的隱性影響。」[22]

（二）新中國成立後的正面典型報導（1949- ）

新中國建立至今，正面典型報導大致經歷了從鼎盛期、畸變期和恢復與調整期等不同的階段。

---

18 丁淦林等著：《中國新聞事業史新編》，四川人民出版社 1998 年版，頁 310。
19 甘惜分：〈延安《解放日報》的遺產〉，《新聞與傳播評論》2001 年卷，武漢大學出版社，2002 年（第 1 版），頁 26。
20 方漢奇主編：《中國新聞事業通史（第 2 卷）》，中國人民大學出版社，1996 年 5 月第 1 版，頁 538。
21 朱清河：《典型報導：理論、應用與反思》，武漢大學出版社，2006 年 11 月第 1 版，頁 142。
22 朱清河：《典型報導：理論、應用與反思》，武漢大學出版社，2006 年 11 月第 1 版，頁 147。

1. 鼎盛期（1949～1965年）

新中國成立初期，由於進行國民經濟恢復建設，又實施第一個五年計劃建設，再加上要配合抗美援朝建設，生產者典型和英雄典型成為新聞報導的重點。

在生產者典型方面，主要受毛澤東指示的影響。1953年3月15日，毛澤東則寫下批語〈重視典型報導〉：「簡報上的許多材料，都應當公開報導，並發文字廣播，三五天一次，方能影響運動的正確進行。如本號鳳城縣的好事例及各地的不好事例，凡典型性的，都應當公開報導。請與人民日報和新華社同志商酌處理」。[23]

這其實是毛澤東新聞思想中長期堅持的。在國民經濟恢復的第一個五年計劃時期，國家提倡利用典型報導進行大規模的經濟宣傳，報紙「積極支持工人階級和農民群眾的一切創舉，把先進生產單位、先進生產者的典型經驗和重要成就推廣到整個建設戰線上去。」[24]於是便推出了鞍鋼、王崇倫、郝建秀、耿長鎖等先進人物和先進集體。

在英雄典型方面，抗美援朝中的上甘嶺英雄黃繼光、羅盛教等都是「保家衛國」的典型。以黃繼光的報導為例，1952年11月12日，《川北日報》報導了如下新華社電訊：中國人民的偉大戰士，黃繼光捨身摧毀敵人火力點的英雄事蹟。12月19日，《中國青年報》發表社論號召全國青年學習黃繼光同志的英雄精神。至今，黃繼光的事蹟仍然收入中國小學語文課本中。

對於這一時期，有論者就指出，「20世紀五、60年代是一個歌頌英雄、學習英雄的年代。在這一階段，工業上的孟泰、王崇倫、郝建秀、王進喜、大慶油田，農業上的李順達、陳永貴、徐建春、邢燕子、大寨大隊，解放軍的黃繼光、丘少雲、南京路上好八連等，家喻戶曉，人人傳頌。60年代的雷鋒、焦裕祿標誌著典型報導的黃金年代。」[25]

---

[23] 這是毛澤東看了〈貫徹婚姻法運動情況簡況〉（第十一號）以後，寫給劉景範的批語。劉景範當時是中華人民共和國監察部副部長。參見《毛澤東新聞工作文選》，新華出版社，1983年12月第1版，頁176。

[24] 〈中共中央關於改革報紙工作的建議〉，《中國新聞年鑒》（1982年），頁96。

[25] 南京師範大學新聞學專業韓冰碩士學位論文：《典型報導：困頓的現狀和未

這些正面典型報導在報導的時代影響了幾代人，主要作用在於培養了國人艱苦創業的精神，以及樂於奉獻的道德品質。但是，由於政治決策的失誤，典型報導也給這一階段的社會主義建設帶來過許多災難，比如1958年「大躍進」運動中的「放衛星」典型，成為一種政治高壓，逼著人們一夜之間進入「共產主義」，迫使人們不得不說假話。這事實上也對新中國三年大饑荒時期（1959～1961年）造成了極大的消極影響。比如《炎黃春秋》雜誌副社長楊繼繩認為，「總路線，大躍進，人民公社，當時合稱為『三面紅旗』。這是1958年令中國人狂熱的政治旗幟，是造成三年大饑荒的直接原因，也就是大饑荒的禍根」。[26]

國外學者的研究則向我們開啟另一個認知視角。1998年諾貝爾經濟學獎獲得者阿瑪蒂亞・森（Amartya Sen）曾經說過，在任何一個獨立、民主、擁有相對的新聞自由的國家裏，從來沒有發生過重大的饑荒。因為在沒有新聞自由的國家，媒體常常把饑荒說成是自然災害，從而掩蓋了真相使災害得以發生。[27]

2. 畸變期（1966年5月16日～1976年10月6日）

這是十年「文化大革命」的時期。有論者指出，「在這一時期，典型報導被弄得面目全非，林彪、『四人幫』一夥更是對新聞機構頤指氣使，新聞單位淪為他們的工具。他們高呼『綜合宜少，典型宜多』，典型報導成為這夥野心家手中的一塊泥，被任意捏造成他們心目中的形體。」[28]「白卷英雄張鐵生」和「反潮流英雄黃帥」等等，這些典型已不再具有任何新聞性和教育性，完全成為整人的「政治棍子」，受到人們的斥責和嘲笑。

來的革新》（2006），指導教師：高朝俊。

26 轉引自周華：〈敬畏真相，拒絕遺忘〉，《南風窗》，2008 年第 26 期，頁 96。

27 〈蔡定劍：新聞自由是社會穩定轉型的積極因素〉，馬國川採訪，《經濟觀察報》，2007 年 7 月 2 日。

28 侯曉艷：〈論建國以來不同時期的典型報導〉，《新聞知識》，2001 年第 2 期。

還有一些極端的例子。比如僅據《山西日報》核查，在1967年到1976年十年間，光是有關大寨、昔陽的報導就發表了760多篇、200多萬字。「其數量之多，篇幅之長，地位之顯要，版面之突出，文風之可憎，內容之荒唐，影響之惡劣，都堪稱『史無前例』。」[29]

有研究者指出：「文革」中的這些典型報導，從政治上看，它的特徵就是和「四人幫」的政治陰謀緊密相關，不過是這場政治陰謀棋局中的一枚棋子而已。從新聞角度看，典型報導以定型化、完滿化、極端化為特徵。以「假、大、空」辦法塑造「高、大、全」的典型形象；典型人物完全成了不食人間煙火的神仙；典型被主觀地賦予整個階級的全部精神要素，成為整個社會絕對遵從、永遠遵從的樣板。典型報導在這一階段發生了畸形的突變。[30]

如此這般強力推動宣傳一些所謂的正面典型，導致典型報導的公信力下降。

3. 恢復與調整期（1970年代末～）

這一時期的一個顯著特點是，1978年到1989年政治風波前的十餘年，正面典型報導的優良傳統得以恢復。但隨後進入調整期，報導的數量和影響力開始下降。

1978年，黨的十一屆三中全會召開後，中國開始將重心從階級鬥爭轉移到社會主義經濟建設上來。對典型報導的重視顯然是自然而然的。在樹立典型方面主要體現在兩種類型：一類是知識分子，二類是經濟建設中的能人。

在筆者看來，之所以要樹立知識分子的典型，主要是基於1977年5月24日，鄧小平同中央兩位同志的談話，內容以〈尊重知識，尊重人才〉為題，收入《鄧小平文選》（第二卷）。在該講話中，鄧小平的態度很明確：「我們要實現現代化，關鍵是科學技術要能上去。發展科學

29　安崗：〈論典型報導〉，載《新聞論集》，天津人民出版社，1982年版，頁53。
30　南京師範大學新聞學專業韓冰碩士學位論文：《典型報導：困頓的現狀和未來的革新》（2006），指導教師：高朝俊。

技術，不抓教育不行。靠空講不能實現現代化，必須有知識，有人才……一定要在黨內造成一種空氣：尊重知識，尊重人才。要反對不尊重知識分子的錯誤思想。」

當然這還有一個時代背景，由於「文革」中大量知識分子被迫害。比如發動「文革」的「五・一六」通知和《人民日報》社論〈橫掃一切牛鬼蛇神〉號召「徹底揭露那些反黨反社會主義的所謂『學術權威』的資產階級反動立場，徹底批判學術界、教育界、新聞界、文藝界、出版界的資產階級反動思想」，「把所謂資產階級的『專家』、『學者』、『權威』、『祖師爺』打得落花流水，使他們威風掃地」。[31]所以在調整期，就樹立不少知識分子的人物典型：陳景潤、趙春娥，張華、蔣築英、羅健夫、張海迪和張華等。

此外，在經濟建設中的能人中，在黨的十二屆三中全會以後，新聞界根據會議精神，開始放手宣傳以城市為重點的經濟體制改革，報導了各地進行體制改革的許多好經驗，好的人物典型。步鑫生、馬勝利、年廣久、關廣梅、魯冠球等都是這一時期被典型報導推出的影響全國的敢想敢幹的企業家典型，他們的突出特點就是向計劃經濟條件下的陳腐觀念挑戰，不問姓「資」姓「社」，大膽嘗試可以調動工人積極性、提高勞動效率和生產效益的一切手段，而它正好符合中央增強企業活力，推進城市改革的精神。1987年，關於關廣梅事蹟的典型報導，影響最大、最有代表性。[32]

1989政治風波後，正面典型主要集中在黨的好幹部以及優秀國有企業。比如孔繁森、李潤五和工作經驗典型海爾等。

之所以筆者將1970年代末至今的稱為正面典型報導的調整期，其原因有二：一是報導的數量與前幾個時期大幅減少；二是報導的影響力下降。在數量方面，有研究者做過統計，1980年代的典型人物報導：「新時期，特別是進入80年代後的六年來，報刊宣傳的典型人物多達千人，其中

---

31 轉引自王揚宗：〈知識分子：從「臭老九」到「工人階級的一部分」〉，《科學時報》，2008 年 3 月 14 日。

32 朱清河：《典型報導：理論、應用與反思》，武漢大學出版社，2006 年 11 月第 1 版，頁 152-153。

在全國產生一定影響的近百人，產生較大影響的有十餘人。」[33]《光明日報》採用消息的形式宣傳典型人物，「平均兩三天就有一位知識分子先進人物被請上報紙。從5月到年底，共刊登先進知識分子典型150個。」[34]

而到了90年代，在典型人物報導方面：新華社1994年一年對先進人物的宣傳「從發稿數量到社會影響，可以說是近十多年來罕見的」，其發稿量為「向全國報導的先進人物有24個，平均每月兩個」。[35]

更有研究者通過對1979年、1989年、1999年1、2、3月份的報紙進行抽查。結果發現，「1979年1月到3月的典型報導常常是大塊頭的文章，半個版，一個版面甚至超過了一個整版的情況很多。到了1989年，報紙上各報導篇幅與過去相比都普遍縮小，典型報導的字數也隨之下降。到1990年，新聞改革進一步深入，報紙更是以『短些、再短些』的要求推出各類報導，甚至出現了幾十個字的電訊式典型報導。」[36]

在正面典型報導產生的影響來看，有論者認為典型報導正在邊緣化：「20世紀60～90年代推出的很多典型，如黃繼光、張海迪、孔繁森等至今都是大家耳熟能詳的；然而，跨入21世紀之後，真正能像上述這些人物一樣產生全國性影響的典型人物幾乎已經不存在了。典型報導正從人們生活的中心走向邊緣。」[37]

第二節　作為一種有益補充的負面報導

之所以我們要先追溯中國共產黨成立至今八十多年來正面典型報導的歷史，是要說明作為執政黨的中國共產黨在新聞政策取向上堅持「以

[33] 余小萄：〈淺議「典型報導」中的幾個問題〉，《新聞學刊》，1987年第1期，頁18。

[34] 光明日報總編室：〈改進人物報導，突出知識分子的宣傳〉，《中國新聞年鑒》（1983年），頁83、頁151。

[35] 郭超人：《喉舌論》，新華出版社，1997年版，頁317。

[36] 張威：《比較新聞學：方法與考證》，南方日報出版社，2003年版，頁414。

[37] 莊曦：〈試論新傳播環境下的典型報導〉，《新聞記者》，2004年第6期。

正面宣傳為主」方針是一個歷史傳統。從這個角度來說，1989年11月25日，李瑞環在新聞工作研討班上提出「堅持正面宣傳為主的方針」其實是順理成章的事情。

這也正是我們在探討負面報導時，不能避開正面宣傳的原因。這也是探尋負面報導在中國新聞傳播中地位的起點。從中國共產黨執政的歷史傳承和現實發展需要來說，負面報導只能處於一個補充的地位。

一、「以正面宣傳為主」方針並未否定負面報導

有研究者引述了以下這段故事：在1972年美國總統尼克森訪華時，白宮的新聞官員曾試圖從北京的報紙上發現一些社會新聞線索，但他們看到的全是鼓舞人心的黨的政策宣傳以及好人好事。尼克森問周恩來總理，為什麼你們的報紙上沒有壞消息，難道生活中全是光明的一面嗎？周恩來答道，我們的新聞方針是以正面報導為主，我們提倡那些鼓舞人們士氣、能激勵人民前進的東西。[38]

在對中國共產黨成立以來新聞傳播的考察中，其實「以正面報導（宣傳）為主」的方針可以說是一以貫之的，只是沒有在官方文件中直接說明或規定而已。直到1989政治風波近半年後，時任中央政治局常委、中央書記處書記李瑞環在新聞工作研討班上明確提出「堅持正面宣傳為主的方針」，並以黨的文獻方式指導新聞工作。

在《堅持正面宣傳為主的方針》的講話中，李瑞環在第五部分提出「重視和改進批評報導」，第六部分提出「正確實行輿論監督」。相關的主要觀點如下：

（一）堅持正面宣傳為主的方針與正確地實行輿論監督是一致的

新聞輿論的監督，實質上是人民的監督，是人民群眾通過新聞工具對黨和政府的工作及其工作人員進行的監督，是黨和人民通過新聞工具

---

[38] 原載 John B Wills, "Views about China", *Media Inf ormation* (March 1976), 頁54。轉引自張威：〈中西比較：正面報導和負面報導〉，《國際新聞界》，1999年第1期。

對社會進行的監督，不應僅僅看成是新聞工作者個人或者是新聞單位的監督。輿論監督包含批評報導，但不是簡單地等同於批評報導，它在我國已成為人民群眾行使社會主義民主權利的一種有效形式。人民的利益和願望，人民的意志和情緒，人民的意見和建議，都是黨和政府所必須時刻重視和考慮的內容，通過新聞報導把這些反映出來，形成輿論，也就是輿論監督。新聞輿論監督是通過新聞工作者的努力來實現的。……因此，我們必須充分重視新聞輿論的監督作用，必須充分重視發揮新聞工作者在新聞輿論監督中的作用。

不過，對於輿論監督的立足點，李瑞環指出，「搞資產階級自由化的頭面人物所鼓吹的新聞輿論監督，同我們所說的根本不同。他們是要凌駕於黨和政府之上，站在黨和人民的對立面來進行所謂『監督』，這種『監督』往往是他們或他們的小集團對黨和人民不滿情緒的宣洩，甚至是對黨和政府的進攻。人民群眾根本不需要這樣的『監督』，而且堅決反對這種所謂『監督』」。

（二）堅持正面宣傳為主的方針，不是不要批評報導

重視和改進批評報導，同樣是新聞事業的社會主義性質和黨性原則決定的。批評與自我批評，包括新聞批評，是共產黨的建設的重要法寶之一，是共產黨克服消極思想侵襲、保持健康肌體的有力武器。正因為如此，共產黨歷來重視在報刊上開展批評。早在建國初期，中央針對共產黨處於執政地位「容易產生驕傲情緒，在黨內黨外拒絕批評，壓制批評」的新情況，專門作出了〈關於在報紙刊物上展開批評和自我批評的決定〉。1954年7月17日，〈中共中央關於改進報紙工作的決議〉又進一步明確規定：「把報紙是否充分地開展了批評、批評是否正確和幹部是否熱烈歡迎並堅決保護勞動人民自下而上的批評，作為衡量報紙的黨性、衡量黨內民主生活和黨委領導強弱的尺度」。13屆三中全會以後，針對「文化大革命」中黨的這一傳統遭到嚴重破壞的情況，1981年1月29日在〈中共中央關於當前報刊新聞廣播宣傳方針的決定〉中再次重申：「各級黨委要善於運用報刊開展批評，推動工作。」開展批評，是共產黨領導的事業及自身建設的需要，也是共產黨有自信心、有力量

的表現。因此，批評報導不是要不要的問題，而是如何堅持和改進的問題。

李瑞環指出，「群眾的願望、意見、要求得到了反映，心情就舒暢，積極性就高漲。群眾的情緒能夠通過正當渠道得到疏解，就不至於來個『總爆發』，也有助於整個社會的穩定。反之，如果沒有一點批評，新聞報導就會顯得沉悶、呆板，缺乏生氣，缺乏戰鬥性。這裏的關鍵在於正確處理好正面宣傳與批評報導的關係，處理好歌頌與揭露的關係。新聞既要謳歌偉大的成就，也要對存在的問題展開批評；既要讚頌時代的壯舉，也要對消極醜惡現象進行揭露。當然，正面宣傳必須占主導地位，批評與揭露性的報導只能占次要位置，並且要十分注意把握分寸。」

李瑞環發表的〈堅持正面宣傳為主的方針〉講話共十二部分，而上述兩方面占了兩部分，篇幅上占了六分之一強。從這個層面來說，李瑞環在發表這一講話前就清楚地意識到，如果片面強調以正面宣傳為主的方針，那麼，對新聞實踐工作來說，就極可能會產生一種誤導：那就是為了保險起見，不做批評性報導，也放棄輿論監督的職責，而理由往往是為了社會主義現代化建設和維護社會穩定。

如果將李瑞環的上述觀點來反觀筆者對負面報導的定義，我們就會發現，在報導「政治、經濟和社會領域重大違法、違規現象」時當然會涉及到國家政府工作人員、國有企事業單位負責人等，這顯然屬於李瑞環所指稱的「批評報導」。此外，負面報導的組成部分中，還包括異議（不同觀點）的報導，這往往是群眾「願望、意見、要求」的正當表達。不同意見的表達，同時也包含在輿論監督的應有之義中。因此，李瑞環的觀點中，並沒有否定負面報導存在的價值，而是鼓勵媒體在報導一些負面題材時應該有所擔當。

二、負面報導的定位：一種有益補充

在我們探討負面報導的定位時，有必要對「以正面宣傳為主」方針踐行的持久性進行評估。綜合歷史考察，筆者判斷，這一方針將長久執行下去。

鄧小平在1980年1月曾提出，「為了實現安定團結，宣傳、教育、理論、文藝部門的同志們，要從各方面來共同努力……但是如果出了大的偏差，也可以助長不安定因素的發展。我們希望報刊上對安定團結的必要性進行更多的思想理論上的解釋，這就是說，要大力宣傳社會主義的優越性，宣傳馬克思列寧主義、毛澤東思想的正確性，宣傳黨的領導、黨和人民群眾團結一致的威力，宣傳社會主義中國的巨大成就和無限前途，宣傳為社會主義中國的前途而奮鬥是當代青年的最崇高的使命和榮譽。」[39]

九年後，李瑞環發表的〈堅持正面宣傳為主的方針〉講話中，他說得直截了當：「堅持以正面宣傳為主的方針，用人民群眾自己創造的英雄業績來教育人民，實質上也是我們黨實現領導的一種重要方式。」如果說鄧小平提出「要使我們黨的報刊成為全國安定團結的思想上的中心」一說，是為社會穩定考量，那麼李瑞環的講話其實涉及到中國共產黨執政合法性和執政能力問題。

在加拿大學者安德魯·拉利波特等人看來，「為了保持對中國社會的控制，鄧小平領導下的中國共產黨採取了一種幸福主義合法性的戰略，即鼓勵個人追求物質生活的改善。這項戰略的成功是中國共產黨最持久和最顯著的成就之一……然而，到了1990年代，幸福主義戰略就顯露出自身的弊端：財富分配不公平，腐敗滋生，大量工人下崗，國有企業改革造成了不穩定。經濟改革所造成的這些大量問題，對政權合法性的第二根支柱——政治穩定——構成了威脅。」他們認為，這事實上成為政府高層繼續限制國內媒體自由的理由。[40]

執教於美國芝加哥大學的社會學者趙鼎新也持類似的看法：「在當前中國和許多其他威權國家中，它們的政體和政府合一，政府的合法性往往建立在政績表現（經濟發展、道德表率和國家防禦）的基礎上。在這種場合下，政治表現不良（如經濟發展速度放慢、自然社會危機處理不當、出現重大腐敗案件）很容易轉化成政府危機。同時由

[39] 〈目前的形勢和任務〉（1980年1月16日），《鄧小平文選》第2卷，頁255。
[40] 〔加拿大〕安德魯·拉利波特、〔英〕馬克·藍滕：《中國共產黨執政合法性的挑戰》，楊大群編譯，國外書刊信息，2008年第6期。

於在這些國家中，政體和政府尚處於合一的狀態（即政府就是政體的體現和捍衛者），政府危機很容易轉化為政體危機。在這種場合下，一個國家中的政治精英為了政治穩定往往需要對媒體加以管理。但是這種管理會遭到記者的反抗，並使公眾對媒體中的關鍵性政治新聞不予信任」。[41]

正是由於作為中國共產黨執政的需要，再加之中國正處於轉型期，各種社會矛盾會突出地顯現出來，「以正面宣傳為主」的方針顯然不會弱化，只會強化。負面報導在新聞傳播的題材選擇上，對新聞管理部門和新聞實踐部門來說，都會持一種審慎的態度。其定位顯然就是處於正面報導的補充角色的地位，正如負面典型的報導在中國現當代新聞實踐中的角色一樣。

需要指出的是，本書中所討論的負面報導，是基於憲法和法律範圍所從事的報導。此外，「有益」二字也非常重要，也就是負面報導的出發點，是一種建設性的態度，也就是充分發揮其積極作用。負面報導的積極作用主要有塑造公民現代人格、認識功能、預警功能、尋找真理的途徑以及有利於促進民主治理。在第八章《發揮負面報導積極作用的制度保障》中，將有詳細闡述。

第三節　正面典型報導與按新聞規律辦事

一、正面典型報導的「非典型化」

以正面典型報導為代表的正面報導在中國的實踐，之所以能長期執行，這除了官方新聞政策強力倡導外，其實在傳播心理上也是有一定緣由的。比如鄭興東就指出，樹立模仿的榜樣是影響受眾態度的因素之

---

[41] 趙鼎新：《社會與政治運動講義》，社會科學文獻出版社，2006 年 3 月第 1 版，頁 284。

一，「傳媒向受眾提供模仿的榜樣，引導受眾向榜樣看齊，從而改變自身的態度，是大眾傳媒發揮引導作用的重要傳播方式」。[42]

但隨著訊息多元化以及民眾媒介素養的逐漸提高，正面宣傳的效果受到極大影響。有論者分析指出，自1980年代以來，典型報導從數量、篇幅和影響來看，出現了「非典型化」的趨勢。其具體原因有兩個[43]：

（一）「信源」的轉變

隨著媒介格局的變化，典型報導的宣傳陣地——黨報的壟斷被打破；隨著媒體角色由指導員向服務者的轉變，典型報導境遇冷清。

（二）「信宿」的變化

改革開放後，個體的思維方式趨向於多元化的選擇，而典型報導相形單調；市場經濟下，個體依附性減弱，獨立性增強，可能對典型報導等傳統宣傳形式產生抗拒。

還有人從受眾角度對典型報導走入低谷分析原因，認為主要是受眾價值取向多元化、個體意識增強和社會複雜化。[44]

在筆者看來，典型報導的「非典型化」或弱化其實是互聯網興起後的一種必然，當民眾的兼聽權[45]在技術實現更便捷更可行時，一些不重時效、反覆報導甚至「高大全」的正面典型報導顯然在市場上無人問津。

在學界，早有學者對典型報導觀念提出了自己不同的看法，同時也預言了典型報導式微的必然性。

---

42 鄭興東：《受眾心理與傳媒引導》，新華出版社，1999 年 4 月第 1 版，頁 275。

43 莊曦：〈試論新傳播環境下的典型報導〉，《新聞記者》，2004 年第 6 期。

44 姚福申主編：《新時期中國新聞傳播評述》，復旦大學出版社，2002 年 1 月第一版，頁 463-464。

45 所謂兼聽權，指的是公眾通過不同媒體，尤其是立場、觀點不同的媒體，聽取彼此各不相同的信息和觀點的權利。兼聽不同於多聽，多聽可能包含著重複，而兼聽必然包含著差異乃至對立。兼聽才明，多聽有可能純粹是浪費時間。參見焦國標：《論兼聽權》，國際新聞界 2002 年 5 期。

1986年底，陳力丹向中國新聞學會年會提交論文《淡化典型報導觀念》，後改名《典型報導之我見》在1987年《新聞學刊》第一期發表。在該文中，陳力丹的主要觀點如下：

1. 不論是空想社會主義者的典型報導，還是列寧復興的典型報導或中國傳統的典型報導，它們存在和發揮作用的社會條件是人民文化水平低下或不算高，沒有獨立思考能力或正在形成這種能力。在這種情況下，需要走在人民認識前面的領袖人物或先進政黨通過榜樣的力量引導他們前進。典型報導的基本特點是自上而下地宣傳。
2. 「典型報導」的觀念並不是獨立存在的，它涉及到我們現在對報紙性質、任務、作用的認識，對報紙指導性的認識以及國家的政治體制改革等一系列問題。……典型報導觀念是文明程度不發達的社會條件下的產物，它將隨著文明的發展而逐步消亡。那時，典型人物和單位仍然存在，但它們只作為普通新聞中的要素，人們將根據各自的價值觀念看待它們，而不是由它們來決定自己的選擇。那時，人們自己將知道他們應該怎樣行動，他們自己將造成與社會發展相適應的社會輿論，而不需要由別人為他們人為地樹立榜樣。顯然，我們同這種情形還有距離……。

當年，陳力丹的這篇論文觀念的確比較超前，所以據他回憶，反對聲音非常大，反對的主要是各地方黨報的總編輯。我們需要明確的是，陳力丹討論的「典型報導」，顯然是正面的典型人物或集體乃至事件的報導。他鮮明地指出了典型報導的非常規性和歷史性。今天看來，這些觀點仍然具有衝擊性，但也很有說服力。

一年後，陳力丹再度撰文談及典型報導，認為所謂典型報導觀念，「它的最顯著的特點是循著鮮明的主觀意識去發現和報導適於推動工作的典型。因而，典型報導一開始就具有較強的宣傳色彩，而較少甚至沒有新聞性，典型可以是遠離社會注意力的人或單位，他們具有很不錯的但司空見慣的事蹟。」但他認為，「典型報導在消失，典型報導觀念面臨著挑戰，這並不是哪個人的主觀願望，而是現實」。[46]

---

[46] 陳力丹：《再談淡化典型報導觀念》，《新聞學刊》，1988年第4期。

在筆者看來，陳力丹的兩篇論文無非是強調媒體在報導時應淡化人為因素，按新聞傳播規律辦事。而在堅持正面宣傳為主的方針下，如何將正面報導做得更好，更有社會效果，顯然是新時期新聞學研究的大課題。

二、按新聞傳播規律辦事

1996年9月26日，時任國家主席、中共中央總書的江澤民視察人民日報社。他在講話中非常強調媒體在輿論導向中的作用，提出「輿論導向正確，是黨和人民之福；輿論導向錯誤，是黨和人民之禍。黨的新聞事業與黨休戚與共，是黨的生命的一部分。可以說，輿論工作就是思想政治工作，是黨和國家的前途和命運所繫的工作。」。

2008年6月20日，中華人民共和國國家主席、中共中央總書記胡錦濤在《人民日報》出版60周年之際，前往該報視察在人民日報社並發表講話。在講話中，他提出，媒體「要把體現黨的主張和反映人民心聲統一起來，把堅持正確導向和通達社情民意統一起來」，「要堅持用時代要求審視新聞宣傳工作，按照新聞傳播規律辦事，創新觀念、創新內容、創新形式、創新方法、創新手段，努力使新聞宣傳工作體現時代性、把握規律性、富於創造性，不斷提高輿論引導的權威性、公信力、影響力。」[47]

這是國家領導人首次在公開場合提出「按照新聞傳播規律辦事」。這實際上體現了執政黨對新聞傳播理念的一種更新。學者展江就細心地發現，在胡錦濤3200多字的講話中，「黨性」出現一次，「喉舌」沒有出現；「輿論導向」共出現5次，而值得注意的是，「輿論引導」出現了9次，「引導」出現了14次，柔性的「疏導」出現了一次。[48]

---

47 〈胡錦濤在人民日報社考察工作時的講話〉（全文），《人民日報》，2008年6月26日。

48 展江：〈審慎而積極地調整國家—媒體關係——胡錦濤在人民日報社考察工作時的講話解讀〉，《國際新聞界》，2008年第7期。

之所以在當下仍然要提出「按新聞傳播規律辦事」，這說明中國新聞媒體（尤其是黨報、黨刊）在現實實踐中不按規律辦事的現象不少。當然這一方面是新聞媒體的實踐問題，另一方面則是新聞管理問題。

（一）新聞媒體實踐中的問題

有研究者注意到，1989政治風波以後，在實踐界，「穩定壓倒一切」，新聞媒體非常注意「不要在內部挑起爭論」，在對某些問題的研討、研究、爭鳴時，也要有利於穩定，服從於穩定。所以學者李希光指出，「中國的傳媒在重大的國際國內新聞報導上，特別是涉及最廣大的人民群眾的公共事務、公共政策、公共利益、國家安全、公共安全、公僕的選舉與任命等方面的新聞報導仍然看不出明顯變革的跡象。反而是，越是與公眾利益相關的事項，越被視為政治敏感問題」。[49]

正是在這種背景下，媒體表現上往往過於保守，在報導題材時則過於偏向正面題材，不遵從新聞傳播规律。有研究者專門對改革開放以來中共中央機關報《人民日報》的典型人物報導傳播價值觀進行過研究。筆者選取其抽樣的兩類數據加以分析[50]：

1. 新聞來源

可靠的新聞來源是媒介公信力的重要支撐。在美國學者的研究中，消息來源公信力主要探討傳播者（包括個人、團體、組織）的信任程度。Hovland，Janis和Kelley在早期的研究以消息來源為研究對象，認為其公信力具有專業知識和可靠性兩個最主要的維度。[51]

---

[49] 實踐界與學界的觀點來自熊蕾：《報，還是不報？——近 30 年中國媒體新聞價值觀的變遷》，載潘維、廉思主編：《中國社會價值觀變遷 30 年（1978-2008）》，中國社會科學出版社 2008 年 9 月第 1 版，頁 346-347。

[50] 數據來源：蘭州大學新聞學專業劉金星碩士論文：《改革開放以來人民日報典型人物報導傳播價值觀研究》（2008），指導教師：樊亞平。

[51] 轉引自張洪忠：《大眾媒介公信力理念研究》，人民出版社，2006 年 9 月第

我們來看看1980年以來《人民日報》典型人物報導的新聞來源情況：

1980年～1987年新聞來源情況

	Frequency	Percent	Valid Percent	Cumulative Percent
Valid 無法判斷消息來源	116	29.1	29.1	29.1
本報	109	27.3	27.3	56.4
新華社	85	21.3	21.3	77.7
讀者／通訊員	60	15.0	15.0	92.7
其他媒體	29	7.3	7.3	100.0
Total	399	100.0	100.0	

* 1980年～1987年間，按照消息來源所占比例，無法判斷消息來源116篇，占這個時期典型人物報導總量的比例分別為29.1%。

1988年～2002年新聞來源情況

	Frequency	Percent	Valid Percent	Cumulative Percent
Valid 本報	187	36.8	36.8	29.1
無法判斷消息來源	153	30.1	30.1	66.9
新華社	80	15.7	15.7	82.7
讀者／通訊員	69	13.6	13.6	96.3
其他媒體	1	0.2	0.2	100.0
Total	508	100.0	100.0	

* 1988年～2002年間，按照消息來源所占比例，無法判斷消息來源153篇，占30.1%。這個時期消息來源的構成比例變化不大，最突出的變化是消息來源中本報的比例上升了7.7%，成為第一位的消息來源。

1版，頁51。

2003 年以來新聞來源情況

	Frequency	Percent	Valid Percent	Cumulative Percent
Valid 本報	115	50.9	50.9	50.9
無法判斷消息來源	51	22.6	22.6	73.5
新華社	31	13.7	13.7	87.2
讀者／通訊員	27	11.9	11.9	99.1
其他媒體	2	0.9	0.9	100.0
Total	226	100.0	100.0	

* 2003 年以來，按照消息來源所占比例，無法判斷消息來源（51 篇），占這個時期典型人物報導總量的比例為 22.6%。

從以上數據可以看出，在接近三十年的新聞實踐中，《人民日報》典型人物報導的新聞來源在2003年前幾乎近三成是無法判斷消息來源，2003年以來無法判斷消息來源的報導雖然有所下降，但仍舊過多，超過五分之一。這顯然會影響到消息的權威性，進而影響傳播的效果。在後面的分析中，我們可以看到，這些典型人物報導中，負面的比例很低，從而可以推斷大多為宣傳指令型報導。

而在美國，為了保護調查性報導線索提供者（「深喉」），保護新聞來源是新聞工作者對消息提供者的承諾。這顯然與本處討論的情況迥然不同。

2. 負面形象

《人民日報》在近三十年的典型人物報導中，負面形象占了多大比例？搞清楚這一點有利於我們認識「以正面宣傳為主」方針的落實情況與存在的問題。

1980 年～1987 年負面形象比例

	Frequency	Percent	Valid Percent	Cumulative Percent
Valid 敬業／奉獻	67	16.8	16.8	16.8
負面形象	62	15.5	15.5	32.3
責任／能力	46	11.5	11.5	43.9
勤勉／踏實	45	11.3	11.3	55.1
見義勇為／助人為樂	43	10.8	10.8	65.9
創新／智慧	38	9.5	9.5	75.4
公正／廉潔	38	9.5	9.5	85.0
其他	32	8.0	8.0	93.0
個人價值／自我實現	10	2.5	2.5	95.5
愛國	9	2.3	2.3	97.7
博學／誠信	9	2.3	2.3	100.0
Total	399	100.0	100.0	

* 1980 年～1987 年間，按照典型主要所占比例，負面形象 62 篇，所占比例分別為 15.5%。

1988 年～2002 年負面形象比例

	Frequency	Percent	Valid Percent	Cumulative Percent
Valid 敬業／奉獻	129	25.4	25.4	25.4
創新／智慧	67	13.2	13.2	38.6
見義勇為／助人為樂	61	12.0	12.0	50.6
責任／能力	52	10.2	10.2	60.8
公正／廉潔	50	9.8	9.8	70.7
負面形象	40	7.9	7.9	78.5

勤勉／踏實	38	7.5	7.5	86.0
個人價值／自我實現	30	5.9	5.9	91.9
愛國	16	3.1	3.1	95.1
博學／誠信	9	1.8	1.8	96.9
其他	8	1.6	1.6	98.4
無助／無奈	8	1.6	1.6	100.0
Total	508	100.0	100.0	

* 1988 年～2002 年間，按照典型主要形象所占比例，負面形象 40 篇，所占比例為 7.9%，負面形象下降了 7.6%。

2003 年以來負面形象比例

	Frequency	Percent	Valid Percent	Cumulative Percent
Valid 敬業／奉獻	72	31.9	31.9	31.9
個人價值／自我實現	28	12.4	12.4	44.2
見義勇為／助人為樂	24	10.6	10.6	54.9
責任／能力	21	9.3	9.3	64.2
公正／廉潔	20	8.8	8.8	73.0
創新／智慧	16	7.1	7.1	80.1
負面形象	15	6.6	6.6	86.7
勤勉／踏實	12	5.3	5.3	92.0
其他	6	2.7	2.7	94.7
愛國	5	2.2	2.2	96.9
無助／無奈	5	2.2	2.2	99.1
博學／誠信	2	0.9	0.9	100.0
Total	226	100.0	100.0	

* 2003 年以來，按照典型主要形象所占比例，負面形象 15 篇，所占比例為 6.6%，下降了 1.3%。

從以上數據的變動，我們可以明顯地看出，1980年到1987年，《人民日報》對反面典型的監督力度比較大，但在其後的近20年裏，比例不斷下降。這說明《人民日報》在對反面典型的監督力度在降低。另外一項針對《人民日報》負面報導刊載現狀的分析也印證了這一判斷，「以2007年發行的報紙為總體調查對象，採取『隔五抽一』的方法從1月5日開始選取了其中的61份報紙為實際的統計對象，並對這61份報紙中的負面報導進行相關的內容分析。統計出負面報導共253條。每份報紙中的平均負面報導量約占總報導量的4.2%。如果除去7份刊有讀者來信版的報紙，其餘54份報紙的負面報導量在每份報紙中平均占有率只有3.5%」。[52]

但是新中國建國以來，國家領導人曾多次強調輿論監督的重要性。比如1953年1月，毛澤東在黨內指示中就明確指出，「凡典型的官僚主義、命令主義和違法亂紀的事例，應在報紙上廣為揭發。」[53]1957年4月，鄧小平也明確表示，「黨要受監督，黨員要受監督，八大強調了這個問題……在中國來說，誰有資格犯大錯誤？就是中國共產黨。犯了錯誤影響也最大……如果我們不受監督，不注意擴大黨和國家的民主生活，就一定要脫離群眾，犯大錯誤。」[54]而改革開放以來，「自中國共產黨的十三開始，幾乎歷次黨代會都將加強輿論監督寫入政治報告」。[55]

除《人民日報》外，另一位研究者則發現央視《新聞聯播》的表現：「1990年代以來許多新創辦的電視新聞欄目都以揭露、監督性題材為主，但《新聞聯播》卻始終堅持正面新聞訊息為主這一原則」。「『正面』的『主旋律』新聞始終是《新聞聯播》的關注點，而負面的，有時甚至是非常重要的訊息也只屈居欄目的次要位置」。[56]這樣下

52　龔雅婧、王衛明：〈對人民日報負面報導刊載現狀的分析〉，《科技廣場》（南昌），2008年4期。

53　參見《毛澤東新聞工作文選》，新華出版社1983年12月第1版，頁174。

54　〈共產黨要接受監督〉（1957年4月8日），《鄧小平文選》第1卷，頁270。

55　鄭保衛：〈力度・效度・制度——對當前搞好新聞輿論監督的思考〉，載展江主編：《輿論監督紫皮書》，南方日報出版社，2004年1月第1版，頁65。

56　艾紅紅：《〈新聞聯播〉研究》，中國廣播電視出版社，2008年10月第1版，頁86-87。

來的結果是，《新聞聯播》在2008年就沒有入圍最具網路影響力的央視十大欄目。[57]

那麼，《人民日報》的報導中負面典型在減少，《新聞聯播》總是過度強調正面宣傳，是因為貪污、腐敗現象銳減了嗎？顯然不是這樣。根據中國商務部研究院在《離岸金融中心成中國資本外逃中轉站》報告中的不完全統計，自中國改革開放以來，約有4000名腐敗官員或者其他人士逃往國外，帶走了約五百多億美元的資金，意味著平均每人帶走了約1250萬美元。[58]

另據媒體報導，改革開放以來的20多年裏，因涉及腐敗和其他經濟犯罪而受到黨紀處分的中共黨員多達235萬人，受到法律制裁的公職人員超過40萬人。[59]全球腐敗監督機構「透明國際」2008年9月公布2008年清廉指數排行榜，中國大陸排名第72位，與2007年相比排名沒有變化。（2005年為第71位）。不過，清廉指數已連續3年上升，但幅度很小。[60]

難怪曾有人指出，中國大陸幾乎沒有一個大案、要案是由媒體率先報導而被查處的。這是值得我們反思的。這讓筆者不免想起萬裏曾對新聞報導反覆強調的話（據記者張廣友回憶）：

> 記者要多做調查研究，知實情，講真話，敢批評。一次，他對新華社安徽分社記者說：「記者不能有派性，要有堅強的黨性。新華社記者要堅持黨性，全面性、實事求是地向中央反映情況，不能只報喜不報憂，不能搞形而上學，要發揮輿論監督作用，敢於

---

57 2008年6月，由中國廣播電視協會、中國傳媒大學和中央民族大學三家權威機構歷時一年推出《中國電視網路影響力報告（2008）》。而在網路上，關於《新聞聯播》的順口溜流傳甚廣：「開會沒有不隆重的，閉幕沒有不勝利的，講話沒有不重要的，鼓掌沒有不熱烈的，領導沒有不重視的，看望沒有不親切的，接見沒有不親自的，進展沒有不順利的，完成沒有不圓滿的，成就沒有不巨大的，工作沒有不扎實的，效率沒有不顯著的，人心沒有不振奮的……」。

58 黎偉華、呼滿紅：〈追逃貪官4000名〉，《民主與法制》，2004年第20期。

59 陳澤偉：〈改革開放30年鐵腕反腐新里程〉，《瞭望》，2008年2月25日。

60 〈「透明國際」公布2008年國際清廉指數中國略有提升〉，《環球時報》，2008年9月26日。

揭露批評那些官僚主義文件腐朽行為。我們的一切著眼點是人民群眾，全心全意為人民群眾著想，同群眾心連心，敢於為人民利益向不良傾向做鬥爭。」他希望廣大幹部、群眾，包括輿論監督單位，對領導幹部的缺點錯誤進行批評。他說：「所有黨員都要堅持三大作風，一個領導幹部不聽群眾批評，聽不得不同意見怎麼行呢？」[61]

（二）新聞宣理部門存在的問題

媒體在報導的題材取向，與新聞管理部門的政策指向和現實指導是密切相關的。有人指出，黨的宣傳部門在面對公共輿論事件時，我們更多的常規做法，主要有以下幾種選擇：

第一，可以採取「拖」的措拖。有的人都有這樣的感覺，網友的言論是東說西說，對網友的言論可以拖，碰到新的新聞點又轉移了，這是一個策略。這是很多地方處理類似事件的方法。

第二，堵。宣傳部門還擁有一定的指揮媒體權利，可以讓所有的媒體都收聲。

第三，刪。把網上不利的，或者是負面的言論見一條一條刪掉，這也是一種做法。

第四，等。這個做法是更好的做法，因為這是司法案件，完全可以慢慢地等司法部門調查，按照法律的程序走下來。要把這個案子辦完是比較漫長的一個時間，到那個時候公眾的知情權無法滿足。[62]

在沒有網路的時代，如果採取上述宣傳部「拖、堵、刪、等」辦法，可能還能見效，因為民眾可獲知的訊息渠道有限。但現在顯然行不通了，如果宣傳部和新聞媒體採用上述辦法，網路這個公共媒體則將會

61　張廣友：《萬里在一九七五～一九八六（一位資深記者的實錄）》，啟文書局（香港），1995 年 7 月第 1 版，頁 328-329。

62　以上說法來自雲南省委宣傳部副部長伍皓：〈面對這種公共輿論事件不再拖堵刪等〉，http://news.ifeng.com/mainland/special/duomaomao/shilu/200902/0222_5674_1027297.shtml。

散播出各種各樣的訊息，甚至包括流言和謠言，即使到時官方出面澄清，其以正視聽的難度將大大加大。在這一過程中，受眾則將從傳統媒體大量流向新媒體。

雖然如此，但在現實中，敷衍媒體的官員並不少見。比如據《財經》記者報導，在2009年的全國「兩會」上，3月6日四川代表團新聞發布會的記者自由提問環節，無論與會記者如何努力舉手，主持人都只點桌前放有標牌的「官方主流媒體」記者提問，而且這些被點到的記者只是拿起桌上打印好的紙條照著念，然後省領導再低頭念手裏的文件，一切提問與回答都在「計劃內」。每年「兩會」結束國務院總理記者招待會上的提問，國內媒體的選擇上，幾乎都是中央級媒體，而提問的水平也受質疑。

另據《新快報》記者披露，在2009年3月7日雲南代表團開放日的記者提問環節前，工作人員給相熟的記者一份列有問題的採訪提綱，並提醒記者按問題序號提問，40分鐘的記者會裏，所提問題無一涉及雲南最受關注的「躲貓貓」事件，僅有涉及東盟合作、教育改革、生態環境等宣傳本省的事項，且回答者準備充分，甚至埋頭念稿，一問一答「內定」痕跡明顯。

這其實是管控媒體的一種「偏方」。有研究者指出：「政府要尊重媒體的傳播規律，首先要求媒體管理部門要改進管理作風，依據法律和政策，對媒體進行規範化管理。共產黨的少數幹部，僅僅把媒體當作宣傳工具，缺乏對媒體的本質和規律的把握，他們往往因為個人形象或局部利益，用口頭或電話的方式，直接干預媒體的業務活動。當遇到突發事件的時候，一些領導幹部首先想到的是『堵』，使訊息封閉，結果導致新聞傳播陷入了更大的困境。在傳媒異常發達的年代，訊息的傳播如果還像以前那樣搞『新聞、舊聞、不聞』，注定會失敗，最終損害的是中國的形象」。[63]

---

63 駱正林：〈尊重傳播規律與公民權利——談需要釐清的兩組關係〉，《新聞記者》（上海），2009年第4期。

從現實來看，黨和政府對傳媒的管理應該循著這樣的路徑前行：通過政治、法律、行政、經濟等多種方式進行調節，並逐步過渡到以法律調節為主。不過，這條路存在著不少障礙。魏永征先生在分析中國新聞立法的五大難題時，排第一位的就是「法的剛性和意識形態的彈性的矛盾。思想性質的問題，是不可能用強制的方法來判斷、解決。」其他矛盾則包括「新聞媒介社會控制功能與表達功能的矛盾」、「權利的普遍性和權力的等級性的矛盾」、「法的穩定性和輿論導向的隨機性的矛盾」以及「隨機調控和依法行政的矛盾」等。[64]

這就難怪展江提出要「審慎而積極地調整國家—媒體關係」，也就是從國家主義轉向國家法團主義並可能向社會法團主義發展。他認為，「目前，中國所有類型的媒體均在國家行政法規體系所允許的空間中展開活動。這套監管體系是在特定的歷史背景中產生的，強大的國家主義遺產在這一體系中留下了深刻的烙印。換言之，中國媒體的監管框架具有強烈的國家法團主義色彩，維持國家對媒體空間的有效控制是有關行政法規出臺的主要目的。」[65]而在社會法團主義下，媒體的自我監管和國家干預並重，監管機構是基本上具有自主性的協會，但協會在監管事務上受制於國家強大的影響力。

（三）按新聞傳播規律的基本要求

那麼，究竟在「以正面宣傳為主」的方針指引下，如何按新聞傳播規律辦事呢？

1958年2月8日，胡耀邦在中央書記處會議上有一長篇發言，主題為《關於黨的新聞工作》[66]。在該發言中，他首先提出一些宏觀認識，比如「我們社會主義國家，黨和政府同人民的利益是一致的，黨報就是人民的報紙，並且依靠全黨、依靠人民辦報，這就使我們黨的新聞事業有

---

[64] 魏永征：《新聞傳播法教程》，中國人民大學出版社，2002年3月第1版，頁22-23。

[65] 展江：〈審慎而積極地調整國家—媒體關係——胡錦濤在人民日報社考察工作時的講話解讀〉，《國際新聞界》，2008年第7期。

[66] 胡耀邦：《關於黨的新聞工作》，人民出版社，1985年版。

可能建立在廣泛的群眾基礎之上。這是一條正確的道路」；「我們黨的新聞事業是黨和政府的喉舌，而我們黨和國家是為人民服務的，所以黨的新聞事業完全能夠代表和反映最廣大人民的呼聲。作為黨的代言人和反映人民群眾的呼聲，在根本上是完全一致的」。

上述觀點是對黨的新聞事業性質的強調。不過，胡耀邦也指出，「認為強調作黨的喉舌就會束縛新聞界的積極性，是不對的。當然，在具體工作中，某些情況下也會發生矛盾。比如黨委干涉過多，批評過重，或者新聞工作者違犯了紀律，等等。但是這些矛盾，只能通過改善具體工作的指導來解決，而不應當因此就要求在黨的新聞事業的性質這樣的根本問題上『鬆綁』」。

在上述前提下，胡耀邦對「辦好新聞的基本要求問題」給出了自己的回答，而這恰恰是貫徹新聞傳播規律的表現：

> 第一是真實性。我們這樣的大國，今天如果有誰專門搜集陰暗面，每天在報上登一百條，容易得很！如果把這一百條集中到一張報紙上，可以整整覆蓋四個版面，搞成一幅徹頭徹尾的陰暗圖畫……所以，去年我們就同新聞界的同志們說過，報紙上，大體應當是八分講成績、講光明、搞表揚，二分講缺點、講陰暗面、搞批評。這樣，既有利於促進整黨，又合乎今天我們社會的實際。
>
> 第二是時間性。要不要時間性？當然要，而且我認為應當十分重視時效，講求時效。現在我們許多事做得太慢，工作效率很低……我們大家背負的是現代化建設任務，但一些同志邁的是老牛拉破車的步伐，不懂得講求時效的極端重要性。我們的新聞工作，特別是對外宣傳，不講求時效的事很不少。「新聞」不新，成了明日黃花，遠遠落在人家後面，就會大大削弱以至喪失宣傳的效果……重大新聞的時間性要服從於政治任務。該快則快，該慢則慢，該壓則壓，有些還要注意內外有別。如果把時間性強調過分，甚至認為一切別的東西都要服從這一條，連紀律都可以不顧，那就搞顛倒了，就會犯錯誤。

第三是知識性、趣味性。

筆者認為，「真實是新聞的生命」，而新聞姓「新」，時效性是新聞最重要的特性。胡耀邦抓住了新聞傳播規律中對新聞最基礎也是最重要的要求，而「知識性、趣味性」不過是為更好地服務和吸引受眾的一種努力而已。但「內外有別」在訊息流動不利的傳統社會是可以做到的，但在互聯網時代，執行這政策的可行性和必要性值得商榷。在筆者看來，打破「內外有別」反而是尊重新聞傳播規律的表現。本書後面的章節將對此有所論及。

在《人民日報》創刊60周年之際，中共中央總書記胡錦濤於2008年6月20日前往人民日報社看望工作人員，並針對新聞宣傳工作發表了重要講話，並提出「按新聞傳播規律辦事」。這和胡耀邦的觀點是一脈相承的。

以胡錦濤的講話發表為契機，不少新聞研究者對新聞傳播規律進行了探討。在楊保軍看來，「按照新聞傳播規律辦事」的內在要求有：「1、以新聞思維（新聞觀念）對待新聞傳播。包括以新聞價值標準來選擇事實，用倒金字塔結構方式處理新聞再現和建構，在受眾定位問題上首先把傳播指向的核心受眾放在最重要的位置。2、以新聞標準選擇新聞傳播內容。如果首先按照宣傳標準、公關標準、商業標準、主觀意志標準等選擇新聞傳播的內容，那就意味著新聞傳播將不再是新聞傳播，也就根本談不上按照新聞傳播規律辦事；如果不按照新聞傳播規律辦事，還想取得良好的新聞傳播效果，那無異於痴人說夢。3、以新聞傳播原則傳播新聞。新聞傳播的基本原則包括真實、客觀、全面、公正、及時、公開等」。[67]

陳力丹則認為，按照新聞傳播規律辦事有三個步驟：「1、對新聞傳播的總體方向把握，需要建立在瞭解對內對外的傳播環境、傳媒媒介和社會發展的基礎上。2、把握了新聞傳播的現狀和發展趨勢之後，具體的操作就要考慮傳播的對象了。3、在瞭解傳播態勢、受眾心理的前

---

[67] 楊保軍：〈試論「按照新聞傳播規律辦事」的內在要求〉，《今傳媒》，2008年第9期。

提下，傳媒主動研究、設置公眾關注同時又是黨和國家的重大事項的議題，對於正確引導公眾意見，甚為重要」。[68]

說到底，不論是黨和國家領導人提出「按新聞傳播規律辦事」，還是學者們對該規律的解釋與分析，其實都回到討論的原點，那就是：到底什麼是新聞？用什麼樣的原則來踐行？其實早在1948年10月2日，劉少奇在〈對華北記者團的談話〉中，就提出了「你們的報導一定要真實，不要加油加醋，不要戴有色墨鏡。群眾對我們，是反對就是反對，是歡迎就是歡迎，是誤解就是誤解，不要害怕真實地反映這些東西……第一是真實，不要過分，再就是全面、深刻」。[69]1984年7月1日，由中華全國新聞工作協會等召開的「全國新聞真實性問題座談會」上，則明確提出：

> 絕不能藉口「政治的需要」、「宣傳的需要」，而捏造事實，歪曲事實真相……典型報導要實事求是，恰如其分，力戒思想方法的片面性，不要溢美溢惡，求全拔高，改變事物的本來面目……新聞單位的各級領導，應帶頭維護新聞的真實性……出現問題，不能搞「家醜不可外揚」，不能當「和事佬」，要嚴肅認真的處理。[70]

回溯自中國共產黨成立至今的新聞傳播史，我們會發現，其過程就是從宣傳導向為主到遵從新聞傳播規律的轉變。而在這一漫長過程中，如劉少奇等不少有識的領導人已經注意了這一大趨勢並著力倡導科學的理念。在當下，「按新聞規律規定辦事」，除了適應媒體國內、國際新環境的變化外，共產黨的歷史上關於新聞傳播規律的真知灼見也應好好地繼承。

---

68 陳力丹：〈按照新聞傳播規律辦事〉，《新聞與寫作》，2008年第7期。

69 《劉少奇選集》上卷，人民出版社，1981年版。

70 中共中央宣傳部新聞局編：《中國共產黨新聞工作文獻選編》，人民出版社，1990年版。

第六章　負面報導與輿論引導

第一節　中國新時期輿論引導的環境變化

要探討負面報導與輿論引導的關係，首先需要瞭解中國新時期輿論引導的環境變化。這主要包括社會環境和媒體環境兩個方面，其中，前者主要體現在中國轉型期社會問題頻出，而後者則表現在思想多元化和利益表達多樣化。

一、中國轉型期存在大量社會問題

1978年，中國由計劃經濟時代向市場經濟時代轉向。但由於國情使然，正如鄧小平所說，中國將長期處於社會主義初級階段。按照西方發展社會學理論和現代化理論，社會轉型是指構成社會的諸要素如政治、經濟、文化、價值體系在不同的社會形態內部發生的部分質變或量變過程。中國當前的社會轉型正是社會主義內部各個構成要素不斷發生部分質變或量變向現代化不斷邁進的過程。[1]

當代中國社會則正處於由傳統社會向現代社會的轉型過程中，是整個社會由僵滯走向變革，由封閉走向開放，由落後走向文明的現代化過程。對於中國轉型期的特徵或特點，則有各種不同的說法。筆者綜合各家觀點，認為主要體現在以下幾個方面：

1　轉引自王永進、鄔澤天：〈我國當前社會轉型的主要特徵〉，《社會科學家》，2004年11月（第6期，總第110期）。

（一）社會階層的分化和利益結構的重組

1978年以來，中國社會階層結構發生了根本性的變化。隨著工業化、城鎮化和市場化的不斷推進，計劃經濟時期決定人們社會經濟狀態的政治性、制度性或行政性標準（如政治身份、戶口身份和行政檔案身份等）逐漸為一些新的因素所取代，職業分化、收入差距擴大和資產私有形式的出現促使社會階層分化日益明晰。

中國社會科學院研究員陸學藝為首的課題組推出的〈中國社會階層分析報告〉就曾以職業分類為基礎、以組織資源、經濟資源和文化資源的占有狀況為標準劃分當代中國社會階層結構的基本形態，稱它由十個社會階層和五種社會地位等級組成。這十個社會階層是：國家與社會管理者階層、經理人員階層、私營企業主階層、專業技術人員階層、辦事人員階層、個體工商戶階層、商業服務業員工階層、產業工人階層、農業勞動者階層和城鄉無業失業半失業者階層。五種等級是社會上層、中上層、中中層、中下層和底層。[2]

有論者認為，隨著社會的分化，權力和財富的轉移，社會制度和體制的轉軌，原有的利益結構被打破，新的利益結構在重組，這種變化重組的利益結構既是社會轉型的一項基本內容又是社會轉型的基礎。[3]在筆者看來，利益分化最突出的表現是財富轉移，在轉型中國中，由此導致貧富差距擴大。

根據國家統計局2008年12月18日發布的報告稱，2007年中國基尼係數由2000年的0.412擴大到0.458。此前民間的說法多是，2007年中國基尼係數為0.48。儘管各方給出的數據有所差異，但共識是中國基尼係數已經接近0.5，遠超過0.4的國際警戒線。有評論就此指出，「按照一般的社會財富分布規律，往往20%的人口占有80%以上的社會財富。我國

---

2 陸學藝主編：《當代中國社會階層研究報告》，社會科學文獻出版社，2002年1月第一版。

3 林默彪：〈社會轉型與轉型社會的基本特徵〉，《社會主義研究》，2004年第6期（總第158期）。

由於存在城鄉二元結構，貧富的差別只會更大。同時，由於分配以及權力、資源等要素失衡，導致財富不斷向某些群體傾斜。」[4]

正是由於財富的轉移，貧富分化嚴重，並進而形成一些利益集團。有研究者指出[5]，當代中國利益集團利益表達呈現出以下特徵及趨勢：（1）利益表達的整體性。從總體上說，在社會轉型期，儘管個體和群體利益表達意識在不斷增強，中國社會各利益群體雖然有各自特殊的利益，但他們的利益在整體上是一致的，不存在根本的利益衝突。（2）利益表達的不平衡性。在共同認同社會主流政治文化存在的同時，不同利益群體中也存在著多元亞文化，這些多元亞文化反映著不同利益群體價值取向的差異性。（3）利益表達從單位化向群體化、社團化演變。改革開放後，通過單位組織來進行利益表達、化解衝突的機制已經不能全面有效地發揮作用。與單位體制的日漸式微相對應，社會中的利益集團開始形成，不同的利益集團代表了不同群體的利益，因而呈現出多元化的趨勢。（4）從注重物質利益表達向要求政治權利過渡。利益集團已經認識到政治權利的分配是決定物質利益的關鍵，因此不再僅僅停留於物質利益的滿足，而更加注重政治權利的爭取與維護。

既然有不同的利益集團形成，自然而然就會有強勢利益集團和弱勢利益集團。它們為追求各自的利益有不同的主張需要表達，而且可能引發衝突。大量社會問題會因此而生。

（二）多種原因導致突發事件頻發

突發事件包括突然發生的自然災害、事故災難、公共衛生事件和社會安全事件。除自然災害外，其實幾種突發事件多是人為因素造成，而且往往與轉型社會中的商業利益訴求相關。

在事故災難方面，據國家安監總局的數據，2007年全年中國共發生各類安全生產事故504,952起，死亡98,340人，比2006年減少122,277

---

4 謝鎮江、張亮：〈關於「給每人發 1000 元」的深度思考〉，《證券日報》，2009 年 1 月 22 日。

5 李森：〈當代中國利益集團利益表達行為的特徵及趨勢〉，《理論前沿》，2008 年第 20 期。

起、14,539人，分別下降19.5%和12.9%。在安全生產事故中，煤礦安全事故近年非常突發。2005年，全國煤礦企業共發生重特大以上事故279起，死亡3586人，分別占傷亡事故總數的8%和60%。2006年，全國煤礦事故死亡4746人，實現了歷史性的突破。2007年全國煤礦事故死亡人數降至3786人。

根據媒體報導，2008年全國煤礦共發生重特大事故38起，死亡707人，同比起數增加10起、上升35.7%，死亡人數增加134人、上升23.4%。其中23起重特大事故是由煤礦非法違法生產造成的，占全部重特大事故的60.5%。國家煤礦安全監察局局長趙鐵錘介紹，煤礦重特大事故多發、非法違法生產事故多發、瞞報事故多發。[6]

為什麼會有這麼多的煤礦事故，除管理問題外，顯然除了管理淡化外，商業利益導致非法煤礦開採是極其重要的原因。曾有一項調查顯示，中國80%的小煤礦不合法，而80%的煤礦生產事故出在小煤礦。[7]

同樣，是為了賺錢或因利益糾葛報私仇，以及其他原因，導致公共衛生事件頻發。近二十年來的重大公共衛生事件就有：

上海甲肝爆發。1988年，因當地毛蚶受到甲肝病毒嚴重污染，上海市民缺乏甲肝的免疫屏障，又有生食毛蚶的習慣，導致上海甲肝爆發，從當年1月19日起到當年的3月18日，共發生29,230例。

山西朔州毒酒事件：1998年春節前，山西文水縣一不法分子用甲醇勾兌散裝白酒，批發給外地個體戶。這些散裝白酒流向社會後，被山西省朔州市、大同市部分群眾飲用，短短幾天時間，朔州、大同等地先後發現數百名群眾飲假酒中毒住院，其中近30人死亡。

南京湯山中毒事件：犯罪分子陳正平在南京市江寧區湯山鎮經營「菊紅」麵食店，不滿「正武」麵食店生意興隆，於2002年9月13日晚11時許，潛入「正武」麵食店，將所攜帶的劇毒鼠藥「毒鼠強」投放到該店食品原料內，造成395人因食用有毒食品而中毒，死亡42人。

---

[6] 底東娜：〈2008 年重特大煤礦事故發生 38 起〉，《法制晚報》，2009 年 1 月 16 日。

[7] 李徑宇：〈山西煤礦爆炸案緣何出現暴力犯罪〉，中國《新聞周刊》，2004 年第 5 期。

河北白溝苯中毒事件：2002年初，在河北省高碑店市白溝鎮箱包生產加工企業打工的幾名外地務工者，陸續出現了中毒症狀，並有6人相繼死亡，後經衛生部門調查確定為苯中毒事件。[8]

「非典」：2003年春季中國局部地區發生的一類由冠狀病毒引起的肺部感染病症。它是主要通過近距離空氣飛沫和密切接觸傳染的呼吸道傳染病。截至2003年4月14日，全球SARS病例已累計至21國共3169病例，以及144人死亡。其中尤以中國大陸（1418例，64例死亡）及在香港（1190例，47例死亡）最多。

近幾年，最引人注目的公共衛生事件都是因奶粉引起。2004年，安徽阜陽不少嬰兒因服用劣質奶粉，導致出現「大頭娃娃」數量劇增，後來發現全國多個省市也有「大頭娃娃」。最終導致229人變成「大頭娃娃」、177人住院、12人死亡，年齡都在6個月～3歲，涉案奶粉品牌55個，涉案企業40多家，分布10個省、區、市。

2008年9月曝光的河北石家莊三鹿奶粉事件中，因食用含三聚氰胺的有毒有害嬰幼兒配方奶粉，數萬名名嬰幼兒患有腎結石，並有數名嬰兒死亡，涉案的三鹿奶粉的三聚氰胺含量高達2563mg / 100g奶粉。後來普查曝光的涉案企業多達69個，分布在全國10個省市。

在社會安全事件方面，最突出的是群體性事件頻頻發生。僅在2008年，就有多起事件[9]：（1）貴州甕安事件。2008年6月28日，因為一個女學生的死亡，貴州發生甕安事件，160多間辦公室、42輛警車等交通工具被燒毀，150餘人受傷；（2）雲南孟連事件。該縣猛馬鎮膠農因橡膠林產權歸屬一事多次與當地橡膠公司發生爭執和衝突。7月19日，猛啊村5位膠農被警察強行帶走，數百名村民手持器械，與警察發生激烈衝突。警察被圍困達11個小時，2名群眾死亡，41名民警和19名群眾受傷，9輛執行任務車輛不同程度損毀；（3）甘肅隴南事件。因對隴南市

---

[8] 以上資料改編自：〈新聞背景：我國近年來的重大公共衛生事件〉，新華網北京5月12日電（記者朱玉、沈路濤、丘紅杰），http://news.xinhuanet.com/zhengfu/2003-05/13/content_866924.htm。

[9] 綜合自：〈2008年震動中國的群體性事件〉，《瞭望新聞周刊》，2008年第51期。

行政中心搬遷存有疑慮，11月17日，當地30多名拆遷戶集體到市委上訪，隨後大量群眾聚集圍堵市委大門，並轉變為打砸搶燒的突發群體性暴力事件。這起事件共砸燒房屋110間、車輛22輛；（4）出租車罷運事件。11月3日，重慶市主城區8000多輛出租汽車全城罷工。7日，湖北省荊州市數百輛的士集體停駛。10日，上百名海南省三亞市出租車司機停止營運。同一天，甘肅省蘭州市永登縣上百輛出租汽車集體罷運。18日，部分「掛靠」在雲南大理交通運輸集團的個體客車司機集體罷運，造成大量乘客滯留，全州的縣際客運秩序一度瀕臨癱瘓。20日，廣東汕頭1000多輛出租車罷運。

2009年，中國社科院學者於建嶸認為群體性事件將成為高發之年，其主要原因有：（1）因各類維權引發的群體性事件有增加趨勢（如農村土地權糾紛、企業勞資糾紛）；（2）與經濟形勢密切相關的社會洩憤事件和社會騷亂事件更應引起注意。[10]

這一認知同中央相關負責人的看法一致。中央綜治委副主任、中央政法委副秘書長、中央綜治辦主任陳冀平接受《瞭望》新聞周刊專訪時就指出：「2009年將是各類社會矛盾碰頭迭加的一年。中國社會穩定形勢處於人民內部矛盾凸顯、刑事犯罪高發的基本狀況不會變，而在當前形勢下，新的社會矛盾將不斷產生，原有的一些社會矛盾也可能隨之凸顯，並呈現出經濟領域的新矛盾與老矛盾、經濟領域的矛盾與其他領域的矛盾相互影響、相互作用的局面……特別要注意的是，隨著利益主體日益多元、利益訴求日益多樣、社會心態日益複雜，一些人心理失衡，對社會的不滿情緒潛滋暗長；少數群眾維權意識強烈而法制觀念淡薄，動輒採取過激行為。」[11]

---

10 于建嶸：〈群體性事件高發需管治「新思維」〉，《鳳凰周刊》，2009 年第 4 期（總第 317 期）。

11 陳澤偉：〈確保社會治安大局平穩——本刊專訪中央綜治委副主任、中央政法委副秘書長、中央綜治辦主任陳冀平〉，《瞭望》新聞周刊，2009 年第 2 期。

（三）利益表達下的觀點多元化

在當代中國大陸地區，堅持有中國特色的社會主義道路就是堅持真正的社會主義。這是指導思想上的一元性，有論者指出，「在當代中國，堅持馬克思主義在意識形態領域的指導地位，不搞指導思想的多元化，這是由馬克思主義的性質、地位及黨和國家事業發展的現實需要決定的。」[12]

但在轉型中國，由於階層分化和各種利益集團的形成，加上參與意識的增強，民眾通過多種途徑表達利益訴求成為常態。隨著全民教育水平的提高，越來越多的普通公民，會借助傳統媒體和普通媒體「發聲」，其中更多的是質疑甚至反對之聲。從利益集團的形成來說，這可以說是每個公民自覺不自覺地代表著一個群體；而從民權的角度看，這可以看作公民社會中的常態。

有論者指出：「所謂利益表達，是指社會成員向政府提出利益要求，並要求得到滿足的政治行為。它處於政治過程起點。它的重要地位，決定其在社會發展中作用是很突出的。」[13]但在筆者看來，這應屬狹義上的「利益表達」，是政治參與的一種方式[14]。廣義上的「利益表達」，顯然還包括社會成員向包括政府和利益集團、以及強勢個人提出利益要求。其中，不少是公益性表達。

就新聞傳播研究來說，包括網路評論在內的新聞評論是利益表達的一種方式，而在負面報導視閾裏，則主要體現在新聞媒體對專家和民眾對某項政策的不同意見的報導。比如對三峽工程、廈門PX項目建設的不同意見的報導。

---

12 閆志民（北京大學馬克思主義學院教授）：〈指導思想一元化是客觀規律〉，《人民日報》，2009年1月5日。

13 張殿奎：〈注重利益表達發展民主政治〉，《科學社會主義》，2001年第6期。

14 有論者認為，「所謂政治參與，從廣義上講，是指人民群眾通過表達利益，提出意見，採取一切相關手段，影響統治者決策和政策，贏得政治地位和經濟利益的活動和行為。從狹義上講是指公民在國家憲法和法律範圍內圍繞享有的一切政治權利採取一定的方式和途徑主動地介入國家社會政治生活、影響政治體系構成運行方式、運行規則和政策過程的行為」。參見章猛進：〈當前我國農民政治參與的狀況、特點及趨勢〉，《理論前沿》，2004年第16期。

筆者認為，隨著階層分化和利益群體的形成，多種原因導致社會問題多發，再加上利益表達下的觀點多元化，都向輿論引導提出了巨大的難題。在這樣的社會環境下，新聞媒體如何通過負面報導，表現民意，並將社會推向民主、法治的道路，顯然是值得研究的。

二、媒體生態變化影響輿論引導

自改革開放以來，中國媒體得到了大發展。這首先體現在傳媒數量和種類的的變化。從數量角度，報紙、期刊、廣播、電視都比1978年有了幾何級數的增加；在種類上，除了傳統媒體，互聯網、手機等新媒體應運而生，改變了媒體的生態環境。

（一）傳統媒體數量呈幾何級數增長[15]

1978年，中國有186種報紙，930種雜誌，93座廣播電臺，32座電視中心台；截止2001年，報紙增至2111種，雜誌增至8889種，廣播電臺增至301座，電視臺增至357座。僅就報紙來說，1978年的186種，平均每期印數僅為4280萬份，總印張僅為113.5億張，到2002年，2111種，每期平均印數猛增至18130萬份，總印張達938.9億張。如果沒有1978年以來傳媒產業化的運作，就無法實現1978年以來中國傳媒的高速度發展。[16]到2007年，全國共出版報紙1938種，平均期印數20,545.37萬份，總印數437.99億份；共出版期刊9468種，平均期印數16,697萬冊，總印數30.41億冊。[17]

根據國家廣播電影電視總局有關部門對2006年和2007年上半年的統計數據，截至2006年底，全國共有廣播、電視播出機構2544座，其中，電臺267座、電視臺296座、廣播電視臺1935座、教育電視臺46座。有線

---

15 需要指出的是，本節中國傳媒的相關統計數據，均不含台、港、澳地區。

16 以上數據來源為張金海：〈全球化背景下中國傳媒的產業化發展〉，武漢大學媒體發展研究中心 http://media.whu.edu.cn/NewsDetail.asp?id=376。

17 數據來源：2007 年全國新聞出版業基本情況，新聞出版總署 http://www.gapp.gov.cn/cms/html/21/490/200808/459129.html。

電視用戶1.4億戶，其中全國有線電視網272萬公里；廣播、電視人口覆蓋率分別為95.03%和96.24%。[18]

從媒體廣告收入上看，媒體的發展也是非常迅猛。1979年《天津日報》「藍天牙膏」廣告打響中國恢復廣告經營「第一槍」。到2006年，全國報紙廣告收入達到313億元。1983年，中國期刊業第一次打破廣告禁區，當年實現廣告收入1081萬元，而2008年上半年，中國期刊廣告收入已經達到59億元。1979年1月28日，上海電視臺率先播出了中國大陸第一條電視廣告。從那時起，中國廣播電視廣告收入從零開始起步，到2006年，中國廣播電視廣告收入已達到了527億元，其中廣播廣告收入為59億元，中國廣播電視媒介的總收入為1099億元，首次突破1000億元，比上年增長168億元。[19]

（二）新媒體改變大衆媒體生態

對互聯網作為一種大眾媒體在中國的發展，中國社會科學院聞與傳播研究所網路與數字傳媒研究室主任閔大洪曾作出這樣的階段劃分：

1. 1998年底～1999年，商業門戶網站涉足網路新聞傳播領域，奠定了門戶網站在網路新聞傳播領域中的領先地位。
2. 2000年～2001年，中共所領導的網路媒體體系形成。在黨中央的部署下，主流新聞媒體網站迅速增加實力，形成綜合性新聞網站形態，同時從中央到地方各級重點新聞網站陸續建立，形成了黨所領導的網路媒體體系，建構起中國互聯網新聞傳播的基本格局。
3. 2002年至今，網路媒體成為中國重要的傳媒形態。就規模和影響而言，網路媒體已在中國傳播格局中占有極其重要的地位，其自

---

[18] 胡正榮等：〈2007 年廣播電視產業發展回顧〉，載中國社會科學院文化研究中心和上海交通大學國家文化產業創新與發展研究基地聯合主編：《2008 年中國文化產業發展報告》，社會科學文獻出版社，2008 年 3 月出版。

[19] 廣電廣告收入數據來自周鴻鐸：〈中國傳媒經濟理論及其發展〉，《現代視聽》（山東），2007 年第 7 期。

> 身也由不成熟的媒體走向成熟的媒體。而按照彭蘭在博士論文《花環與荊棘——中國網路媒體的第一個十年》中的說法，2003年起，中國網路媒體開始躋身主流媒體的行列。[20]

據中國互聯網路訊息中心（CNNIC）2009年1月發布的《中國互聯網路發展狀況統計報告》，截至2008年12月31日，中國網民規模達到2.98億人，普及率達到22.6%，超過全球平均水平；網民規模較2007年增長8800萬人，年增長率為41.9%。手機上網網民規模達到11760萬人，較2007年增長了133%。農村網民規模增長迅速，網民規模達到8460萬人，較2007年增長60.8%，增速遠遠超過城鎮（35.6%）。[21]

而值得注意的是，2008年中國的網路新聞得到快速發展，網路新聞的使用率較去年提升了近5個百分點，網路新聞用戶達到23400萬人，互聯網已經成為一個不可忽視的輿論宣傳陣地。此外，作為用戶自創內容的重要應用，博客自誕生以來，一直保持快速的增長勢頭，截至2008年底，中國博客作者已經達到16,200萬人。

在新媒體中，除互聯網外，手機也是一個引人注目的媒體。不少人稱其為「第五媒體」。根據工業和訊息化部公布的數據顯示，截至2008年11月，中國手機用戶已經達到6.8834億。同時還在以1.01%每月和17.51%每年的速度增長，目前中國已經無可非議成為全球最大移動通信市場，中國手機用戶已經超過全歐洲國家手機用戶總和。

手機作為大眾媒體的功能主要表現在通過短信（彩信）對訊息進行大面積傳播、瀏覽手機報、瀏覽即時新聞，觀看視頻新聞或節目。2006年中國手機用戶總計發送了4290億條短信，平均每位用戶發送短信967條。截至2007年12月，中國手機用戶數達5.47286億戶，手機普及率為41.6%。手機短信發送量達到5921億條，同比增長37.8%。2004年7月，《中國婦女報》推出了全國第一家手機報《中國婦女報——彩信版》。如今，稍有影響力的報紙都有手機報。據中國互聯網路訊息中心公布的調查數據顯示，隨著運營商的重視和手機硬件成本的不斷降低，2008年

---

20 閔大洪：〈中國網路媒體史分期探討〉，《網路傳播》，2004年8月號。

21 中國互聯網路信息中心 http//www.cnnic.cn/html/Dir/2009/01/12/5447.htm。

使用手機上網的網民較2007年翻了一番還多，達到1.17億。手機上網已逐漸成為一種主流的網路接入方式，並悄然流行起來。

2009年1月7日，工業和訊息化部為三個電信運營商發放三張第三代移動通信（3G）牌照，中國移動通信公司獲得TD-SCDMA業務經營許可，中國聯通公司獲得WCDMA業務經營許可，中國電信集團公司獲得CDMA2000業務經營許可。從此掀開了中國移動通信嶄新的一頁。

可以預料的是，手機作為大眾媒體的角色將更加強化，作用也將更大。其中，最大的衝擊在於將衝擊傳統媒體的江湖地位，並促進其改進，強化傳統媒體的新聞報導方式、方法，並找尋與社會現實更深切的互動。

（三）多媒體時代對輿論引導的挑戰

媒體數量和種類的增多，尤其是新媒體的迅猛發展，對輿論引導提出了巨大的難題。由此帶來的巨大挑戰主要有：

1. 訊息流通的渠道增多

隨著技術的進步和媒介的增加，事實上我們已經進入到一個訊息爆炸的時代。所謂訊息爆炸，是指訊息的巨量生產和高速傳播，也是人們對當代社會大量出現並加速增長的各種訊息現象的一種形象化描述。它表現在以下五個方面：A.新聞訊息飛速增加；B.娛樂訊息急劇攀升；C.廣告訊息鋪天蓋地；D.科技訊息飛速遞增；E.個人接受嚴重「超載」。[22]

由於訊息洪流的影響，對普通大眾來說，往往導致訊息焦慮。比如美國未來學家約翰・奈斯比特曾說過：「我們淹沒在訊息之中，但仍處於知識的饑渴中。」「大量但無序的訊息，不是資源，而是災難」。傳統媒體對這些訊息進行篩選後傳播給普通受眾，所以它們的充當了「把關人」的角色。而對這些「把關人」價值判斷、選擇標準又往往是千差萬別的。在這種情況下，對其訊息所含有的輿論導向把握，就是難上加難的事。

---

[22] http://www.cqitjy.com/jxzy/UploadFiles_9838/200709/20070922115347585.doc.

再加之新媒體的介入，使得新聞訊息的傳布渠道增多，再加上「人人都可是新聞的發布者」，更增加了輿論引導的難度。

2. 互聯網的興起對輿論引導形成挑戰

1960年代，基於對傳媒影響的敏銳觀察，傳播學者、加拿大人麥克盧漢提出了「地球村」的概念。他認為，電子媒介使人類結為一體，人類要「中心部落化」，電子時代就是新「部落人」的時代。他說：「電子媒介造成的重新部落化，正在使這顆行星變成一個環球村落。」而他所謂的「地球村」是一個比今天的西方社會更加美好的社會：「全球村是一個豐富的、富有創造性的混合體。這裏實際上有更多的餘地，讓人們發揮富有創造力的多樣性。在這一點上，全球村比西方人同質化的、大規模的都市社會要略勝一籌。」[23]

幾十年過去了，全球化的進程進一步加快。美國著名專欄作家托馬斯・弗里德曼2005年推出暢銷書《地球是平的》，對全球化這一主題進行了深入探討，認為它的表現是技術民主化、資本民主化和訊息民主化。這顯然是一個美國人的一種角度。而德國學者烏爾里克・貝克則以「世界風險社會」為名，探討了全球化的影響，認為：「全球化暗示著國家結構的弱化，以及國家自治和權力的弱化……在缺乏一種政治上強烈的世界主義意識，也沒有相應的全球市民社會和公共意見機構的情況下，就所有的制度幻想而言，世界主義民主仍然不過是一個必然的烏托邦。」[24]

正是同於互聯網的興盛，導致訊息的流動全球化。這使得不少國家對新聞管制導致的「家醜不外揚」成為歷史。此外，訊息所裹挾著的意識形態或霸權則有對一個國家的主權或國內安全、穩定造成負面的影響。這對每個國家的執政黨都構成了有力的挑戰。

對中國來說，互聯網的興起，也引發了一個全民監督或全民議政的時代。前者是指所有政府官員、政府機構都是普通網民的監督下，若有

---

[23] 何道寬：〈媒介即文化——麥克盧漢媒介理論批評〉，《現代傳播》（北京廣播學院學報），2000 年第 6 期。

[24] 烏爾里克・貝克：《世界風險社會》，吳英姿、孫淑敏譯，南京大學出版社，2004 年 5 月第 1 版，頁 17-18。

不法或不當行為，隨時有被網友通過博客、論壇進行揭發和批評的可能；後者則是指在網路上，由於匿名帶來的好處，人人都可以是一個直言不諱的議政者。2008年，轟動全國的廈門「PX事件」（重大化工項目因環境污染可能，被廈門人阻止），陝西「華南虎事件」（周正龍號稱拍到了在當地久已絕跡的華南虎，被網友揭穿為年畫虎）以及江蘇周久耕事件（網友人肉搜索出他抽天價煙、戴名錶等訊息，被稱為「史上最牛房管局局長」，最終被免職），有的是網友集體發聲，有的則是網友齊心協力，找到關鍵訊息，影響事件的進展。

對一個國家的執政黨來，如何對海量的網路訊息進行有效篩檢，並進行因勢利導，成為當前需要解決的大問題。

第二節　負面報導與輿論引導的關係

正是由於社會環境和媒體環境的變化，導致輿論引導的難度加大。尤其在媒體開展負面報導時，更加需要科學、合理地使用輿論引導手段。首先需要明確地認識到，二者的關係是什麼樣的。

清華大學新聞學院教授劉建明曾對輿論進行過簡單劃分，認為「不同方向的輿論，主要是正負兩種方向——符合社會發展趨勢、符合民心的正確輿論和違背社會發展趨勢、背離民心的錯誤輿論。根據二者對社會的正負效應，我們可以把它們稱作正向輿論和負向輿論。」[25]在筆者看來，這一上世紀80年代提出的觀點顯然受了毛澤東一貫倡導的「矛盾二分法」的影響。事實上，還有一些輿論並不具有明確的指向性，也沒有正、負向這麼明顯的界別。

不過，在考察負面報導與輿論引導關係時，我們倒可以借鑒這樣的方法，選擇正、負兩個維度對其進行進行考察。因為對於中性的輿論，往往在現實實踐中，並不需要考慮引導。

---

[25] 劉建明：《當代中國輿論形態》，中國人民大學出版社，1989 年 12 月第 1 版，頁 47。

一、負面報導在輿論引導中的正向作用

負面報導在輿論引導中的正向作用，是指通過其報導中傳播的訊息，從而讓一些不法或不良現象廣布天下，讓受眾明辨是非；通過對一些熱點事件或問題的回應，讓受眾達到釋疑解惑的目的；通過不同意見的傳播，讓受眾的表達權、兼聽權得到保證，從而促進社會安定團結。

（一）明辨是非的作用

本書所指稱的負面報導，其報導的重要內容之一是政治、經濟和社會領域重大違法、違規現象。在這些題材中，有典型人物和典型事件，而正是這些負面典型的報導，向社會公眾提示了全社會不應提倡或鼓勵的事物。

在《論語・為政篇》中，子曰：「道之以政，齊之以刑，民免而無恥，道之以德，齊之以禮，有恥且格」。孔子倡導用道德教化引導百姓，使用禮制去統一百姓的言行，百姓不僅會有羞恥之心，而且也就守規矩了。如果說在21世紀的中國，這樣的理念還能奏效，則媒體在樹立道德的標竿上的作用應該是顯而易見的。

通過負面報導，公眾知道哪些行為是不符合社會規範，從而應該受到社會遣責的。在輿論引導方面，這就形成一種輿論壓力場，從而影響公眾的行為，知其可為與不可為之界限。從另一個角度來說，這樣下來還可以達到防患於未然的效果。

（二）解釋疑惑的作用

嚴格說來，新聞報導由於都是新近發生的事實的報導，所以都向公眾傳遞了新鮮訊息（尤其是官方訊息），都達到了滿足公眾知情權的作用。但負面報導滿足公眾知情權方面的作用應該最為突出，這是由於其涉及的題材不少是突發事件，往往是公眾最想知道，而官方並非樂意披露的。

知情權為何重要？這是很多人近年探討的話題。有論者甚至認為，保障公民知情權是深化新聞改革的核心：「訊息時代，知情權可謂公民的首要人權。首先，訊息日益成為現代社會決策的依據和前提；其次，知情權是公民實現其他權利的前提；再次，知情權是現代國家民主憲政的基礎要素。」[26]但在中國，知情權並沒有被作為一項法定的公民權利加以規定，知情權是《憲法》隱含的權利。該論者認為，「滿足公民知情權對於媒介的意義，從媒介的實踐來看，關鍵是時政報導。目前，時政報導陷入了一個『怪圈』：外國人知道的事情中國人不知道，華僑知道的事情內地公民不知道，只能依靠『出口轉內銷』」。

另有新聞記者注意到，對於一些全國重大、特大案件，往往是沒有破案就見不到報導，因此指出，「公眾有知情權，他們有權利在盡可能短的時間裏，瞭解到發生在自己身邊的治安、交通、消防等方面的事件真相，有權知道自己可能面對的危險，並因獲知危險而最大可能地提高警覺，從而避免危險。」[27]

上述現象顯然不是正常的。負面報導對於輿論引導來說，最大的一個作用就是通過及時發布有效訊息，對公眾的訊息需求給予滿足，從而達到釋疑解惑的目的。這正應了「謠言止於公開」這句大實話。有論者就注意到突發公共事件中，公民知情權得不到滿足時會產生的後果：「在正常訊息不足或不確切的時候，流言就會增多。美國社會學家G·阿爾波特提出流言傳播的公式：流言流傳的強度＝問題的重要性×不瞭解程度。按照該公式，第一個因數是『問題的重要性』，即該事件越重要，越關係國計民生，越能引起人們的關注，就越容易引發謠言的大面積傳播；第二個因數是『不瞭解程度』，即對於具體的事件，該事件越神秘，公眾越不瞭解，就越容易引發謠言的傳播。」[28]

26　以上觀點請參見朱春霞：〈保障公民知情權：深化新聞改革的核心〉，復旦大學「黨報傳統與時代創新學術研討會」（2003 年 10 月 16 日），該文未公開發表。

27　楊江：〈公眾知情權與「不破不報」〉，《新民周刊》，2003 年 11 月 21 日。

28　張友成：〈公眾知情權在突發公共事件中的滿足與限制〉，《青年記者》，2007 年第 3-4 期。

（三）意見傳達的作用

在本書所定義的負面報導中，包括異議（不同觀點）的報導。正是因為媒體對不同觀點的報導，從而實現了「下情上達」的目的，為決策者提供參考。同時，通過各種觀點的報導，從而達到「真理越辨越明」的效果。

在探討意見表達的時候，避不開對輿論的研究。一般認為，「輿論的主體是公眾，公眾是由社會中占大多數的具有獨立自我意識的人組成的；輿論的客體是與公共利益有關的公共事務；輿論的本體是意見，即公眾對公共事務的評價性意見。」[29]

因此，我們可以看出，真正的輿論應該是從下邊來，從群眾中來，而不是「自上而下」的。梁啟超曾就輿論的來源進行過探討，認為「輿論者，尋常人所見及者也；而世貴有豪杰，貴其能見尋常人所不及見，行尋常人所不敢行也……其始也，當為輿論之敵；其繼也，當為輿論之母；其終也，當為輿論之僕。」[30]

正是從上述意義上說，寬容民意是當政者的必要品德。因為這關涉到思想自由的問題。中共元老之一的李大釗就曾指出，「思想本身沒有絲毫危險的性質，只有愚暗與虛偽是頂危險的東西，只有禁止思想是頂危險的行為……思想是絕對的自由，是不能禁止的自由，禁止思想自由的，斷斷沒有一點的效果。你要禁止他，他的力量便跟著你的禁止越發強大。你怎樣禁止他、制抑他、絕滅他、摧殘他，他便怎樣生存、發展、傳播、滋榮，因為思想的性質力量，本來如此。我奉勸禁遏言論、思想自由的注意，要利用言論自由來破壞危險思想，不要藉口危險思想來禁止言論自由。」[31]

---

29 姜紅：〈輿論如何是可能的？〉，《新聞記者》2006 年第 2 期。

30 梁啟超：《輿論之母與輿論之僕》（1902 年 2 月 8 日），此文原為《飲冰室自由書》之一則，載於 1902 年 2 月《新民叢報》1 號。轉引自夏曉紅主編：《二十世紀中國學術文化隨筆大系・梁啟超——學術文化隨筆》，中國青年出版社，1996 年 7 月出版。

31 李大釗：〈危險思想與言論自由〉，《每周評論》，第 24 號（1919 年 6 月對於這些散落民間的意見，大眾傳媒充當了一個中介的作用。對於傳媒等構建的公共領域，德國學者阿倫特曾在《人的條件》一書中將其稱之為「一張平等的桌子」。這張桌子區隔並聯結了獨立的個體，人們圍坐於桌子四周，在保有桌後私人空間的同時展開對話和討論。而如果有一種魔法使這張桌子突然消失，那麼圍坐的人們便失去了聯繫而感到無所適從。喻國明等人則借鑒了這一概念來闡釋互聯網時代的意見表達：

> 新傳播技術語境下，越來越多的人得以親身經歷甚至參與一張互聯網「圓桌」的鞏固過程，依循網路已展露出的功能和發展軌跡，我們有可能預見到這張「web圓桌」的完善與深度滲入現實生活的未來……。「圓桌」是一種將個體與政治社會的互動關係簡單化了的比方，「web圓桌」的升級，有賴於交往技術的革命，並將引起每一個獨立個體對自身社會坐標的重新認知，甚至引發人類組織形式乃至政治機器的變革，而當技術革命進入到更高階段時，全新的人類交往體系必將繼續打造出一張超越了我們當前認知的、更加精緻的「圓桌」。[32]

在研究負面報導與輿論引導的關係時，我們應著重關注不同意見的表達。由於它們往往與官方意見或主流意見不一致，從而導致發表與傳播的困難。中國當代歷史上有過這方面的深刻教訓。由於個別黨和國家領導人聽不進他人的意見（還是黨內交流），而鼓勵群眾「大鳴、大放」後，又對他們「秋後算帳」。這導致人們（特別是知識分子）後來懼怕說出自己的真實想法。難怪巴金先生大呼要「說真話」，晚年寫下《隨想錄》，並明確說，「人只有講真話，才能夠認真地活下去」。[33]

「講真話」，這理應是一個誠實社會的基礎。而允許並敢於講出反對意見，則是一個民族和國家自由的標誌之一。正如英國學者詹姆斯・布賴斯所說，「凡一個國家之內，一切國民既有同樣的權利及義

1日）。

[32] 喻國明、李瑩：〈「web 圓桌」的演進及其社會效應——關於「webX.0」發展邏輯闡釋〉，《新聞與寫作》2008 年第 10 期。

[33] 巴金：《講真話的書》，四川文藝出版社，1990 年 9 月第 1 版，頁 500。

務，一切思想必定有儘量發表的機會，一切言論都能引人注意，一切計劃也都能得人審察。思想的無限制交換一定有很好的利益。一切意見既混合融和起來自然可得一個寬大的結論。真理和智慧自然有發現的機會了：並且在一種稍有知識的人民中，真理的機會一定比錯誤的機會較多。」[34]

二、負面報導在輿論引導中的反向作用

在不少人的認識中，負面報導天然會帶來負面影響。南方日報社前社長范以錦曾撰文對此進行批駁。[35]他認為，「任何報導由於處理不當，都可能產生『負面影響』，包括我們習慣說的『正面報導』。宣傳一個很好的典型，如果不實事求是，而是任意拔高，就會給人虛假感覺，導致『負面』效果。時機選擇不當，也會出現這種情況。」

但在筆者看來，負面報導的確在輿論引導中可能產生反向作用。這種潛在的可能也應該列入我們的研究範圍。

（一）對事實真相的認知產生干擾

在新聞實踐中，負面報導往往在突發事件或一些重特大違法案件正式披露之前就經大眾傳媒媒介廣布天下，這當然是按照新聞傳播規律來進行操作的結果。因為新聞就是歷史草稿，其時效性是新聞競爭的利器，也是滿足受眾知情權的專業主義呼應。

在上述題材的報導中，往往因為及時的報導導致先入為主，在受眾心中框定一個認知地圖，從而形成對某一事件或人物的刻板印象。這在心理學上來說，也就是首因效應的影響。它是指個體在社會認知過程中，通過「第一印象」最先輸入的訊息對客體以後的認知產生的影響作

---

34 詹姆斯・布賴斯：《現代民治政體（上冊）》，吉林人民出版社，2001 年 1 月第 1 版，頁 149-150。

35 范以錦：〈「負面報導」不是「負面影響」〉，《南方周末》，2007 年 11 月 21 日。

用。如果對於同一人物或同一事件的連續報導沒有持續關注的話，其認知的版圖並不會變化。

但值得注意的是，由於受新聞紀律、案件審理程序等因素的影響，大眾媒體急於報導的負面新聞訊息往往尚未公開，這就導致媒體報導的信源不是官方的，而且不同的媒體信源不一，從而有各說各的但各不相同之嫌。這對事實真相的探尋和還原來說，起到了妨礙的作用。此外，由於有這些媒體報導，就算遲來的官方訊息披露，往往也不容易將受眾的認知糾正過來。

（二）造成不良的示範效應

負面報導中，有大量政治、經濟和社會領域重大違法、違規現象的題材。這些典型人物或題材雖然給大眾以警示作用，但很可能造成不良的示範效應。

有論者注意到，「負面新聞中所報導的巧取豪奪、行賄受賄、一夜暴富、坑矇拐騙等手段和做法，都有可能刺激讀者，特別是道德水平不高的群體，喚醒他們人性中隱藏的有悖於社會公德、違反法律法規的情緒和欲望，誘發不良行為或犯罪活動。比如，負面新聞中有不少暴力活動的報導，像槍殺、搶劫、綁架等，甚至提供了一些作案方法或作案細節，這對已有犯罪動機的人來說，便成了很好的『教材』。據有關部門的調查，不少刑事案犯都曾或多或少地受到過電視、報刊、網路上播發的暴力案件的影響」。[36]

事實上，這樣的風險在傳播學的研究中得到印證。比如西方學者認為，「『媒介涵化』創造了一個世界觀，這個世界觀未必準確，卻輕而易舉地變成了現實，並基於這樣的現實對我們自己的日常生活做出判斷。」[37]

36　陳強：〈論負面新聞的作用與副作用〉，《新聞愛好者》，2004年第4期。

37　〔美〕斯坦利・巴蘭、丹尼斯・戴維斯：《大眾傳播理論：基礎、爭鳴與未來》（第3版），曹書樂譯，清華大學出版社，2004年10月第1版，頁317。

（三）對主流輿論形成干擾

在筆者研究的視域中，負面報導中的一個重要題材選擇是異議的傳播。異議有兩個含義，一是不同的意見，二是特指相反的意見（法律用語）。重視異議的傳播與尊重，這實則體現中國傳統中「廣開言路，從諫如流」的美好品德。

但是，在實踐中，異議的傳播往往會對主流意見進行干擾。舉例來說，三峽工程20世紀50年代提出來時，「反對派」的意見曾一度占上風。這就影響當時領導層的決策。[38]2007年，由《炎黃春秋》雜誌當年第二期刊發的中國人民大學前副校長謝韜文章：《民主社會主義模式與中國前途》引發對建設中國特色社會主義的一些不同意見。2008年，因南方周末一篇評論涉及「普世價值」這一說法，同樣也引發了系列爭議。雖然這些爭議的發端是以學術論文或新聞評論，但經境內外媒體的報導，從而也實現了其觀點的傳播。

需要指出的是，所謂干擾是相對的概念：一方面，在一些專斷的領導人來看，任何建議都可能是一種干擾，將其視作「雜音」進行封殺。比如十年文革前夕，林彪就創立了「兩個凡是」：「凡是毛主席指示的，就要堅決擁護，堅決照辦，上刀山下火海也要保證完成。凡是違背毛主席指示的，就要堅決抵制，堅決反對。」[39]

另一方面，在提出意見或建議的人來說，自己的意見表達權利天經地義。本書所探討的是一種客觀上的效果。有時候，意見表達往往會體現為一種話語控制權的爭奪。甚至有上綱上線的人會說，發表不同意見，就是影響社會穩定，從而動用專政機器對這種行為進行阻止。而這往往是中國歷史上「以言獲罪」的深層次原因。

---

[38] 需要指出的是，當時中國的社會經濟發展水平還沒有到非要修建一個幾千萬千瓦的水電站的程度。在 1958 年的南寧會議上，對三峽大壩是「快上」還是「緩上」兩種意見還激烈辯論。而在 1992 年，全國人大會上表決三峽工程時，1767 票贊成、177 票反對、664 票棄權、25 人未按表決器。

[39] 葉永烈：〈「兩個凡是」的真正始作俑者是林彪〉，《天津日報》，2008 年 6 月 27 日。該文載葉永烈所著《鄧小平改變中國：1978 轉折》，江西人民出版社，2008 月 5 月第 1 版。

第三節　如何規避負面報導可能的負面影響

一、應重視輿論引導工作

中國共產黨歷來重視輿論引導工作。而且這是延續了馬克恩、恩格斯對輿論的重視。有論者指出，「關於無產階級黨報的性質、功能，馬克思、恩格斯在其經典著作中經常用『黨的陣地』、『黨的喉舌』、『政治中心』，『輿論工具』等來表述。馬克思曾把報刊比作社會輿論的流通『紙幣』，認為報刊活動的目的是『經常而深刻地影響輿論』」[40]

毛澤東把新聞事業作為意識形態的重要陣地，認為報紙、電臺是無產階級的輿論工具，並且強調指出：「凡是要推翻一個政權，總要先造成輿論，總要先做意識形態方面的工作。」鄧小平提出，「要使我們黨的報刊成為全國安定團結的思想上的中心。」江澤民繼承和捍衛了馬克思主義的新聞思想，旗幟鮮明地提出，新聞工作必須按照「黨和人民的意志、利益進行輿論導向」，多次強調指出「必須堅持正確的輿論導向」。在1994年1月24日召開的全國宣傳思想工作會議上，江澤民指出：「目前，我國的報紙、刊物數量很多，廣播電視網遍布全國，每天同廣大群眾見面，隨時隨地影響著群眾的思想和行動。輿論導向正確，人心凝聚，精神振奮；輿論導向失誤，後果嚴重。正反兩方面的經驗告訴我們，引導輿論，至關重要。」

2008年6月20日，在《人民日報》創刊60周年之際，胡錦濤到人民日報社考察工作，也希望編輯記者們在認真總結成功經驗的基礎上，不斷豐富報導內容，創新報導方式，使《人民日報》進一步辦出特色、辦出水平，更好地發揮黨中央機關報的輿論導向作用。

40　〈馬克思主義新聞理論在當代的新發展學習江澤民關於新聞工作的論述〉，《新聞戰線》，2000年第6期。

在轉型中國，究竟輿論引導的原則是什麼？筆者認為，中國人民大學甘惜分教授提出的「多聲一向論」是可資借鑒的。他認為，「一言以蔽之曰：『多種聲音，一個方向』，簡稱之為『多聲一向論』。『一個方向』，即社會主義大方向。一切新聞改革，都是為了鞏固和發展社會主義建設，都是為了發揚社會主義民主，而不是其他。凡違反社會主義方向之言論，是應當反對的。」[41]

從這個角度上來說，重視輿論導向，並不是輿論一律，而是「百家爭鳴」。喻國明曾在研究中指出，就中國新聞工作的現狀看，妨害透明度的直接因素有三個，一是報導內容的神聖化，二是報導主體的神秘化，三是表達輿論的一律化。他認為第三個因素是前兩個因素的直接產物。因此，他建議：

> 1、必須極大地拓寬新聞媒介公開報導的內容範圍，由既往的宣傳者、鼓動者轉變為社會情況的溝通者和社會變動的守望者；2、由「輿論一律」的執行者轉變為社會主義多元輿論的反映者和引導者，成為社會協商對話的主渠道；3、由決策結果的宣傳者轉變為決策過程的反映者和參與者，為人民群眾參政議政提供「透明」的講壇。[42]

由此看來，中共領導層對輿論導向持續表達十分重要的信號，也對新聞工作給出了一個原則。學界則將其細化，並提出有益的建議，從而從認識和實踐上釐清思路。這從另外一個角度說，新聞事業的導向作用已經取得各界的共識。這是有效規避負面報導可能產生負面影響的大環境。

二、加強訊息公開制度建設

2008年6月20日，胡錦濤在視察人民日報社時，著重就提高輿論引導能力講了五點意見，其中一點是，「必須不斷改革創新，堅持用時代

---

[41] 甘惜分：《一個新聞學者的自白》，香港未名出版社，2005 年版，頁 248。

[42] 以上觀點參見喻國明：《別無選擇：一個傳媒學人的理論告白》（喻國明自選集），復旦大學出版社，2004 年 5 月第 1 版，頁 145-146。

要求審視新聞宣傳工作，按照新聞傳播規律辦事，努力使新聞宣傳工作體現時代性、把握規律性、富於創造性，不斷提高輿論引導的權威性、公信力、影響力」。按陳力丹的說法，「黨的主要領導人提出『研究新聞傳播的現狀和趨勢』這樣的問題，尚是首次。這說明，新聞傳播這個領域已經成為世界格局變化的重要砝碼。」[43]

這無疑體現了中共領導人對官方長期以為重宣傳不重新聞的一次糾偏。對負面報導，這種作為一種題材選擇的新聞實踐，其實就是按照新聞傳播規律運行的。換一個角度說，正是因為按照新聞傳播規律辦事，才有利於負面報導的正常開展。其中最基本的要求就是訊息公開。

媒體在負面報導的開展，需要掌握大量的公共訊息，尤其是突發事件爆發後，但重要而有效的訊息大都在政府部門手中。此外，一些重大違法案件的訊息都在政府部門掌握中。對負面報導的正常開展來說，政府部門顯然應該奉行「及時、公開、透明」的原則，第一時間將有效訊息通過大眾傳媒傳遞給大眾，從而有效地防止流言、謠言亂飛，並進而影響人心穩定。

上述觀點可以從控制論角度得到解釋，「訊息之所以稱為訊息，就是它的可傳遞性……訊息的傳遞是指可能性空間縮小過程的過程。訊息源發生的確定性事件使它的可能性空間縮小了，經過傳遞，這種縮小最終導致了訊息接受者可能性空間的縮小。因此，所謂訊息的傳遞也就是可能性空間變化的傳遞……實際上，訊息的傳遞離不開控制，控制也離不開訊息的傳遞」。「傳遞訊息需要我們實行某種控制，反過來，控制過程又必須依賴訊息的傳遞。很多時候，我們不能實現有效的控制，是沒有獲得足夠的訊息之故，生物反饋在這方面提供了一個最好的例子」。[44]

近年來，中國政府在訊息公開方面已經在制度建設上做出了多方努力。比如新聞發言人制度的建立和《訊息公開條例》的施行。1983年4月23日，中國記協首次向中外記者介紹國務院各部委和人民團體的新聞發言

---

43 陳力丹：〈按照新聞傳播規律辦事〉，《新聞與寫作》，2008 年第 7 期。

44 金觀濤、華國凡：《控制論與科學方法論》，新星出版社，2005 年 5 月第 1 版，頁 38-40。

人，正式宣布中國建立新聞發言人制度。[45]2003年，由於爆發SARS危機之後，該制度已在中央政府各部委和各省區、市落地，部分地級市紛紛建立。《中華人民共和國政府訊息公開條例》則於2007年1月17日經國務院第165次常務會議通過，自2008年5月1日起施行。該《條例》對行政機關在履行職責過程中製作或者獲取的，以一定形式記錄、保存的訊息如何公開進行了法律規定。總的原則則是「公開為常態，不公開為例外」。

從1982年3月26日外交部第一次以發言人形式舉行新聞發布會，在場記者不能提問，到近年來主動要求國內外記者提問，並機智地回答，這體現了中國在訊息公開以及尊重新聞傳播規律上的進步。但目前來看，個別政府部門對訊息的披露仍然還是存在滯後現象，設立的新聞發言人在面對傳媒時也存在「王顧左右而言其它」的情況。這實際和一些官員的觀念相關。2008年12月30日，國務院新聞辦公室主任王晨在談到政府新聞發布工作現狀時，直言中國訊息公開方面確實存在一些問題和不足：「一是思想觀念問題，有些地方領導幹部還有一些怕媒體、怕記者，不大願意跟記者打交道，不願意說或者怕說不好，尤其是遇到一些突發事件，還缺乏主動發布權威訊息的意識；二是新聞發布的組織水平和發言人的發布能力還有待進一步的提高；三是新聞發布的機構和人員的素質也需要進一步增強。」[46]

但總的說來，引導比不引導好，公開比不公開好。政府部門應主動參與議程設置，如果不是涉及國家機密或軍事機密，就應做新聞的第一定義者，這樣往往可以避免流言的傳播，也有利於公眾對真相的瞭解。

三、媒體應慎用話語權

批評與自我批評是中國共產黨的優良作風。在中國當代新聞史上，延安《新華日報》在1942整風運動前後，批評報導非常多（可參見本書

---

[45] 中國社會科學院新聞研究所編：《中國新聞年鑒 1984》，光明日報出版社，1984 年版，頁 482。

[46] 國新辦：〈今年突發事件新聞發布取得很大進展〉，新華網，2008 年 12 月 30 日，http：//news.sina.com.cn/c/2008-12-30/153816949683.shtml。

第三章《中國古代和近現代負面報導的考察》）。事實上，在抗戰時期、解放戰爭時期，以及解放後的幾十年時，報紙、廣播往往是中國共產黨階級鬥爭和執政的工具。針對政敵和黨內不良現象，它們往往通過話語權力造成輿論壓力，從而有利於作戰或統治。

自改革開放以來，中國共產黨從革命黨階段進入執政黨階段，包括黨報、黨刊在內的各類大眾媒體在功能上就有了大的變化，著重體現在為社會主義現代化建設服務。正因如此，市場化的媒體大量出現，媒體的公共性特徵更加明顯，最突出的表現就是為公共利益服務。

正是由於媒體的與時俱進，負面報導才得以大量出現。其主要功能——監督功能的實現主要仰仗於媒體的話語權。但在實踐中，媒體話語權往往容易被誤用或濫用。其中最突出的例子是1997年發生的「張金柱案」。張金柱是原河南省鄭州市公安局某公安分局局長，1997年8月24日晚，在鄭州酒後駕車逆行，造成一人死亡，為逃避罪責又不顧另一被害人死活，在汽車拖帶著被害人的情況下繼續行駛，致人重傷並造成嚴重殘疾。8月26日張金柱因惡性交通肇事被刑事拘留。1998年2月26日，張金柱被押赴刑場，執行死刑。有媒體報導，臨刑前，張金柱哀嘆道：「我是栽在了記者的手上。」

張金柱之死是否是媒體審判的結果，成為新聞界的一樁公案。但不可否認的是，媒體在其中充當了重要的角色。在時任河南《大河報》副總編輯馬雲龍指揮下，該報對此案進行了4個月的連續報導。張金柱臭名遠揚，《大河報》也因此名動全國。由於此案全國聞名，所以輿論認為，是媒體審判導致罪不當死的張金柱被判了死刑。1998年1月13日，針對一審死刑判決，新華社河南分社發了題為〈張金柱罪不容赦、罪不當誅〉的內參，對這個死刑判決提出了疑問。但最終沒有推翻這個判決。

不對，對於張金柱「新聞殺人」的說法，多年後當事人馬雲龍卻認為是權力左右了判決。「張金柱被判處了死刑，應是法制不健全所造就的遺憾，但絕不是新聞殺人。外界只知道我們是張案的第一個報導者，卻不知道我是判處張死刑的第一個反對者。」[47]不過，有論者卻認為，

47　〈張金柱案突破了輿論監督禁區——本報記者對話〈大河報〉原副總編輯馬

「張金柱的死刑判決顯然是受了新聞輿論的影響。如果沒有輿論不間斷的一片聲討，此案在老百姓心目中的印象顯然不至於如此惡劣。張金柱本人在看到有關新聞媒介的報導後說過『這一回看來是準備把我往死裏整了』，並以此在法庭上強烈呼籲主審法官不要受新聞輿論的影響。」[48]

這其實就涉及到媒體慎用話語權的問題。《人民日報》副總編米博華認為，「新聞工作者的話語權不是個人權力和單位權力，而是黨和人民賦予的公共權力，同樣不可濫用。權力應該受到監督和制約，話語權也不例外。當新聞工作者擁有採訪報導權的時候，必須同時履行自己的責任；當新聞媒體擁有發表意見權的時候，也必須承擔相應的義務。這裏說的責任是報導應真實客觀，這裏說的義務是發表意見應考慮社會影響。不能因個人利益而編造新聞，不能因個人好惡而發表不負責任的言論。這是新聞記者和新聞媒體職業道德的底線。」[49]

上述觀點可看作是社會責任論部分內容的體現。提出這種理論的哈欽斯委員會（或新聞自由委員會）主張，「保護新聞自由不再自然而然就是保護公民或共同體。只有將公民權利和公眾利益納入自身，新聞自由才能繼續成為出版者的一項權利……新聞界必須對社會負有如下責任：滿足公眾需求，維護公民及那些沒有任何報刊代言、幾乎被遺忘的應該說者的權利。它必須明白，它的缺點和錯誤不再是個人的無常行為，而已經成為社會公害」。[50]

從這個意義上說，在當下的中國，慎用話語權的用義在於傳媒在報導時除了不傷及其他合法公民的權利，同樣也包含有不借報導損害公共利益。比如一些媒體拿人「封口費」以達到「有償不聞」，這顯然也是對話語權不珍視的結果，進行有違職業倫理的讓渡。

雲龍〉，《瀟湘晨報》，2008 年 12 月 11 日。

48 卞建林、焦洪昌等：《傳媒與司法》，中國人民公安大學出版社，2006 年 10 月第 1 版，頁 44。

49 米博華：〈慎用話語權〉，《今傳媒》，2007 年 3 月。

50〔美〕新聞自由委員會：《一個自由而負責的新聞界》，展江等譯，中國人民大學出版社，2004 年 8 月第 1 版，頁 9-10

四、強化公民媒介素養教育

在互聯網時代，訊息的生產量和傳播量突飛猛進，這對普通受眾來說是一把雙刃劍，在享受訊息大餐的同時也產生訊息焦慮感。尤其是負面報導，將對普通人的訊息辨識和理性思考能力提出了挑戰。這就需要提及媒介素養教育這一概念。

所謂媒介素養，1992年美國媒介素養研究中心給出了如下定義：媒介素養就是指人們對於媒介訊息的選擇、理解、質疑、評估的能力，以及製作和生產媒介訊息的能力。[51]據此，有論者就指出，與培養媒體從業人員的教育不同，媒介素養教育的對象是全體公民，「旨在培養人們對媒體本質、媒體常用的手段以及這些手段所產生的效應的認知力和判斷力，使人們既瞭解媒體自身如何運作、媒體如何構架現實，也知道怎樣製作傳媒作品與媒介訊息」。[52]

在筆者看來，針對負面報導來說，應該強化公民的媒介素養教育主要體現在以下幾點：

（一）對負面報導的訊息整合能力

負面報導由於關注度高，流傳範圍廣，往往是公眾搶先接觸的報導樣式。但正如本書前面所提到的那樣，由於負面報導中不少是突發事件，而且是連續報導，所以公眾不能看到一篇報導後就先入為主，對某一事件或某一人物就下了百分之百的判斷。這往往會使公眾頭腦中的認知地圖出現偏差。

在馬克思看來，「如同生活本身一樣，報刊始終是在形成的過程中，在報刊上永遠也不會有終結的東西。」至於每一個具體的新聞事件，也總有一個發生發展的過程，如果要求所有的新聞都只許在事件有了結果以後才能報導，那麼幾乎就是取消了新聞本身。何況事件的結果

---

[51] 參見張開：《媒介素養概論》，中國傳媒大學出版社，2006年版，頁94。

[52] 譚泓：〈媒介素養教育——培養公眾對傳媒信息的選擇能力〉，《學習時報》，2007年10月29日。

往往也是相對的，即使是法院的終審判決，也有可能通過審判監督程序予以改變。所以馬克思對新聞傳播的這種特徵作了這樣論述：「一個新聞記者在極其忠實地報導他所聽到的人民呼聲時，根本就不必隨時準備詳盡無遺地敘述事情的一切細節和論證全部原因和根源。何況這樣做需要許多時間和資料。」但是，「只要報刊有機地運動著，全部事實就會完整地被揭示出來。」「報紙是一步一步地弄清全部事實的」。[53]

所以對公眾來說，關注和收集不同媒體或同一媒體的同題材多篇負面報導就顯得非常重要。這將有利於規避以訛傳訛的風險，也可以減少負面報導的負面影響。

（二）對負面報導的綜合分析能力

英國文化研究的傑出代表人之一斯圖亞特・霍爾提出了有關編碼與解碼的理論。他在文章《電視討論中的編碼和譯碼》中，把電視話語的生產流通劃分為三個階段：「制碼」階段（電視話語「意義」的生產，即電視專業工作者對原材料的加工階段，而加工者的意識形態在這一階段占主導地位）、「成品」階段（「意義」被注入電視成品話語後，賦予電視作品意義的語言和話語規則便占了主導地位）和「解碼」階段。對「解碼」階段，霍爾進而提出了觀眾解讀電視訊息時可能出現三種解碼立場，即著名的「霍爾模式」：主導——霸權立場（假定受眾的解碼立場和編碼者的「專業編碼」立場完全一致），協商立場（協商式解讀中同時包含著相容因素與對抗因素）和對抗立場（解碼者根據自己的個體語境建立新的詮釋架構，使解碼的結果與編碼者所欲傳達的意義完全相背，編碼者的意識形態被推翻）。[54]

雖然霍爾的解碼分析是針對電視的，但大眾傳媒在訊息傳播中，同樣也適用這一理論。在解碼過程中，同樣也會也上述三種不同的立場。在實踐中，受眾立場的表現往往受三方面的影響，一是傳媒訊息傳播的

---

[53] 馬克思的觀點轉引自魏永征：〈進行式報導的法律問題〉，《新聞大學》1994 年冬季號。

[54] 轉引自顏靜蘭：〈以「霍爾模式」解讀跨文化交際中的傳播與接受〉，《上海師範大學學報》（哲學社會科學版），2007 年 11 月第 36 卷第 6 期。

方式、方法，二是受眾的訊息分析能力，三是外界的影響。對媒介素養教育來說，對這三方面能產生影響的就是提高受眾的訊息分析能力，可供選擇的措施主要有以下幾種：

一是通過學校開設媒體素養課程，提高普通公民對媒介訊息的鑒別和分析能力；二是媒體對普通公民進行開放，從而讓他們瞭解新聞生產的流程，三是如有可能，政府部門或傳媒機構可以組織普通公民進行評報或共議某一話題的報導，從而形成良好的互動。以上三種措施，都能從一定程度上提高普通公民的訊息分析能力。

（三）重視網路媒介素養教育

根據中國互聯網路信息中心2009年7月發布的《第23次中國互聯網路發展狀況統計報告》，截至2009年6月底，中國（指大陸地區）網民規模達到3.38億人（居世界第一），較2008年底增長13.4%，上網普及率達到25.5%。與2008年底相比，目前30～39歲網民所占比重明顯增大，半年來占比從17.6%上升到20.7%。另外，40歲以上的網民規模整體有上升趨勢，10～29歲的年輕群體占比例下降明顯，但仍高達33%，為中國互聯網最大的用戶群體：

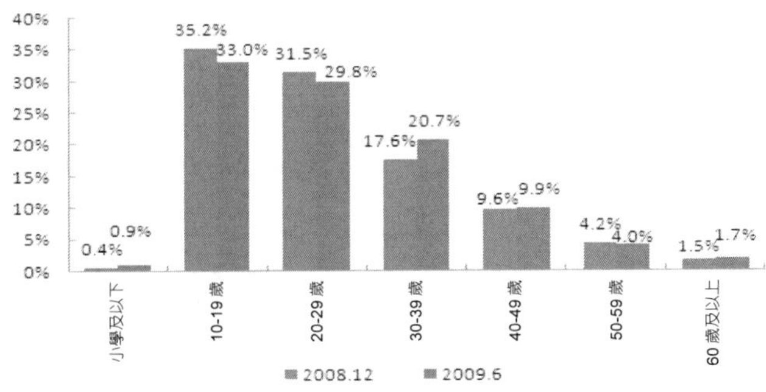

2007-2008年網民年齡結構對比

此外，中國青少年網民規模為1.75億人，半年增幅5%，目前這一人群在總體網民中占比51.8%。與2008年末相比，目前網民重心仍在逐漸向低學歷傾斜，學歷程度在小學及以下和高中的網民占比有所上升。

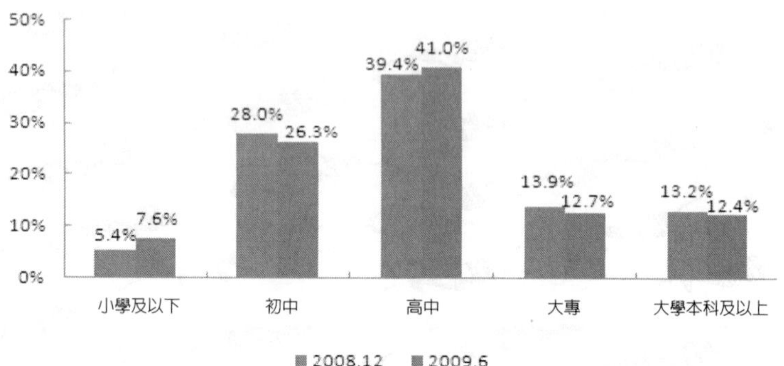

2007～2008 年網民學歷結構對比

從兩個圖表可以看出，中國網民雖然數量巨大，但年齡在29歲以下的占到六成七，學歷在大專以下的占到七成，這顯然對互聯網的發展造成了不小的影響。其中一個表現是「哄客」現象。「哄客」這名詞的提出者朱大可認為，它是「針對文化丑角的新式消費主體，享受丑角帶來的狂歡，並通過收視率和點擊率進行投票，在互聯網上表達意見，發出震耳欲聾的聲響。他們的趣味決定了『丑角經濟學』的收益，也決定了五角的命運。在某種意義上，哄客是五角的同謀，但他們的叫冤卻成了丑角時代的最強音」。[55]這些「哄客」們「從章子怡式的電影明星、『精神變態』的虐貓者、到銅須式[56]的『第三者』，都已成為廣大哄客的『公敵』，而那些更為重大的社會話題，卻遭到了嚴重忽略。互聯網洋溢著濃烈的後文革意識形態氣氛，而其特徵就是文革式敘事（一個中心），外加泛道德主義和泛民族主義（兩個基本點）」。[57]

---

55 朱大可：〈中國「哄客」的仇恨快意〉，中國《新聞周刊》，2005 年 7 月 11 日。

56 銅須門事件：2006 年 4 月，因被一網路遊戲玩家無端指責與其妻偷情，網路 ID 為「銅須」（爲一在校大學生）的玩家遭到人肉搜索，眾多網友則群起攻之，進行恐嚇和騷擾。海內外媒體均對該文化現象進行報導。「網路暴民」一詞由此產生。

57 朱大可：《轉型社會的哄客意志》，中國《新聞周刊》，2006 年 7 月 3 日。五角是指網路評論員。

從朱大可的觀點出發，我們可以看出中國網民作為「群氓」的一面。其中一大表現就是將負面典型視作榜樣，對負面報導中的小人物，極盡嘲諷和攻擊之能事。這種作風則在近兩年中的「人肉搜索」[58]中表現明顯。其中涉及大量侵犯普通公民隱私的行為，呈現「哄客」的起哄效應。直到2008年10月，深圳海事局黨組書記林嘉祥猥褻女童未遂事件，網友通過「人肉搜索」將其職位等身份曝光，最終交通運輸部黨組宣布免去黨內外一切職務，「人肉搜索」作為一種輿論監督的力量才得以體現。2008年12月底，南京「周久耕事件」[59]彷彿為2008年的網路監督畫上了一個圓滿的句號。但最大的問題是，「目前，我國關於網路管理、網路監督的相關法規尚不健全，比如說知情權與隱私權、政務公開與黨政機密、社會監督與造謠誹謗、言論自由與人身攻擊等，沒有明確的法規對其界定。」[60]

在這種情況下，「人肉搜索」的正當性保證往往只能靠網友的自律意識。要達到這樣的效果，必須要有一個好的社會氛圍。這需要全社會的努力，政府部門和傳統媒體應該扮演重要角色。

---

58 人肉搜索，是一種以互聯網為媒介，部分基於用人工方式對搜索引擎所提供信息逐個甄別真偽，部分又基於通過知情人匿名或公開「爆料」的方式搜集信息以查找人物或者事件真相的群眾運動。「人肉」一詞表明人工的介入在搜索過程中所扮演的重要角色，以區別與基於算法的傳統機器搜索。參見維基百科「人肉搜索」詞條，http://zh.wikipedia.org/wiki/%E4%BA%BA%E8%82%89%E6%90%9C%E7%B4%A2。

59 2008 年 12 月，南京市江寧區房產管理局長周久耕在接受採訪時表示，明年江寧區的樓市很樂觀，房地產開發商低於成本售樓要被查。此言在網上激起軒然大波。報導見報當天，一位網友在凱迪社區發帖，隨後許多網民進行「人肉搜索」，有網友揭露周久耕在一次會上抽的是 160 元一盒的「南京九五至尊」，之後又有網友通過以往的新聞圖片，查出周久耕戴的是價值 10 萬元的世界名表「江詩丹頓」。12 月 28 日，江寧區委研究決定免去周久耕的房管局長職務。2009 年 2 月報導指，因其涉嫌嚴重違規違紀被江寧區紀委立案調查。

60 程少華、傅丁根：〈網路監督：蓬勃中呼喚規範〉，《人民日報》，2009 年 2 月 3 日。

第七章　負面報導與和諧社會構建

建設社會主義和諧社會，實現民主法治、公平正義、誠信友愛、充滿活力、安定有序、人與自然和諧相處，這是新時期中國共產黨在大陸提出的戰略目標。在這項偉大工程中，新聞媒體既是參與者又是服務者。

作為一種題材取向的新聞實踐，負面報導理所應當應在和諧社會構建中起到積極而重要的作用。在筆者看來，正是由於負面報導充分展現了社會中的不和諧因素，從而促進了社會的和諧；負面報導還提高了執政黨的執政能力，使社會更加民主、法治；負面報導還將有力促進中國公民社會的建設。此外，正常開展負面報導還有利於社會的穩定。

第一節　負面報導在構建和諧社會中的作用

在構建和諧社會進程中，負面報導的作用主要體現在通過展現社會中不和諧的因素，從而讓全社會認識到這些問題並著力解決，此外還將構建和而不同的意見生態。

一、充分展現和消除不和諧因素

胡錦濤在黨的十七大上的報告中，曾專門論及《加快推進以改善民生為重點的社會建設》，明確提出：「完善社會管理，維護社會安定團結。……最大限度激發社會創造活力，最大限度增加和諧因素，最大限度減少不和諧因素」。

對於當前中國社會存在哪些不和諧因素，學界有多種觀點[1]：

1　參見中共中央黨校社會學教研室教授青連斌：〈學術界關於構建和諧社會的

1. 首先表現在階層關係的不和諧方面，主要是社會排斥、社會剝奪和社會斷裂問題。[2]其次是中央政府和地方政府之間的不和諧，中央的很多思想，在地方很難貫徹下去，越到下面越難，甚至會在貫徹的過程中走樣。
2. 最不和諧的還是收入分配差距過大，而且很多是由不公平分配所造成的。比如腐敗、權錢交易、偷稅漏稅、走私販私等。還有壟斷性行業，憑藉對資源、市場、價格的壟斷，獲得大量的壟斷利潤。
3. 構建和諧社會，必須重視解決我們黨的一些主要依靠力量為改革發展所承擔的代價與得到的補償不對等的問題。應當想方設法對農民、產業工人予以適當的補償。

2008年9月，中國社科院完成中國學界對和諧社會的首份研究報告——《中國社會和諧穩定研究報告》。該報告指出，來自社會群體之間的利益關係和社會經濟發展過程中出現的各種社會問題是中國面臨的兩大主要挑戰。報告認為，社會群體間的利益衝突是中國社會和諧穩定面臨的主要挑戰之一。醫療、就業成為最突出的社會問題。農民工群體雖然經濟地位較低，但具有更加積極的社會態度，而不是威脅社會穩定的因素。[3]

在筆者看來，從一定程度上說，導致社會不和諧的因素大多是社會問題。對於中國轉型期的社會問題，有研究者認為主要有以下四種：環境問題、貧困問題、醫療問題和犯罪問題。其中環境問題包括荒漠化、水污染、大氣污染、酸雨和垃圾污染；貧困問題則包括弱勢群體的生存與危險（如礦難）；犯罪問題自然包括腐敗問題。[4]

理論思考〉，中宣部《時事報告》雜誌，第 9 期。

[2] 其中，社會排斥是指我們制定游戲規則時，盡量考慮大家共同的利益，但在維護部分人利益的同時，會有意無意地斥另一部分人的利益。至於社會剝奪，體現最突出的就是城市拆遷和農民失地問題，尤其是對失地農民的社會剝奪是最明顯的。社會斷裂，指的是我們社會當中出現一些障礙，阻礙了階層間流動，尤其是下層向上層的流動。

[3] 滕興才：〈中國社會和諧穩定研究報告：幹群衝突最大〉，《中國青年報》，2009 年 9 月 12 日。

[4] 王義祥：《當代中國社會變遷》，華東師範大學出版社，2006 年 12 月第 1 版，頁 280-307。

事實上，在本書研究中負面報導的題材選擇上，社會問題占了大半。這是因為「可能或已經造成人員傷亡或重大損失的自然災害」屬於環境問題，而「政治、經濟和社會領域重大違法、違規現象」則屬於犯罪問題。

正是通過題材取向的新聞實踐，負面報導對展現社會不和諧因素起到了重要作用：由於媒體的介入，才讓越來越多的不和諧的事件和人物浮出水面，讓整個社會提高認識並有所行動。需要說明的是，媒體在展現社會的不和諧因素時，出發點應立足於讓中國社會更加和諧。從這個意義上說，負面報導在報導不和諧因素時，是富有建設性的，在報導手法上更注重關注的持續性和效果的可預見性，進而影響到公眾對所報導事件和人物的理性認知。

有論者就指出，「新聞傳媒對負面新聞訊息的報導在任何時候都不可回避，也不能回避。如果對這一部分的客觀事實視而不見，置若罔聞，或者說刻意的『漏報』、『隱報』、『瞞報』、『誤報』，新聞傳媒也就失去了它生存的本質意義，尤其在重大公共危機之類的負面新聞訊息面前，新聞媒體的失語和沉默實質是對公眾的不尊重，是對受眾知情權的侵犯，可想而知，長此以往新聞媒體的公信力焉復何在？」[5]

我們還可以從另外一個角度思考媒體的作用。正如胡錦濤在黨的十七大上的報告中所說，「和諧社會要靠全社會共同建設。我們要緊緊依靠人民，調動一切積極因素，努力形成社會和諧人人有責、和諧社會人人共享的生動局面」。通過負面報導這樣一種樣式，讓全社會首先熟悉和認知不和諧因素，從而聚合全社會的力量才消除不和諧因素，為構建和諧社會貢獻力量。

二、構建和而不同的意見生態

正如有人拆解「和諧」兩字的那樣，除了「人人有飯吃」外，還應該「人人有話說」（或「人人要說話」、「人人能說話」）。當然，

5　王繼榮：〈試論和諧社會語境下如何做好負面新聞的報導〉，第三屆全國新聞學子優秀論文評選參評論文，人民網——傳媒頻道，2007年11月16日，http://media.people.com.cn/GB/22114/44110/75857/6538867.html。

「有話說」是說普通民眾有意見想要表達，這是話語權表達的前提；「能說話」是指一種表達能力；「要說話」則是指當事人有強烈意願要表達。

中國正處於轉型期，在這樣的大背景下話語權的擁有和實現顯然顯得尤其重要。武漢大學新聞與傳播學院教授張昆提出了「和諧媒體」的概念，認為其基本內涵之一就是「和而不同的意見生態」：

> 和諧社會是一個開放多元的社會。在任何一個多元的社會，都不可能存在完全單一的政治意識形態、政治心理、政治思想和政治道德……意識、情感、態度的多樣化是一個客觀的存在，而容許多元意識、情感、態度的存在，給多元意見的碰撞提供平臺，允許多種意見的自由競爭，乃是一定歷史時期政治文明的具體體現……在和諧的社會，社會的目標是一致的，但是應該存在多種不同的聲音、多種不同的意見，這是和諧社會的基本要求。[6]

在本書所研究的負面報導中，包括了異議（不同觀點）的報導。這一題材指向的往往是與主流意見或大多數人的意見所不同的意見。用大白話說，它們往往是「少數人的意見」。為什麼要關注這一部分呢？主要基於如下三點：

（一）階層分化帶來不同利益訴求

由於中國正處於轉型期，也就是從傳統的農業社會向工業社會、從計劃經濟體制向市場經濟體制轉軌，基於資源占有關係等維度的階層分化明顯。同時，階層之間的矛盾也在加深。這事實上成為社會不和諧的重要動因之一。

尤其需要我們關注的是，正是隨著階層分化及矛盾的存在，其基於不同利益的訴求往往需要公平和公正表達的機會。這對弱勢群體來說更

---

[6] 張昆：〈「和諧媒體芻議」〉，載鄭保衛主編：《衝突整合：新聞傳播與社會發展》，新華出版社，2006年6月第1版，頁52。

加迫切和重要。因為如果他們的利益訴求得不到申張，那麼自身權益的保障及向上的階層流動對他們來說往往成為海市蜃樓。難怪美國學者羅伯特・達爾提出民主標準中有一項是包容性：「如果你在國家的統治中被剝奪了平等的發言機會，那麼，與那些有發言機會的人相比，非常有可能你的利益無法受到同樣的重視。如果你不能發言，誰來替你發言？如果你不能捍衛自己的利益，誰來捍衛你的利益？問題還不僅是你個人的利益，如果你所在的團體恰好全部都被排除了參與機會，那麼，你們團體的基本利益怎麼得到保護？」[7]

達爾的設問，其實對利益表達機制提出了要求。有研究者則提出了解決方案，認為構建和諧社會分層結構的一個要求就是「健全利益表達機制，整合階層利益」：

> ……讓各種社會力量、尤其是媒體，都能成為民意順暢表達的平臺和渠道。健全利益表達機制，可以使不同的甚至相互對立的價值追求及利益主張均可以得到充分表達、展示和平衡，各種不滿、懷疑和對抗能夠消化在民主過程之中並保持在一定秩序的範圍之內，各種利益衝突與爭執能夠通過民主機制得以和平解決而不是訴諸強權。同時，國家和政府通過這種健全的利益表達機制，可以協調不同利益群體的關係，化解不同群體的衝突，提升不同群體的社會合作，調整、縮小人們之間的利益差距，整合不同階層的利益訴求。[8]

這樣的提法當然是對的。但從操作層面來講，如何來確保媒體這種功能的實現卻是一個大問題。尤其在商業利益進逼的態勢下，大眾傳媒往往成為強勢集團的代言人，偏離公共媒體的方向。這就需要媒體的自覺與政府的投入（如公共廣播電視）和規制（對弱勢群體表達的保障）。

7　羅伯特・達爾：《論民主》，商務印書館，1999 年 11 月第 1 版，頁 84。

8　王翠萍、李葉青：〈當代中國社會群體分層與和諧社會建設〉，《黑龍江教育學院學報》2008 年第 3 期。

（二）言論生態應是多種聲音共鳴

在一個穩定的生態系統中，物種呈現出多樣性的特點。同樣，在一個良性運行的社會中，多種聲音並存不悖則是常態。但在人類發展的歷史進程中，這樣的認識卻來之不易。

在西方歷史上，以路德和加爾文為代表的宗教改革領袖發起的宗教改革運動，深刻地改變了歐洲文化和歐洲歷史。奧地利作家茨威格以此為題材撰寫過《異端的權利》一書，這本書從頭到尾講的便是，我們該如何看待持有不同觀點的人。其要旨正如1551年法國傳教士和神學家塞巴斯蒂安・卡斯特利奧所指出的那樣，「尋求真理並說出自己所信仰的是真理，永遠不能作為罪行。沒有人會被迫接受一種信念。信念是自由的。」[9]

信仰自由只是思想自由的一個斷面。英國思想家密爾對思想自由和討論自由有這樣的見解，「我們永遠不能確定我們努力壓制的觀念是錯誤的；即使我們能夠確定，壓制它們仍然是一種罪行」。[10]「……來說明一個事實的普遍性，即在人類智力的現在狀況下，只有通過意見的分歧才能使真理的各個方面有一個公平展示的機會。如果發現有人在什麼問題上的意見是與舉世都一致的意見相左的話，即使舉世都一致的意見是正確的，從那些少數異議者為自己進行的辯護中也總有值得一聽的東西，如果他們沉默了，真理將有所損失。」[11]

從西方宗教改革運動再到思想自由的追求上，我們可以清楚地看到，對不同聲音，也就是異議的尊重和重視，一直是貫穿始終的。在認識論層面，它影響到人們對真理的認識；在政治學層面，它又和民主密

---

[9] 塞巴斯蒂安・卡斯特利奧（Sebastian Castellio，亦寫作 Châtaillon、Castellión 或 Castello，1515 年至 1563 年 12 月 29 日），法國傳教士和神學家，16 世紀宗教自由及良心自由的主要倡導者。他曾在法國里昂大學修讀，並與加爾文在斯特拉斯堡及日內瓦共事，直至後來於 1544 年因信仰原則的分歧而被撤去日內瓦學院院長一職。

[10] 約翰・密爾：《論自由》（1859 年），張友誼等譯，外文出版社，1998 年 11 月第 1 版，頁 19。

[11] 約翰・密爾：《論自由》（1859 年），張友誼等譯，外文出版社，1998 年 11 月第 1 版，頁 53。

切關聯。羅伯特・達爾在論及「為什麼民主需要自由的表達」時，這樣寫道：

> 首先，公民對政治生活的有效參與，需要這種表達自由。如果公民不能在涉及政府行為的一切事務上自由表達自己的意見，那麼，他怎麼可能讓人們知道他的觀點？他又怎麼可能勸說他的同胞和代表接受他的觀點？而如果他們希望考慮別人的觀點，那麼他們首先應當能夠聽到別人說了些什麼。自由的表達不僅意味著我們有權利說出我們的觀點，它還意味著我們有權利聽到別人的觀點。
>
> 要對政府各種可能的行為和政策有充分的知情，也必須有表達的自由；要培養基本的公民能力，公民需要有機會表達他們自己的觀點，相互學習，參加討論和協商，通過語言文字向各位專家、政治候選人和他們認為會作出準備判斷的人請教、質詢，以及借助其他各種方式進行學習，而且這些方式都離不開表達的自由。
>
> 最後，公民一旦喪失了表達自由，很快就會對政府的決策議程無能為力。沉默的公民或許會成為獨裁者的理想臣民，但對於民主制度來說，卻是一場災難。[12]

之所以大段引用達爾的上述說法，是因為它凸顯了意見表達在政治生活中的重要性和必要性。它與單純的利益訴求還不一樣，因為那樣的訴求往往屬於社會生活領域。但無論在哪個領域，在意見表達中，異議的表達顯然也是重要組成部分。

反觀中國，有研究者曾專門考察中國民意與政策的互動關係時就發現：

> 西方一些學者認為，在一黨執政的權威體系中，由於沒有合法的政治競爭，執政黨可以持續統治而且不需要對民意做出任何實質性的反應。在毛澤東時代的中國，共產黨壟斷了政治社會化和政

---

[12] 羅伯特・達爾：《論民主》，商務印書館，1999年11月第1版，頁105。

> 治動員的途徑，並宣稱可以代表大眾的利益而制定政策，不允許存在不同的觀點。在這方面，中國類似於斯大林時期的蘇聯，那個時候蘇聯共產黨極力掩蓋真相，而忽視甚至恐嚇公民個人的意見。按照這種觀點，民意對決策是不可能有影響的（Crepsi，1997; Wyman，1997）。
>
> 然而，其他一些事實表明，雖然權威體制的實質沒變，後毛和後鄧時代的領導者對民意相當注意和重視。他們通過政府的政策研究機構系統地收集公眾意見，對先前的政策進行反饋。在立法過程中，全國人民代表大會和中國人民政治協商會議在代表不同利益上扮演重要角色。中國媒體公開討論他們自己在反映民意和監督政府政策及其執行上的角色。政府使用民意調查來制定經濟改革政策。[13]

對不同意見的寬容，同樣也體現在官員的認識上。2009年2月28日下午，國務院總理溫家寶在中國政府網與網友在線交流時表示，「我一直認為群眾有權力知道政府在想什麼、做什麼，並且對政府的政策提出批評意見，政府也需要問政於民、問計於民，推進政務公開和決策的民主化。」2008年1月16日，廣東省委書記汪洋出席政協第十屆廣東省委員會第一次會議各界別委員代表座談會時，就直言：「要讓領導同志講真話不講套話，講實話不講空話，講有感而發的話不講照本宣科的話，就必須允許他講不準確的話，或者是允許他講錯話！」[14]

可以預期的是，隨著民主進程的推進，中國官方和民眾對多種聲音的尊重將成為了一種風尚。

（三）重視網民意見的表達

隨著互聯網的普及，越來越多的意見通過網路論壇、博客和專欄等方式進行傳播。由於網民是分散的個體，其意見的多元顯得尤為明顯。

---

13 〔美〕唐文方：《中國民意與公民社會》，胡贛棟、張東鋒譯，中山大學出版社，2008年1月第1版，頁20-21。

14 廣東省委書記汪洋：〈讓領導講真話須允許他說錯話〉，《廣州日報》，2008年1月17日。

由於網路如同一個開放的社會，各種意見泥沙俱下，全社會持寬容的心態當是理性的選擇。

有人對中國當前社會的主要矛盾提出了自己的看法，認為它「既不是社會生產落後於人民日益增長的物質文化需求（因為改革開放28年，是建國以來國民經濟發展最快，持續時間最長的時期）；也不簡單地是公共品供給落後於公共品需求（目前政府所提供的公共品種類遠多於此前的任何一個時期）……中國當前社會的主要矛盾，在不少地方和單位，越來越表現為權力的代表性滯後於人民日益增長的權利意識。我以為，權力來源上的先天不足，權力結構上的後天不順，既是蘇東劇變的重要原因，也是導致我們當前社會主要矛盾的兩大原因。」[15]

如果我們不去爭論到底如何來評定社會主要矛盾，那麼，這一新提法也有值得我們思考的地方。從它出發，我們也更加容易理解為什麼在網路上會出現「百家爭鳴」的局面。這在一定程度上也是因為傳統媒體由於經過層層把關，其代表性顯然會受到影響。網友多元的意見，正好彰顯了整個社會權利意識的覺醒。

近年來，在一些重大事件中，都少不了網友的聲音。比如在廈門PX項目事件中，正是因為網友連岳的接連網路炮轟，形成全國關注的熱點，直接影響到政府決策。另一個影響深遠的事件是華南虎照片事件，圍繞這一事件，網路意見領袖們分成兩大陣營，網路上先是展開了針鋒相對的爭議，接著矛頭一邊倒地直指陝西省地方政府部門。還有「抵制家樂福」事件。2008年4月10日上午10時45分，26歲的網民「水嬰」，將一條題為「抵制法國貨，從家樂福開始」的帖子發布在「貓撲」網站上，這也是國內最早呼籲抵制家樂福的網帖之一。[16]

尤其在負面報導的新聞實踐中，消息來源、報導內容以及報導引發的結果常常與網路民意的表達有密切關係。這正是說明網路時代公眾議程對媒體議程乃至政府議程的深遠影響。近年來，這樣的例子越來越多。

15　辛宇：〈試析當前社會矛盾與黨內權力制衡〉，《炎黃春秋》，2007年第11期。

16　季明、李舒、郭奔勝：〈網路意見領袖「顯性化」〉，《瞭望》新聞周刊，2008年6月24日。

比如2008年12月上旬，江蘇南京江寧區房產局局長周久耕在一會議上抽天價煙，被網友發貼質疑，然後經過「人肉搜索」發現他不但抽高價煙，還戴名貴手錶，開凱迪拉克轎車。隨後，江寧區委經初步調查，周久耕存在用公款購置高檔香煙的奢侈消費行為；同時鑒於周久耕擅自對媒體發表不當言論，在社會上產生了不良影響，江寧區委研究決定，免去周久耕江寧區房管局局長職務。最終周久耕因違紀而被調查。從網民發現周久耕抽的是「天價煙」，到南京市江寧區委決定免去其局長職務，前後只用了14天。這也充分說明網路意見對現實的推動，也說明一些地方對網路民意的尊重。

2009年2月8日，在雲南晉寧縣公安局發生一起在押人員意外死亡事件。在「2・08」案件情況通報會上，晉寧縣公安局副局長閆國棟說：「2009年，晉寧看守所，男，李蕎明，該事件係在押人員趁民警剛巡視過後擅自進行娛樂遊戲時，發生的一起意外事件。有人說是躲貓貓。」這一說法在網路上被廣受質疑，甚至雲南省委宣傳部還為此組織了一個網友調查團，但真相還是在「躲貓貓」。最終，直到2月27日下午5時，雲南省政府通報了「躲貓貓」事件的調查結果：「李蕎明係看守所內牢頭獄霸以玩遊戲為名，毆打致死」，六名相關政法幹部被記過或撤職。

雖然網友的意見表達有過促進真相揭示的作用，或推進公共決策的科學性[17]，但對於網友紛繁的意見表達，近年來，一些地方卻採用了「網路評論員」或「網路應對員」來回應一些網友的評論或爆料，以實現輿論引導的目的。陳力丹等人對此持否定態度，認為公權力不該做綁架輿論的事情：

> 互聯網是一個開放的訊息平臺，在方法上，即使公權力出於公益的目的，對某種意見的干預也應該以保障合法的自由傳遞的環境

[17] 有研究者認為，網路輿情對公共決策有雙重影響：積極影響體現在提供「原生態」輿情基礎，增加決策科學性；進行有效監督，增強決策公信力；校正不合理決策，豐富決策合理性。網路輿情對公共決策的不利影響主要體現在由於受到利益的支配，輿情不一定都是正確的。但錯誤的輿情對決策者產生負面影響。參見劉毅：《網路輿情研究概論》，天津人民出版社，2007 年 9 月第 1 版，頁 331-333。

為限度，不能通過組織的手段，製造虛假輿論來達到這個目的……公權力貴在掌握第一時間公開發布訊息的話語權，放棄這種有利的時機，反而將精力集中在依靠網路應對員的封堵或事後補救上，這種消極對待網路意見的方式，是不可取的。[18]

由此看來，如何善待網友意見的表達，的確是一個現實課題。

第二節　負面報導與執政能力建設

在當下中國的語境裏，執政能力不但包括黨的執政能力，也包括政府的執政能力。在很多方面，二者是重合的，但又呈現各自不同的特色。

按照中國共產黨第十六屆中央委員會第四次全體會議通過的《中共中央關於加強黨的執政能力建設的決定》，黨的執政能力就是「黨提出和運用正確的理論、路線、方針、政策和策略，領導制定和實施憲法和法律，採取科學的領導制度和領導方式，動員和組織人民依法管理國家和社會事務、經濟和文化事業，有效治黨治國治軍，建設社會主義現代化國家的本領」。這說明黨的執政能力主要體現在大政方針上，而政府的執政能力顯然應該是在治理模式上。但無論是黨或政府的執政能力，在筆者看來，都是推進善治。

負面報導與執政能力的關係則體現在：通過負面報導，推動政治文明建設，建立一個開放、透明的政府；通過有效的輿論監督，實現下情上達；通過媒體議程將公眾議程轉化為政府議程，從而影響公共決策。

一、負面報導與政治文明

建設社會主義政治文明作為全面建設小康社會的重要目標，是中國共產黨在建設中國特色社會主義實踐中取得的新的重大認識。

---

18 陳力丹、李冠礁：〈公權力不該做綁架輿論的事情〉，《新聞記者》（上海），2009 年第 3 期。

有論者指出，我國社會主義政治文明建設主要包括以下幾方面的內容：堅持和完善社會主義民主制度（人民代表大會制度、共產黨領導的多黨合作和政治協商制度、民族區域自治制度、「一國兩制」方針、基層群眾自治制度）；健全社會主義法制（實行依法治國、建立中國特色社會主義法律體系、維護社會主義法制的統一和尊嚴、法律面前人人平等、依法行政、司法公正、違法必究）；加強和改善黨的領導（包括加強對領導幹部的監督等）[19]。

負面報導在推動政治文明的作用主要表現在以下方面：

（一）促進社會主義法治

負面報導的題材取向中，政治、經濟、社會領域重大違法、違規現象是重要內容。通過這些題材的報導，在揭示一些違法現象、違規的同時，也向全社會提出預警，從而有效推動社會主義法治。

2008年發生了多起抓記者案，其中影響最大的是西豐縣公安局進京抓記者案。2008年1月1日出版的《法人》雜誌（法制日報社主辦）刊發了記者朱文娜採寫的《遼寧西豐：一場官商較量》。文中敘述了遼寧西豐女商人趙俊萍因不滿西豐縣政府對其擁有的加油站的拆遷補償處理，編發短信諷刺縣委書記，被判誹謗罪。1月4日下午，西豐縣多名警察來到雜誌社，稱朱文娜的報導涉及西豐縣縣委書記，涉嫌誹謗罪已被立案，要將其拘傳。7日被媒體披露後，在社會上產生強烈反響，中國記協在聽取朱文娜的陳述後，表示「要維護記者的合法權益」。9日下午，西豐縣委派人赴京向朱文娜和其單位表示道歉，西豐縣公安局做出了撤銷對朱文娜的立案和拘傳的決定。2月5日，遼寧省鐵嶺市委宣布西豐縣委書記在「進京拘傳記者」事件中「法制意識淡薄，負有不可推卸的領導責任」，2月4日，西豐縣委書記被責令引咎辭職。[20]

---

19 北京大學教授蕭蔚雲：〈社會主義政治文明建設的主要內容〉，《人民日報》，2003年1月21日第9版。

20 該事件描述來源范以錦：〈盤點 2008 重大傳媒事件〉，《新聞與寫作》，2008年第12期。

該事件由有關法治的負面報導而引發，結果卻成了一齣鬧劇。從對違法、違規事件的報導，再到因此而產生的違法、違規事件，並再經媒體報導，事實上形成了多個違法、違規事件的多次報導。通過這些報導，對違法、違規事件進行深入的披露，達到很好的警示作用，對普通公眾的行為有明確的指向性作用。

2008年2月28日，國務院新聞辦公室首度發表《中國的法治建設》白皮書。其中多處與媒體有關，比如在提及「司法制度與公正司法」部分，特別提到「公開審判制度」：「人民法院審判案件實行依法公開、及時公開的原則……對公開開庭審理的案件預先公告，允許公民和新聞媒體記者旁聽審理過程。」在法制教育方面，則提及「各級各類學校把法治教育納入必修課程，廣播、電視、報刊、網路等新聞媒體加強了法治宣傳，目前已有300多家省級、市級電視臺開設了法治欄目，一些地方還開辦了法治宣傳教育網站」。在司法的監督方面，提及「公眾和新聞輿論對政府及司法工作的監督渠道不斷拓寬」。

但是，近年來，一些重大案件的審理並不公開、透明，典型的比周正毅案、陳良宇和楊佳案。這些案件的審理事實上都是非公開的。媒體記者根本就拿不到旁聽證[21]。2009年發生央視新大樓北配樓大火，但事故調查的進展也沒有及時對公眾公布。難怪全國政協委員、著名演員宋春麗在2009年全國「兩會」期間表示：「央視大火損失這麼大，必須給委員們做個交代！至少要向委員專題說明目前調查的進展，起訴的步驟，以及善後的措施。」[22]

由此看來，負面報導在推動中國法治社會的構建過程中還需要更多地努力。

21　比如楊佳案開庭當天，上海市二中院門前的電子告示螢幕顯示：「2008 年 8 月 26 日 13：00，C101 法庭，公開審理楊佳故意殺人案」。然而，當記者和前來旁聽的市民準備登記進入時，卻被法院告知，這次庭審不對外發放旁聽證。參見邵建：〈楊佳案公開審理應該名副其實〉，《珠江晚報》，2008 年 8 月 28 日。

22　〈政協委員質疑「央視大火」進展不透明〉，《京華時報》，2009 年 3 月 12 日。

（二）促進政治透明、開放

中共十七大報告提出「確保權力正確行使，必須讓權力在陽光下運行」，這實際上是對政治透明和開放鄭重承諾。所謂政治透明，按照俞可平的觀點，「政治透明指的是政治訊息的公開性。每一個公民都有權獲得與自己利益相關的政府政策的訊息，包括立法活動、政策制定、法律條款、政策實施、行政預算、公共開支以及其他有關的政治訊息，每個選民都有權獲得應當由自己選舉產生的政府官員的相關訊息」。[23]

俞可平認為，中國治理改革的最終目標是實現善治。善治應當有十個要素：除合法性、法治等之外，透明性也是其中之一，即政治訊息的公開性。[24]

負面報導中承載的訊息，大多為所謂的「敏感訊息」，而在「善治」的視域裏，即是理應滿足公眾知情權和監督權的內容。近年來，這些訊息的開放突出表現在政府官員重大違法、違規案件的報導上，以及突發事件的報導上。

在促進政治透明和開放上，近年來，在制度建設上已經有了很大進步。最突出的表現是2007年11月1日起施行的《中華人民共和國突發事件應對法》和2008年5月1日起施行的《中華人民共和國政府訊息公開條例》。

在《中華人民共和國突發事件應對法》中，對訊息的傳播進行了明確規定：

> ……宣布進入預警期後，縣級以上地方各級人民政府應當根據即將發生的突發事件的特點和可能造成的危害，採取下列措施：（一）啟動應急預案；（二）責令有關部門、專業機構、監測網點和負有特定職責的人員及時收集、報告有關訊息，向

---

[23] 俞可平：〈社會公平和善治是建設和諧社會的基石〉，《光明日報》，2005年3月22日。

[24] 俞可平：〈中國治理變遷 30 年（1978-2008）〉，《吉林大學社會科學學報》，2008年第3期。

社會公布反映突發事件訊息的渠道，加強對突發事件發生、發展情況的監測、預報和預警工作；（三）組織有關部門和機構、專業技術人員、有關專家學者，隨時對突發事件訊息進行分析評估，預測發生突發事件可能性的大小、影響範圍和強度以及可能發生的突發事件的級別；（四）定時向社會發布與公眾有關的突發事件預測訊息和分析評估結果，並對相關訊息的報導工作進行管理；（五）及時按照有關規定向社會發布可能受到突發事件危害的警告，宣傳避免、減輕危害的常識，公布諮詢電話。

而在《中華人民共和國政府訊息公開條例》中規定，行政機關對符合下列基本要求之一的政府訊息應當主動公開：（一）涉及公民、法人或者其他組織切身利益的；（二）需要社會公眾廣泛知曉或者參與的；（三）反映本行政機關機構設置、職能、辦事程序等情況的；（四）其他依照法律、法規和國家有關規定應當主動公開的。此外，縣級以上各級人民政府及其部門應重點公開的政府訊息中，就包括「突發公共事件的應急預案、預警訊息及應對情況」。

該《條例》還特別規定：「行政機關不得公開涉及國家秘密、商業秘密、個人隱私的政府訊息。但是，經權利人同意公開或者行政機關認為不公開可能對公共利益造成重大影響的涉及商業秘密、個人隱私的政府訊息，可以予以公開。」

這種對公共利益指向的強調，正是政治透明和開放的深刻表現。

二、負面報導與公共政策

負面報導與公共政策的關係體現在：通過有效的輿論監督，實現下情上達；通過媒體議程將公眾議程轉化為政府議程，從而影響公共決策。

注重新聞宣傳工作與公共政策的互動是中共的傳統。在中國當代新聞史上最突出的表現是群眾辦報。1948年4月2日，毛澤東發表《對晉綏日報編輯人員的談話》，指出：「馬克思列寧主義的基本原則，就是要使群眾認識自己的利益，並且團結起來，為自己的利益而奮鬥。報紙的作用和力量，就在它能使黨的綱領路線、方針政策，工作任務和工作方法，最迅速最廣泛地同群眾見面。」[25]他還指出，「我們應該走到群眾中間去，向群眾學習，把他們的經驗綜合起來，成為更好的有條理的道理和辦法，然後再告訴群眾（宣傳），並號召群眾實行起來，解決群眾的問題，使群眾得到解放和幸福。」[26]

針對黨報的新聞報導對黨的政策持何種態度方面，劉少奇的看法更為直接：「你們的報導一事實上要真實，不要加油加醋。不要戴有色眼鏡，群眾是反對我們就是反對我們，是歡迎就是歡迎，是誤解就是誤解，你們不要害怕真實地反映這些東西。唯物論者是有勇氣的，絕不要加添什麼，絕不要帶著成見下鄉。黨的政策到底對不對，允許你們去考察。如果發現黨的政策錯了，允許你們提出，你們有這個權利。如果你們看到黨的政策大體上是對的，但是還有缺點，也要提出來。這是不是不相信黨的政策呢？不是的。黨的政策是否正確要在群眾實踐中考驗。」[27]

通過深入群眾發現黨的政策是否正確，在劉少奇看來，不但是新聞記者的權利，也是新聞記者的義務。這樣的態度顯然正好是對「實踐是檢驗真理的唯一標準」的認同表示。隨著時代的進步，在當下中國，不但黨的政策，就連政府頒布的法律、法規和一個規定都應接受群眾的監督和評議。負面報導則通過不同意見的表達，從而影響到政策的制定、修正甚至廢除。

近年來比較典型的就是2003年發生的孫志剛案。孫志剛是一個有工作單位的大學畢業生，當年3月17日因無暫住證在廣州街頭被帶至廣州天河區黃村街派出所。第二天又被送往廣州收容遣送中轉站。同一天，孫志剛稱有心臟病被收容站送往廣州收容人員救治站。3月19～20日：

---

25 《毛澤東新聞工作文選》，新華出版社，1983 年 12 月第 1 版，頁 149。

26 〈組織起來〉（1943 年 11 月 29 日），《毛澤東選集》第 3 卷。

27 劉少奇：〈對華北記者團的談話〉（1948 年 10 月 2 日），載張之華主編：《中國新聞事業史文選（公元 724 年-1995 年）》，中國人民大學出版社，1999 年 1 月第一版，頁 506-507。

孫志剛在救治站遭遇無情輪番毒打。3月20日，救治站宣布孫志剛不治死亡。[28]

但這一事件被放大為社會事件或公眾事件，則與媒體報導密切相關。4月25日，南方都市報刊登〈一大學畢業生因無暫住證被收容並遭毒打致死〉一文，引起社會強烈反響。5月14日：華中科技大學法學院法學博士俞江與騰彪、許志永兩位法學博士以中國公民的名義，向全國人大常委會上書，建議對〈城市流浪乞討人員收容遣送辦法〉進行違憲審查。「上書」指出人身自由是由《憲法》所固定的根本權利，是神聖不可侵犯的。這被媒體稱為「違憲審查第一案」。

5月18日，孫志剛的遺體在廣州火化。5月23日，著名法學專家賀衛方、盛洪、沈巋、蕭瀚、何海波聯合上書全國人大常委會，提請就孫志剛案及收容遣送制度實施狀況依照《憲法》啟動特別調查程序。最終，孫志剛被故意傷害致死案中所有涉案人員都受到了法律的懲罰。最重要的是，6月20日，國務院總理溫家寶簽署國務院第381號令，公布施行〈城市生活無著的流浪乞討人員救助管理辦法〉，該辦法自2003年8月1日起施行。1982年5月12日國務院發布的〈城市流浪乞討人員收容遣送辦法〉同時廢止。

反觀孫志剛案件，媒體報導影響公共政策的過程如下：事件的出現—媒體報導—民意呼應（網路意見表達、社會各界反應）—影響政策制定者（政府官員、人大代表）—改變政策。這只是一個負面報導影響公共政策的典型案例。香港中文大學政治與公共行政系教授王紹光就指出，「除了像孫志剛案這樣的『焦點事件』外，在多數情況下，輿論影響公眾議程的設置、進而影響正式議程的設置是一個較長的過程。對比最近幾年提上公眾議程的話題與政府政策的調整，我們可以看到兩者之間存在一條清晰的脈絡，包括三農問題、農民工問題、戶籍改革問題、義務教育問題、公共衛生問題、醫療保障問題等。在所有這些領域，輿

---

[28] 事件過程描述來自劉小年：〈「孫志剛事件」後面的公共政策過程分析〉，《理論探討》，2004 年第 3 期。

論對原有政策的批評一般都比政策調整要早3至5年，前者對後者的推動作用毋庸置疑。」[29]

通過負面報導，除了對一些違法、違規現象的報導可影響公共政策外，還可以通過不同意見的表達，對不合理的公共政策進行揭露與批評，進而引起全社會共鳴，最終促進其修正甚至廢除。負面報導影響公共政策，實際是公民參與政策制訂和修正的一種表現。

從公共治理角度，實現善治的一大途徑就是建立參與型政府，促進政府和群眾的良好互動與合作。蓋伊・彼得斯認為參與模式的最大特點和優點在於「它強調公民參與政策過程的所有階段，而不僅僅是在政策執行後抱怨或提供有關政策執行方式的反饋訊息。這種積極的態度能使錯誤在出現以前就可以得到糾正」。[30]

但在中國時下的現實中，通過媒體報導來影響公共政策並不是那麼容易的事。有論者在評價央視《實話實說》（1996年3月16日推出）這類談話節目時就指出，「從總體上說，媒介以公眾參與的開工所提供的民間公共空間還有很多的不足。其關鍵在於，公共空間需要的是一種自由而開放的辯論……而從現實層面來看，傳統媒介仍然有比較嚴格的『把關』。這種把關在某些時候是必要的，比如涉及重大的路線、方針和政策問題。但很多時候，公共論壇對意見表達的限制卻是出於不必要觀念障礙或體制的弊端。比如，在話題的選擇上，這類節目有偏『軟性化』的傾向，而不敢觸及某些重要的、與公眾利益相關的新聞性話題。」[31]

這種現象不僅體現在電視談話節目中，在一些重大決策事件中，媒體報導的自由度和作用力都不一樣，往往充滿隨機性。比如2003年發生的「保衛都江堰」事件。事情的起因是都江堰管理局不顧有關部門和專家的反對，執意要在都江堰世界文化遺產核心區修建水利工程楊柳湖水

---

29 王紹光：〈中國公共政策議程設置的模式〉，《中國社會科學》，2006 年第 5 期。

30 〔美〕蓋伊・彼得斯：《政府未來的治理模式》，中國人民大學出版社，2001 年版。

31 汪凱：《轉型中國：媒體、民意與公共政策》，復旦大學出版社，2005 年 9 月第 1 版，頁 67。

庫大壩。2003年7月9日，《中國青年報》「綠版」（環境專題版面）以「世界文化遺產都江堰再建新壩箭在弦上」為題，在全國首先披露了這個2500多年前的世界文化遺產面臨破壞的消息。隨之而來的是舉國一片保護之聲──中央電視臺、《南方周末》、新華網等180多家媒體紛紛展開深人報導，幸運的是，在輿論強烈關注的3個月後，四川省政府宣布撤銷在遺產地址建設大壩的設想。[32]

但是2001年3月，距魚嘴6公里、楊柳湖水庫大壩「姊妹工程」的紫坪鋪水利樞紐工程卻上馬興建。由於紫坪鋪水利工程對生態環境的影響，都江堰在申報世界自然、文化遺產時只獲得世界文化遺產稱號，而未能進入世界自然遺產名錄。為阻止楊柳湖水庫大壩上馬作出貢獻的中國青年報記者張可佳向媒體說：「紫坪鋪工程那時候幾乎就不讓媒體碰，基本上是封鎖的。開會的時候記者也不讓進。」[33]

由此看來，負面報導對公共政策和公共決策的推動作用，本屬於一個制度性政治參與渠道的應有之義，但在現實中，它往往受制於一些政府機關、利益機構或集團的影響，從而導致公開報導難，即令公開而充分地報導，影響公共政策和公共決策的力度仍然有限。但在筆者看來，只要堅持不懈地將政策或決策不合理的地方披露出來，加上政治更加透明、開放，善治的目標是可期的。

第三節　負面報導與中國公民社會構建

公民社會（Civil Society）是一個舶來語，在中國也被譯為市民社會、民間社會。作為一個西方學者提出的理念，西方漢學界、中國大陸和臺灣知識界在八十年代下半葉開始引入該理念時，形成了他們彼此不同的問題結構以及他們各自的取向或訴求，從而也就相應地表現為他們對市民社會的不同理解。[34]

32　張可佳：〈「保衛都江堰」背後的思考〉，《中國記者》，2004年第1期。

33　張惠娥：〈誰保衛了都江堰？〉，《南方都市報》，2003年9月22日。

34　參閱鄧正來：〈市民社會理論的研究：序《國家與市民社會》〉，《中國書在本書中，對公民社會的這一概念和內涵當然不可能進行深入探討，只是選取一些學界達成共識的內容。有論者指出，「公民社會是介於國家和社會之間的中間領域，是現代社會生活的一個特殊部分……最根本的特徵體現在兩個方面，一是每個公民的權益、需求與價值都得到了前所未有的尊重和保障。尊重人的自由、尊重人的自主意志，構成了公民社會的最基本的規則要求。在這個意義上，公民社會凸顯了公民的價值與權利。二是公民社會的建構在於每個公民的自覺參與。換言之，一個健康的公民社會，不僅是一個凸顯公民價值與權利的民主社會，而且還應是一個倡導公民參與意識、責任意識的社會。簡而言之，公民社會是普通人都能參與解決問題的話語體制。[35]

美國學者安東尼・奧羅姆也指出，「公民社會問題，在某種意義上也就是社會資本問題。原則上，民主國家似乎極其有賴於強大的公民社會，特別是有賴於中介組織和社團，而由公民支持的中介組織和社團，形式上公民通過它們可以向政府官員表達他們的見解」。[36]

俄羅斯著名政治學安・米格拉尼揚在《俄羅斯現代與公民社會》一書中，則認為公民社會的建構有賴於個人、社會和國家三者之間的有機互動，每個成員都有他們在建構公民社會中的功能角色，而大眾傳媒正是政治的對話者、訊息的傳播者與公民社會的組織者。[37]在筆者看來，具體到負面報導，它與中國公民社會建設的主要關係主要體現在以下幾個方面：

一、對民眾參與意識的呼應

從以上論述可以看出，公民社會強調的是公民的參與和公民對國家權力的制約。但對當下的中國來說，這兩方面做得都不夠。

評》，1995 年 9 月第 7 期。

35 暨南大學新聞學 2008 屆方婷碩士論文：《時評與公民社會建構》，指導教師：薛國林。

36 安東尼・奧羅姆：《政治社會學導論》（第 4 版），張華青等譯，上海世紀出版集團上海人民出版社，2006 年 9 月第 1 版，頁 230。

37 轉引自胡逢瑛、吳非：〈俄媒體政治功能轉型對社會穩定的影響〉，載清華大學國際傳播研究中心編：《全球傳媒報告 II》，復旦大學出版社，2005 年 12 月第 1 版。

對於轉型期的中國來說，按蕭功秦的說法，是一種「後全能主義型的技術專家治國的權威政治模式」，其主要特點之一是：「90年代以來逐漸形成的這種政治模式，具有低政治參與與高經濟投入相結合的特點。更具體地說，自90年代以來，中國政府通過抑制激進自由派與原教旨主義的意識形態保守派這兩極政治勢力的政治參與，並通過對民間政治參與的嚴格制度限制，來實現政治穩定，並以此來創造有利於市場經濟發展的宏觀環境。正是由於這種『低度政治參與』下的政治的穩定，為吸引國內外資本的高投入提供了有利條件」。[38]

在另一篇文章時，蕭功秦認為，「處於轉折時期的中國存在著一種固有的制度性缺陷，那就是有效監督機制的缺位……形成這種監督缺位的原因大體上有以下方面：首先，1989之後，出於政治穩定的需要，主政者為了防範激進自由派與政權反對者利用大眾傳媒與結社，來對現存政治秩序提出挑戰，不得不加強對傳媒的控制……其次，由於歷史與文化的影響，中國城市農村的勞動階層雖然人數眾多，但沒有自主維護自己利益與實行對社會有效監督的傳統，不構成制衡腐敗的實質性力量。第三，掌握道德批判的話語權的知識分子，在前述觀念世俗化過程中，也日益喪失了社會批判者的功能」。[39]

正是由於民眾政治參與度的降低，以及經由媒體對國家權力進行有效監督的這一渠道受限，導致了中國改革進程中的諸多問題。比如城市拆遷問題，群體性事件多發的問題。中國政法大學教授蔡定劍就曾在一論壇上直言，「當前改革的失誤與公眾參與的缺失有關。改革過程中出現的失誤也好，問題也好，原因究竟出在什麼地方呢？當然這裏面有很多的原因，但在我看來公眾參與的缺失是非常非常重要的一個原因。如果有些改革的具體措施在設計之初就有公眾的參與、社會的討論，就不會出現一些需要反思的結果。」[40]

---

[38] 蕭功秦：〈中國後全能型的權威政治〉，載其所著：《中國的大轉型——從發展政治學看中國變革》，新星出版社 2008 年 3 月第 1 版，頁 115。

[39] 蕭功秦：〈轉型期社會各階層政治態勢與前景展望〉，載其所著：《中國的大轉型——從發展政治學看中國變革》，新星出版社，2008 年 3 月第 1 版，頁 149。

[40] 蔡定劍：〈改革決策與公眾參與的缺失〉，《中國新聞周刊》新聞中國三月

為實現具體參與，蔡定劍在上述論壇上建議，「應該加上一點的就是知識精英與公共媒體，在公眾參與中這個是要擔負起重要責任的。因為在實現公眾參與具體的途徑時，老百姓個體的力量畢竟還有缺陷，需要給弱勢群體以組織，組織起來才可以跟強勢的群體對話。我覺得知識精英與公共媒體要採取一個寬容的態度，在改革過程當中，在社會有重大利益調整之時，我們需要有一種比較多元的媒體代表各種不同的這種聲音來說話，能夠把社會的這種聲音發出來。」

對負面報導來說，媒體恰好提供給普通公民一個利益訴求與意見主張的渠道。此外，通過對政府官員重大違法、違規現象的報導，踐行監督之責。從一定意義上說，只有在媒體報導受限越小的情況下，公民社會才會更加強大。不過，這應該是一個漸進的過程。有論者就呼籲：

> 在中國這樣一個強政府、弱社會以及利益發育不均衡的體制裏，媒體和輿論對政府及強勢利益集團的監督也顯得非常重要。中國現在很多群體性事件就是最先通過媒體，特別是網路披露或報導出來的，也是在輿論的壓力下才得到妥善處理。但比起民眾的需求來，當前輿論的監督力量還比較薄弱，應該放鬆政府對媒體和輿論的管制。[41]

所幸在互聯網時代，全民監督成為一種可能。最典型的例子是2009年年初的南京周久耕天價香煙事件以及雲南「躲貓貓」事件。

二、促進公共領域的形成

公共領域（Public Domain）的概念是現代公民社會的思想基礎，有關公共領域的學說是公民社會理論的最重要節點之一。沒有對公共領域

論壇「改革與公眾參與」，2006 年 3 月 23 日，http：//news.sina.com.cn/c/2006-03-31/11359495137.shtml。

41 鄧聿文：〈如何化解群體性事件？〉，《聯合早報》（新加坡）2009 年 1 月 31 日，http://www.zaobao.com/special/china/cnpol/pages2/cnpol090131b.shtml

概念的確認和伸張，公民社會理論不僅是不完整的，而且將失去全部的生氣和意義。

「公共領域」的概念最初是由20世紀50年代德國傑出的女思想家漢娜・阿倫特提出的。在她看來，「『公共』一詞表明了世界本身……共同生活在這個世界，這在本質上意味著一個物質世界處於共同擁有它的人群之中，就像一張桌子放在那些坐它周圍的人群之中一樣。這一世界就像一件中間物品一樣，在把人類聯繫起來的同時，又將分隔開來。作為一個共有的世界，公共領域可以說把我們聚在一起，又防止我們彼此競爭。」[42]以桌子來比喻公共領域，可謂形象生動。

1961年，哈貝馬斯發表了《公共領域的結構轉型》一書，對公共領域進行了專門研究。他認為，「公共本身表現為一個獨立的領域，即公共領域，它和私人領域是相對立的。有些時候，公共領域說到底就是公眾輿論領域，它和公共權力機關直接相抗衡。有些情況下，人們把國家機構或用來溝通公眾的傳媒，如報刊也算作『公共機構』」。[43]在另一篇文章時，他則提出了「公共領域」的概念：「我們首先意指我們的社會生活的一個領域，在這個領域中，像公共意見這樣的事件能夠形成。公共領域原則上向所有公民開放。」[44]

從哈貝馬斯的這些論述可以看出，在他在眼中，大眾傳媒自然而然是「公共領域」中的重要角色。當然，媒體要實現「公共領域」的功能並不是天然和自生的。有論者就指出，「從西方傳媒變遷歷程看，不同歷史階段傳媒的三種不同角色定位：作為政治工具的傳媒，作為市場主體的傳媒，以及作為政治的公共領域的傳媒」。[45]但經過二十多年的發

---

[42] 漢娜・阿倫特：《人的條件》第二章〈公域與私域〉（竺乾威等譯），上海人民出版社，1999 年版，載《大學活葉文庫》第 30 輯，華東師範大學出版社，2002 年 11 月第 1 版。

[43] 哈貝馬斯：《公共領域的結構轉型》，曹衛東等譯，學林出版社，1999 年 1 月第 1 版，頁 2。

[44] 哈貝馬斯：《公共領域》，汪輝譯，載韓少功、蔣子丹主編：《是明燈還是幻想》，雲南人民出版社，2003 年 1 月第 1 版，頁 29。

[45] 錢蔚：《政治、市場與電視制度——中國電視制度變遷研究》，河南人民出版社，2002 年 6 月第 1 版，頁 23。

展，中國的媒體雖然仍然隸屬於政治權力領域，但它已接近於具有哈貝馬斯所界定的「具有政治功能的公共領域」的特性。

以電視傳媒為例，在從政治權力領域走向「具有政治功能的公共領域」的過程中，變遷後的中國電視制度所具有的性質和功能如下[46]：

變遷後的中國電視制度

1. 政治宣傳、控制的功能，其形式有了一定程度的改變
2. 「公共領域」的功能：
   - a. 評判政府政策，制約政治權力的功能
   - b. 凝聚公眾的功能，使某些議題成為公眾共同關心的問題，動員公眾
   - c. 提供交往的功能，評判交往規則——道德規則
   - d. 文學公共領域的功能，傳達思想，評判思想，普及知識
3. 市場領域的功能：
   - a. 本身的經營——不是單純的政府工具，開始進行成本——效益計算
   - b. 為市場服務——提供訊息

中國電視制度的這一變遷顯然不是一個孤例。自1970年代末新中國新聞改革開始，30年來，中國傳媒走過的道路正是不斷具備上述公共領域和市場領域功能的過程。就在這一過程中，負面報導則更多地充當了凝聚公眾、動員公眾的功能，並且通過各種意見的互現，從而實現文學公共領域的功能。在實現這些功能的同時，不少傳媒憑藉負面報導贏得市場的追捧，南方周末廣告語「一紙風行」無疑是很好的證明。

隨著互聯網在中國突飛猛進地發展，我們應該更加關注網路對公共領域建構的影響。雖然馬克・波斯特認為，「我們在把互聯網作為一個政治領域來評價時，應該拋棄哈貝馬斯的公共領域概念」[47]，但中國學者胡泳則贊同尼古拉・加納姆的觀點：「儘管哈貝馬斯的原始取向存在

---

[46] 錢蔚：《政治、市場與電視制度——中國電視制度變遷研究》，河南人民出版社，2002年6月第1版，頁197。

[47] 轉引自胡泳：《眾聲喧嘩——網路時代的個人表達與公共討論》，廣西師範大學出版社，2008年9月第1版，頁180。

許多可以改進之處，但是，他的核心想法仍然是非常有益的：首先，公共領域概念始終把大眾媒介的制度和實踐同民主政治的制度和實踐之間的經久不變的關聯作為關注點；其次，哈貝馬斯沒有忘記，任何公共領域都存在必要的物質基礎；再次，它避免了『自由市場／國家控制』這種簡單的二分法，視為公共領域的功能為市民社會和國家之間進行斡旋調停。」[48]所以胡泳認為，在數位媒體時代，上述益處都依然存在，而且可能比以前更有價值。

在筆者看來，正是由於互聯網的開放性、匿名性和便利性，這一新興媒體正成為一張「公共桌子」，成就了公共領域的勃興。一個印證來自2009年7月，中國互聯網絡資訊中心（CNNIC）發布的《第24次中國互聯網路發展狀況統計報告》：

2008 年 12 月～2009 年 6 月中國大陸網路社區類應用用戶對比

	2008 年底		2009 年中		半年變化	
	使用率	網民規模（萬人）	使用率	網民規模（萬人）	增長量（萬人）	增長率
擁有博客	54.3%	16,200	53.8%	18,184	1,984	12.2%
更新博客	35.2%	10,500	35.3%	11,931	1,431	13.6%
論壇／BBS	30.7%	9,100	30.4%	10,275	1,175	12.9%

從以上表格可以看到，使用網路論壇和博客的網民近年來出現幾何級數的增長。他們往往成為民意的出口，並進而形成網路事件，再經傳統媒體的傳播，從而成為全社會關注的事件。當然，還有一種情況是某事件經傳統媒體報導後，再經網路傳播後，網民與其他受眾進行熱議，傳統媒體再跟進報導，從而影響事件的傳播效果。

近年來，由於經網路發端或推動，成就了不少年度事件。比較典型的事件如下：

48　胡泳：《眾聲喧嘩——網路時代的個人表達與公共討論》，廣西師範大學出版社，2008 年 9 月第 1 版，頁 182。

2003年 孫志剛事件、劉涌案

2005年 陳易賣身救母、超女（貼吧）、芙蓉姐姐、胡戈《一個饅頭引發的血案》

2006年 趙麗華與「梨花體」、銅須門事件、虐貓事件

2007年 山西黑磚窯事件、廈門PX事件、重慶「史上最牛釘子戶」事件

2008年 俯臥撐（「6・28」甕安事件）、山寨（手機、文化）

2009年 周久耕、「躲貓貓」

在上述熱門事件中，不少都是負面報導的樣本，最典型的如孫志剛事件、重慶釘子戶事件和山西黑磚窯事件等。它們都有一些共同的特點：多為違法、違規事件；引發全社會的熱議；有的事件能推動法治或公共政策的改進。以上特點正好印證了網路之於公共領域建構的意義，而負面報導則更多地借助現代科技的進步而參與其中。

第四節 負面報導與社會穩定

自1989政治風波發生以來，維護社會穩定成為懸在執政者頭上的達摩克利斯之劍。對社會穩定的重視，其實是改革開放總設計師鄧小平1980年代後期一直堅持的。

1987年3月8日，鄧小平在接見外賓時指出，保持「國內安定團結的政治局面」，「有領導有秩序地進行社會主義建設」，是實現「三步走發展戰略」的重要條件之一。6月29日，他又指出：「沒有安定團結的政治環境，什麼事情都幹不成。」1989年2月26日，他會見美國總統布希時又說：「中國的問題，壓倒一切的是需要穩定。沒有穩定的環境，什麼都搞不成，已經取得的成果也會失掉」。1990年12月24日，他再度強調：「我不止一次講過，穩定壓倒一切，人民民主專政不能丟。」黨的第三代中央領導集體產生後，更將「穩定」、「改革」、「發展」作為中國改革開放和社會主義現代化建設事業三個有機統一的組成部分進行考慮：穩定是前

提，改革是動力，發展是目標。[49]胡錦濤在黨的十七報告中也提出，「社會穩定是人民群眾的共同心願，是改革發展的重要前提」。

對全球任何一個想要謀求發展、進步的國家來說，社會穩定的確是一個基本前提。但在中國時下的情境中，往往「穩定壓倒一切」成為一種壓倒性意見，對穩定的誤解成為控制負面報導的託辭。

一、中國現實中對社會穩定的誤解

社會學家孫立平一直比較關注社會穩定。他撰文認為首先應對社會穩定要有一個總體性的判斷，「我一直有三句話。第一句，經濟快速發展；第二句，政治基本穩定；第三句話，社會矛盾突出。我們應當正視這個現實，但對這些社會矛盾的性質與特點，要有恰如其分的把握，不能視而不見，也不能對其性質估計過分嚴重。我認為對於這個社會當中的大局，要有一個清醒的判斷。基於這一點，我想用『秩序問題』來代替『穩定問題』，我們應當明確提出，建立市場經濟條件下的經濟社會生活的新秩序」。[50]

而在2009年2月發表的文章中，孫立平則直言中國最大的威脅不是社會動蕩而是社會潰敗，「社會動蕩的反面是社會穩定，社會潰敗的反面是社會健康……在現實社會生活中，對克服社會潰敗所必須進行的一些變革，往往由於擔心其威脅社會穩定而被束之高閣，結果是使社會潰敗的趨勢日益明顯。」而「穩定已經開始演變為維護既有利益格局的一種手段」。[51]所以他曾提出「要形成關於穩定問題的新思維」：「本來社會中有些問題和矛盾並沒有那麼嚴重，但由於把這些事情看得過分嚴重，該採取的有效解決措施不敢採取，使得能夠解決的問題得不到及時解決，矛盾和問題日益積累，結果倒真的變得嚴重起來」。[52]

---

[49] 以上資料來自〈中共黨史上的 80 句口號（72）：「穩定壓倒一切」〉，人民網 2001 年 6 月 26 日，http://www.people.com.cn/GB/shizheng/252/5303/5304/20010626/497648.html。

[50] 孫立平：〈中國的穩定問題新思維〉，《南方都市報》，2008 年 11 月 7 日。

[51] 孫立平：〈最大的威脅不是社會動蕩而是社會潰敗〉，《南方日報》，2009 年 2 月 28 日。

[52] 笑蜀：〈要形成關於穩定問題的新思維——孫立平訪談〉，《南方周末》，

正是由於對穩定問題擴大化，這也折射到新聞管理上來。比如有實務界的人就指出，「那些腐敗官員為保護既得利益和掩蓋齷齪行為，便也假借『維護穩定』、『堅持正面宣傳』和『控制負面報導』之名，打壓批評報導」。[53]而在2008年「三鹿奶粉事件」中率先點名三鹿的《東方早報》記者簡光洲也對一些地方的「穩定觀」進行了反駁：「依我看，個別地方政府習慣的掩蓋真相、忽視矛盾、與民爭利的做法其實才是不穩定之源。我覺得，現在中央高層要擔心不是『個別別有用心的人』的煽動，而是個別地方政府的一些做法與意識導致了老百姓有苦難言，這種做法正成為社會不穩定的罪魁禍首」。[54]

二、負面報導對社會穩定的作用

如前所述，在一些政府官員眼中，往往把負面報導當成影響社會穩定一個重要因素。其動因在於基於政績考量的「守土有責」式新聞管理。事實上，這種「保守」的管理措施往往會帶來消極的後果，因為隨著訊息發布渠道的增多，一些負面題材顯然不會自行消失，而是通過網路等渠道廣布天下。一些所謂影響社會穩定的題材同樣也會很容易突破行政的疆界甚至國界，從而傳達給越來越多的受眾。

就負面報導來說，對社會穩定的積極作用主要體現在以下幾個方面：

（一）報導不穩定因素，起到警示作用

到底哪些因素是不穩定因素？胡聯合和胡鞍鋼等人將社會不穩定分解為圓桌政治、夜晚政治、聚眾政治三類指標進行計量。其中，圓桌政治分解為信訪情況（包括黨政機關信訪情況、法院信訪情況、檢察院信

2007年11月28日。

[53] 范以錦：〈「負面報導」不是「負面影響」〉，《南方周末》，2007年11月22日E30版。

[54] 簡光洲：〈「三鹿」醜聞後的「三問」〉，《金融時報》中文網 http://www.ftchinese.com/story.php?storyid=001023874。

訪情況）、民間糾紛案件情況（人民調解民間糾紛案件）、勞動爭議案件情況、民事訴訟案件情況（法院一審收案）、行政訴訟案件情況（法院一審收案）等五類指標；夜晚政治則分解為違法活動（公安機關受理的治安案件情況）和犯罪活動（包括公安機關立案的刑事犯罪案件情況、檢察機關立案的腐敗犯罪案件情況及國家安全機關等偵查後起訴的危害國家安全犯罪案件情況）等兩類指標；對於聚眾政治，則以群體性事件情況為指標。[55]

在筆者看來，上述三類指標在概括上還是非常全面的，可謂是廣泛意義上的社會不穩定因素。但就負面報導來說，其題材雖然都可列入圓桌政治、夜晚政治、聚眾政治等類別中，但主要體現在重大違法、違規事件，以及群體性意見表達方面。

作為傳播學四大奠基人之一，拉斯威爾曾指出傳播的三大功能：監視環境，聯繫社會和傳遞遺產。其「監視環境」的說法則被著名報人普利策這樣描述：「倘若國家是一條航行在大海上的船，新聞記者就是船頭上的瞭望者。他要在一望無際的海面上觀察一切，審視海上的不測風雲和暗礁險灘，及時發出警告。」

尤其在涉及可能影響社會穩定的新聞題材時，積極進行報導以達到社會預警顯然是首選。國內不少學者已經注意到這一問題。國家社會科學基金項目《傳媒預警研究》開題會上，與會專家呼籲儘快組建全國傳媒預警網絡，並以立法的形式使社會預警成為傳媒的戰略任務與法定職責。[56]這一判斷主要基於世界發展進程的規律，「在國家和地區人均GDP處於500～3000美元的發展階段，往往是人口、資源、環境、公共衛生、效率、公平等社會矛盾的制約最為嚴重的時期，亦即『非穩定狀態』頻發階段，中國目前正處於這一時期。建立社會預警和應急機制，對國家的長治久安和『在關鍵時刻發揮關鍵作用』顯得尤為重要」。

---

[55] 胡聯合、胡鞍鋼、王磊：〈關於我國社會不穩定因素變化態勢的實證分析〉，《探索》，2007年第6期。

[56] 〈專家呼籲通過立法使社會預警成為傳媒法定職責〉，《光明日報》，2004年12月23日。

該課題組組長、華中師範大學副教授喻發勝此前還特別撰文，分析傳媒機構預警功能弱化的內在原因：一是市場壓力。集中人、財、物力用於以「爭奪受眾注意力」為目的的日常報導，成為傳媒的首選。目前在絕大多數傳媒機構中，以社會預警為直接目的的訊息採集工作，無論是思想意識、組織結構、人員配置，還是對訊息的處理水平，都與現實的要求存在較大差距；二是怕捅「樓子」。由於各種不穩定因素處在萌芽狀態，其特性與危害性不十分明顯，往往給人們的判斷帶來一定困難；同時相關部門出於種種考慮在此階段也常常不甚配合。以上狀況使得媒體對預警性訊息往往產生「多一事不如少一事」的心理，「寧可不報，不可錯報」；等上級有了明確指示再集中「火力」報導。所以往往在處置危機時貽誤了戰機；三是渠道不暢。在情況不甚明朗、不宜公開報導的階段，在現行傳媒管理體制下，中央新聞單位的「內參」稿可以直送中央有關決策部門。但除新華社外，其他中央新聞單位駐各地人員均十分有限；對當地情況更為熟悉、擁有數量眾多從業人員的地方媒體，其掌握的預警訊息卻沒有專門化、制度化的渠道直送有關決策部門。而一些危機事件往往能以較快速度向全國甚至全球蔓延。如果地方政府或相關部門瞞報、緩報、不報，往往導致貽誤戰機，局面被動。[57]

基於這樣的現實，在確保負面報導的正常開展，並通過報導不穩定因素，起到社會警示作用，顯然首先要改變既有的對穩定的誤解，在本節第一部分就已經提到要有「新思維」。其次，應在制度建設上，為媒體報導提供條件。比如對報導不穩定因素時的無過錯免責制度，對媒體相關題材瞞報、緩報、謊報的懲罰制度等。

（二）通過訊息公開維護社會穩定

先看一個實例。2008年6月28日下午，貴州發生甕安事件[58]。由於當地一名中學女生非正常死亡和當地警方涉嫌不公正暴力執法引起群眾的

---

57 參閱喻發勝、王丹妮：〈社會預警與傳媒職責〉，《湖北社會科學》，2003年第10期。

58 維基百科中，將其稱為「瓮安騷亂」，事件描述來自該條目。

不滿。甕安縣公安局、縣政府和縣委大樓受到當地群眾衝擊。當天晚上23時左右，縣政府大樓旁邊的縣委大樓被點燃，並因是木結構，最後全被燒毀。

7月1日，中共貴州省委書記石宗源把甕安事件定性為「一起單純的民事案件釀成一起嚴重的打、砸、搶、燒群體性事件」，「被少數別有用心的人員煽動利用，黑惡勢力直接插手，公然向我黨委、政府挑釁」，「影響了全省穩定和貴州形象」。

2009年3月，石宗源在接受媒體採訪時，再次談及甕安事件，認為發生的重要原因是主要領導幹部沒有在第一時間到群眾中間傾聽群眾呼聲，並認為至少有三條最主要經驗留給日後參考：

> 第一條，要在第一時間把真實、準確的訊息全面地讓媒體知道，並借助媒體力量披露事件真相和細節，這樣做是大有益處的。第二條是啟動輿論監督系統。說到底，輿論監督就是人民的監督，我至今仍然這麼認為。第三條就是啟動問責制。過去，對這類事件的說法已經形成了「不明真相的群眾在少數壞人的煽動下」這樣的公式，我們打破了這樣的公式，實事求是地公開真相，問責不作為的幹部，這正是對我黨實事求是優良作風的繼承和發揚。[59]

事實上，自1990年代以來，在遇到一些可能影響社會穩定的事件或人物，不少地方大多採用新聞管制的廣式，以實現媒體上的「消聲」。有研究者曾專門論及這種現象：

> 從1995、1996年開始，各地宣傳部的新聞處就開始面臨日益繁重的新聞監管任務，尤其是在市場化的都市報出現之後，這種監管任務就更是明顯加重，幾乎可以用「枕戈達旦」這個詞來形容各級宣傳部門和新聞監管機構的戒備和顧慮的心態。

[59] 整理自劉薇：〈石宗源：堅持信息透明是迅速平息甕安事件的最重要原因〉，《京華時報》，2009年3月7日。

> 從90年代中後期開始，有關新聞宣傳的政治用語，如「不出雜音」、「不出噪音」、「要幫忙不添亂」、「守土有責」等口號，就開始被宣傳會議越來越頻繁地使用，成為官方文件的關鍵詞。由於網路傳播的普及和影響力的增長，新聞管制已經不可能只局限傳統媒體的範圍之內，於是網路傳播也開始正式納入執政黨的政治考量之內：「高度重視互聯網等新型傳媒對社會輿論的影響，加快建立法律規範、行政監管、行業自律、技術保障相結合的管理體制，加強互聯網宣傳隊伍建設，形成網上正面輿論的強勢」。[60]

之所以要加強新聞監管，該論者認為主要基於這樣的社會背景：「進入90年代中期以後，隨著國有企業改制等市場化改革的縱深進行，中國社會利益分化和利益衝突日益加劇，社會穩定面臨越來越大的挑戰和威脅。這些利益糾紛常常演化為日益頻發的衝突事件，而這些具體的事件又經常成為傳媒新聞報導的信源和選題。對中國傳媒體制而言，對這些事件的報導必然產生動搖政府合法性的負面宣傳價值，因此當然在『新聞監管』和『傳播禁止』之列。」

顯然，對新聞傳播加強監管並不能解決社會穩定的問題。這從近年來群體性事件多發就可以得到佐證。[61]事實上，有研究者就指出，其實新聞監管與社會穩定有「負相關性」，也就是新聞監管對社會穩定的負面作用，主要體現在五個方面[62]：

1. 新聞監管使傳媒喪失了對社會公共危機的預警功能。2003年年初廣東剛剛出現非典疫情時的新聞管制就是一個實例。

---

60 吉林大學政治學理論專業 2006 屆張朝陽博士論文：《90 年代以來中國傳媒變革研究——以「增量改革」為範式》，導師：周光輝。

61 2005 年發表的《社會藍皮書》表明，從 1993 年到 2003 年間，中國「群體性事件」數量已由 1 萬起增加到 6 萬起，參與人數也由約 73 萬增加到約 307 萬。爆炸性數字的背後是社會問題和矛盾的日趨突出。引自陳利華：〈中國「群體性事件」10 年增 6 倍〉，新華每日電訊，2005 年 7 月 31 日第 5 版

62 吉林大學政治學理論專業 2006 屆張朝陽博士論文：《90 年代以來中國傳媒變革研究——以「增量改革」為範式》，導師：周光輝。

2. 新聞監管使傳媒喪失了對政府公共權力的監督功能。在一個開放社會中，傳媒可以通過對政治醜聞進行曝光揭露、以及對被掩蓋的政治黑幕進行調查性報導，從而使整個政治體系和權力運作都處於公眾的監督之下。
3. 新聞監管使傳媒喪失了釋放社會情緒的減壓功能。傳媒一向被稱為社會的「安全閥」，主要原因就是傳媒可以「為民喉舌」、「代民立言」，通過對公眾表達欲望的滿足，對損害公眾利益的現象進行揭露，從而使公眾的不滿情緒得到撫慰、宣洩和釋放。
4. 新聞監管使傳媒喪失了社會整合的能力。新聞管制阻斷了這一條促成社會團結的途徑。在不能形成有效的政治交流和對話機制的情況下，日益分化的社會群體和階層之間，「幾乎是處於完全不同的時代，他們之間也無法形成一個整體的社會」
5. 新聞監管使政府的「新聞執政」能力降低。

在筆者看來，從某種程度上來說，新聞監管實際是阻止或否定了民眾參與的熱情（媒體報導的題材不少來源於民眾，民眾的利益訴求也離不開媒體這一渠道），實則埋下了不穩定的因子。美國政治思想家亨廷頓曾提出一個公式：政治參與÷政治制度化＝政治動亂[63]。這一公式說明，發生政治動亂的機率，與政治參與成正比，與政治制度化成反比；換言之，一個社會的穩定程度，則與政治參與成反比，而與政治制度化成正比。這說明政治制度化與政治參與的雙向努力，才能最終解決社會穩定難題。

所以中國政法大學憲政研究所所長蔡定劍提出，「新聞自由是社會穩定轉型的積極因素」：

> 如果媒體不能夠健康發展，也難以保證中國社會轉型的順利和穩定。你想，媒體不能建立一個規範的可信的平臺，那麼出現社會危機的時候，大家不信任政府，也不信任媒體，結果只能是謠言滿天飛。如果大家對政府有足夠的信任，對媒體有一個良好的評

[63] 〔美〕塞繆爾·P·亨廷頓：《變化社會中的政治秩序》，王冠華等譯，上海世紀出版集團上海人民出版社，2008 年 7 月第 1 版，頁 42。

價，那將對社會穩定起到很好的作用。一旦社會出現危機，人民就是看報紙，看媒體。

媒體在推動一個國家向現代化轉型過程中起到了關鍵的作用。在社會轉型過程之中怎麼對待媒體，的確是我們應該認真考慮的一個重大問題，如果像有些地方官員那樣把它當作一個影響社會穩定的因素，就大錯特錯了。要適應社會轉型對媒體的要求，改變傳統的管理制度。這就要開放思想，轉變觀念，給媒體更加寬鬆的社會環境，轉變過去管束媒體的做法。不適應這個轉變的需要，就不利於社會的進一步發展。[64]

這其實是闡明了訊息公開和為媒體鬆綁的重要性。福山在分析國家概念時，曾特別提到了合法性的基礎，認為儘管歷史上有許多形式的合法性，「但在當今世界，合法性惟一真正的來源則是民主。……好的國家制度應當是以透明和高效的方式為其顧客（國家的公民）的需要服務。」[65]這放置在當下的中國，則是中國共產黨作為執政黨的合法性問題，除了經濟增長，政治改革顯然也應是一個考量指標。而在政治改革層面，保障新聞自由，確保媒體報導題材的開放度顯然是一大重點。

可資借鑒的是美國的例子。有研究者通過分析普利策新聞獎，難免感慨，「在美國儘管負面報導之風勁吹，可社會穩定和秩序之樹卻不但少見根基動搖，而且有愈吹彌堅之勢，甚至某些時候還大有『負面』之風不吹、『美利堅』大廈根基難固的基本原因之所在。由此看來，在美國，在憲法的言論和出版自由的條款保障下，以扒糞揭醜為主要內容的負面報導新聞自由為核心的新聞報導觀是為既存資本主義社會秩序服務的，新聞界與美國政府這兩股勢力都是致力於同一個目標——維護民主體制和現行制度。」[66]

---

64 〈蔡定劍：新聞自由是社會穩定轉型的積極因素〉，馬國川採訪，《經濟觀察報》，2007 年 7 月 2 日。

65 福山：《國家構建——21 世紀的國家治理與世界秩序》，黃勝強、許銘原譯，中國社會科學出版社，2007 年 1 月第 1 版，頁 26。

66 朱清河：〈負面報導與和諧社會的構建——從 90 屆美國普利策新聞獎談起〉，

美國新聞界的實踐證明，對媒體開展正常報導進行制度保障，雖然報導中不少題材涉及不穩定因素，但「求實、公正、客觀」的公開報導卻並不會引發社會不穩定。早有研究者就提及影響發展中國家社會政治穩定的因素主要是社會矛盾和問題，涉及政治腐敗大量存在、社會財富分配不公、社會期望受挫、政治參與渠道匱乏和新舊政治文化衝突等。[67]正是從這個意義上說，如果當涉及社會不穩定的事件爆發時，強調媒體「噤聲」，實則是治標不治本的舉措。訊息不公開，導致關鍵訊息傳播不順，往往讓真相蒙在鼓裏，倒會成為誘發社會更加不穩定的因素。

《青年記者》，2006 年第 16 期。

67 李篤武：《政治發展與社會穩定——轉型時期中國社會穩定問題研究》，學林出版社，2006 年 6 月第 1 版，頁 123-128。

第八章　發揮負面報導積極作用的制度保障

第一節　負面報導的積極作用

一、塑造公民現代人格

大眾傳播對大眾人格的影響並非新話題。自從報紙、雜誌、廣播、電視等大眾傳播媒介走入民眾生活，其產品（新聞報導、節目）都在無形地影響著民眾。作為一種題材取向的新聞實踐，負面報導無疑也對受眾的人格造成影響，其中一個重要表現是有助於塑造現代人格。

中國人的傳統人格有勤勞、善良、溫和、寬容、自強、剛健等積極因素，但同時又表現出克己、忍讓、順從的「奴性」，中庸、圓滑、保守、明哲保身的「智性」，易於滿足現狀的惰性，強調修身養性、謙恭內省、含蓄內斂而不善於表達自己、表現自己的內向型性格和不重視溝通交流、「老死不相往來」的自閉型性格等不利於社會發展進步的特徵[1]。

對於公民現代人格，各方說法不一，但基本涵蓋的內容相近。有研究者認為，以下特點是公民現代人格應有的：現代化的科學精神、民主法制意識和能力、較強的政治參與能力、積極向上的精神追求和健康的生活方式、較強的創新意識和能力、尊重知識和人才的實踐理性、習慣平等競爭的主體人格、追求道德完善的價值取向、自覺艱苦奮鬥的優良

1　申凡、張淑華：〈現代化進程中媒體對現代人格的塑造職能〉，《陝西師範大學學報》（哲學社會科學版），2007 年 5 月第 36 卷第 3 期。

作風、注重個人價值和社會效益有機統一的實踐理性、義利兼顧的人生追求、文明禮貌的良好修養等。[2]

依此思路，筆者認為，負面報導對公民現代人格的作用主要體現在：（1）通過對重大自然災害的報導，可以使民眾對自身與自然界的關係進行反省或再認識。可以通過健康的生活方式，為保護大自然奉獻自身的力量；（2）通過對政治、經濟和社會領域重大違法、違規現象的報導，可以增強民眾對整個社會或世界的認識，並可激發民眾的參與意識，借助傳媒把社會不公或醜惡現象得以曝光；（3）通過對不同觀點的報導，民眾能更加全面、理性地認識某一現象或事物，並且更好地接近真理。此外，這也鼓勵和培養了表達公共意見的意識和能力。

作為負面報導中的一種形式，輿論監督被有的研究者認為是一種文化啟蒙，「輿論監督的存在和對輿論監督的容納，就意味著這個社會有一種正常溝通機制，有一種多元化的價值取向。我們說輿論監督是一種文化啟蒙，指的就是這樣一種含義，即它讓我們看到溝通的可能，看到不同利益和不同價值相互並存、相互協調的可能，也看到不同的人都有表達自己意志的可能。」[3]

這也從另外一個角度說明，負面報導對公民現代人格的積極影響。

二、認識功能[4]

鄧利平認為，負面新聞訊息傳播的積極功能中有一項為「認識功能」，即透過傳播的負面新聞傳播訊息，引起我們對人的本性、本質、行為活動的再審視，從而擴大認識的視野。

2　葛茂林、馮兵旺：《培育國民現代人格的文化發展策略——論塑造國民現代公民人格的有機文化環境建構》，東岳論叢（山東社會科學院主辦），2007年3月（第28卷第2期）。

3　王梅芳：《輿論監督與社會正義》，武漢大學出版社，2005年2月第1版，頁87。

4　本部分觀點來自鄧利平：《負面新聞信息的多維視野》，新華出版社，2001年5月第1版，頁41-43。

認識的對象分為自然界和社會。通過自然災害，讓人類重新認識和協調發展與環境的關係，提高保護生態平衡，保護自然環境的認識，加大環保力度。這也是中國大陸近年提出「可持續發展」的要義。

在社會認識層面，負面新聞訊息的傳播將社會實踐中的種種醜陋的現象展示出來，讓人們認識到世界並不都是鶯歌燕舞、艷麗高照、河水渙渙，而是伴有陰雲密布、刀光劍影。

此外，負面新聞訊息的傳播對人的道德認識也有積極作用。媒體通過對一些重大違紀違法事件和人物的報導，從而讓受眾的道德得以提升。

三、預警功能

對於記者這一職業，筆者前文曾引述美國報人普利策關於「新聞記者就是船頭上的瞭望者」的斷語，他們「在一望無際的海面上觀察一切，審視海上的不測風雲和淺灘暗礁，及時地發出警告」。

那麼，新聞記者借助什麼來向人們發出警告呢？無疑是他們的新聞作品。而在筆者看來，負面報導則有很好的預警功能。這從兩方面得到體現：一是通過對自然災害或政治、經濟和社會領域重大違法、違規現象的報導，讓人們知道自然界和社會肌體出現了什麼樣的癥結，從而對自身行為進行糾偏；另一方面是媒體通過對可能發生的自然災害和重大違法、違規現象進行報導，從而讓人們對其產生警惕心理，而相關部門也可以採取及時、有利的行動，避免更大損失的出現。

比如有論者就從案例的分析中指出[5]，關於三鹿奶粉事件、冠生園陳餡月餅、金華毒火腿、四川敵敵畏泡菜等事件中，負面報導的警示作用功不可沒。這些報導在最廣泛的範圍內，讓廣大的消費者在最短的時間內瞭解到真相，並提醒消費者遠離消費陷阱，呼籲有關職能部門及時

5　張弢：〈負面報導的作用與困窘——從阜陽劣質奶粉事件的報導說開去〉，《新聞與寫作》，2004 年第 7 期。

介入。這些負面報導從生產源頭、市場流通和消費三個環節上堵截偽劣產品，從而避免了更大的社會損失和危機的出現。

四、尋找真理的途徑

真理越辯越明。這在中國古代就已經成為有識之士不斷向當政者闡述的常識。

《國語・周語上》中，就有「防民之口，甚於防川，川壅而潰，傷人必多，民亦如之。是故為川者，決之使導；為民者，宣之使言。」其用意在於讓當政者廣開言路。

唐代貞觀二年，唐太宗問諫議大夫魏徵：「何謂明君暗君？」魏徵說：「君之所以明者，兼聽也；其所以暗者，偏信也。」

此外，有研究者認為[6]，鑒於「實情不自叫」理論（也就是實情不會自己叫自己的名字，所有的實情都是人類主體自命的），媒體應該滿足受眾的兼聽權。所謂兼聽權，指的是公眾通過不同媒體，尤其是立場、觀點不同的媒體，聽取彼此各不相同的訊息和觀點的權利。兼聽不同於多聽，多聽可能包含著重複，而兼聽必然包含著差異乃至對立。

在筆者看來，負面報導正是滿足受眾兼聽權的一種努力，它不但讓受眾瞭解事實的真相，更可以讓人們在不同觀點的報導中接近真理。

負面報導除以上四種積極作用外，有論者認為還有平衡功能和審美功能[7]。其中，平衡功能是指新聞媒體對負面新聞訊息的傳播，可以起到放鬆情緒、減輕壓力、緩解矛盾、協調環境的作用；負面新聞訊息傳播表現出的悲劇審美形態主要有悲壯性、悲憤性和悲憫性。但在筆者看來，這兩種功能其實是無足輕重的，因為所謂平衡功能，只不過是新聞專業主義的應然要求，體現報導的「全面」；而所謂審美功能，在筆者看來，負面報導更多的是審醜而非審美。

6　焦國標：〈論兼聽權〉，《國際新聞界》，2002 年第 5 期。
7　鄧利平：《負面新聞信息的多維視野》，新華出版社，2001 年 5 月第 1 版，頁 46-48。

五、有利於促進民主治理

自1990年代以來，善治（good governance）成為政治學研究的新鮮話語。它的本質特徵，就在於它是政府與公民對公共生活的合作管理，是政治國家與市民社會的一種新穎關係，是兩者的最佳狀態。善治的基本要素有十個：合法性、法治、透明性、責任性、回應、有效、參與、穩定、廉潔和公正。[8]

在這十個基本要素中，不少都與負面報導相關。比如透明性，指的是政治訊息的公開性，這其實就是對負面報導題材和消息源的保障；參與，首先是指公民的政治參與，參與社會政治生活。通過對負面報導消息源的提供，以及不同意見的發表，公民借助媒體這一平臺，提高了政治參與度。

按西方學者的說法，「民主需要知情的公民，而媒介是公民知情的主要載體，這是既有的老生常談，然而，因為它的因襲性，它仍舊是重要的。」[9]這事實上說明了媒體在民主社會中的重要角色。難怪俞可平為推進中國善治而建立的「中國民主治理的評價指標」中，在「政治透明度」選項中，列有「新聞媒體的自主性」和「公民獲知政治訊息的權利」，在「對黨和政府的監督」選項中，明確指標或關注重點為「新聞監督渠道」和「輿論監督的方式」等。[10]

由於看來，負面報導對促進民主治理的作用顯然易見，而且發揮作用的空間還非常大。

8　具體闡釋請參閱俞可平：《民主與陀螺》，北京大學出版社，2006 年 1 月第 1 版，頁 33。

9　彼得・達爾格倫：〈媒介、公民身份與公民文化〉一文，載〔英〕詹姆斯・庫蘭、〔美〕米切爾・古爾維奇編：《大眾媒介與社會》，楊擊譯，華夏出版社，2006 年 6 月第 1 版，頁 310。

10　俞可平：《民主與陀螺》，北京大學出版社，2006 年 1 月第 1 版，頁 322。

第二節　阻礙負面報導正常開展的因素

雖然負面報導有上述眾多積極作用，但在現實實踐中，正常開展負面報導卻還有重重困難。在筆者看來，主要有以下幾個因素阻礙了負面報導：

一、行政干預（地方保護主義）

出於地方保護主義的需要，負面報導在中國各省市的開展並不順利。而地方保護的動因有時甚至只是因為負面報導的對象位居高位或與地方一些官員有利益勾連。

「控負」（即控制負面報導的數量）是近年來一些政府部門負責新聞宣傳的幹部天天把「控負」掛在嘴邊，其含義是「控制對本地區、本部門的負面報導」。據新華社記者任衛東和朱薇發表的文章透露[11]，一些部門原先沒有設置專門的宣傳機構，宣傳工作由辦公室兼管。只因為領導們感覺到「近年來輿論監督的力量越來越大」，於是專門成立了新聞宣傳處，主要任務就是「控制負面報導帶來的不利影響」。

「控負」的目的各不相同。在筆者看來，主要有如下幾種情況：

（一）「守土有責」的應激反應

什麼叫守土有責？其要義是各個職能部門和基層組織對社會管理負有重要職責，每個部門和單位，都要把自己管理的範圍，當作上級和人民交給自己堅守的陣地，嚴密防範，不容閃失。從這個意義上說，「守土有責」是責任感的表現。但從另一角度，它也可能成為一些地方政府、職能部門和基層組織維護自身形象的內驅力。一旦當地出現重大違

[11] 〈「控負」背後的憂慮〉，載《半月談》，2005 年第 14 期。

法、違紀事件，以及重大突發事件，以及不同的意見，通過控制負面報導以達到維護當地整體或部門形象成為一種應激反應。

（二）維護機構或個人的利益

這主要體現在重要訊息的披露不以公共利益為考量標準，而是為顧及私己的利益尋求權力支持並（或）進行利益置換，從而阻止相關訊息傳播給大眾。

比如在2008年爆發的三鹿事件中，8月2日，石家莊市政府領導就接到三鹿集團股份有限公司〈關於消費者食用三鹿部分嬰幼兒配方奶粉出現腎結石等病症的請示〉，稱「懷疑三聚氰胺來源可能是所收購的原料奶中不法奶戶非法添加所致，懇請市政府幫助解決兩個問題，一是請政府有關職能部門嚴查原料奶質量，對投放三聚氰胺等有害物質的犯罪分子採取法律措施；二是請政府加強媒體的管控和協調，給企業召回存在問題產品創造一個良好環境，避免炒作此事給社會造成一系列的負面影響」。為了河北著名企業的聲譽，以及納稅大戶對當地的貢獻，當地政府事後的確對新聞媒體實行了「管控」。

（三）以維護社會穩定為名「控負」

1980年代，鄧小平多次論及「穩定」。1987年6月29日，他指出：「沒有安定團結的政治環境，什麼事情都幹不成。」1989年2月26日，他又說：「中國的問題，壓倒一切的是需要穩定。沒有穩定的環境，什麼都搞不成，已經取得的成果也會失掉。」1990年12月24日，他強調：「我不止一次講過，穩定壓倒一切，人民民主專政不能丟。」

當然，沒有一個穩定的環境，發展就無從談起，從這個意義上說，「穩定壓倒一切」的說法有其針對性。但筆者認為，鄧小平所指穩定，應是動態中的穩定，也是在不斷發現問題、解決問題以促進社會穩定。但在現實實踐中，對穩定的理解往往出現偏差。

一些地方不是通過改革和發展解決出現社會中不斷出現的新矛盾、新問題，而是以維護穩定為名，千方百計壓矛盾捂問題，並對一些不同意見進行「封殺」。有網友撰文指出[12]：輿論監督本來有利於督促政府部門更好地依法行政，但有些地方同樣是以維護問題為由，千方百計地干涉、壓制、阻撓、收買正當的輿論監督；政務公開、訊息公開本來是有利於各級政府推動權力公開透明運行，推進民主建設的一項重要措施，但有些地方仍是以維護穩定為由，實施選擇性公開，把「公開是原則，不公開是例外」的原則在實際工作中變為「不公開是原則，公開是例外」。

雖然行政干預的目的不一樣，但「控負」的手法都一樣，多以打招呼的方式進行（即口頭政治運行體制：通過口頭傳達某項當事人或某領導的意見，形式可以是電話、傳真或低語）。這純屬新聞管理的「潛規則」。

二、新聞政策（或新聞紀律）的亂用與誤用

有研究者指出，「作為訊息傳播的新聞傳播，從本質上應該超越一切人為的障礙。所有新聞媒體的新聞傳播，都應該成為全球化新聞傳播的有機構成部分。但就實際的新聞傳播狀況來看，這還只是理想，並不是完全的現實，不同民族、國家利益的差別與衝突，不同社會制度、意識形態、文化傳統等的差異，仍然使新聞傳播與新聞收受的自由被限制在一定的空間範圍之內，從而使新聞傳播的公開性成為一種有限度的公開。公開性的有限性，說明新聞傳播的公開性是有條件的公開性。新聞傳播的人類性進步，從公開性的角度看，就是不斷消除限制條件的過程」。[13]

但在負面報導的實踐中，一些新聞政策（或新聞紀律）的誤用就成為訊息公開的障礙。比如「同級黨報不能批評同級黨委」。1953年3月，廣西《宜山農民報》在報上批評中共宜山地委。中共廣西省委宣傳

---

[12] 民生論壇網友：〈解放思想要正確處理好穩定與發展的關係〉，長城在線 http://www.hebei.com.cn/node2/zt/2007/jfsxdtl/wyzs/userobject1ai642322.html。

[13] 楊保軍：〈論新聞傳播的公開原則〉，《陰山學刊》（包頭師範學院主辦），第17卷第4期（2004年7月）。

部對《宜山農民報》進行了批評，並上報中宣部。中宣部的復信提出了「報紙不得批評同級黨委」的原則，指出：「不經請示，不能擅自批評黨委會，或利用報紙來進行自己同黨委會的爭論。」

甘惜分教授曾提出報紙開展輿論監督的兩個禁區：一是報紙不能批評同級黨委；二是輿論監督批小不批大。他認為當時維護這兩個禁區的理由是：「報紙是黨委的機關報，是黨委的耳目喉舌，它只有代表黨發言的義務，而無批評黨委的權利。如果黨報批評同級黨委，就是鬧獨立性，這就是反對黨的領導，是無組織無紀律。」甘否定了這個理由，並進行了有說服力的論證：「第一，省報是省委機關報，省報不能批評省委的問題；市報是市委機關報，不能批評市委的問題，縣報是縣委機關報，不能批評縣委的問題……這樣一來，報紙上對重要的領導幹部也就沒有什麼批評了，批評的只能是下級。第二，報紙不能批評同級黨委，是不能批評黨委會呢還是不能批評個人，從來沒有人明確解釋過。按理講，應當指的是不能批評黨委會，但實際上，是連各個黨委成員也不能批評。有的黨委成員錯誤嚴重，人言嘖嘖，群眾投書，但報紙不敢發表批評信稿，這樣，個別黨委會成員就代表了黨委會，個人代表黨了。」[14]

正如甘惜分指出的那樣，在現實實踐中，同級媒體不能批評同級黨委的「新聞紀律」，往往演變為對黨委成員「免於監督」的「鐵律」。這也難怪民眾譏諷中國大陸媒體「只打蒼蠅，不打老虎」。如果說這是新聞政策（新聞紀律）的亂用，那麼還有誤用的情況。比如，近年來有新聞紀律禁止地方媒體異地監督，只能監督本地方，這樣的舉動不知基於什麼樣的出發點。這種新聞紀律的誤用引發學界批評。比如孫旭培就表示，禁止異地監督無疑是為那些腐敗現象提供了保護，與中央的精神不相符，因此，應該予以取消。他形容說，「打個比方，輿論監督就像打老鼠，每個地方都有老鼠，但是自己不敢或不想打，異地監督就相當於別人來替你打了。但是，禁止異地監督就相當於，我的地盤上有老

14 甘惜分的上述觀點來自他所著〈一個新聞學者的自白〉（香港未名出版社 2005 年版），轉引自劉建明：《甘惜分：我國黨報新聞學的奠基者》，《新聞愛好者》，2006 年第 11 期。

鼠，我不敢或者不想打，但是，我也不讓別人來打一樣，這是很荒唐的。」[15]

更有甚者，2005年，南京市委宣傳部向全市所有市屬媒體下發了一份〈輿論監督稿件審核辦法（試行）〉，要求記者採寫的輿論監督稿件須與當事人見面，並經編輯、部主任、分管總編輯三級審閱審定方可見報。否則，導致稿件內容部分失實或表述不當，相關責任人要承擔相應責任與處罰。據媒體披露，南京的這一制度出臺背景是根據《金陵晚報》從2001年起開始實行的「閱稿單」制度，它要求所有輿論監督報導在發稿前都必須先交給被報導對象看，如果記者、編輯未經被監督對象閱稿就把輿論監督報導發上報紙，將按照內部差錯處理[16]。在筆者看來，這樣的規定沒有任何根據，簡直無異於事前新聞檢查，而這是最嚴厲的新聞預防手段。如果按此執行，負面報導將會銷聲匿跡，將對中國大陸地區建立社會主義民主社會造成極其惡劣的影響。

三、商業利益與公共關係的介入

正如筆者在「緒論」部分提到的，新聞可以作為一種商業資源而存在。在中國處於轉型時期，相關的經濟實體顯然就會看中新聞本身所具有的集聚人氣能力，並衍生出巨大的營銷拉動力。所以新聞報導往往會受商業利益或公共關係的影響。

負面報導首當其衝，因為它報導的內容很可能引起人們對報導對象（個人、組織／機構、國家或政策等）產生負面評價。對一個商業組織和機構來說，這是非常具有「殺傷力」的。所以它們會採用多種方式阻止負面報導的開展：

---

15 楊清林：〈學者呼籲異地輿論監督解禁〉，《大公報》（香港），2008 年 12 月 15 日。

16 戴敦峰：〈南京試行稿件審核輿論監督稿件要與當事人見面〉，《南方周末》，2005 年 8 月 4 日。

（一）有償「不聞」

與不少正面報導為「有償新聞」相反，不少負面報導卻因有償「不聞」夭折。近年來時興的「封口費」就是典型的表現。

2002年6月22日，山西省繁峙縣發生金礦爆炸事故後，就有包括新華社山西分社4名記者在內的11個記者被捲入「金元寶事件」。這11人後來分別受到黨紀政紀處分，乃至有幾人還被開除了公職。2008年，霍寶干河煤礦瞞報一人死亡事故，向23家「媒體」的28名「記者」支付了12.57萬元的費用[17]。9月25日晚，戴驍軍拍攝留下了中國新聞界恥辱的一幕：一場礦難發生之後，真假記者爭先恐後地趕到出事煤礦去領取煤礦發放的「封口費」。同在9月，發生三鹿毒奶粉事件後，又有傳言稱有廣告公司建議投放300萬元，尋求百度協助屏蔽關於三鹿集團的一切負面新聞。

從上述實例看，懾於媒體負面報導的影響，企業單位往往通過「打點」記者的方式來尋求「不聞」的效果；在「打點」對象方面，則從通訊社、傳統媒體向新媒體擴展。其目的只有一個，屏蔽於企業形象不利的新聞；從效果反饋來看，這一招往往能起到效果。

有償「不聞」成為新聞傳播的「潛規則」甚至「顯規則」，顯然不是空穴來風。它的動力來自兩個方面：一是被報導對象有利益維護與增益的衝動，而通過發放「封口費」，是一種成本偏低的選擇之一；從報導的新聞工作者來說，有自利的衝動，並且有「法不責眾」的心理，加上法律對此行為並沒有明確認定，所以會鋌而走險。

此外，「封口費」並不必然是針對新聞生產線前端的記者、編輯，還極可能是傳媒機構。美國學者貝克看得明白：

17　據2008年11月27日央視《新聞聯播》報導，新聞出版總署26日對山西霍寶干河煤礦「封口費」事件處理情況進行了通報：山西霍寶干河煤礦「封口費」事件中有據可查的涉案人員共60人，其中發「封口費」封鎖消息、阻擾記者採訪者2人，收受「封口費」的新聞記者4名、媒體工作人員26人、假記者28人，這60名涉案人員已由有關行政部門、媒體主管部門、公安機關依法作了處理。涉案資金31.93萬元，絕大部分已經追回。

> 傳媒機構可以作個比較，一方是內容對當事人（單位）有損但對新聞產品有加分作用，另一方是遭致負面描述的單位（人）可能支付金額請傳媒不要做此報導。假如向當事人收費，然後允諾不予報導並非違法（比如，被定為「勒索」罪），那麼傳媒機構就允諾當事人或單位新聞不見光，借此換取足夠的費用。據此，傳媒可以選擇最有利可圖的途徑。如果傳媒終究還是加以曝光了，潛在而原本可以取得之支付就可以說是一種「機會成本」了。理論上，這個機會雖然存在，但新聞事業若屬正規，其實就會排除這類型交易，至少正規新聞單位不可能以此為例行公事。[18]

需要注意的是，在時下的中國大陸，當事人（單位）打點傳媒機構會更加隱蔽，也更加難以查證。

（二）話語權的限制和剝奪

如果某一種意見不合當事人（單位）的胃口，當事人（單位）為著自身的利益，往往會進行「消聲」工作。在筆者看來，作為一種集體行動（如群體抗爭、中國大陸地區「散步」或「購物」式的遊行），也其實也是一種意見表達的方式，而其核心內容也多是異議（不同意見）。

需要指出的是，對異議的限制乃至「消音」，往往施權方可能是政府。雖然很多情況是，當事人（單位）以利益交換為由要挾政府做出行動上的表示。另外，媒體機構的自我審查也會導致部分群體或個人的話語權遭致限制或剝奪。在本部分，利益指向僅限於商業利益。

加拿大國家學者趙月枝曾論及各種力量對話語權的深刻影響：

> 作為權力的不同矢量，國家和市場力量都有既能限制也能賦於社會表達的雙重功效。這兩個力量有其對抗的可能，也有其相互迭加從而形成合力的可能。比如，國家為了維護官僚集團的自身利益或者迎合國內外資本利益和促進出口，可能會限制下層勞工和

---

[18] 〔美〕查爾斯・埃德溫・貝克：《媒體、市場與民主》，馮建三譯，上海人民出版社，2008 年 9 月第 1 版，頁 77。

> 農民的話語權力，以保持「社會穩定」或者是降低工資、提高本國產品在國際市場上的競爭力。與此同時，在商業邏輯的驅動下，傳媒可能因下層勞工與農民這兩個社會階層不是廣告商的目標受眾而忽略他們的話語表達和社會傳播需求。這樣一來，媒體的政治控制就可能與媒體的「市場邏輯」形成結構上的合力，同時壓制這兩個社會群體的話語權力。[19]

她也曾關注過媒體在話語權控制方面的角色：

> ……某些中國媒介改革者表達的那種民主化框架，忽視了中國深刻的社會矛盾以及傳播與社會控制之間的關係。認為中國公眾有能力處理負面訊息，這當然是對公眾的一種尊重。但問題的關鍵並不在於包括傳媒學者在內的城市精英和改革的受惠者們能否承受諸如下崗工人集體抗爭、農民暴力抗稅等負面新聞，而是媒體願不願意在改革過程中使這些群體獲得更多的話語權。退一步講，是對這些新聞的報導（哪怕是「純客觀」的報導）會不會使這些行為合理化，並通過這樣的新聞在同類群體中的傳播導致更多並發行動的問題。[20]

由此看來，對公民話語權的保障，並非一件易事。這需要多方面力量的合作。其中，最要警惕的是利益集團（單位）對異議的收買和打壓。通過2007年的廈門PX事件，則讓人們看到了民意的力量，其中包括網路民意。

（三）廣告主的影響

無論西方國家還是中國，傳統媒體除公共廣播電視外，收入主要靠廣告收入。以中國電視為例，2005年中國廣電總收入共888.76億元，其

[19] 趙月枝：〈國家、市場與社會——從全球視野和批判角度審視中國傳播與權力的關係〉，《傳播與社會學刊》（香港中文大學），2008年2月第2期。

[20] 趙月枝：〈中國傳播產業與入世：一種跨文化政治經濟學視角〉，中華傳媒網 http://media.people.com.cn/GB/40628/5045717.html。

中廣告收入458.63億元，占全國廣電總收入的51.65。其中，廣電總收入中還包括有線電視收視費及一部分財政撥款[21]。如果刨去這一部分，廣告收入的比例會更高。而中國都市報總收入中廣告收入至少占到八成以上，這是因為發行往往是賠錢的。

出現這種情況也與中國的傳媒制度有關。有學者指出，「我國擁有世界上獨特的媒介制度，即『一元體制，二元運作』。一元制度就是指媒介為國家所有制，二元運作就是既要國家撥款，更要利用國家賦予的權利，去獲取廣告利潤，而後者已經成為所有媒介的主要收入來源。這種體制下的媒介既要完成現行政治結構所要求完成的意識形態宣傳任務，又要通過廣告等市場經營收入支撐媒介的再生產。簡言之，用國家所有制賦予的政治優勢在市場上獲取經濟收入，又用市場上賺取的經濟收入完成意識形態領域需要完成的政治任務。」[22]

在這種情況下，傳媒與廣告主的依存度會加強。在涉及到相關的負面報導時，往往會看「廣告主」的顏色。在西方，也存在這樣的現象，不過需要指出的是，市場化程度越高的媒體，往往在該問題上更注重其獨立性。美國學者貝克就對此作過分析[23]：

> 傳媒的注意也會傷及受其報導的對象。訊息是真假或正確與否，評論是否公正與否，都能毀掉一家飯店或政治人物。傳媒在決定編輯政策時，一般並不會考慮這些潛在的傷害。當然，假使傳媒與遭負面報導（或僅只是可能遭描述）的對象互有例行的來往，情境自有不同，這是另一回事。婉轉付費或明白協商顯得乾脆許多、簡單許多。記者可以允諾匿名消息來源，借此交換訊息。傳媒單位對其重要的廣告廠商總保留一手，軟化或者避免負面報導，如此也就是隱然交換廣告源源不斷，或者換取政府官員或相

---

[21] 周婷玉：〈廣電總局：廣告收入占廣電總收入的半壁江山〉，新華網北京，2006年3月20日電。

[22] 胡正榮：〈媒介尋租的背後〉，中國《新聞周刊》，2003年第42期。

[23] 〔美〕查爾斯・埃德溫・貝克：《媒體、市場與民主》，馮建三譯，上海人民出版社，2008年9月第1版，頁76。

> 關機構不斷走漏消息或提供特權接近消息來源。但再怎麼說，公然接受支付換取傳媒不報導或改變內容就是典型的腐化。傳媒若自詡「獨立」，也就不能容許自己從事這類交易。

但在中國，由於廣告主與傳媒機構存在較強的依存關係，對媒體開展負面報導產生了有形或無形的影響。有公關營銷研究人士就分析指出[24]：

> 在中國日益開放的輿論環境中，各種媒體由於經濟利潤的驅動，新聞輿論監督職責有時難免發生偏離——部分媒體主動向企業索要廣告費（特別是行業性的小眾報紙為典型），甚至以爆其負面新聞為要挾，這就是中國媒體環境中的「潛規則」。我們經常可以看到，同一天出版的兩家報紙，企業投了廣告的那一家報紙上出了其正面的新聞，另一家沒投廣告的媒體卻出現該企業的負面新聞。

而在另一篇文章中，這位人士則為企業面對負面報導時的策略支招：

> 當企業發生危機並被大肆報導之後，要迅速有效地消除負面報導的持續影響，有效的方式就是對關鍵詞進行屏蔽——如企業可以通過廣告投放、直接付費的方式與搜索引擎巨頭百度合作，要求其通過技術手段對某些字眼進行屏蔽處理，如摩托羅拉可以屏蔽「摩托羅拉+手機爆炸」或「手機爆炸致死」等關鍵字，當網民搜索這些關鍵字時，其顯示結果可以不再是現在的130萬條，而是零！這就是典型的中國式的危機處理，而Google就無法通過這種方式實現屏蔽。[25]

---

[24] 林景新：〈四大關鍵詞解讀 2006 年企業危機公關〉，《現代營銷‧營銷學苑》2007 年第 1 期。

[25] 林景新：〈尋找中國式企業危機管理的思維路徑〉，載其著《中國式企業危機管理》，廣東經濟出版社，2007 年 9 月。

從某種意義上說，正是懂媒體的公關人士的推動，廣告主們更加參透了新聞生產、傳播流程的奧秘，也加大了公關的力度，尤其體現在金錢收買上。

第三節　發揮負面報導積極作用的制度保障

一、法律保障與為媒體立法

中國目前沒有專門的新聞法，但是對新聞出版、言論自由的保障卻是有法律保障的。比如《中華人民共和國憲法》第三十五條就明確規定：中華人民共和國公民有言論、出版、集會、結社、遊行、示威的自由。第四十一條規定，中華人民共和國公民對於任何國家機關和國家工作人員，有提出批評和建議的權利；對於任何國家機關和國家工作人員的違法失職行為，有向有關國家機關提出申訴、控告或者檢舉的權利，但是不得捏造或者歪曲事實進行誣告陷害。

2003年12月31日，中共中央印發《中國共產黨黨內監督條例（試行）》，第三十三條規定，在黨的領導下，新聞媒體要按照有關規定和程序，通過內部反映或公開報導，發揮輿論監督的作用。黨的各級組織和黨員領導幹部應當重視和支持輿論監督，聽取意見，推動和改進工作。第三十四條則規定，新聞媒體應當堅持黨性原則，遵守新聞紀律和職業道德，把握輿論監督的正確導向，注重輿論監督的社會效果。

2008年5月1日，《中華人民共和國政府訊息公開條例》開始施行。該《條例》明確規定，「行政機關公開政府訊息，應當遵循公正、公平、便民的原則。行政機關應當及時、準確地公開政府訊息。行政機關發現影響或者可能影響社會穩定、擾亂社會管理秩序的虛假或者不完整訊息的，應當在其職責範圍內發布準確的政府訊息予以澄清」。「公開為原則、不公開為例外」成為準則。

難怪新聞出版總署署長柳斌杰曾就「為何中國沒有《新聞法》」與網友交流時，有這樣的表示：

> 新聞出版領域的法制建設一直受到黨和國家的重視，改革開放以來，我們已經建立起了一個比較系統的法制體系。這主要是憲法、刑法、著作權法、出版管理條例、廣播管理條例、音像管理條例、互聯網傳播權的管理條例等等，已經對新聞傳播和出版做出了法律的規定，基本上滿足了當前行政管理和行業發展的需要。很多同志不瞭解，以為我們沒有這門法律，其實我們這門法律已經是很系統的。[26]

在筆者看來，就目前的法律、法規來說，對新聞傳播中的普通公民的言論自由、批評和建議的權利有明確保障，而且對國家行政機關在訊息透明方面也進行了規範，但對媒體和新聞工作者權利的維護上，並沒有很好的法律保障。近年來發生的記者採訪被打案件頻發和媒體被告上法庭且敗訴率很高就是明證。

對於媒體侵權訴訟案件，有實例證明媒體在報導時敗訴的機率之大。美國耶魯大學管理學院金融經濟學教授陳志武通過對210個對媒體的訴訟案例進行收集、分析，發現美國法院給予媒體言論自由的權重是91%，給名譽權的權重僅9%。而中國法院給予媒體言論自由的權重僅為37%，給名譽權的權重為63%（見下表）[27]。

之所以中國媒體面臨如此法律困境，陳志武認為，「大體包括兩個方面：一是歷史原因，二是舉證責任、舉證標準和司法程序上的原因。眾所周知，中國媒體輿論監督和言論自由的空間還是近十幾年才產生的。正因為如此，新聞侵權法研究也是近十幾年的事。雖然對該領域的研究早在十幾年前就開始了，但是，當法學家在《憲法》所保護的言論自由權和名譽權之間選擇研究側重點時，幾乎都傾向於選擇名譽權而不

---

[26] 柳斌杰談〈中國為何沒有《新聞法》〉，人民網——傳媒頻道，2008 年 7 月 5 日，http：//news.bjd.com.cn/zxtj/200807/t20080705_467789.html。

[27] 陳志武：〈從訴訟案例看媒體言論的法律困境〉，《中國法律人》雜誌，2004 年 10 月第 2 期。

媒體侵權訴訟總樣本的統計情況以及與美國的比較

	中國	美國
媒體敗訴頻率	63%	約 9%
媒體勝訴頻率	37%	約 91%
平均賠償額	62,572.21 元	20,600 美元
中值賠償額	10,000 元	
起訴時原告預計能獲賠償的概率	53.6%	6%
起訴時原告預計能在付完律師費後剩下一些賠償額的概率	30.3%（假設律師費為 8000 元）	1.2%

是媒體的言論權。在特定的歷史環境下，因為言論自由權帶有更多的政治敏感性，而名譽權則更逞中性，於是就出現了法律界看到的更多是名譽權，新聞界看到的更多是言論和輿論監督權。」

可以確認的是，媒體侵權訴訟案件中，大多為負面報導。這也突顯了新聞媒體在進行負面報導時權利維護的艱難。就制度方面來說，由於司法地方保護主義的存在，包括法院在人事、財政、住房等利益上對地方政府的嚴重依賴性。這也難怪陳志武的研究發現[28]，「如果被告媒體是外省的，媒體敗訴概率為77.92%。而如果媒體屬於本省，那麼敗訴的概率則為54%。在賠償金額上，外省媒體的平均賠償額為88,459元（中值賠償額為31,000元），而本省媒體的平均賠償額為108,787元（中值賠償額為7,900千元）。考慮到其中有一個案例的賠償額高達500萬元，它極大影響了平均賠償額的數目（這一點可以從中值賠償額偏小可以看出），完全可以認為，法院過分處罰外省媒體，本省媒體與外省媒體間的這種差別是任何意義上的司法公正所不能容忍的，更何況這涉及到《憲法》保護的根本權利。」

這就告訴我們，「有法可依，執法必嚴」在當下的新聞傳播實踐中的重要性。在立法方面，中國與美國還不同，美國憲法第一修正案禁止國會不得制定剝奪言論自由或出版自由的法律，再加之英美法系屬於海

---

28 陳志武：〈從訴訟案例看媒體言論的法律困境〉，《中國法律人》雜誌，2004 年 10 月第 2 期。

洋法系（普通法系），也就是多採用不成文法，尤其是判例法，強調「遵循先例」原則。中國大陸則屬於大陸法系，奉行成文法。而在美國歷史上，曾有過多起標誌性的案件，從而成為保障新聞自由的經典判例。這其中包括1735年的「曾格案」[29]，1964年《紐約時報》公司訴沙利文案[30]，以及1971年的「五角大樓文件案」（又稱「紐約時報等對美國國防部案」）[31]。

---

29 1733 年，德國巴拉丁移民曾格在紐約創辦了《紐約周報》（N.Y. Weekly. Journal）。該報是小型四頁報紙，文章大部分為平民派領袖所寫，多是批評總督威廉・科斯比和地方議會的內容。一年後，科斯比令首席法官以「對政府進行無恥的中傷、惡毒謾罵和煽動性責難」的罪名，對曾格提起訴訟，1734 年 11 月將他逮捕。1735 年 8 月法庭開審，當時最有名氣的律師安德魯・漢密爾頓以 80 歲高齡出庭為曾格辯護。曾格案確立了一條重要新聞原則：對政府官員進行批評是新聞自由的支柱之一，這一原則延存至今。參見百度百科「曾格案」詞條，http://baike.baidu.com/view/706785.htm。

30 沙利文（又譯薩利文）是蒙哥馬利市的民選市政專員負責當地的警察局。1960 年 3 月 29 日，黑人民權領袖馬丁・路德・金等四名牧師，聯絡 49 位著名民權人士購買《紐約時報》整版篇幅刊登題為〈請傾聽他們的吶喊〉的政治宣傳廣告，為民權運動募捐基金，廣告中特別遣責蒙哥馬利市警方以「恐怖浪潮」對待非暴力示威群眾的行為。沙利文控告四名在廣告中署名的黑人牧師和《紐約時報》嚴重損害他作為警方首腦的名譽，犯有誹謗罪，索賠 50 萬美元。其他一些被批評的官員也紛紛效法。《紐約時報》總計被要求索賠達 500 萬美元之鉅。最終由聯邦最高法院審理，判《紐約時報》勝訴，並首次申明了一條重要的原則：當政府公職官員因處理公眾事務遭受批評和指責，使個人的名譽可能受到損害時，不能動輒以誹謗罪起訴和要求金錢賠償，除非公職官員能拿出證據，證明這種指責是出於「真正的惡意」。參見任東來等著：《美國憲政歷程：影響美國的 25 個司法大案》，中國法制出版社，2005 年 6 月第 2 版，頁 248-265。

31 1971 年，美國國內反對越南戰爭的運動風起雲湧。早在 3 月中旬，《紐約時報》獲得了國防部（五角大樓）編輯的機密文獻：《美國的越南戰爭決策史》，它包括 4000 頁原始文件，3000 頁說明，總計 250 萬字。經過四個月猶豫和研究，該報決定以記者調查報告的形式每天發表六個版面，連載十天。6 月 13 日星期天，第一篇報導面世，是謂「五角大樓文件洩密案」，被認為是有史以來世界各國最突出的機密洩露事件。星期一，尼克森的司法部部長便警告《紐約時報》立即停止連載這個文件，否則，將以危害國家安全罪起訴報紙。但時報仍在第三天繼續刊登，而且還報導了司法部的警告函。面對報紙的一意孤行，6 月 16 日，尼克森政府以觸犯聯邦反間諜法為由，將報紙告到在紐約市的聯邦地區法院，要聯邦法院下達禁這些正面支持新聞自由的案例為美國日後新聞媒體開展負面報導提供了可資借鑒榜樣。在強調「遵循先例」的海洋法系裏，這些案例成為一個個活生生的標本。而對中國新聞界來說，沒有這些彪炳千秋的範例，作為國家根本大法的憲法僅限於保障公民個人的言論、出版權利，但未對新聞媒體和新聞工作者的權利進行明確的保護。這也難怪關於新聞立法的議題自1980年代中期提出，因「八九風波」中斷後，時隔二十多年再度被提起。

對於我國新聞立法的障礙，魏永征先生認為有以下五個問題[32]：

1. 法的剛性和意識形態的彈性的矛盾。

   思想性質的問題，是不可能用強制的方法來判斷、解決。

2. 新聞媒介社會控制功能與表達功能的矛盾。

   我國新聞媒介的表達功能要服從社會控制即宣傳的需要，法律規定無法解決導向問題。

3. 權利的普遍性和權力的等級性的矛盾。

   這涉及到不同等級的新聞媒介及記者的權限不同。

4. 法的穩定性和輿論導向的隨機性的矛盾

5. 隨機調控和依法行政的矛盾。

因此魏先生認為：在社會主義國家如何對新聞傳播活動實行法治，這是一個全新的課題，至今還沒有成功的經驗，我們仍任重而道遠。

止進一步發表文件的禁令。《紐約時報》順從了法院的禁令。後來《華盛頓郵報》開始刊登五角大樓文件。尼克森政府又把郵報告上華盛頓的聯邦地區法院。

7月30日，最高法院以法院簡單意見的形式發表判決意見，支持了《紐約時報》的立場，要求取消禁令。85歲的布萊克寫下自己34年法官生涯的最後一筆：「新聞自由的首要職責就是防止政府的任何一個部門欺騙人民，把他們派往異國他鄉，死於海外的熱病和槍炮。……安全這個詞是一個廣泛而含糊的概念，其外延不能被用來損害體現在第一修正案中的基本法。以犧牲信息流通的代議政體為代價來保守軍事和外交秘密，並不能為我們的共和國提供真正的安全。」參見任東來：〈透析五角大樓文件案——公眾知情權關乎社會福祉〉，《法制日報》，2008年6月27日。

32 魏永征：《新聞傳播法教程》，中國人民大學出版社，2002年3月第1版，頁22-23。

不過，筆者對這樣的說法並不完全贊同，並曾撰文論及[33]：

1. 西方資本主義新聞立法的思想與社會主義的新聞立法思想二者間不應存在你死我活與孰優孰劣的較量。對於新聞立法起步晚的中國來說，我們要學會以正確的方法論去認真地、不帶任何偏見地研究他人的東西，並能儘快地取其精華為我所用。
2. 我國新聞工作中需要宣傳，但對宣傳的方式、方法要有與時俱進的精神。那種僵化的、單一的灌輸才會導致導向的異變。
3. 新聞媒介的級別是中國新聞體制下的一個怪胎，「傳媒論行政級別，最大的用處是某些人可以用來抵制新聞輿論監督」[34]。所以才有「官辦官看」之說，等級化同樣給上級媒介到下級採訪收受賄賂提供了土壤。
4. 正是在管理新聞媒介上的隨機性，增大了新聞工作的不確定性和風險性，從而扼殺了新聞工作的積極性和主動性。

基於這樣的認識，筆者認為立法保障新聞媒體進行正常報導的權利顯然並不多餘，只不過是時機的問題，以及核心在於條款如何訂立。有論者從法律角度分析指出：

> 新聞自由的真正問題是：言論自由與危害國家安全及洩露國家機密的界限不明（或者說不合理）、新聞審查與新聞出版（包括廣播電視）壟斷、誹謗及侵犯隱私權的行為與合理的新聞監督之間的界限問題，這兩個問題，是影響新聞出版自由的最大障礙。
>
> 對於第一個問題，訊息公開法已經解決了這家秘密與分開訊息的界限，而對於危害國家安全罪，應當確立的是人們在多大程度上批評政府、反對政府的問題，這樣的問題，牽涉到國家性質與國家體制，不可能靠新聞法解決。對於第二個問題，其本質是是否

---

[33] 參見張玉洪：〈從西方新聞法制研究管窺中國新聞法制研究〉，《聲屏世界》（南昌），2003 年第 5 期。

[34] 鄢烈山：〈傳媒的行政級別〉，搜狐視線，2002 年 9 月 23 日，http://news.sohu.com/24/56/news203335624.shtml。

取消新聞的事前審查、是否取消新聞出版的國家壟斷以實現新聞出版的自由化和民間化，實現新聞的獨立開放。[35]

因此，該論者得出結論：「在目前的情況下，不制定新聞法，有利於我們免受具體的限制性規定，去發現權利，再在時機成熟的時候，去制定新聞法進一步積極確認這些權利。」

在筆者看來，上述分析還是透徹的，但對於「時機成熟」的認定，卻是非常難的；對於「限制性規定」因立法而強化的推定，筆者認為這完全可以通過社會各界對草案進行充分討論來達成共識。在我們研究負面報導這一題目時，就會發現，正是由於相關法規沒有對新聞媒體開展報導的權利進行保障，這就導致媒體進行負面報導時往往惹上官司，且敗訴率極高，而新聞工作者（尤其是記者）的權利則往往受到侵害。

2008年7月，《財經時報》被停刊整頓三個月一事就是明證。停刊理由是「被上級主管機關認定為違反了『媒體不得異地監督』『新聞採訪需履行正規採訪手續』『重大、敏感新聞稿件刊登前需與被報導方進一步核實、交換意見』等新聞宣傳紀律，導致失當。」[36]這種不從法律找依據，而從所謂「新聞宣傳紀律」找尋「治罪」的資源，顯然違背基本的法治精神。這一案例從實踐角度證明中國大陸對新聞媒體立法的應然性和緊迫性。

當然有也論者提出了「憲法司法化」，認為「如果各級人民法院在審理有關危害公民新聞自由權利時，可以直接援引憲法條文作出裁判，對保護新聞記者在採訪活動中人身自由屢遭侵犯，輿論監督屢遭干涉，將是極有積極意義的」[37]。雖然是一個好建議，但在實踐中操作顯然不會是一件簡單的事，存此一議。

---

[35] 高一飛：〈我國新聞立法的使命〉，《新聞知識》，2008 年第 9 期、第 10 期。

[36] 參見財經時報社 2008 年 9 月 25 日發布的公告，http://news.xinhuanet.com/zgjx/2008-09/27/content_10119074.htm。

[37] 張永恆：〈憲法司法化與新聞自由權利的保障〉，《新聞記者》（上海），2002 年第 2 期。

二、新聞政策的改進

有論者指出[38]，「新聞報導權作為傳媒所擁有的主要權利，目前在我國立憲上不是一種獨立的權利，而是公民權利的延伸，其法律淵源在於公民依照憲法享有的言論自由權、新聞自由權和知情權。公民的言論自由通過傳媒的新聞自由權獲得表達渠道，而新聞報導權是實現公民知情權的具體化」。

在筆者看來，雖然負面報導其實是新聞報導權的應有之義，但在實踐中往往會有遇到重重阻礙，其中最重要的是新聞政策的影響。

郎勁松曾就「新世紀中國新聞政策的走向」進行過分析、研究。她提出，關鍵在於實現三大突破，即：政策理念由隨機摸索式向戰略建構式轉化，政策取向由低級層次向高級層次轉化，政策形式由缺乏預先約定力的「紅頭文件」向定型化的法律框架轉化。[39]

其中，政策的隨機性體現在一些地方政府訂定一些阻礙訊息傳播的規定，比如2001年5月發生深圳市報刊發行局與當地兩家報刊發行部門聯手封殺《南方都市報》事件，導致大部分郵政報刊亭迫於「壓力」，不再擺賣《南方都市報》。2003年8月28日，《人民日報》第5版上發表文章〈如此拆房為誰謀利？〉，曝光江西省定南縣政府當年三月違規以協方方式出讓一塊經營性用地，後又不顧法院要求訴訟期間「停止執行」的裁定，組織人力趕在法官到達前拆毀地上房屋。載有該文的《人民日報》版面被當地郵政局扣發。而這些對策根本就沒有什麼依據。

郎勁松認為，「縱觀新中國成立以來我國新聞政策的演進，可以發現，大量的是有關宣傳報導和對媒介進行治理、限制的政策措施，這當然也一定歷史環境的需要，但總的來說，明確的、規範的和授權性的政

---

[38] 吉林大學法學理論專業陳欣博士學位論文：《新聞報導權研究》（指導教師：馬新福），2006年6月。

[39] 郎勁松：《中國新聞政策體系研究》，新華出版社，2003年9月第1版，頁181。

策較少……一些不平等政策、過時政策和空白政策現象，使大量的政策措施停留在『避免違規』的低層次上……」[40]

對負面報導來說，隨機性的政策、針對不同媒體採用不同的報導尺度，以及多用電話、傳真等下指令，對新聞訊息的正當、合法傳播造成了極大的影響。所以對新聞政策的改進，首當其實就是要使其合理、合法。

此外，還應從以下幾個方面做出努力：

（一）從守土有責到開放式管理

喻國明從傳媒產業發展角度曾這樣論及傳媒的管理：

> 政府角色，應該從重守土有責似的、保守的內斂式的管理，轉向重創新發展的促進式的管理。過去傳媒產業整體的宏觀管理有一個基本的價值傾向就是不要出事。但是這樣一種處於守勢狀態的管理，應該說不適合目前中國傳媒產業發展的現狀。因為，這樣的一種管理使我們喪失了活力，喪失了創新的衝動，喪失了發展的機遇，而要抓住這樣一個發展的機遇，要使我們媒介產業能夠承擔起社會發展賦予媒介業的社會責任、政治責任和市場責任，就必須鼓勵創新，鼓勵發展。[41]

事實上，傳媒開放式管理對打破新聞訊息的地方保護主義是很有益處的，也有利於新聞訊息的自動流動。復旦大學教授陸曄就注意到，守土有責式的管理對新聞媒介監督的影響：

> 作為媒介的直接管理者，來自宣傳部門和其他行政管理部門的權力，構築了邊界明確清晰的新聞生產的有形控制空間。除了針對具體事件的「宣傳通知」、相關的審稿制度和由宣傳管理部門直接下達宣傳任務等外，還包括各種並不一定見諸文本但在新聞機構內部盡人皆知的邊界，比如，對批評報導的行政級別的限制，

---

[40] 郎勁松：《中國新聞政策體系研究》，新華出版社 2003 年 9 月第 1 版，頁 188。

[41] 喻國明：〈中國傳媒產業發展軌迹與前瞻〉，《青年記者》，2004 年第 11 期。

> 對新聞媒介異地監督的限制，等等。面對這個有邊界的控制空間，一般的媒介會儘量採取退讓的辦法。[42]

從實踐角度，傳媒的開放式管理將有助於新聞訊息的流動，而不是囿於現時的按地域劃分的行政框架。這樣才能給傳媒更大的自由度，不至於出現楊正文先生曾提到過的三種不良的傾向：「批下不批上，批生不批熟，批小不批大。」[43]他由此提出，在做批評報導時，應當出於公心，凡是違背黨的原則的，都應一視同仁。

（二）從內外有別到內外一致

受中國傳統文化中的「家醜不可外揚」思想的嚴重影響，在中國新聞史上，漫長的封建王朝時期往往是對內嚴密封鎖負面新聞訊息，是為傳播禁止。在清末，境外人士辦報或中國知識分子辦報（往往假租界為辦報地以尋求庇護）後，雖然清朝相關的法律打壓新聞自由，但負面報導還是在一定範圍內開展。

在蔣介石大陸「國統區」，基於種種考量，在新聞政策上實行鴕鳥政策，對不利於當局統治的消息，官方禁止報導。1943年，對於河南大饑荒，蔣介石政府對於見諸報端的負面報導，採用「對內懲戒，對外進行隱瞞」的政策。在大公報報導後，新聞檢查所派員送來了國民黨當局限令《大公報》停刊三天的決定，以示「懲戒」。美國《時代周刊》記者白修德深入一線調查，向全球發出了報導，但洛陽電報局的發報員卻因「洩露機密」人頭落地。

在新中國歷史上，同樣也有不少「家醜不可外揚」的例子，1976年7月28日唐山發生大地震，第二天，《人民日報》採用新華社統稿對這一災難進行報導，其標題為：〈河北省唐山、豐南一帶發生強烈地震／災區人民在毛主席革命路線指引下發揚人定勝天的革命精神抗震救災〉。直到三年後的11月23日，《人民日報》才刊登來自中國地震學會

42　陸曄：〈權力與新聞生產過程〉，《二十一世紀》（香港），2003年6月號，總第77期。

43　楊正文：《批評性報導》，新華出版社，1989年11月第1版，頁170。

成立大會（1979年11月17日至22日在大連召開）的新聞《唐山地震死亡24萬多人》（新華社電，記者徐學江）。

在新聞實踐中，允許境外媒體對中國大陸新聞進行報導時，又存在「內外有別」的問題。它主要表現在：一是中國大陸報導與境外媒體報導不同；二是大陸不允許報導，境外報導，導致新聞傳播「出口轉內銷」。

第一種情況的突出案例是千島湖事件（又稱千島湖慘案）。1994年，32名臺灣觀光旅客及船工在浙江省杭州市淳安縣的千島湖被劫殺，但當時地方政府起初隱瞞事件、繼而封鎖消息、查案手法粗糙、對家屬安排失當，最終令這宗刑事案件演變成政治風波，也大幅提高臺灣人對台獨的支持度，成為臺灣民眾對中國看法的一次重要轉折點。據維基百科資料[44]，當地政府起初將此次事件謊報為一次遊輪火災之意外事件，當時臺灣媒體質疑其說法，4月17日，浙江省公安機關宣布破案，公布是「特大搶劫縱火殺人案」，逮捕了三名嫌犯。

第二種情況的例子很多，最典型的是2003年「非典」（SARS）實情的報導。蔣彥永因不滿足衛生部的官方說法[45]，以電子郵件的形式將自己瞭解的實情發給了鳳凰衛視和中央電視臺四套，不過石沉大海，最終該信由美國《時代周刊》刊出，從而引起大陸上下關注，並最終導致當年4月20日原衛生部部長張文康、原北京市市長孟學農被免職。也就是這一天，中共中央決定：王岐山任北京市委委員、常委、副書記，免去孟學農的北京市委副書記、常委、委員職務。從這天起，北京加大了對非典疫情社會公布的力度，實行疫情每日一報。民眾對非典的恐懼和此前廣泛傳播的流言甚至謠言才開始減少。

---

44 參見維基百科「千島湖事件」條目。

45 2003年4月初北京市的「非典」疫情已經呈擴散的趨勢，繼發性的「非典」患者人數不斷增加，但在4月3日召開的關於非典型肺炎的國務院新聞發布會上，時任衛生部長的張文康向與會的200多名中外記者表示：「中國局部地區的非典型肺炎疫情已得到有效控制」。為了便於記者充分報導，他特意將這句話在不同的回答中重複了多次。參見程曼麗：〈論「非典」時期的政府傳播〉，《北京大學文科通訊》，總第11期。

新聞傳播出現「內外有別」，當然有原因。在筆者看來，一個原因是為所謂社會穩定考量，認為一些新聞訊息不宜列入大眾傳播，只宜以內參的形式讓少數人知情；另一個原因是基於宣傳的需要，在特定的時期，為了放大流輿論的聲音，對某些新聞訊息進行「消音」處理。但自互聯網興起後，往往印證了「地球是平的」這一論斷，從而使訊息的流動更加迅速和自由。這些訊息往往經境外媒體報導，並同時在網路上廣泛傳播。

在筆者看來，新聞訊息和貨幣一樣，其價值就在於流動。如果不流動，需要這些訊息的人們將失去瞭解事實真相的權利；就算是包含著醜陋、謬誤的訊息也有新聞價值，但不允許傳播，那麼人們也會缺少其對立的參照事物。對於這樣的訊息流動（尤其是負面報導的開展），可以通過馬克思所說的「報刊的有機運動」，全部事實就會完整地被揭示出來。

「內外有別」有著巨大的弊端，除了導致中國大陸民眾無法瞭解到「欲知、應知和未知」的重要訊息外，也直接導致他們與境外民眾之間嚴重「訊息不對稱」。這樣的情況日積月累，就會影響大陸民眾對世界的認識，進而影響人生觀和世界觀。此外，還可能影響執政黨的威信。

從新聞傳播學角度，「內外有別」導致的禁止報導往往還會導致傳言甚至謠言的流傳。2003年發生「非典」初期小道消息滿天飛，以及2008年西藏「3・14」事件發生後，除新華社、中央電視臺等中央權威媒體的報導外，其他媒體幾乎是一片沉默。但相關報導還是太過簡略，境外媒體大做特做，加之境外記者進藏採訪受限，導致不少西方媒體編造新聞。有研究者指出：

> 從2003年的「非典」，到「中國製造」危機，再到2008年的拉薩「3・14」事件，中國國家公關在奧運召開之前，都是消極的防禦戰——先是被罵、然後沉默、再反彈。

> 但以北京奧運為節點，中國國家公關正從消極防禦階段過渡到積極防禦階段。隨後的毒奶粉事件中，中央政府對內雷厲風行、對外坦誠直率，就是向「相持—對話」階段邁進的個案體現。[46]

在筆者看來，如果將新聞傳播作為中國國家公關鏈條中的重要一環，那麼，從「內外有別」到「內外一致」，將是其理念上的轉型，也是通過漸進的方式提升中國國家形象的重要方式。從新聞訊息來說，一個重要的選擇是對內開放和對外開放並舉。

知名雜文家鄢烈山就認為，不論對外對內，新聞開放其實是中國社會發展不可逆轉的大趨勢。但新聞開放需要有個漸進的發展過程。不過，在他看來，「對於當下中國主動的新聞開放的程度，還取決於掌握公權的人們。妨礙新聞開放在官員中大致有以下三種情形。一種人是冥頑不化，死抱住「民可使由之，不可使知之」的專制主義皇權傳統不放，他根本就反對平等、自由、民主、法治等社會扁平化的現代思維。第二種人較多，主要是擔心新聞開放會失控，影響社會穩定。還有一種人，阻撓新聞開放不是觀念問題而是利益所系。」[47]

湖北省法學會傳播法研究會會長喬新生則從中國大陸涉外新聞管理制度的角度對新聞開放進行了探討。他指出了目前「內外有別」的一種現狀和不良影響：

> 一些地方政府機關及其工作人員面對外國新聞記者，經常「無可奉告」，高掛「免戰牌」，極大地損害了中國政府的形象。雖然我國實施了《政府訊息公開條例》，要求各級政府必須實行政務公開。但是外國新聞記者在中國境內採訪時，除了政府新聞發言人，很少能夠直接與其他政府官員接觸，進行面對面的採訪。這種自我設限的做法，比政府直接限制外國記者採訪報導更有隱蔽性。如果政府訊息不公開，就意味著中國政府拱手讓出新聞市

---

[46] 中國人民大學公共傳播研究所副所長胡百精：〈細解中國國家公關路線圖〉，《國際先驅導報》（北京），2009年2月3日。

[47] 鄢烈山：〈新聞開放與社會扁平化〉，《中國新聞出版報》，2009年2月2日第2版。

> 場，讓外國記者根據自己的主觀判斷，選取新聞採訪的視角，決定新聞採訪的內容和形式。[48]

為此，喬新生開出的藥方是：「調整外國新聞機構和外國記者登記制度，不是放任自流，而是把嚴格的審查制度，變成登記備案制度。只要在中國政府指定的部門辦理登記備案手續，就可以在中國境內自由地採訪報導。中國政府不干預新聞記者的採訪報導活動，中國政府也不干涉外國新聞機構在中國的市場經營行為。只要按照世界貿易組織的規則，對等交流，中國政府就應該敞開胸懷，歡迎海內外的新聞機構和新聞記者。」

喬新生所提議的方法曾在2008年實踐過。四川發生5・12大地震之後，中國政府向外國新聞媒體和外國新聞記者開放新聞市場，允許外國新聞記者在第一時間趕赴現場，取得最原始的資料，將中國人民團結一心、抵禦自然災害的偉大壯舉，通過新聞報導昭告天下，在報導上多傾向於正面評價。

雖然這是一個好的提議，但目前既有的相關規定和它還是有一定差距。比如2008年10月17日起施行的《中華人民共和國外國常駐新聞機構和外國記者採訪條例》，明確規定，「境外記者在中國境內採訪，需徵得被採訪單位和個人的同意。外國常駐新聞機構和外國記者可以通過外事服務單位聘用中國公民從事輔助工作。外事服務單位由外交部或者外交部委託的地方人民政府外事部門指定。」此外，「外國記者赴西藏採訪應當向西藏自治區外辦申請辦理『進藏批准函』」。這也難怪一些境外記者對上述規定頗有意見。[49]

從這一規定來說，新聞對內開放與對外開放同步，雖然是保障公民知情權的應然要求，但這顯然是一個漸進的過程。不過，隨著中國民主化、法制化進程的加快，這並不會是一件遙遠的事情。

---

48 喬新生：〈新聞管理也應對外開放——中國涉外新聞管理制度解讀〉，《新聞記者》（上海），2009 第 2 期。

49 外交部就實施外國常駐新聞機構記者採訪條例答問，http：//www.gov.cn/xwfb/2008-10/18/content_1124294.htm。

三、新聞專業主義的建構

即令有法律上的實際保障，新聞政策的改進，負面報導並不會天然地順利開展。上述兩方面也只是提供一個制度上的資源，從媒體自身形象及民眾期待來說，光靠制度是遠遠不夠的。

在筆者看來，通過新聞專業主義的建構，媒體在進行負面報導時，既可以贏得被報導對象和受眾的尊重，也可以在涉及訴訟時，有利於維護媒體和新聞工作者的正當權益。

何謂新聞專業主義？郭鎮之認為，「專業主義（professionalism）是資產階級新聞學的重要概念，也是西方新聞工作者恪守的最主要的新聞職業規範。新聞專業主義核心的理念，一是客觀新聞學，一是新聞媒介和新聞工作者的獨立地位和獨特作用。新聞專業主義、客觀新聞學和新聞媒介的獨立性這些概念，都是歷史的產物，具有特定的含義，並經歷了發展變化。西方新聞專業主義的思想起源於美國，新聞專業主義的前提是新聞自由。」[50]

中國人民大學新聞學院教授陳力丹則指出，新聞專業主義的內涵包括以下內容：「1、專業意識（監督社會環境的責任意識）；2、職業規範意識和評價標準；3、專業知識、技能和培訓；4、專業資格的認可；5、專業內部的自律；6、專業精神的範例。……其最基本的要求是將傳媒的責任、使命置於個人利益之上（例如揭露南丹礦難的記者群體置個人安危於度外的舉動）。」[51]

他認為，在當代社會，所有國家的傳媒在實現其社職責時幾乎無一例外要承受來自政治權力和經濟勢力的影響，但傳媒作為社會公器，不是政治要求，也不是市場要求，恰恰就是一種職業精神的要求。

---

[50] 郭鎮之：〈輿論監督與西方新聞工作者的專業主義〉，《國際新聞界》，1999年第5期。

[51] 陳力丹：〈傳媒社會職責、職業意識與經濟利益的博弈〉，《傳媒觀察》（南京），2004年第8期。

建構新聞專業主義對負面報導來說有什麼益處呢？在筆者看來，至少體現在以下幾個方面：

（一）遵守職業高標，獲得職業尊嚴

目前，在中國新聞界，不按職業規範進行新聞採寫、報導的案例很多。媒介尋租（「有償新聞」、有償「不聞」）、「假新聞」（如北京電視臺「紙餡包子事件」）等現象也不少見。民間更有「防火、防盜、防記者」的說法。再加之近年頻頻曝光的「封口費」事件，加之社會人員參雜，以新聞工作者的名義敲詐、索要財物，讓新聞工作者的職業形象受損。

如果新聞工作者大多以專業的職業精神和職業規範嚴格要求自己，自然會達到「清者自清，濁者自濁」的效果，從而贏得社會各界的尊重。

（二）提升媒體的公信力

新聞工作者奉行新聞專業主義，在獲得職業尊嚴的同時，同時為提升媒體機構的公信力提供了基礎。喻國明教授等建構的我國媒介公信力判斷維度量表，則包括新聞專業素質、社會關懷、媒介操守、新聞技巧、有用性、權威性等六個維度共23個指標。[52]

由此看來，新聞專業主義與媒介公信力的緊密關係。在筆者看來，正是由於媒介公信力的提升，民眾將為媒體從事負面報導提供更大的支持。這首先表現為消息源的提供者變得廣泛，因為民眾將媒體當作自己的代言人；其次，民眾通過花錢消費媒體生產的新聞產品，為媒體的發展和壯大提供了巨大的物質資源。

（三）更好地服務公共利益

在美國學者哈林看來，新聞業的專業化，「首先意味著新聞業與其他職業一樣，發育出了一種『公共服務』的倫理準則。新聞的專業化，

---

52 喻國明、張洪忠、靳一：〈媒介公信力：判斷維度量表之研究——基於中國首次傳媒公信力全國性調查的建模〉，《新聞記者》，2007年第6期。

是從進步主義時代（從1890年到一戰前，揭露黑幕運動是其組成部分。筆者注）所產生的一種普遍趨勢的一部分這種趨勢將疏離政黨政治作為公共生活的基礎，並且傾向於行政理性與中立性的知識技術。新聞記者應該服務於公眾整體而非特定的利益，無論這種利益是新聞記者們在19世紀曾經支持的政黨事業，或者是廣告主與媒介所有者們狹隘的商業利益。」[53]

而對中國媒體來說，它們不但是黨和政府的耳目喉舌，也是人民的耳目喉舌。從這個意義上說，在各種利益的紛爭中，最應堅守的是對公共利益的呵護。負面報導則是踐行這一準則的最好方式之一。

四、新聞理念的更新與實踐的突破

要發揮負面報導的正面作用，除了法治的力量、新聞政策的改進，同樣也離不開新聞理念的更新，從而帶動實踐的發展。從另外一個角度說，正是新聞理念的與時俱進，才能將其轉化為制度資源，也會為制度的優化提供合理性和鮮活性的保障。新聞理念的更新也直接推動了中國新聞改革。

（一）與時俱進的新聞理念

與時俱進的新聞理念主要體現在以下一些基本概念的釐清，一是訊息觀念的推動，二是新聞與宣傳的區分。

1980年代，寧樹藩先生曾將新聞定義為：「經報導（或傳播）的新近事實的訊息」。這實際指出新聞的起源問題，所以有「訊息是新聞之母」的說法[54]。當時新聞的訊息觀念對領導層也產生了影響，比如1985年2月8日，胡耀邦在一次報告中，在強調黨的新聞事業是「黨的喉

---

53 丹尼爾·C·哈林：〈美國新聞媒介中的商業主義與專業主義〉，載〔英〕詹姆斯·庫蘭等編：《大眾媒介與社會》，楊擊譯，華夏出版社 2006 年 6 月第一版，頁 208-209。

54 姚福申主編：《新時期中國新聞傳播評述》，復旦大學出版社，2002 年 1 月第 1 版，頁 7。

舌」、「黨聯繫人民群眾的一個紐帶和橋樑」等作用之後，還特別提出：它「又是人民中間，在黨內外和國內外傳遞訊息的一種工具，等等。但是，既然我們黨是全心全意為人民服務的，黨的工作路線是從群眾中來、到群眾中去的，那麼黨的新聞事業要能夠充分發揮黨的喉舌的作用，就理所當然地包含著既要使上情下達、又要使下情上達的作用，包含著加強黨同人民群眾的聯繫、反映人民群眾的呼聲的作用，包含著在各方面滿足人民群眾獲得訊息的需要的作用」。[55]

新聞的訊息觀念，在1980年代還導致了一場新聞與宣傳關係的討論。有研究者認為，「從1949年至十一屆三中全會以前，是新聞被納入意識形態軌道的非市場化時代，新聞傳播與組織傳播合二為一，人們轉向『以黨報為本位』的新聞研究，偶爾在『新聞本位』層面的思考，也被籠罩在意識形態『權力話語』之中，逐步單一化、簡單化、經驗化，直至只停留於『學習』、『領會』某種新聞宣傳政策。」[56]

所謂「黨報本位」的鮮明特點是，以政黨學說話語代替新聞學學術話語，把黨報的特殊規律當作新聞事業的一般規律。正是有這樣的認識，在新聞工作中往往是宣傳意旨先行，不按新聞規律辦事。按照陳力丹的說法，宣傳可以分為兩類，一類是政治宣傳，一類是商業宣傳（不過，筆者認為還有一類為公益性宣傳）。他認為，從表現方式看，新聞與宣傳的主要區別在於：

> 第一，新聞重訊息，宣傳重形式；第二，新聞重新異，宣傳重反覆；第三，新聞重事實，宣傳重觀點；第四，新聞重時效，宣傳重時機；第五，新聞重溝通，宣傳重操縱；第六，新聞重平衡，宣傳重傾斜。[57]

在中國新聞傳播史上，越是重宣傳的年代，越是負面報導最少的年代。此外，中國共產黨在革命黨時期非常重視宣傳工作，這種作風一直

---

55 胡耀邦：〈關於黨的新聞工作〉（1985 年 2 月 8 日在中央書記處會議上的發言）。

56 單波：〈論二十世紀中國新聞業和新聞觀念的發展〉，《現代傳播》，2001 年第 4 期，頁 24。

57 陳力丹：《新聞理論十講》，復旦大學出版社，2008 年 6 月第 1 版，頁 2-4。

持續新中國成立到黨的十一屆三中全會前。隨著改革開放，中共開始執政黨時期，從而對新聞傳播規律逐漸重視。

一個明顯的例子是，中共領導人近年在公開場合明確指出尊重新聞宣傳規律。比如胡錦濤在2002年全國宣傳部長會議上就指出：「要尊重輿論宣傳的規律，講究輿論宣傳的藝術，不斷提高輿論引導的水平和效果」。[58]陳力丹認為，這是中國共產黨歷任主要領導人首次談到「尊重輿論宣傳的規律」。[59]

2008年6月20日，胡錦濤在人民日報社考察工作時的講話中，明確提出，「要堅持用時代要求審視新聞宣傳工作，按照新聞傳播規律辦事，創新觀念、創新內容、創新形式、創新方法、創新手段，努力使新聞宣傳工作體現時代性、把握規律性、富於創造性，不斷提高輿論引導的權威性、公信力、影響力。」[60]

（二）媒體與記者角色認知的變化

媒體和記者應該充當什麼角色？這在中國當代的三次新聞改革中，不斷變得清晰起來。這三次新聞改革分別別是：以《解放日報》改版為標誌的1942年新聞改革；以《人民日報》改版為標誌的1956年新聞改革；改革開放以來的新聞改革。

有研究者就這三次新聞改革的歷史脈絡進行了考察，對其總結如下[61]：

1. 第一次新聞改革建構了黨報思想的主要框架，走出了一條在戰爭環境中、在農村地區辦報的路子。這是中國共產黨成立以來以至延安時期發生的新聞學主題的重大轉變，是適應革命根據地需要的必然結果。但黨報思想是以新聞學自身的退化，為社

---

58 胡錦濤在全國宣傳部長會議上的講話，2002年1月11日。

59 陳力丹：〈按照新聞傳播規律辦事〉，《新聞與寫作》（北京），2008年第7期。

60 胡錦濤在人民日報社考察工作時的講話（全文），《人民日報》，2008年6月26日。

61 參見復旦大學新聞學院孔洪剛的博士論文：《執政黨理念下的新聞媒體的轉型》（2006），指導老師：李良榮。

會和歷史的總體進步付出的代價。這些退化表現在：A.新聞機構、新聞工作者缺乏相對獨立地位。除了黨的主張以外，黨報沒有獨立的存在和價值追求，黨的新聞工作者也是如此；B.群眾性是以群眾喪失自主性為前提的。因為群眾性的實現，是以他們單方面接收黨的灌輸、教育、領導實現的，群眾的自主傾向不強。

2. 1956年新聞改革是一次失敗的轉型。1956年7月1日《人民日報》發表社論《致讀者》，啟動了這次新聞改革。同一時期，新華社、廣播事業局等單位也進行新聞改革。

　　以《人民日報》為例，雖然設想很好，但最終卻因「反右」運動的開展而無法實現。《人民日報》改革主要有以下幾個方面：

　　第一、社會主義新聞事業的性質。在黨性原則的大框架內，社論這樣解讀《人民日報》報名，「意思就是說它是人民的公共的武器，公共的財產。人民群眾是它的主人。只有靠著人民群眾，我們才能把報紙辦好。」

　　第二、擴大報導範圍。社論指出，我們生活在一個充滿著變化的世界，「生活裏的重要的、新的事物，無論是社會主義陣營的，或者是資本主義國家的，是通都大邑的，或者是窮鄉僻壤的，是直接有關於建設的，或者是並不直接有關於建設的，是令人愉快的，或者是並不令人愉快」，滿足各種不同的讀者的需要，是新聞工作者的天職。

　　第三、公開討論不同意見。認為「報紙是社會的言論機關」。過去黨報每字每句都代表黨的意見，從今以後，「在我們的報紙上發表的文章，雖然是經過編輯部選擇的，但是並不一定都代表編輯部的意見，—這不是說代表編輯部的意見就不可以討論，而是說，作用我們發表的某些文章的某些觀點跟編輯部的有所不同，這些文章的作者的觀點彼此也不同，這種情形希望讀者認為是正常的。」

1957年7月1日在《人民日報》上發表社論《文匯報的資產階級方向必須批判》，掀起一場大規模的反右運動，同時宣告這次新聞改革的結束。

3. 1978年以來的新聞改革。

改革開放以來，從恢復黨報優良傳統、到媒體功能新定位（訊息）、到產業屬性的凸現，新聞媒體出現了三次跨越：

(1) 1979～1982年：在新聞理念上，徹底否定新聞媒體「階級鬥爭工具」論，恢復黨報傳統的優良傳統，強調新聞的真實性，新聞真實性與黨性原則，成為報紙的新聞工作的兩大旗幟。

(2) 1982～1992年：隨著「訊息」概念的傳入，人們開始重新審視新聞與宣傳的關係、新聞價值在新聞選擇中的功用、新聞事業的功能。

(3) 1992～2003年：90年代中、後期，隨著政策的明朗和理論界的努力，新聞媒體既具有意識形態屬性、又具有產業屬性，已經為人們普遍認可，新聞媒體開始名正言順、大踏步走向市場。

通過三次新聞改革歷史脈絡的考察，我們可以清晰地看到，媒體從單一黨報（黨的喉舌）向大眾傳媒（社會公器）的角色的轉化，市場化程度高的媒體意識形態屬性漸漸弱化，而服務功能得以回歸。

而在這一轉變過程中的歷史教訓，值得我們記取。甘惜分先生就曾論及中國新聞史上對媒體（尤其是黨報）認知出現偏差而導致新聞工作出現問題，他將其稱為「左」的傾向：

> 「左」的思想的第一個表現就是片面強調報紙是階級鬥爭的工具，而忽視它也是調節人民內部矛盾的工具，是調節階級關係的工具；表現之二是片面強調黨報是黨的報紙，不同程度地忽視它也是人民的報紙；表現之三是浮誇之風，首先是報喜不報憂，再就是說話不講分寸，不留餘地，不顧後果，此外崇尚空談，不著邊際，盡說些「偉大的空話」；表現之四是重實踐，輕理論，輕

> 視新聞理論的研究；表現之五是不注意發揮新聞工作者的積極性和獨創性。[62]

對媒體角色認知的偏差直接影響了新聞傳播的科學性，從而對負面報導的開展也形成了消極的影響。「報喜不報憂」、「不許公開討論不同意見」都對新聞報導的內容進行了嚴格的區隔。

和媒體角色認知的漸進過程一樣，對記者角色認知也經歷了一個過程。陳力丹等在考察改革開放三十年中國記者角色認知時發現：

> 30年前，在長期「以階級鬥爭為綱」的思維內，傳媒的職能被定義在單一的政治宣傳，因而記者自然是黨的宣傳工作者，而不是一種社會職業。1980年代從事實際新聞工作的人，在他們關於自身工作的文章或書中，也是在無產階級的階級立場上理解記者的職業特色，強調記者角色的政治性質，但讓新聞記者角色回歸本位的思想開始經常閃現。2003年，因山西繁峙礦難中11名記者受賄失語，這一年起持續數年開展「三項學習」運動，首次由官方提出「新聞職業道德」、「職業意識」、「職業精神」等等概念。這些都在無形中提示人們，新聞記者是一種社會職業。新聞專業主義基於以新聞報導與傳播本位為核心的價值判斷，倡導著新聞記者踐行一系列職業規範」。[63]

由上可以看出，在中國大陸地區，不少記者已經從黨的宣傳者向職業記者轉化，這同樣無損於他們的使命感和責任感，在為公共利益而奔波之路下不斷採寫新聞。正如臺灣資深調查報導記者林照真所指出的那樣，「學新聞的人難免對媒體產生浪漫的想像，也深信民主的構成要件中離不開媒體，更堅定地主張媒體不應為政治權力所屈服，也不應為商業所收買。因為一旦這部分出現危機，面臨崩解的不只是媒體，還有民

---

[62] 甘惜分：〈論我國新聞工作中的「左」的傾向〉，載其所著：《新聞論爭三十年》，新華出版社，1988 年第 1 版，頁 104-139。

[63] 以上觀點綜合自陳力丹、江凌：〈改革開放 30 年來記者角色認知的變遷〉，《當代傳播》，2008 年第 6 期。

主……調查報導像是媒體中的一塊民主基石，在調查報導的新聞世界中，提供的內容並非是輕鬆娛樂，而是有關公共事務的揭露與討論。因此，觀看或新聞記者的是『公民』，而非『消費者』。媒體也可因為有了調查報導，使得商業屬性的媒體，同時擁有『公共領域』的空間，讓人暫時忘了『商品』那一個面相。」[64]

在負面報導中，不少報導正是調查報導。加之中國處於轉型期，各種社會問題錯綜複雜，僅就社會失範來說，就有三種：權力型失範（政治市場化，如腐敗）；財富型失範（市場貪婪化，如造假、商業欺詐；道德型失範（交往工具化，如幹部持假文憑）。[65]這正好印證了費正清多年前說的話仍然經典，「迄今為止，中國仍然是記者的天堂、統計學家的地獄」。不過，對矢志新聞事業的記者來說，在中國這個「天堂」裏，應擔當「看門狗」而不是「哈巴狗」。

（三）寬容的心態決定寬容的環境

開展負面報導，需要一個寬容而理性的環境，這就需要包括各級領導幹部和群眾在內的全社會有寬容的心態，徹底摒棄「家醜不可外揚」的惡習。

1. 國家領導人對負面報導的認識

這主要體現在對批評性報導和不同意見的態度兩個方面。

(1) 對批評性報導的態度

毛澤東曾明確提出「要在報紙上揭發壞人壞事，表揚好人好事」（1953年1月、2月）：「凡典型的官僚主義、命令主義和違法亂紀事例，應在報紙上廣為揭發。」[66]並提出「報紙上的批評要實行『開、好、管』

---

[64] 林照真：《記者，你為什麼不反叛？——調查報導的構想與實現》，天下雜誌股份有限公司（臺北）2006年3月第1版，頁160-161。

[65] 參閱朱力：《變遷之痛——轉型期的社會失範研究》第三章，社會科學文獻出版社，2006年7月第1版，頁171-287。

[66] 《毛澤東新聞工作文選》，新華出版社，1983年12月第1版，頁174。

的方針（1954年4月）：「開，就是要開展批評。不開展批評，害怕批評，壓制批評，是不對的。好，就是開展得好。批評要正確，要對人民有利，不能亂批一陣。什麼事應指名批評，什麼事不應指名，要經過研究。管，就是要把這件事管起來。這是根本的關鍵。黨委不管，批評就開展不起來，開也開不好」。[67]

鄧小平也對批評性的報導持支持態度：「開展批評與自我批評，《新華日報》最近做得好一些。過去報喜不報憂，現在也報憂了，這就可以醫治自滿和麻痹。報紙最有力量的是批評與自我批評。中央過去表揚了幾個報，主要因為他們實現了批評與自我批評，是非弄得很清楚，應該做的和不應該做的弄得很明確。報紙搞批評，要抓住典型，有頭有尾，向積極方面誘導，有時還要有意識地作好壞對比。這樣的批評與自我批評才有力量，才說明是為了改進工作，而不是消極的。」[68]

1994年，中共第三代領導人江澤民在全國宣傳思想工作會議上的講話中指出：「要重視對社會輿論情況和群眾思想情況的調查研究，積極地反映廣大群眾的意見和建議，加強輿論監督。輿論監督應著眼於幫助黨和政府改進工作，解決實際問題，增進人民團結，維護社會穩定。宣傳報導要注意把握好改革、發展和穩定的關係，局部和全域的關係，堅持唯物辯證法，防止片面性和簡單化。」[69]1996年9月26日，江澤民在視察人民日報社時又指出：「對消極腐敗現象也要進行批評和揭露，發揮輿論監督作用」；1998年10月7日下午三時許，時任國務院總理的朱熔基視察了中央電視臺，為《焦點訪談》題詞「輿論監督，群眾喉舌，政府鏡鑒，改革尖兵」，並對編輯、記者說，「《焦點訪談》開播以來，我不敢說是最熱情的觀眾，至少也是很熱情的觀眾；我既是一個積極的支持者，同時也是義務的宣傳者。各級領導和社會各方面都要支持輿論監督，我也要接受你們的監督。」[70]據筆者研究，這應是中國國家領導人首度向媒體「要」監督。

67　《毛澤東新聞工作文選》，新華出版社，1983年12月第1版，頁177。

68　〈在西南區新聞工作會議上的報告〉（1950年5月15日），《鄧小平文選第一卷》，頁150。

69　江澤民：《在全國宣傳思想工作會議上的講話》（1994年1月24日）。

70　敬一丹：〈一個欄目與三任總理〉，《新聞記者》，2004年第7期。

2008年7月，中共中央政治局常委李長春在北京奧運會開幕前視察奧運會三大新聞中心時也表示，我們不擔心負面報導，中國這麼大，負面新聞在所難免，中國將以透明開放的心態迎接國際輿論，也希望媒體把真實的中國傳遞出去。[71]這是中國國家領導人首次說出「負面報導」這一詞彙。由於北京奧運會成功舉辦期間曾放開境外記者的報導，中國新聞開放的步伐顯然會更快。

(2) 對於不同意見的態度

1957年1月27日，毛澤東曾談到「看《參考消息》就是『種牛痘』：現在，我們決定擴大發行《參考消息》，從兩千份擴大到四十萬份，使黨內黨外都能看到。這是共產黨替帝國主義出版報紙，連那些罵我們的反動言論也登。為什麼要這樣做呢？目的就是把毒草，把非馬克思主義和反馬克思主義的東西，擺在我們同志面前，擺在人民群眾和民主人士面前，讓他們受到鍛煉。不要封鎖起來，封鎖起來反而危險。……發行《參考消息》以及出版其他反面教材，就是『種牛痘』，增強幹部和群眾在政治上的免疫力」。[72]他還說：「禁止人們跟謬誤、醜惡、敵對的東西見面，跟唯心主義、形而上學的東西見面……這樣的政策是危險的政策。它將引導人們思想衰退，單打一，見不得世面，唱不得對臺戲。」[73]

鄧小平則提出，「黨要受監督，黨員要受監督……在中國來說，誰有資格犯大錯誤？就是中國共產黨。犯了錯誤影響也最大。因此，我們黨應該特別警惕……如果我們不受監督，不注意擴大黨和國家的民主生活，就一定要脫離群眾，犯大錯誤。因為我們如果關起門來辦事，憑老資格，自以為這樣就夠了，對群眾、對黨外人士的意見不虛心去聽，就很容易使自己閉塞起來，考慮問題產生片面性，這樣非犯錯誤不可。」[74]而對於有爭議的政策，他認為要用事實說法：「對這個政策

---

[71] 鄭保衛：〈從北京奧運會開放外媒採訪談起〉，《新聞與寫作》，2008 年第 9 期。

[72] 《毛澤東新聞工作文選》，新華出版社，1983 年 12 月第 1 版，頁 185。

[73] 衛廣益：〈《參考消息》創辦的前前後後〉，《縱橫》，2000 年第 4 期。

[74] 〈共產黨要接受監督〉（1957 年 4 月 8 日），《鄧小平文選》第 1 卷，頁

（指改革首先要打破平均主義。筆者注）有一些人感到不那麼順眼，我們的做法是允許不同觀點存在，拿事實來說話。」[75]

此外，鄧小平還表示，「社會主義現代化建設的極其艱鉅複雜的任務擺在我們的面前。很多舊問題需要繼續解決，新問題更是層出不窮。黨只有緊緊地依靠群眾，密切地聯繫群眾，隨時聽取群眾的呼聲，瞭解群眾的情緒，代表群眾的利益，才能形成強大的力量，順利地完成自己的各項任務。」[76]

劉少奇對不同言論（甚至反對意見）也是持寬容的態度：「群眾對我們，是反對就是反對，是歡迎就是歡迎，是誤解就是誤解，不要害怕真實地反映這些東西。唯物論者是有勇氣的，絕不要添加什麼，絕不要帶著成見下鄉。黨的政策到底對不對，允許你們去考察。如果發現黨的政策錯了，允許你們提出，你們有這個權利。如果你們看到黨的政策大體上是對的，但是還有缺點，也要提出來。」[77]

2. 社會寬容度的增強

和國家領導人對負面報導持寬容態度一樣，不少地方政府官員也對媒體持寬容態度。其中，最典型的是現任昆明市委書記仇和。

2007年底，仇和一當上昆明市委書記就召開多個座談會，請各新聞單位提供近期報導，特別提出「要負面的報導，看看我們做得不好或者不足，為市委下一步工作改進提供依據。」2008年9月16日，他又表示，昆明市歡迎並將以制度形式保障新聞媒體對黨委、政府各項工作進行監督。他認為，新聞媒體有著「保健醫生」的作用，可以幫助我們發現問題和解決問題。他指出，一些領導幹部在突發事件、媒體炒作面前往往無所適從，甚至手足無措，「所以習慣堵、習慣壓、習慣逃避或恐嚇。」這些人在應對媒體方面表現出知識恐慌和本領危機，給工作帶來

270。

75 〈拿事實來說話〉（1986年3月28日），《鄧小平文選》第3卷，頁155。

76 〈黨和國家領導制度的改革〉（1980年8月18日），《鄧小平文選》第2卷，頁342。

77 劉少奇：〈對華北記者團的談話〉，1948年10月2日。

被動，甚至造成損失。仇和還表示，因為「深怕工作失誤，所以亟盼輿論監督。」[78]

仇和顯然不是珍視媒體進行負面報導權利的一個孤例。事實上，中國社會對負面報導的寬容度越來越大。比如從2000年2月到2003年1月，呂日周在山西省長治市委書記任上發動了一場「媒體治市」的變革實驗，輿論監督矛頭直指黨政機關領導幹部：在黨報《長治日報》上點名批評工作不力的黨政官員，並且破天荒地在頭條上批評長治市副市長。此種看似有些異常的舉動迎得全國輿論大量支持。[79]

2009年2月2日，溫家寶在英國劍橋大學演講時被人扔鞋子抗議。此事件發生時，正直播的央視畫面進行了切換。但第二天，相關畫面經央視傳遍華夏。據稱這得到了溫家寶的批准。這樣的新聞播出後，並沒有誘導社會公眾對溫總理的負面評價，卻為中國迎得了高分。外媒稱「在此之前，中國領導人還從未以如此開放和自信的心態對待類似的事件」，「中國主流媒體此舉反襯了中國的開放和自信」。

中國人民大學喻國明教授點評說，「這是一種進步。過去，國內媒體習慣於報導領導人正面的受歡迎的訊息，對於此次『鞋襲事件』類似的負面新聞，按照慣例一般是不予報導的……當下的輿論傳播方式越來越多元化，人們可以從多種渠道獲取訊息，除了廣播、電視、報紙等傳統媒體之外，人們還可以通過網路等傳播更加便捷的新媒體獲取訊息。在今天的情勢下，不是應該不應該報導的問題，而是如何報導的問題。假如負面事件不報導，只會顯得我們不敢面對，至少是不夠客觀和坦誠。這次改變，顯示出中國的領導人和媒體治理者的熟悉越來越開放。」[80]

---

78 仇和：〈媒體有「保健醫生」的作用〉，中新網，2008 年 9 月 16 日。

79 呂日周把不痛不癢、等因奉此的《長治日報》變成了一個潑辣敢言、興利除弊的改革利器，令腐敗分子和瀆職官員膽戰心驚。報紙批評的重點和熱點不是「某些社會現象」，而是當地領導層。從聚眾賭博的鄉黨委書記，到工作不深人的副市長，一一指名道姓地批評。（參見馬立誠：〈呂日周的時代意義〉，《南風》，2002 年 6 月下，頁 16）。呂日周在很長時間裏成為一個爭議人物，而且被批評為人治。這也說明輿論監督的兩難：強人推動被非議，制度保障又有缺陷。

80 倪寧寧：〈喻國明、白岩松、王雄對話「劍橋事件」〉，《現代快報》，南京大學新聞系主任王雄則認為不應低估公眾承受負面新聞的能力，「從中國的老百姓，也就是新聞的受眾來說，現在他們也已經見多識廣，已經能夠面對和消化『完整的訊息』。中國網民人數世界第一，他們對世界上發生的事情已經見怪不怪，無論是正面的，還是負面的新聞，都已經有足夠心理承受能力。」對於這次報導的突破，王雄則認為，「這種變化對國內的其他媒體應該有所啟示。媒體，包括地方政府今後面對負面新聞，無論是來自國外對中國不利的負面新聞，還是發生在國內的負面新聞，都不應該感到懼怕，害怕報導出來後產生負面的影響，其實只要你在客觀報導的同時，作出正確的解讀，不僅不會帶來不利的影響，而且有可能取得正面的效應。過去有個觀念，媒體是正面宣傳的機器，其實我們應該把媒體還原成為真正的社會公器。就這一點來說，央視和新華社這次開了一個好頭，相信其他媒體會積極地跟進。」[81]

正是由於社會寬容度的增強，這才為負面報導的正常開展造就了良好的群眾基礎。再加上國家領導人的寬容表態，以及各級黨政機關的踐行，中國負面報導才得以成為新聞傳播中的重要組成部分。

2009年2月8日第5版。

81 王雄的上述觀點來自倪寧寧：〈喻國明、白岩松、王雄對話「劍橋事件」〉，《現代快報》，2009年2月8日第5版。

第九章　餘論

一、負面報導傳播禁止與傳播許可的博弈

從古代、近現代到當代，中國負面報導的發展脈絡其實就是傳播禁止與傳播許可之間的博弈。傳播許可背後的推動力是政府開明程度、新聞媒體報導權的爭取以及民眾近用媒體的意識和能力的提高。

那麼，何謂傳播禁止呢？有研究者專門研究過這一現象，指出

> 大眾傳播中的傳播禁止，包括禁止傳播和禁止接受。其義有二：一是對傳播的禁止，是行為意義的，二是被禁止的傳播，是名物意義的。前者如禁書、禁載、禁印、禁演、禁唱、禁播、禁講，等等。後者指禁止傳播所產生與形成的後果，如臺灣當局自1951年起，對本埠報紙實行「停登、限張、限印」的禁令。[1]

事實上，本書探討的負面報導，在中國歷史上常常遇到傳播禁止的情況，這也體現在兩個方面：

一是禁止涉及某些題材，如封建王朝的統治者大多對災異之類的訊息進行隱匿不報，主要原因是當政者以為其某此行為有違天命，才引來天怒或天遣。這樣的訊息只可統治階層知，而不可為外人道。此外，關於軍情、官吏罷免以及不同於官方主流意見的聲音，往往也是禁止傳播的內容。蔣介石治下的國民政府在大陸時期對河南大饑荒事實的否認及禁止報導，以及退守臺灣後對「二・二八事件」和「美麗島事件」報導中的訊息控制就是封建統治思想的延續。

1　彭菊華、吳高福、彭祝斌：〈傳播禁止論綱〉，《新聞與傳播研究》，2003年第2期。

二是進行查封報刊、拘押相關人士。常見的手法是「事後新聞檢查」。比如清朝末期的《蘇報》案，國民黨政府在臺灣統治時引發的「《自由中國》與雷震案」。

在中國新聞傳播歷史上，這兩條線往往處於交集狀態，也就是「事前新聞檢查＋事後新聞檢查」結合。這就導致一些民眾「欲知、未知和應知」的事項見不到天日。如果分析原因，筆者認為，在中國封建時代，統治階級往往在取得政權的時候，就缺乏合法性（大多通過武力鬥爭等非和平手段獲得），所以為維護統治的需要，竭力控制各種訊息的傳播，對負面報導極盡打壓。蔣介石治下的國民政府在大陸時期以及退守臺灣後對傳媒宰制的表現，以及對異己媒體的打壓，就表現出非常強烈的封建統治遺風。

在大陸地區，中華人民共和國建立之後的很長時期，對一些自然災害及人為事故的隱瞞不報，事實上受到了中國共產黨將自身定位為革命黨的影響。在那樣的時代，維護自身的正面、光輝形象（即延續自今的「偉光正」：偉大、光榮、正確）是首要任務，並不會著手於滿足大眾的知情權和表達權。改革開放以來，官方主流意識形態開始將中共由革命黨向執政黨轉型，這才開始順應時代要求，考慮適度「還權於民」。

當然在這樣的轉型期，也會有不如意的地方。比如在1997年全國電視觀眾抽樣的調查中，觀眾對電視節目表現滿意度最高的及時報導世界上重大事件，其次是發布國家、黨的政策，而觀眾對電視輿論監督力度的滿意程度在12個項目中排名最末，僅有60%。

有研究者就認為，「由於客觀上無法回避的原因，中國的主要媒體對於敏感問題的報導常常要經過層層審查，主要新聞機構的重要人事任免和行政管理要經過主管部、局」。[2]

但種種跡象表明，中國大陸和臺灣地區一樣，正從幾十年前眾多的傳播禁止向越來越多的傳播許可轉換。比如2003年SARS的公開報導，

---

2 鍾大年主編：《香港內地傳媒比較》，北京廣播學院出版社，2002 年版，頁135-136。

2008年媒體對汶川大地震和各種群眾性事件的公開報導。這些報導的出現，也是中國共產黨在執政理念和制度設計層面倡導的結果。

2004年9月，在中共十六屆四中全會上通過的《中共中央關於加強黨的執政能力建設的決定》中，首次提到了群眾的「知情權、參與權和監督權」等民主權利。2006年10月，中共十六屆五中全會通過〈中共中央關於構建社會主義和諧社會若干重大問題的決定〉，就提到「依法保障公民的知情權、參與權、表達權、監督權」，增加了「表達權」這一選項。2007年10月，胡錦濤在十七大的報告中，在「堅定不移發展社會主義民主政治」部分再次論及民眾「四權」：「要健全民主制度，豐富民主形式，拓寬民主渠道，依法實行民主選舉、民主決策、民主管理、民主監督，保障人民的知情權、參與權、表達權、監督權。」

對於「四權」的官方主流意識形態倡導，其實部分呼應了我國憲法第35條規定：「公民有言論、出版、集會、結社、遊行、示威的自由。」而這正是包括負面報導在內的所有新聞傳播應有的理論和實踐保障。

「四權」說到底是新聞自由的部分內涵。按照馬克思的說法，「沒有出版自由，其他一切自由都是泡影」。他還說：「發表意見的自由是一切自由中最神聖的，因為它是一切的基礎。」毛澤東也說過，「人民的言論、出版、集會、結社、思想、信仰和身體這幾項自由，是最重要的自由」。[3]

二、傳統文化對負面報導的影響

（一）傳統治世理念的影響

在中國封建王朝，皇帝自命為「天子」，顯然是為了增加自身的「神性」，並因此而與普羅大眾進行區隔。所以才有「普天之下，莫非王土；率土之濱，莫非王臣」。（《詩經・小雅・北山》）在這樣的心理下，當

3　轉引自胡績偉：〈出版自由不是資產階級的專利〉，載趙士林主編：《防「左」備忘錄》，書海出版社（太原），頁82。

然包括皇帝、大臣在內的統治階級在政令發布上是居高臨下的，對哪些訊息可以讓民眾知道，也是基於自身（集團）利益的考量。雖然有良臣或智士勸說當政者，「民為貴，君為輕」，但事實上，當政者在執政實踐時，只會實行惠民政策，在言論自由上的權利讓渡顯然不會過大。

比如孔子曾有言：「民可使由之，不可使知之」（《論語・泰伯篇》）。一種譯文為，「對於老百姓，只能使他們按照我們的意志去做，不能使他們懂得為什麼要這樣做。」所以有研究者認為：

> 雖然孔子思想上有「愛民」的內容，但這有前提。他愛的是「順民」，不是「亂民」……他提出的「民可使由之，不可使知之」的觀點，就表明了他的「愚民」思想，當然，愚民與愛民並不是互相矛盾的」。另有人認為，對此句應作如下解釋：「民可，使由之；不可，使知之」。即百姓認可，就讓他們照著去做；百姓不認可，就給他們說明道理。持這種觀點的人認為這是孔子倡行樸素民主政治的嘗試。但大多數學者認為這樣斷句，不符合古漢語的語法；這樣理解，拔高了孔子的思想水平，使古人現代化了，也與《論語》一書所反映的孔子思想不符。[4]

此外，孔子也曾說過，「唯上知與下愚不移」（《論語・陽貨篇》）。意為：「只有上等的智者與下等的愚者是改變不了的。」這顯然帶有濃重的精英意識，並有歧視甚至侮辱勞動民眾的一面。

自漢代獨尊儒術以來，封建各朝的統治者事實上就將孔子的這些思想潛移默化地踐行著。這對普通百姓起到了很大的作用。英國人彭邁克就發現：

> 中國人對等級制度的當然性、必要性和不可避免性的信仰。對中國人來說是不言自明的，所有人生出來就是不平等的。一個行之有效的社會，需要一個大家擁護的人來下命令。[5]

---

4 閻韜、馬智強譯注：《論語全譯》，江蘇古籍出版社，1998 年版。

5〔英〕彭邁克：《難以捉摸的中國人》，遼寧教育出版社，1997 年 3 月第 1

通過這樣的上下互動，官方也將這樣的統治思路運用到新聞訊息的傳播治理上。「為尊者諱」、「崇拜權威」和「家醜不可外揚」等思想成為官方的主流意識形態和民眾的內心和行為準則。這樣的思想體現到新聞訊息的傳播上，就是負面報導成為禁區，比如天災、人禍的報導都被嚴密控制。

此外，在封建王朝統治時期，批評皇帝或當朝的意見都不允許公開傳播。在蔣介石治下的國民黨時期及其在臺灣的統治期間，毛澤東擔任中國大陸最高領導人期間（尤其1950年代中期後），依然延續了這樣的傳統。

（二）民族心理的作用

在中國負面報導的歷史考察中，我們可以發現，負面新聞傳播從禁止到逐漸許可的過程中，中國人的心理特點起到了重要作用。這突出表現在中國人的面子思想和不寬容上。

美國公理會教士明恩溥在華傳教22年之後，於1894年寫作完成並出版的一部代表作《中國人的臉譜：第三隻眼睛看中國》。第一章就是〈面子生存法則〉。他認為[6]：

> 「面子」之於中國人，是一件非常重要的東西，這聽起來似乎有些難以理解。然而在中國，「面子」不僅僅指人的臉面，它更是一個複雜的複合性名詞，其含義遠遠超出我們所能表達的範圍，或許比那些心領神會的詞語的意義還要廣泛。
>
> 一旦正確理解「面子」的含義，你就如同得到了一把鑰匙——能夠打開「中國人的特性」之鎖的鑰匙。但我們必須注意一點：西方人通常不能完全理解面子的運作規則，以及這一規則所能獲得的利益。他們總會忘記戲劇這一重要元素，而不斷地糾纏於無足

版，頁 126。

6 〔美〕亞瑟・亨・史密斯（中文名叫明恩溥）：《中國人的臉譜：第三隻眼睛看中國》，龍婧譯，陝西師範大學出版社，2007 年 1 月第 1 版，頁 2-3。

> 輕重的現實領域裏。對於一個西方人來說，中國人的面子如同南洋島的「塔布」，存在著一種無法否定的勢力。但面子更加神秘莫測、無章可循，只能按照中國人的觀念來判斷和變更。

另一位來自英國的彭邁克曾在香港居住十多年，也提到了中國人面子思想的深遠影響：

> 由於有面子以及與有頭有面的人關係的重要性，在中國文化中有太多的關係政治學。暗示自己與名人關係密切，急切巴結富人、名人，利用外表的身份象徵，對侮辱十分敏感，濫送禮物，使用銜頭，百般回避批評……[7]

為了面子，整個社會自上而下，都會有粉飾自身的強烈衝動。每當不利於自身形象的訊息將傳播，當事人不惜動用各種社會資源進行阻止其曝光，又或者通過沉默或說謊的方式掩飾內心的慌張。這些都成為負面報導難的主要人為因素。

除面子意識外，中國人不寬容的特點也對負面報導造成重要影響。中國負面報導的歷史演進中，其中一個特點是異議（不同意見）的表達經歷了一個被禁止到逐漸放寬的過程。

1959年，胡適在臺北《自由中國》半月刊第20卷第6期上發表了〈容忍與自由〉一文，曾引用他的老師布爾教授的一句話：「我年紀越大，越感覺到容忍比自由更重要」開頭，並直言：

> 在宗教自由史上，在思想自由史上，在政治自由史上，我們都可以看見容忍的態度是最難得，最稀有的態度。人類的習慣總是喜同而惡異的，總不喜歡和自己不同的信仰、思想、行為。這就是不容忍的根源。不容忍只是不能容忍和我自己不同的新思想和新信仰。一個宗教團體總相信自己的宗教信仰是對的，是不會錯的，所以它總相信那些和自己不同的宗教信仰必定是錯的，必定

7 〔英〕彭邁克：《難以捉摸的中國人》，遼寧教育出版社，1997 年 3 月第 1 版，頁 65。

> 是異端，邪教。一個政治團體總相信自己的政治主張是對的，是不會錯的，所以它總相信那些和自己不同的政治見解必定是錯的，必定是敵人。
>
> 一切對異端的迫害，一切對「異己」的摧殘，一切宗教自由的禁止，一切思想言論的被壓迫，都由於這一點深信自己是不會錯的心理。因為深信自己是不會錯的，所以不能容忍任何和自己不同的思想信仰了。[8]

同年11月20日，胡適在《自由中國》十周年紀念會上演說，再度重申「容忍比自由更重要」：「……總希望大家懂得容忍是雙方面的事。一方面我們運用思想自由、言論自由的權利時，應該有一種容忍的態度；同時政府或社會上有勢力的人，也應該有一種容忍的態度。」[9]

和胡適一樣，柏楊也意識到中國人包容態度的缺乏與重要：

> 我們中國人需要兩種東西，一種是尊重，尊重別人，尊重別人的人格，尊重別人的意見，尊重反對你的意見。那人家不尊重你怎麼辦？那就需要另一種高尚的品質，就是要包容。而且是誠實的尊重，尊重的包容。
>
> 要提高一個民族的品質，是人類有史以來最大的工程。它不能靠政治的力量，它要靠教育，要靠自己的反省能力。[10]

在筆者看來，如果說胡適的「容忍」和柏楊的「包容」是對人們內向性的審視，那麼寬容則可以說是一種外向性的主張。那麼，什麼是寬容？有西方學者認為：「（它）要求我們人們，甚至當我們很不贊同他

---

8 劉紹唐主編：《胡適選集・雜文》，臺灣傳記文學社，1970年8月版，頁227-233。

9 原載《自由中國》第21卷第11期（1959年12月1日），轉引自歐陽哲生編：《胡適文集（12）》，北京大學出版社1998年11月第1版，頁839。

10 石炎嶺：〈柏楊再談「醜陋的中國人」〉（訪問日期：1998年5月28日），《南方周末》，2008年5月1日，D22版。

們的做法時也要允許他們實踐。因而寬容包含著一種中間態度，此種態度處於完全接受與堅決反對之間。」「寬容對我們所有人都意味著代價和危險，然而即使如此，它仍然是一種我們都有理由珍視的態度。」[11]

雖然中國春秋戰國期間有「百家爭鳴」，但那更像是各家向當時割據的諸侯販賣一種治國學說。隨著秦統一六國，中央集權的封建專制國家的建立，「百家爭鳴」局面也就相應地基本結束了。在統一的封建王朝，「百家爭鳴」更是一個神話，對單一思想的追求顯得尤為必須是意識形態控制的一種典型策略，後果正如清末辭官返鄉的龔自珍所作的詩句：「九州風氣恃風雷，萬馬齊喑究可哀。」（《己亥雜詩》）

新中國成立後，對包括反對意見在內的不同意見，一些領導人聽不進去，更不用說能見諸報端。即便允許各方人士發表不同意見，很多時候是基於所謂階級鬥爭的考慮，1950年代的「反右」運動就是實例。

針對這樣的現實，1956年10月9日《人民日報》貫徹「八大精神」曾發表名為〈不要害怕反對意見〉。毛澤東的前秘書李銳先生曾寫過一篇〈要習慣聽反面意見〉，直言「我們這個封建國家太缺乏民主傳統了，對民主有一種頑固的排斥力。可以說中國吃的很多虧都在民主問題上」。他還稱：「有些同志總喜歡把民主與不安定團結聯繫在一起，以為如果讓大家自由自在發表意見，天下就要大亂，江山就要坐不穩了。其實要我看正相反，不讓人說話，壓制不同意見，並不能消除這些意見……最重要的是，正確的意見發表不出來，錯誤的做法沒人去反對，就最容易釀成災難。這種歷史教訓難道還少嗎？」[12]

李銳的這些觀點其實都是些常識。據薄一波回憶，毛澤東也曾在對七千人大會（1962年1月11日至2月7日）精神的傳達和貫徹時就說過「讓人講話，天不會塌下來」這樣的話：「毛澤東在1962年1月30日的講話中指出：同志們回去後，一定要把民主集中制健全起來。要發揚民主、採取行動，作自我批評，有什麼就檢討什麼，傾箱倒篋而出。白天

---

11 〔美〕托馬斯・斯坎倫：《寬容之難》，楊偉清等譯，人民出版社 2008 年 3 月第 1 版，頁 210、212。

12 李銳：《李銳反「左」文選》，中央編譯出版，1998 年 11 月第 1 版，頁 339。

『出氣』，晚上不看戲，白天晚上都請你們批評。讓人講話，採取主動好，天不會塌下來，自己也不會垮臺。不讓人講話呢？那就難免有一天要垮臺」[13]。此外，毛澤東還提到了自我批評的重要性，「要讓人家講話，要給人家有機會批評自己，你自己不批評自己，也可以，得讓人家批評你，最好的辦法還是自己來批評自己。」[14]

雖然自我批評是最好的辦法，但要對自身的不足或缺點進行主動揭露，這當然不是一件易事。所以包容和寬容顯然應值得推廣。近年來，中國政府對不同意見的表達逐漸採取包容的方式（如廈門PX事件），正是對這一精神的實踐。

三、媒體負面報導權利的爭取

在中國負面報導的歷史上，伴隨著的是媒體報導權利的爭取之險途。在封建社會時期，這一過程更多地體現為民間力量（團體與個人）爭取話語權的努力。比如宋代小報的流行，清末興起的文人辦報和「文人論政」，都是該過程的顯著表現。

當然，在報導權利的爭取之險途上，不少媒體和個人付出了慘重代價。報刊雜誌被禁止發行或報人成為階下囚，一些個人甚至因為堅持自己的個人主張，因此付出了寶貴的生命。其中最典型的例子是臺灣「二・二八事件」發生時，新聞界與外省民眾成為主要的攻擊目標，許多新聞工作者在事件中遇到層出不窮的突發狀況，例如民眾的暴力脅迫、軟禁、控制、在非自由意志下出報等。從大陸去的記者，則在沒有任何的保護與裝備下，冒著可能發生的危險外出採訪新聞，飽受生命威脅。荒謬的是，忠於職守的許多新聞界人士，事件之後卻莫名其妙地失去生命。因為新聞界被官方認為是形成及點燃「二・二八事件」的禍源

---

13 薄一波：《若干重大決策與事件的回顧》（下卷），中共中央黨校出版社，1993年6月第1版，頁1021。

14 薄一波：《若干重大決策與事件的回顧》（下卷），中共中央黨校出版社，1993年6月第1版，頁1018。

之一，遭受空前浩劫，十餘家報社遭到查封，大批新聞從業人員被殺、被捕、被關、被通緝。從而寫下臺灣新聞自由史上悲慘的一頁。

另外，從官方訊息管制方面，則經歷了從非法律管制的「口頭政治」式管理到利用法律限制普通人的言論、出版自由，再到對人類基本權利的尊重，向我們昭示了一條新聞傳播從無序到有序的理性之路。

1906年7月，清政府頒布《大清印刷物專律》，是其制定的第一部有關報刊出版的專門法律，由商部、巡警部和學部共同擬定，規定：所有關涉一切印刷及新聞記載均須在印刷總局注冊。未經注冊之印刷人，不論承印何種文書圖畫，均以犯法論，科以150元以下罰款或5月以下監禁，或二者並罰。關於「毀謗」，分普通毀謗、訕謗、誣謗三種。其中，訕謗的規定為：

> 訕謗者，是一種惑世誣民的表揭，令人閱之有怨恨或侮慢，或加暴行於皇帝皇族或政府，或煽動愚民違背典章國制甚或以非法強詞，又或使人人有自危自亂之心，甚或使人彼此相仇，不安生業。[15]

很顯然，這就是要求所有人都甘當順民，不能煽動民眾反對皇帝、皇族和政府的敵對情緒，而且不能對清王朝既定的典章、國制不能有批評與懷疑的聲音發出。

1906年10月，京師巡警廳奉巡警部的命令，訂立了《報章應守規則》9條，頒給京津各報，要求一體遵行，規定：「不得詆毀宮廷」，「不得妄議朝政」，「不得妨害治安」，「不得敗壞風俗」。[16]這實際強化了意識形態的控制。

1908年3月14日，清末國家的正式報律——《大清報律》正式出臺，共45條，規定了事前檢查制度。《大清報律》第七條規定：「每日發行之報紙，應於發行前一日晚十二點鐘之前，其月報旬報星期報等

---

[15] 《大清印刷物專律》第四章第四款，見張靜廬編《中國近代出版史料初編》，中華書局1957年版，頁316。

[16] 方漢奇主編：《中國新聞事業編年史》（上冊），福建人民出版社2000年版，頁406。

類，均應於發行前一日午十二點以前，送由該管巡警官署，隨時查核，按律辦理。」此外，還有關於禁令的規定。其第十四條規定，「報紙不得揭載：詆毀宮廷之語；淆亂政體之語；擾害公共公安之語；敗壞風俗之語。」

1911年1月，清政府又頒布《欽定報律》。正是通過不斷充實與改進的法律禁令，再加之直接查封、禁售、禁閱等手段，清政府在清末試圖消除民眾（尤其是知識分子）的異議，同時，也對那些敢於報導當局負面新聞的報刊舉行屠刀。據白文剛的初步統計，從1898年到1911年，清末被查禁的報刊、書籍多達119種，其中大多數是報刊[17]。根據這一名單，筆者發現，在報導方面被查禁的多為負面報導。（參見本書頁58）

在新中國成立後，《憲法》成為保障言論、出版自由的根本大法。第一部《中華人民共和國憲法》於1954年9月20日在第一屆全國人民代表大會第一次會議上通過，共4章106條。被稱為「五四憲法」。「五四憲法」第87條就明確規定公民享有「言論出版自由」。現行《中華人民共和國憲法》於1982年12月4日在第五屆全國人民代表大會第五次會議通過。該法又在1988年、1993年、1999年與2004年經四次修正。被稱為「八二憲法」。在「公民的基本權利和義務」中，明確規定「中華人民共和國公民有言論、出版、集會、結社、遊行、示威的自由」。

但在實踐中，憲法賦予包括新聞工作者在內的公民權利並沒有具體法律細則的保障。這一點尤其體現在中國轉型時期的幾個突出問題：普通公民因舉報或批評國家機關和國家工作人員而被打壓；記者合法採訪權利受阻甚至被拘捕；「敏感」話題或人物的報導被「封殺」；異地監督越來越難。

中華人民共和國《憲法》第四十一條規定：「中華人民共和國公民對於任何國家機關和國家工作人員，有提出批評和建議的權利；對於任何國家機關和國家工作人員的違法失職行為，有向有關機關提出申訴、控告或者檢舉的權利，但是不得捏造或者歪曲事實進行誣告陷害。對於公民的申訴、控告或者檢舉，有關國家機關必須查清事實，負責處理。

17　白文剛：《應變與困境：清末新政時間的意識形態控制》，中國傳媒大學出版社，2008年4月第1版，頁212-218。

任何人不得壓制和打擊報復」。在筆者看來，公民依此規定顯然可以選擇新聞媒體這一渠道進行批評、建議、檢舉。

2008年，中國大陸發生多起抓記者案[18]：（1）因為一篇報導涉及遼寧省鐵嶺市西豐縣縣委書記張志國，西豐縣公安局以「涉嫌誹謗罪「為由對採寫報導的《法制日報》記者朱文娜進行立案調查。1月4日，西豐縣公安局多名幹警趕到法制日報社對該記者進行拘傳，未果。（2）4月，北京市朝陽檢察院以受賄罪，對《第一財經日報》北京產經部主任傅樺提起公訴。此案到現在仍然沒有開庭，傅樺本人處於取保候審期間。2005年7月14日，《第一財經日報》發表了他和同事採寫的〈質量問題安全隱患凸現龍家堡機場延誤交付背後〉和〈質量安全不能打折扣〉兩篇報導。內容涉及長春市龍家堡國際機場（後更名為龍嘉國際機場）建設中的一些質量安全問題。（3）12月4日上午，在山西省呂梁市臨縣法院最大的法庭內，民主與法制時報記者景劍峰因涉嫌窩藏罪、妨礙公務罪和受賄罪受審。景劍峰的麻煩源自他在民主與法制雜誌社內參《要情》上發表的文章〈山西呂梁一黑惡團夥罪行累累逍遙法外〉。稿件線索的舉報人成運強是臨縣林家坪白家峁村的村主任。他的主要業務是為周邊幾個煤礦運煤挖煤。（4）12月1日，由中國科學院主管的《網路報》，其首席記者關鍵在太原調查一起房地產糾紛時，離奇失踪。此事成了2008年年底的輿論熱點。直到12月15日，河北張家口警方忽然用關鍵的電話致電關鍵家人，稱他涉嫌受賄被拘。12月16日，關鍵的律師王長文前往張家口市看守所，要求會見關鍵未獲同意。關鍵涉嫌受賄的具體事項是什麼？由於張家口警方的嚴格保密，外人無從得知。一個細節是，《網路報》曾報導過張家口市蔚縣的負面新聞，蔚縣宣傳部曾於2008年9月25日、10月9日做了兩個版的形象廣告，文字作者都是關鍵。[19]（5）12月上旬，山西太原市杏花嶺區檢察院四名幹警到北京，將

---

[18] 部分資料來自黃利：〈今年頻發「抓記者」背後都有案中案〉，《南方周末》，2008年12月25日。

[19] 2010年3月30日，新聞出版總署通報了該案：中國科學院下屬的網路報社已被「停業整頓」。記者關鍵向蔚縣收取28萬元「封口費」，以強迫交易罪被判刑。

中央電視臺主跑法政的女記者李敏從住宅中連夜帶走。李敏曾以涉嫌濫用職權為由採訪過杏花嶺區檢察院，但檢方反以李敏受賄為由而逮捕她。最高人民檢察院新聞辦向正義網證實，「央視女記者李敏涉嫌受賄」案件由最高檢逐級指定太原市杏花嶺區人民檢察院管轄，現相關案件正在進一步偵查中。該新聞辦指出，2008年10月，山西省太原市杏花嶺區人民檢察院在偵查一起貪污犯罪案件中，發現記者李敏收受犯罪嫌疑人弟弟的賄賂，利用其記者的職務之便，為請託人謀取利益，涉嫌受賄犯罪。12月2日李敏被立案偵查，12月5日被刑事拘留。[20]

我們很容易發現，記者被抓案無一不與異地監督（跨地區監督）相關。1990年代，《南方周末》曾將異地監督推向了一個高峰。2001年12月18日，時為中國社會科學院研究生院新聞系教授的孫旭培在由中國青年政治學院新聞與傳播學系與中國人民大學輿論研究所聯合舉辦的「新世紀新聞輿論監督」學術研討會上發表的論文稱：「南方周末稱得上是我國跨地區監督的典範」，而且「這種報導模式已為國內一些新聞媒體所認同與仿效」。[21]

但近年來，異地監督因地方保護主義受阻嚴重，甚至導致地方公安機關公然抓記者的案件。更有媒體機構由於異地監督導致停刊的極端例子[22]。難怪，不少學者在2008年12月14日在北京舉行的「第八屆新聞輿論監督研討會」上呼籲異地輿論監督解禁。華中科技大學教授孫旭培指出，輿論監督職能是媒體的一項重要職能，而異地監督是輿論監督中最

---

[20] 央視女記者李敏受賄案件 2009 年 8 月 4 日上午在太原市杏花嶺區人民法院公開審理並當庭宣判。李敏當庭認罪，獲判有期徒刑三年，緩刑四年。

[21] 《中國社會轉型的守望者——新世紀新聞輿論監督的語境與實踐》：展江主編，中國海關出版社，2002 年 6 月第 1 版。

[22] 《財經時報》2008 年 9 月 25 日停刊整頓的公告：「因為今年七月刊發的一篇企業報導被控失實，被上級主管機關認定為違反了『媒體不得異地監督』、『新聞採訪需履行正規採訪手續』、『重大、敏感新聞稿件刊登前需與被報導方進一步核實、交換意見』等新聞宣傳紀律，導致失當。上級主管機關決定對財經時報實施停刊整頓三個月的處罰。」參見邵建：〈《財經時報》被停刊違反憲法〉，《亞洲周刊》（香港），22 卷 41 期（2008 年 10 月 19 日）。邵建對此公告持異議。

有效的一種方式。因為，「讓本地的媒體監督本地的政府和官員，是不現實的，也是不可能的。」[23]

如何保障新聞訊息的正常流動，在筆者看來，新聞法治當是解決的方法之一。不過，歷史證明，並非有了保障新聞出版和保護新聞工作者的法律，就能確保報導自由。因為這得看它是否為良法，立法是否經過公眾廣泛而深入的討論。

可喜的是，經國務院授權，國務院新聞辦公室於2009年4月13日發布《國家人權行動計劃（2009-2010年）》。這是我國第一次制定的以人權為主題的國家規劃。該行動計劃指出，在保障公民的表達權利上，中國還將加強對新聞機構和新聞記者合法權利的制度保障，維護新聞機構、採編人員和新聞當事人的合法權益，依法保障新聞記者的採訪權、批評權、評論權、發表權；完善治理互聯網的法律、法規和規章，促進互聯網有序發展和運用，依法保障公民使用互聯網的權益。

由此看來，在法治軌道下，新聞管理部門開始按新聞傳播規律辦事，全社會營造一種寬容的大環境是可期的，這將切實保障負面報導的正常開展。

---

[23] 楊清林：〈學者呼籲異地輿論監督解禁〉，《香港大公報》，2008 年 12 月 15 日。

參考文獻

英文文獻

1. Ajay Dash（2007）,*Freedom of Press*，Discovery Publishing House
2. *Communication and global society*，Edited by Guo-Ming Chen and William J. Starosta（2000）,New York Peter Lang Publishing
3. Dan Berkowitz (1997)，*Social Meannings of News*, SAGE Publications
4. Jill Hills and Urbana (2002)，*The struggle for control of global communication: the formative century*，University of Illinois Press
5. Ingrid Volkmer (1999)，*News in the global sphere:a study of CNN and its impact on global communication*，University of Luton Press
6. Paul Brighton and Dennis Foy (2007)，*News Values*, SAGE Publications
7. Paul Manning (2001)，*News and News Sources: A Critical Introduction*, SAGE Publications
8. Peter Wilkin (2001)，*The political economy of global communication: an introduction*, Pluto Press
9. Tom Fenton (2005): *Bad News: The Decline of Reporting, the Business of News, and the Danger to Us All*，ReganBooks
10. *We the Media*, Edited by Don Hazen and Julie Winokur (1997), The New Press

中文文獻

（一）中譯文獻

1. David Miller：《政治哲學與幸福根基》（牛津通識讀本），李里峰譯，譯林出版社，2008 年 1 月第 1 版。

2. 弗里德里克・哈耶克：《通往奴役之路》（The Road to Serfdom），王明毅譯，中國社會科學出版社，1998 年 7 月第 1 版。
3. 福山：《國家構建——21 世紀的國家治理與世界秩序》，黃勝強、許銘原譯，中國社會科學出版社，2007 年 1 月第 1 版。
4. 〔美〕蓋伊・彼得斯：《政府未來的治理模式》，吳愛明譯，中國人民大學出版社，2001 年版。
5. 漢娜・阿倫特：《人的條件》第二章《公域與私域》（竺乾威等譯），上海人民出版社，1999 年版。
6. 哈貝馬斯：《公共領域的結構轉型》，曹衛東等譯，學林出版社，1999 年 1 月第 1 版。
7. 羅伯特・達爾：《論民主》，商務印書館，1999 年 11 月第 1 版。
8. 勒龐著：《烏合之眾——大眾心理研究》，馮克利譯，中央編譯出版社，2005 年 11 月第 1 版。
9. 〔美〕塞繆爾・P・亨廷頓：《變化社會中的政治秩序》，王冠華等譯，上海世紀出版集團上海人民出版社，2008 年 7 月第 1 版。
10. 〔美〕斯坦利・巴蘭、丹尼斯・戴維斯：《大眾傳播理論：基礎、爭鳴與未來》（第 3 版），曹書樂譯，清華大學出版社 2004 年 10 月第 1 版
11. 〔美〕唐文方：《中國民意與公民社會》，胡贛棟、張東鋒譯，中山大學出版社，2008 年 1 月第 1 版。
12. 烏爾里克・貝克：《世界風險社會》，吳英姿、孫淑敏譯，南京大學出版社，2004 年 5 月第 1 版。
13. 〔美〕新聞自由委員會：《一個自由而負責的新聞界》，展江等譯，中國人民大學出版社，2004 年 8 月第 1 版。
14. 休梅克著：《大眾傳媒把關》（中文注釋版），張咏華注釋，上海交通大學出版社，2007 年 5 月第 1 版。
15. 約翰・密爾：《論自由》（1859 年），張友誼等譯，外文出版社，1998 年 11 月第 1 版。
16. 詹姆斯・布賴斯：《現代民治政體（上冊）》，吉林人民出版社，2001 年 1 月第 1 版。
17. 中馬清福著：《報業的活路》，崔保國譯，清華大學出版社，2005 年 7 月第 1 版。

（二）中文專著

1. 巴金：《講真話的書》，四川文藝出版社，1990 年 9 月第 1 版。
2. 白文剛：《應變與困境：清末新政時間的意識形態控制》，中國傳媒大學出版社，2008 年 4 月第 1 版。
3. 卞建林、焦洪昌等：《傳媒與司法》，中國人民公安大學出版社，2006 年 10 月第 1 版。
4. 陳力丹編：《自由與責任：國際社會新聞自律研究》，河南大學，2006 年 9 月第 1 版。
5. 陳力丹：《新聞理論十講》，復旦大學出版社，2008 年 6 月第 1 版。
6. 陳堂發主編：《媒介話語權解析》，新華出版社，2007 年 11 月第 1 版。
7. 程美東主編：《透視：當代中國重大突發事件（1949-2005）》（上下），中共黨史出版社，2008 年第 1 版。
8. 鄧利平：《負面新聞訊息傳播的多維視野》，新華出版社，2001 年 5 月出版。
9. 方漢奇主編：《中國新聞事業通史（第 1-3 卷）》，中國人民大學出版社，1992 年 9 月第 1 版。
10. 甘惜分：《一個新聞學者的自白》，香港未名出版社，2005 年版。
11. 何懷宏編著：《西方公民不服從的傳統》，吉林人民出版社，2003 年 1 月版。
12. 胡泳：《眾聲喧嘩——網路時代的個人表達與公共討論》，廣西師範大學出版社，2008 年 9 月第 1 版。
13. 金觀濤、華國凡：《控制論與科學方法論》，新星出版社，2005 年 5 月第 1 版。
14. 李篤武：《政治發展與社會穩定——轉型時期中國社會穩定問題研究》，學林出版社，2006 年 6 月第 1 版。
15. 李金銓主編：《文人論政——知識分子與報刊》，廣西師範大學出版社，2008 年 11 月第 1 版。
16. 李銳：《李銳反「左」文選》，中央編譯出版社，1998 年 11 月第 1 版。
17. 林語堂：《中國新聞輿論史》，王海、何洪亮主譯，中國人民大學出版社，2008 年 6 月第 1 版。
18. 林照真：《記者，你為什麼不反叛——調查報導的構想與實現》，臺灣天下圖書公司，2006 年 3 月出版。

19. 劉建明：《當代中國輿論形態》，中國人民大學出版社，1989 年 12 月第 1 版。
20. 劉京林主編：《新聞心理學原理》，中國廣播電視出版社，2004 年 6 月第 1 版。
21. 陸學藝主編：《當代中國社會階層研究報告》，社會科學文獻出版社，2002 年 1 月第 1 版。
22. 錢蔚：《政治、市場與電視制度——中國電視制度變遷研究》，河南人民出版社，2002 年 6 月第 1 版。
23. 清華大學國際傳播研究中心編：《全球傳媒報告 II》，復旦大學出版社，2005 年 12 月第 1 版。
24. 沈正賦：《解讀傳媒——傳媒生態與新聞生態研究》，西南師範大學出版社，2006 年 10 月第 1 版。
25. 孫立平：《失衡——斷裂社會的運作邏輯》，社會科學文獻出版社，2004 年 12 月第 1 版。
26. 蕭功秦：《中國的大轉型——從發展政治學看中國變革》，新星出版社，2008 年 3 月第 1 版。
27. 謝岳：《大眾傳媒與民主政治》，上海交通大學出版社，2005 年 5 月第 1 版。
28. 喻國明：《別無選擇：一個傳媒學人的理論告白》（喻國明自選集），復旦大學出版社，2004 年 5 月第 1 版。
29. 喻國明著：《傳媒的「語法革命」——解讀 WEB2.0 時代傳媒運營新規則》，南方日報出版社，2007 年 12 月第 1 版。
30. 俞可平：《民主與陀螺》，北京大學出版社，2006 年 1 月第 1 版。
31. 余新忠等著：《瘟疫下的社會拯救——中國近世重大疫情與社會反應研究》，中國書店，2004 年 1 月第 1 版。
32. 王敬：《延安〈解放日報〉史》，新華出版社，1998 年 4 月第1版。
33. 王梅芳著：《輿論監督與社會正義》，武漢大學出版社，2005 年 2 月第 1 版。
34. 王天濱著：《新聞自由——被打壓的臺灣媒體第四權》，臺北亞太圖書出版社，2005 年 5 月初版 1 刷。
35. 王義祥：《當代中國社會變遷》，華東師範大學出版社，2006 年 12 月第 1 版。
36. 王芝琛、劉自立編：《1949 年以前大公報》，山東畫報出版社，2002 年 2 月第 1 版。

37. 王芝琛：《一代報人王芸生》，長江文藝出版社，2004 年 9 月第 1 版。
38. 汪凱：《轉型中國：媒體、民意與公共政策》，復旦大學出版社，2005 年 9 月第 1 版。
39. 展江主編：《中國社會轉型的守望者——新世紀新聞輿論監督的語境與實踐》，中國海關出版社，2002 年 6 月第 1 版。
40. 張明杰著：《開放的政府——政府訊息公開法律制度研究》，中國政法大學出版社，2003 年 10 月第 1 版。
41. 張洪忠著：《大眾媒介公信力理論研究》，人民出版社，2006 年 9 月第 1 版。
42. 張威著：《比較新聞學：方法與考證》，南方日報出版社，2003 年 2 月第 1 版。
43. 張之華主編：《中國新聞事業史文選（公元 724 年-1995 年）》，中國人民大學出版社，1999 年 1 月第 1 版。
44. 趙鼎新：《社會與政治運動講義》，社會科學文獻出版社，2006 年 3 月第 1 版。
45. 鄭保衛主編：《衝突整合：新聞傳播與社會發展》，新華出版社，2006 年 6 月第 1 版。
46. 鄭保衛等編：《新聞傳媒與和諧社會》，中國人民大學出版社，2006 年 5 月第 1 版。
47. 中國社會科學院新聞研究所編：《中國新聞年鑒 1984》，光明日報出版社，1984 年版。
48. 朱金平著《論突發事件報導》，長征出版社，2004 年 12 月第 1 版。
49. 汪幸福：《胡適與〈自由中國〉》，湖北人民出版社，2004 年 2 月第 1 版。

（三）中文期刊

《國際新聞界》、《現代傳播》、《新聞與傳播（人大複印資料）》、《新聞大學》、《傳媒觀察》、《中國記者》、《新聞戰線》、《新聞與寫作》、《傳媒》等。

（四）研究生學位論文

1. 李宇紅碩士論文：《〈解放日報〉有關陝甘寧邊區批評性報導研究》，蘭州大學新聞學專業 2007 屆，指導教師：李文。

2. 南京師範大學新聞學專業韓冰碩士學位論文：《典型報導：困頓的現狀和未來的革新》（2006），指導教師：高朝俊。
3. 吉林大學政治學理論專業 2006 屆張朝陽博士論文：《90 年代以來中國傳媒變革研究——以「增量改革」為範式》，導師：周光輝。
4. 吉林大學法學理論專業陳欣博士學位論文：《新聞報導權研究》（指導教師：馬新福），2006 年 6 月。

附錄
《中華人民共和國新聞法（草案第三稿）》

著者按：

胡績偉（曾擔任全國人大常委、中國新聞學會會長、《人民日報》總編輯、社長）曾撰寫長文《制定中國第一部新聞法的艱辛與厄運》，這樣談到制定中國人民共和國新聞法的背景：

> 在胡耀邦、趙紫陽主政的改革開放時期，全國人大代表和政協委員要求制訂新聞法、保障言論出版自由的呼聲再次高漲。堅決執行胡趙路線的黨中央宣傳部部長朱厚澤和新聞局局長鐘沛璋，在一九八三年底，召集全國人大法制委員會和教科文衛委員會的領導同志，商量如何處理人大代表和政協委員的提案時，一致同意立即著手制訂新聞法。鍾沛璋寫出請示報告，經過中央宣傳部同意以後正式報告中央書記處。
>
> 報告提出應由全國人大教科文衛委員會負責，由該委員會副主任委員胡績偉主持來制訂新聞法。在中央書記處批准以後，由分工主管新聞工作的胡喬木書記，批給全國人大委員長彭真。彭真當即批示「同意」。這樣，我就從一九八四年元月開始肩負起這一歷史的重擔。
>
> 經過五年的努力……終於在一九八八年四月拿出了《中華人民共和國新聞法（草案第三稿），這是一個比較全面系統的初稿，打下了繼續修改的良好基礎。

胡、趙主政時對新聞出版立法的重視，可以從時任中共中央總書記趙紫陽在中國共產黨第十三次全國代表大會上的報告（《沿著有中國特色的社會主義道路前進》，1987年10月25日）中也能體現出來。在該報告第五部分「關於政治體制改革」，明確提出：「目前，侵犯群眾權利的現象仍時有發生。因此，必須抓緊制定新聞出版、結社、集會、遊行等法律，建立人民申訴制度，使憲法規定的公民權利和自由得到保障，同時依法制止濫用權利和自由的行為。」但由於1989年政治風波的影響，趙紫陽下臺，新聞法的訂立被長久擱置。2008年11月3日，人民日報理論版刊出署名華清的文章《加快新聞領域立法工作》稱，「當前中國正處於改革發展的關鍵階段，新情況新問題層出不窮，這對新聞工作領域的法治化建設提出了新的更高的要求。應加快新聞領域立法工作，繼續完善與新聞工作相關的法律法規，為做好新聞工作、提高輿論引導能力提供法律保障」。但官方並沒有相關舉措。

根據胡績偉的上述文章，中華人民共和國新聞法（草案第三稿）主要條文主要包括：

共八章，六十七條。第一章、總則，從第一條到第十一條；第二章、新聞機關的創辦，從十六條到二十一條；第三章、新聞工作者的權利與義務，從二十二條到二十三條（共十五款）；第四章、更正與答辯，從二十四條到三十二條；第五章、新聞事業的管理，從三十三條到四十條；第六章、外國駐華新聞機構和來華記者，從四十一條到五十條；第七章、法律責任，從五十一條到六十三條；第八章、附則，從六十四條到六十七條。

第　一　章　　總則

第　一　條　　根據中華人民共和國憲法第二十二條、第三十五條和其他有關條款，為保障新聞自由，為發展社會主義新聞事業，制定本法。

本法所規定的新聞自由，是指公民通過新聞媒介發表和獲得新聞，享受和行使言論、出版自由的權利。此種權利只要不違反憲法和根據憲法制定的專門法律的規定，都得到保護，不受侵犯。

第　二　條　　新聞媒介必須為人民服務，對社會負責，國家鼓勵和支持新聞工作者實行道德自律。

第　三　條　　(一)為保障新聞媒介發揮其社會功能，一切國家機關、社會團體和企業事業組織都應為層次不同，對象不同的新聞機關從事新聞活動提供便利條件。

第　七　條　　公民、社會團體具有通過媒介對政府事業和其他公共事務，以及這些事務涉及的個人發表意見、提出建議、進行批評的權利。

第　八　條　　除國家處於總動員時期外，不得對新聞機關傳播新聞、發表言論施行任何形式的新聞檢查。……機關報受本機關的管理和指導，不能視為新聞檢查。但其各種管理條例、制度不得與本法相抵觸。

第　二　章　　新聞機關的創辦

第　一　條　　報紙、期刊的創辦可以由公民團體進行，也可由自然人進行。

第　三　章　　新聞工作者的權利與義務

第　一　條　　明確規定了新聞工作者的權利和義務。這一條的(四)和(五)項規定如下：

(四) 報導和評論社會生活的各種事件。新聞媒介獨立負責批評危害社會生活和人民利益的錯誤行為和不良現象，而不需經過新聞機關以外的單位和個人批准。

(五) 所採寫的新聞首先須傳送其所屬的新聞機關，而不受阻攔。

禁止任何組織或個人在新聞工作者執行任務時，對其進行阻撓、威脅、迫害，或危害其人身安全。

第二十三條　　列了八項，具體規定了新聞工作人員必須履行的義務。其中規定「客觀、公正地進行報導和評論」，規定「報導必須真實」，不能「損害他人名譽，構成對他人的誹謗」。「不得對任何公民使用蔑視或謾罵的語言，對其進行侮辱。」還規定「必須尊重別人的隱私權」。還規定：「不得報導法律中所規定的關係到國家安全和利益的機密。」

第 四 章　更正與答辯

第二十四條　對於新聞機關的失實報導，公民、法人或其他團體、組織有權要求新聞機關予以更正。

新聞機關的不公正的報導和評論對公民、法人或其他團體組織的名譽和利益造成並非輕微的損失，被損害者有權要求進行答辯。

附錄

聯合國秘書長潘基文在世界新聞自由日的致辭

2010年4月29日，紐約

著者按：1993年，聯合國大會宣佈將每年的5月3日定為世界新聞自由日，旨在利用這個機會來慶祝新聞自由的基本原則，探討新聞自由，捍衛媒體獨立性，並對在工作中獻出了生命的記者們表示敬意。在這一天，全世界的人們都被告知：言論自由權被侵犯的現象仍然存在；他們被提醒：有許多新聞工作者，因為提供每日新聞而被捕入獄，甚至英勇犧牲。

聯合國教科文組織（UNESCO）在世界新聞自由日頒發UNESCO／吉耶爾莫・卡諾新聞自由獎。中國記者中，1997年和2005年，高瑜（當時尚在獄中）和程益中曾獲此殊榮。今年的世界新聞自由獎頒發給智利女記者岡薩雷斯-穆希卡（Mónica González Mujica），以表彰她作為一名記者同該國獨裁政權進行鬥爭的英勇精神。

> 言論自由是莊嚴載入《世界人權宣言》第十九條的一項基本人權。然而，在世界各地，有些國家的政府和行使權力者卻以許多方式阻撓這項權利。
>
> 它們對新聞紙加徵高額稅費，擡高報紙價格而使人們無力購買。獨立電臺和電視臺如果批評政府的政策就會被迫停播。新聞檢查人員還活躍在網路空間，對因特網和新媒體的使用加以限制。
>
> 一些記者僅僅因為通過媒體行使權利，無邊界搜尋、接收和披露資訊和思想，而面臨受恐嚇、被拘留、甚至犧牲生命的危險。
>
> 去年，教科文組織對77名記者遇難表示譴責。他們都不是著名戰地記者，卻在激烈戰鬥中被殺死。他們大多數人曾在和平時期

為地方小型出版物工作。他們都因試圖揭露不當行為或腐敗而遇害。

我譴責這些謀殺事件並堅持將肇事者繩之以法。各國政府有責任保護新聞工作者。這種保護必須包括調查和起訴針對記者的犯罪行為人。

有罪不罰為罪犯和殺人犯開了綠燈，並增強了不光明磊落者的力量。從長遠來看，這將對整個社會產生腐蝕和破壞作用。

今年世界新聞自由日的主題是「資訊自由：知情權」。我歡迎順應全球潮流，爭取制定新的法律，確認公開擁有資訊的普遍權利。

不幸的是，這些新法律並非總是轉化為行動。要求獲得官方資料的請求往往遭到拒絕或拖延，有時長達幾年。資訊管理不善往往難辭其咎。但發生這種情況常常是因為保密的文化氛圍和缺乏問責制。

我們必須努力改變態度和提高認識。人們對影響自身生活的資訊有知情權，國家有責任提供這些資訊。這種透明度對善政至關重要。

聯合國與各地受迫害的記者和媒體專業人員站在一起。今天，我一如既往地呼籲各國政府、世界各地的民間社會和人民肯定媒體的重要工作，奮起維護新聞自由。

後記

如果時光倒流回三十年前，一個重慶鄉下孩童，能和北京、臺北這些大城市有什麼關聯？事實上，這三個地點在歷史上倒有關聯：重慶是蔣介石政府的戰時「陪都」，北京（北平）是毛澤東政府的首都，臺北則是蔣介石偏安一隅的「首都」。我沒有想到，三十年後，自己卻也因種種因緣再度將這三座城市聯繫起來：在重慶長大，工作在北京，人生第一部著作在臺北出版。

對於臺北，這個腦海中曾經遙不可及的城市，我也因巧合與之相遇。還記得2007年5月到臺北訪問雲門舞集，林懷民先生及同仁請我們大陸媒體一行吃小籠包，店裏人們都要排隊，味道真好。而最讓我印象深刻的是服務員們的態度，「不好意思」總不離口，確實是「溫、良、恭、儉、讓」的現實版本。而在這家包子鋪的樓下，是一家金石堂書店，讓我發現圖書世界豐富多彩的另一面。在臺北的一周裏，我數次到誠品書店，喜歡它晚上十二點仍不打烊，白色燈光給讀書人以安慰。從那時起，我在大量購買書籍的同時，就立下心願：有生定要在臺北出版自己寫的書。

我沒有想到，這個願望這麼快就實現了。謝謝本書中提及的研究者，正是由於他們的研究成果才讓我這個後學者能將本書像拼圖一樣完成。謝謝秀威，你們的賞識使我有機會讓自己的拙作能夠以最快的速度與讀者見面。也謝謝編輯黃姣潔小妹，正是由於她細緻而積極的工作，才讓這部著作更少瑕疵。同時，我也希望通過自己的這部著作，能夠起到拋磚引玉的作用，激發大陸人士到臺灣出版作品的熱情。

或許真是與臺灣有緣，雖然這是我的第一部專著，卻得到臺北前輩的提攜。本人與政治大學新聞系馮建三教授僅僅是一封電子郵件，他就立馬答應願意閱讀本人的拙作，並寫下了中肯推薦語。對於前輩們的支援，我無以回報，只能加倍努力，多出研究成果，以不負重望。

這部著作的寫作過程長達大半年，對我來說，像是經歷了一段既艱險又愉悅的旅程。感謝我攻讀碩士研究生時的導師金夢玉教授，讓我走上新聞學研究道路。我還要特別感謝《人民日報》副總編輯米博華，作為我博士研究生期間的導師，他的寬容使得我的畢業論文得以如期完成答辯。我還要感謝以下老師：曾提出深刻意見的中國傳媒大學教授王武錄，答辯委員中國傳媒大學雷躍捷教授、哈豔秋教授、北京大學新聞與傳播學院陸地教授、人民日報社高級編輯李長虹和中國廣播電視音像資料館副館長王甫。

2005年7月，我考入北京青年報社，圓了我的記者夢。感謝報社，讓我有機會深入採編一線，和文化版組的資深新聞人們一起共事。謝謝我的直接領導沈峥嶸、曾鵬宇和邵延楓，以及我的十多位同事。正是因為有你們，才讓我對新聞採編工作的認識水平和實踐水平上了一個又一個新的臺階。我還要感謝我的父母，他們一生深居重慶鄉下，卻總懷有一顆赤子之心，並將報國之心與獻身社會之情寄望於我。這讓我時常有難以承受之感，但正因為他們那注目的眼神讓我難以釋懷，奮勇前行，只為報答他們的一片深情。最後，我要感謝我的妻子劉霞。在我一邊工作又一邊攻讀博士學位期間，她對家庭操心最多。在我畢業之年，她為我的求職之事，費力無數，從而使我能從容地把論文寫得更快、更好。

謝謝購買這本書的讀者，希望你們能夠有所得，而且不會失望。

張玉洪

2009年7月27日夜於北京高家園

國家圖書館出版品預行編目

負面報導不是壞東西：中國新聞實踐中的真命題 / 張玉洪著. -- 一版. -- 臺北市：秀威資訊科技, 2010.06
面； 公分. -- (社會科學類；PF0047)
BOD 版
參考書目：面
ISBN 978-986-221-472-5 (平裝)

1.新聞報導 2.新聞史 3.中國

893 99007594

社會科學類 PF0047

負面報導不是壞東西
——中國新聞實踐中的真命題

作　　者 / 張玉洪
發 行 人 / 宋政坤
執行編輯 / 黃姣潔
圖文排版 / 黃莉珊
封面設計 / 陳佩蓉
數位轉譯 / 徐真玉　沈裕閔
圖書銷售 / 林怡君
法律顧問 / 毛國樑　律師
出版印製 / 秀威資訊科技股份有限公司
台北市內湖區瑞光路 583 巷 25 號 1 樓
電話：02-2657-9211　傳真：02-2657-9106
E-mail：service@showwe.com.tw
經 銷 商 / 紅螞蟻圖書有限公司
台北市內湖區舊宗路二段 121 巷 28、32 號 4 樓
電話：02-2795-3656　傳真：02-2795-4100
http://www.e-redant.com

2010 年 6 月 BOD 一版
定價：380 元

讀　者　回　函　卡

感謝您購買本書，為提升服務品質，煩請填寫以下問卷，收到您的寶貴意見後，我們會仔細收藏記錄並回贈紀念品，謝謝！

1.您購買的書名：________________________________

2.您從何得知本書的消息？

□網路書店　□部落格　□資料庫搜尋　□書訊　□電子報　□書店

□平面媒體　□ 朋友推薦　□網站推薦　□其他__________

3.您對本書的評價：(請填代號　1.非常滿意 2.滿意 3.尚可 4.再改進)

封面設計____　版面編排____　內容____　文/譯筆____　價格____

4.讀完書後您覺得：

□很有收獲　□有收獲　□收獲不多　□沒收獲

5.您會推薦本書給朋友嗎？

□會　□不會，為什麼？____

6.其他寶貴的意見：____

____

____

____

讀者基本資料

姓名：____________________　年齡：______　性別：□女　□男

聯絡電話：________________　E-mail：____________________

地址：____

學歷：□高中(含)以下　□高中　□專科學校　□大學

□研究所(含)以上　□其他_______________

職業：□製造業　□金融業　□資訊業　□軍警　□傳播業　□自由業

□服務業　□公務員　□教職　□學生　□其他__________

請貼
郵票

To：114

台北市內湖區瑞光路 583 巷 25 號 1 樓

秀威資訊科技股份有限公司　　收

寄件人姓名：

寄件人地址：□□□

(請沿線對摺寄回,謝謝!)

秀威與 BOD

BOD（Books On Demand）是數位出版的大趨勢，秀威資訊率先運用 POD 數位印刷設備來生產書籍，並提供作者全程數位出版服務，致使書籍產銷零庫存，知識傳承不絕版，目前已開闢以下書系：

一、BOD 學術著作—專業論述的閱讀延伸
二、BOD 個人著作—分享生命的心路歷程
三、BOD 旅遊著作—個人深度旅遊文學創作
四、BOD 大陸學者—大陸專業學者學術出版
五、POD 獨家經銷—數位產製的代發行書籍